Primeros relatos

ANTÓN CHÉJOV

PRIMEROS RELATOS

Introducción de José María Valverde
Traducción y notas de Augusto Vidal

AUSTRAL

 Planeta

Obra editada en colaboración con Editorial Planeta – España

Antón Chéjov

© 2017, Editorial Planeta, S. A. – Barcelona, España

Derechos reservados

© 2022, Editorial Planeta Mexicana, S.A. de C.V.
Bajo el sello editorial AUSTRAL M.R.
Avenida Presidente Masarik núm. 111,
Piso 2, Polanco V Sección, Miguel Hidalgo
C.P. 11560, Ciudad de México
www.planetadelibros.com.mx

Diseño de la colección: Compañía
Diseño de portada: Austral / Área Editorial Grupo Planeta

Primera edición impresa en España en Austral: octubre de 2017
ISBN: 978-84-233-5288-3

Primera edición impresa en México en Austral: febrero de 2022
ISBN: 978-607-07-8416-3

Editorial Planeta queda a disposición de aquellos que ostenten los derechos
de traducción de Augusto Vidal, con quienes no ha podido contactar.

Impreso en los talleres de Impregráfica Digital, S.A. de C.V.
Av. Coyoacán 100-D, Valle Norte, Benito Juárez
Ciudad De Mexico, C.P. 03103
Impreso en México –*Printed in Mexico*

Biografía

Antón P. Chéjov (Taganrog, Rusia, 1860 - Badenweiler, Alemania, 1904) es uno de los mejores escritores de narrativa corta de la historia de la literatura. *La gaviota*, *El tío Vania* y *El jardín de los cerezos* son sus piezas teatrales más conocidas, mientras que «La dama del perrito», «Vanka» o «El pabellón número 6» se cuentan entre sus mejores relatos.

SUMARIO

RELATOS (1885)

INTRODUCCIÓN

«MENOS es más», dice un lema de la mejor arqui-
tectura de nuestro siglo; también en literatura
es cierto —sobre todo para la sensibilidad actual—
que la sobriedad de medios puede ser la vía para
ciertos logros imperecederos, y que el «tono menor»
resulta a menudo premiado en su modestia por la
memoria de la posteridad.

Antón Pávlovich Chéjov (1860-1904) es el más claro
ejemplo, en su época, de esta verdad literaria tan
moderna: el más claro, aunque no el único, porque
él mismo reconoció su decisiva deuda hacia Tolstói
—pero el Tolstói menor, el de los relatos, o, en todo
caso, de lo que había de «menor» en el Tolstói de
gran tonelaje, sobre todo el de ciertos aspectos y
páginas de Guerra y paz—. Y si decimos «en su época»
es porque entonces estaba todavía consolidándose (en
Rusia, desde Gógol) ese género que no ha llegado
nunca a contar con una etiqueta inequívoca: «cuentos», le llamamos nosotros, con notoria confusión
respecto al género infantil, o «relatos» en la jerga
editorial que no es la del gran público —short story
en inglés, con análoga torpeza—. Esta forma literaria
que tanta importancia creativa asumirá en el siglo XX
—pensemos, sin ir más lejos, en el cuento hispa-
noamericano, desde el Lugones de La guerra gaucha
(1905) y Las fuerzas extrañas (1906) hasta el actual
Cortázar, pasando por Rulfo, etc.— estaba entonces
en pleno proceso de consolidación y autoconciencia,
para hallar su forma y su mercado a partir de las
premisas del realismo. Poco antes de la muerte de
Chéjov, su mujer le decía: «Antón, querido mío, es-

*cribe: tú eres el Maupassant ruso.» Pero hoy Mau-
passant —en su forma breve— nos resulta demasiado enfático y truculento, quizá por cargar demasiado
a cuenta del tema, de la intriga, de la sorpresa; la
lección de Chéjov, llevando a su plenitud el legado
gogoliano y tolstoiano, nos ha enseñado todo el poder
de lo sencillo, de lo corriente.*

*Para algunos, esto quizá resulte menos evidente a
través de una lectura parcial: de Chéjov se suelen
leer selecciones centradas en relatos de temática tan
trágica que cabe no darse cuenta de la elementalidad
de los medios manejados —pongamos,* La sala número 6 *o* Historia de mi vida*—, pero el presente
volumen tiene su interés precisamente en que ofrece
el primer Chéjov, el aparentemente más ligero y humorístico, con lo cual presenta una gran lección sobre
la génesis de un alto logro literario precisamente a
partir de una pretensión humilde (no se olvide, ni
aquí ni nunca, el caso del* Quijote*, que empezó por
querer ser, modestamente, una parodia de la bazofia
más popular de su época, las novelas de caballerías).*

*Nos hemos de permitir ahora alguna referencia a la
persona del autor —cuya biografía esquematizamos
en la posterior «cronología»—, a pesar de que él,
sabiamente, hablara siempre contra el personalismo
y la subjetividad en la literatura: Chéjov, hijo de un
tendero en quiebra y nieto de un siervo de la gleba
que había comprado su libertad a fuerza de ahorros
(el decreto de emancipación no llegaría hasta 1861),
deja entrever alguna vez su conciencia de la humildad
de sus raíces; así, en 1889, escribe a su editor Suvorin: «¿Se podría escribir un relato sobre un joven,
hijo de un siervo, durante algún tiempo dependiente
de comercio, niño de coro, escolar, estudiante uni-
versitario, acostumbrado a adular a los importantes,
a besar la mano a los popes, a aceptar sin preguntas
las ideas de los demás y a expresar su gratitud por
cada bocado de pan que come; un joven que ha sido*

azotado con frecuencia, que va sin chanclos a dar lec-
ciones, que se mete en peleas callejeras, tortura ani-
males, gusta de ir a comer a casa de sus parientes ri-
cos, y se comporta de modo hipócrita respecto a Dios
y al hombre, sin la más leve excusa, sino sólo porque
es consciente de su propia indignidad; se podría es-
cribir un relato de cómo ese joven va extrayendo de
sí mismo al esclavo, gota a gota, y cómo, al desper-
tar una mañana, siente que la sangre que corre por
sus venas es sangre de verdad y no sangre de es-
clavo?»

Y luego, durante la mayor parte de su corta vida,
ha de sustentar y aguantar a unos cuantos de sus
problemáticos hermanos —alcohólicos, y en algún
caso con la misma tuberculosis que le mataría a él—,
primero, gracias a una pobre beca de su ciudad natal,
y después, completados sus estudios, con el ejercicio
de la medicina, profesión, por cierto, profundamen-
te de acuerdo con su visión del mundo: «El estudio
de la medicina ha tenido gran influencia en mi obra
literaria [...]; ha enriquecido mi conocimiento, cuyo
valor real, para mí, como escritor, sólo puede com-
prenderlo quien también sea médico [...] Siempre
que me ha sido posible, he intentado tomar en cuenta
los datos científicos, y cuando no me era posible, he
preferido no escribir. Con todo, he de señalar que
las condiciones del trabajo creativo no permiten
siempre un acuerdo completo con los hechos cientí-
ficos: por ejemplo, es imposible representar en la
escena la muerte por envenenamiento tal como ocurre
en la vida.» Más adelante, Maksim Gorki le retrataría
precisamente así, como médico literario: «Chéjov ca-
mina por la tierra como un médico por el hospital:
hay muchos pacientes, pero no hay medicinas, y ade-
más, el médico no está muy seguro de que las medi-
cinas sirvan para nada.»

El trabajo literario de Chéjov, ya iniciado en su ni-
ñez con diversas obrillas, se puso en marcha en su

época de «sostén de la familia» publicando cuentos, pagados a ocho kopek la línea, a través de su hermano Aleksandr, ya metido en el mundo del periodismo. Eso explica que entonces firmara a veces «El hermano de mi hermano», uno de los grotescos seudónimos que usó hasta que un escritor consagrado, Grigoróvich, le escribió en 1886 invitándole a tomarse en serio a sí mismo para dar la plena medida de su talento. Chéjov aceptó entonces la nueva responsabilidad con verdadero temor, diciendo: «Cuando empiece a escribir relatos serios, no habrá ni un perro que me conozca.» Y también: «Si hubiera sabido que me leían así, jamás habría escrito nada por encargo.» Y en otro lugar confiesa: «Ahora escribo temblando.» Como modesto ejercicio de aprendizaje, copia y reescribe entonces relatos de Tolstói y Turguénev.

Más adelante, en 1888, cuando fracasa por segunda vez en el intento de escribir una novela larga, confiesa a Grigoróvich, a modo de excusa, que no tiene ninguna doctrina salvadora que transmitir, ni ninguna visión del mundo sistemática ni organizada: «No he adquirido una perspectiva política, ni filosófica, ni religiosa sobre la vida: todos los meses la cambio, y por eso tengo que limitarme a descripciones de cómo mis personajes aman, se casan, tienen hijos, hablan y mueren.» Pero esta modesta actitud no significa en Chéjov ningún nihilismo moral, a pesar de su agnosticismo, y a pesar de su falta de militancia política —sus rozamientos con la censura son sólo ocasionales, en parte porque, en sus primeros años, publica en revistas de San Petersburgo, con mayor margen de tolerancia que las de Moscú, donde vivía él, pero, sobre todo, porque la modestia de su género literario, el relato breve de aire inicialmente humorístico, le permitía escapar más fácilmente, aunque sí le prohibieran la escenificación de alguno de ellos (En el camino real)—. En todo caso, para él la literatura esteticista era una monstruosidad: el sentido moral es supuesto indispensable del sentido literario: «El que no quiere nada ni espera nada ni teme nada, no puede ser artista.» Y, en otro lugar: «El que esté sinceramente convencido de que los objetivos más altos son tan superfluos para el hombre como para una vaca, y que toda nuestra desgracia consiste en tener esos objetivos, no tiene más que comer, beber y dormir, y cuando se harte de todo eso, tomar carrerilla y partirse la cabeza en una esquina.»

Esa raíz ética de la estética chejoviana tiene, ante todo, una consecuencia material, cuantitativa: la brevedad. Cierto es que al principio encontraba unos moldes muy limitados a que atenerse, los de las revistillas donde empezó a publicar, pero, por otro lado, habría sido de prever que, si le pagaban a tanto la línea, Chéjov hubiera apurado las posibilidades de ganar espacio, lo que no hizo. Luego, cuando se va consagrando y le pagan a cien rublos el relato, sin contar las líneas, no cambia sus costumbres en la extensión. En cambio, lo que resultará especialmente significativo, en años posteriores, ya con absoluta confianza en sí mismo y en su público, alternará las más diversas longitudes en sus relatos, desde las dos o tres páginas de su época juvenil hasta envergaduras de cuarenta o cincuenta páginas, que, sin embargo, difícilmente clasificaríamos bajo la etiqueta de «novela corta» por el menor peso relativo dado el elemento argumental, en cuanto éste implica «peripecia» —por decirlo a lo griego— o suspense —por decirlo a lo actual—. Escribiendo en 1886 a una narradora, establece su fundamental «regla de oro»: «No olvide que la brevedad es la madre de todas las virtudes [...] y el mejor medio de observarla es por las cuartillas (como las que ahora uso): en el momento en que llegue a ocho o diez... ¡alto!» La parquedad en las dimensiones va unida a la prevención hacia la subjetividad y la sentimentalidad. Inevitablemente, tendemos a pensar aquí que Chéjov vivía en la era

de después de Flaubert y de su famosa mirada obje-
tivadora y fotográfica, pero ya hemos indicado que
sus magisterios —aparte de que Chéjov no leía ni
francés, aunque la buena sociedad rusa conservara
algo del bilingüismo en que habían vivido los perso-
najes de Guerra y paz*— eran más inmediatos: al*
fondo, Gógol, un poco de Turguénev, pero sobre todo
Tolstói, en contraste con las reticencias, casi hostiles,
hacia Dostoievski, y en sus últimos años, las cautelas
ante el joven Gorki. Pero el gran maestro —compá-
rese, por ejemplo, su Una nevada *con, en este volu-*
men, La desventura, *aun sin ninguna mengua para*
este relato chejoviano— llegó a ser visto con cierta
prevención por su discípulo a los pocos años de en-
tregarse a ser apóstol moral y social, con peculiar
religiosidad atea. En 1891 escribe Chéjov a su editor
y amigo Suvorin: «Tolstói niega la inmortalidad a la
humanidad, pero ¡cuánto hay de personal en todo
eso!... ¡El diablo se lleve la filosofía de los grandes
hombres de este mundo! Todos los hombres grandes y
sabios son despóticos, descorteses y poco delicados
como generales, porque están seguros de que no se
les castigará.» (Y recordemos que los generales zaris-
tas incluían también «generales civiles», tan impor-
tantes en los relatos chejovianos.) Con todo, diez años
después, ya en plena lucha con la tuberculosis que
pronto acabaría con él, se olvida de su propia enfer-
medad para inquietarse por la salud del gran anciano
—que le sobreviviría—: «Nunca he querido a nadie
como a él: soy incrédulo, pero de todas las religiones
que existen, la suya es la que más me atrae. Además,
mientras existe Tolstói en la literatura, es grato y
agradable ser escritor: incluso darse cuenta de que
uno no ha hecho ni hace nada importante, no es tan
terrible, porque Tolstói hace bastante por todos. Su
actividad justifica esas esperanzas que uno pone en la
literatura.»
Por el contrario, Dostoievski nunca fue santo de su

devoción, por más que lo disimulara elegantemente en ocasiones públicas; y no sólo porque, desde el regreso de la prisión en Siberia, en 1861 (cuando Chéjov acababa de nacer), la imagen dostoievskiana hubiera sido más bien reaccionaria, sino por razones de estilo. En el presente volumen tenemos un par de relatos con algo de ataque contra Dostoievski, explícitamente Un carácter enigmático, *más solapadamente* La cerilla sueca, *en referencia a* Crimen y castigo. *En 1889, tras una larga temporada de leer la obra dostoievskiana, escribe Chéjov: «Está muy bien, pero es demasiado larga e inmodesta.» Y es que —volvemos al tema de la subjetividad— Chéjov tiene el pudor, a la vez moral y estético, del Yo. Todavía en vida suya, surgirían en otros países algunos escritores —Valéry, Proust, A. Machado, sin que venga mal apelar también al antecedente flaubertiano— que pondrían en cuestión el sentido romántico de la literatura como expresión del Yo íntimo y personal del autor; en Chéjov es un instinto de reserva elegante, que se traduce en objetividad estilística. En excepción irónica, dentro de su obra teatral* La gaviota, *se autocaricaturiza en Trigorin, el que prevé que en el epitafio de su tumba se dirá: «Aquí yace Trigorin. Era un buen escritor, pero no llegó a escribir como Turguénev.» Pero inmediatamente aceptó la advertencia de Tolstói sobre el error que es introducir escritores como personajes en una obra literaria, ante todo porque «son muy pocos» en la vida, y no volvió a tocar el Yo ni aun a efectos de sátira de sí mismo. Ya en 1883 había amonestado a su hermano y colega Aleksandr: «La subjetividad es cosa peligrosa. Es mala porque entrega completamente al pobre autor. Si no fuera por tu subjetividad, habrías sido un artista muy útil [...] No te conviertas en el protagonista de su propio relato, renúnciate a ti mismo al menos por media hora.» «Tu obra no valdrá en absoluto si todos los personajes son como tú. ¿A quién le impor-*

ta tu vida o la mía, o tus ideas o las mías?» Pero
—insistamos en la relación— *ese antisubjetivismo va
ligado, en la misma carta a su hermano, al sentido
de la economía del estilo:* «La gracia es el menor número posible de movimientos [...] No hay que poner
un rifle cargado en la escena si nadie lo va a disparar.»

En efecto, ese ascetismo literario lleva a una sobriedad expresiva que no es sólo brevedad y economía, sino que hace presentar cosas y situaciones sin
explicitar las resonancias sentimentales ni dar demasiada fisonomía humana al mundo. Ruskin había denunciado ya la que llamó «falacia patética» cometida
por tantos escritores en sus descripciones, atribuyen-
do tradicionalmente a la Naturaleza misma todo el
repertorio de pasiones y sentires humanos. Chéjov,
sin conocer, claro está, el planteamiento ruskiniano,
lo desarrolla en términos prácticos, aconsejando a su
hermano: «Las descripciones de la naturaleza deben
ser muy breves y venir muy a propósito. Hay que
acabar con generalidades como: El sol poniente, ba-
ñándose en las ondas del mar oscurecido, derrama un
fulgor de oro carmesí, o Las golondrinas, rozando el
agua, gorjeaban jubilosas. En las descripciones de la
naturaleza uno debe apoderarse de los pequeños
detalles, arreglándolos de tal modo que, con los ojos
cerrados, se obtenga en la mente una imagen clara.
Por ejemplo, se obtendrá una imagen de una noche
de luna clara si se escribe que un trozo de cristal de
una botella rota brillaba como una pequeña estrella
en el dique del molino [...] En la esfera emotiva,
también los pequeños detalles son lo que importa.
[...] Lo mejor es no describir el estado emotivo de
tus personajes: hay que intentar hacerlo evidente por
sus acciones.» Y años después, criticando a Gorki,
aborda más directamente la «falacia patética»: «El
mar ríe... A usted, desde luego, le arrebata. Pero es
algo crudo y barato. Uno lee el mar ríe, y se para como

muerto. Usted cree que esa parada es porque es algo bueno y artístico. Nada de eso: se ha parado sencillamente porque no entiende cómo es posible que el mar ría. El mar no ríe ni llora: ruge, salpica, brilla. Mire cómo lo hace Tolstói: el sol sale y se pone, los pájaros cantan. Nadie ríe ni solloza. Y eso es lo primero: la sencillez.» Y en otro pasaje: «Es usted como un espectador de teatro que expresa su entusiasmo tan inconteniblemente que no puede oír lo que dicen los actores, ni deja que lo oigan los demás. Esa falta de contención se nota sobre todo en los pasajes descriptivos con que interrumpe los diálogos [...] Hay demasiados antropomorfismos, como "el mar respira", "el cielo mira"...» Pero tales consejos suelen siempre caer en el vacío, y así ocurrió también en el caso de Gorki *(«más orgulloso que amargo»* —dijo, ya que *gorki en ruso es «amargo», y por eso fue adoptado como seudónimo por el escritor—, aunque lleno de un empuje moral que superaba a su logro literario: «Llegará un tiempo en que se olviden las obras de Gorki, pero a él mismo no se le olvidará ni en mil años»).*

En general, conviene advertir que la sobria contención de Chéjov hace que su obra, aun con todo su realismo crítico, no pretenda valer como documento total sobre la vida rusa de su tiempo; por contraste, se conserva el auténtico estudio científico sobre la situación de los deportados en la isla Sajalín —recuérdese, al norte del Japón—, adonde, por razones no bien explicadas (quizá en fuga sentimental para alejarse de un amor imposible), se dirigió Chéjov en 1890. No existía aún el ferrocarril transiberiano, y el viaje duró desde abril a diciembre, con caracteres de gran aventura arriesgada, tanto más cuanto que Chéjov iba solo y en lucha con su creciente tuberculosis, que le hacía ya escupir sangre. Ese estudio, publicado luego en libro, no era nada literario, sino que se basaba en diez mil fichas de prisioneros, con *fotografías, hechas por él mismo, de los que luego se llamarían «campos de concentración». En la literatura, en cambio, Chéjov aceptaba unas limitaciones en la denuncia y el análisis, sin duda no sólo porque sabía que la censura no permitía demasiada crudeza descriptiva, sino también por razones más profundamente literarias: porque un escritor no es capaz de convertir en literatura ciertos niveles de dureza infernal en el vivir humano. Él mismo lo dijo a un amigo, no sin cierta ironía amarga, refiriéndose al terrible relato* En la hondonada *—el antepenúltimo de los que escribió—, enviado en 1900 a Gorki para que éste lo publicara en la revista progresista* Vida: «Allí describo la vida en nuestras provincias centrales. Los comerciantes Jrimin existen de veras, aunque en realidad son mucho peores. Sus hijos empiezan a beber vodka a los ocho años y llevan una vida depravada: han contagiado la sífilis a toda la comarca. Eso no lo digo en mi relato, porque se considera poco artístico.»*

Esta estética del relato tuvo también un paralelo en su peculiar producción dramática, tan de tonos grises y de «acción indirecta», donde, mientras en la escena no ocurre casi nada, bajando desde el forte *hasta el* pianissimo, *el destino va enredando a los personajes, hasta la catástrofe marcada por un disparo suicida —o por los hachazos que talan «el jardín de los cerezos»—. Pero en ese terreno la obra de Chéjov resultaba menos clara porque estaba sometida al malentendido de la interpretación —sobre todo, con el famoso director Stanislavski, que, a contrapelo de su propia sensibilidad, ponía ruido y furia donde él quería discretas veladuras—. Y fue precisamente quejándose de este equívoco por lo que, pocos meses antes de morir, resumió en una gran entrevista todo su sentir literario e histórico: primero había escrito a un amigo —y esto era un año antes del primer ensayo revolucionario de 1905—: «¿No ves que todo está en marcha, la sociedad y los trabajadores?»* Pero sabiéndose gravemente enfermo, a pesar de su insistencia en fingir diagnosticarse mal, reconoce que no ha de ver ya nada nuevo en la marcha de la historia, y, sobre todo, que su papel no ha sido de activista ni de preparador de ninguna revolución, sino, simplemente, de escritor voluntariamente «menor» que ha ofrecido una pequeña lección de verdad. Dice así, en la entrevista a que aludíamos: «Si el arte es tan bueno, es porque no tolera una mentira [...] Me reprochan a menudo (incluso Tolstói me lo ha reprochado) que escriba sobre trivialidades. Me dicen que no tengo héroes positivos: revolucionarios, Alejandros de Macedonia, o incluso, como en los cuentos de Leskov, inspectores de policía honrados. Pero ¿de dónde voy a sacarlos? Nuestra vida es provinciana, nuestras ciudades están sin pavimentar, nuestras aldeas son pobres, nuestra gente está harapienta. Cuando somos jóvenes, todos gorjeamos en arrebato, como golondrinas en un montón de estiércol, pero a los cuarenta años ya somos viejos y empezamos a pensar en la muerte...» Y luego, acusando a Stanislavski de haber tergiversado sus obras de teatro, dice: «Yo lo único que quería era decir honradamente: ¡Echad una mirada a vuestras vidas y ved qué lamentables y desastrosas son!» Entonces su entrevistador le pregunta: «¿Y los que ya lo han visto?» Y Chéjov contesta: «Ésos encontrarán su camino sin mí.»

En la mitad que aún vivió de 1904, y con ocasión de sus bodas de plata literarias, se tributa a Chéjov un magno homenaje, promovido por Stanislavski, que acababa de montar (de «echar a perder», según dice Chéjov a su mujer, la actriz Olga Kníper) El jardín de los cerezos. Chéjov acepta la celebración, pero sin dejarse engañar sobre su verdadero motivo: en el relato El maestro acababa de presentar a un pobre maestro de escuela que, al recibir un gran homenaje, *se daba cuenta entonces de que todos sabían algo que no sabía él: que estaba enfermo sin esperanza, y, al comprenderlo, se retiraba de la fiesta para morir en casa. Pronto muere Chéjov, en un balneario alemán, y se produce una situación póstuma de humor macabro, que cuenta Gorki: al llegar el cadáver a Moscú, en un vagón rotulado como «Ostras frescas», coincide con el de un general muerto en la guerra contra el Japón, y sus admiradores se desconciertan al ver el ataúd del escritor seguido por una banda militar: el último cuento de Chéjov.*

En 1899 Chéjov había firmado un contrato para la edición conjunta de su obra, con el editor Marks (o Marx, si se transcribe así, lo que explica mejor el chiste de Chéjov: «Ahora yo también soy marxista»). El pago era de setenta y cinco mil rublos en varios plazos: sabiéndose enfermo sin remedio, el autor dijo, fríamente: «Esta venta será beneficiosa si vivo menos de cinco años, o todo lo más diez, y será un mal negocio si vivo más.» La edición, con los relatos que todavía escribiría Chéjov hasta su muerte, incluía un total de doscientos setenta y cinco, y excluía una buena parte de los publicados en los primeros años. Los que ofrecemos en este volumen, pues, son los que el propio autor quiso conservar entre los aparecidos en los años 1883, 1884 y 1885 (una selección muy rigurosa, pues sabemos que, entre 1882 y 1887, Chéjov publicó más de seiscientos relatos).
El humorismo aparentemente ligero de estos relatos sirve para que penetre con más eficacia su amarga sátira moral, que no alcanza sólo a una sociedad y a una época, sino a la misma condición humana —tómese, así, el primero de ellos, con el joven que se siente orgulloso de que su nombre salga en los periódicos, aunque sea por haber sido atropellado cuando estaba borracho—. Y cuando vemos al pobre funcionario

*que se muere de disgusto porque su jefe prefiere no
darse por enterado de que él le salpicó al estornudar
(La muerte de un funcionario), ¿podemos decir que
se trata simplemente de una caricatura de la buro-
cracia zarista, o es la imagen de la angustia de todo
subordinado en un empleo, en cualquier lugar y momento de la historia? Y lo mismo cabe decir en una
versión aún más cruel del mismo tema, en El triunfo
del vencedor. Así, cada uno de estos relatos pone una
estampa ante nuestros ojos, rápida y ligera, lleván-
donos a la sonrisa sin ningún comentario; después,
ya terminada la lectura, es cuando el humor se convierte en sutil horror al comprender toda la situación,
y, lo que es más grave, al reconocer nuestra mayor
o menor semejanza con los personajes vistos. Alguna vez incluso hay toda una tragedia de la naturaleza
humana puesta en sordina bajo aspecto de ridícula
incomprensión: así, en El malhechor, el pobre campesino no puede entender por qué ha de ser delito
quitar los tirafondos de las vías del tren, si hacen
falta como plomos para pescar. ¿Quién se puede reír
al final de esa breve estampa?*

*El arte de la brevedad y la elementalidad esencial
tendrá en nuestro siglo no pocos maestros —por
ejemplo, un Isaak Bábel, un Juan Rulfo—, pero todos
ellos pueden reconocer un punto esencial de referencia en la obra de Antón Chéjov.*

JOSÉ MARÍA VALVERDE

CRONOLOGÍA

*1860 (16 de enero). Nace Antón Pávlovich Chéjov,
en Taganrog, puerto en el mar de Azov.*
1861 Decreto de emancipación de los siervos de la

gleba. *Dostoievski vuelve de Siberia. Tolstói empieza* Guerra y paz. *Gonchárov termina* Oblomov.

1876   *Largo viaje (narrado en* La estepa*), en que quizá comienza su tuberculosis. Quiebra de la tienda de su padre; la familia se traslada a Moscú, dejando en Taganrog a Antón y otro hermano.*

1877   *Antón Chéjov envía cuentos para su publicación a su hermano Aleksandr, periodista y narrador. Proyecta hacerse sastre.*

1879   *En Moscú, estudia medicina, con una beca del municipio de Taganrog, con la cual ayuda a buena parte de su familia.*

1880   *Monumento a Pushkin, inaugurado con un discurso de Dostoievski, ante el cual Chéjov se muestra reticente.*

1881   *Alejandro II, asesinado: le sucede Alejandro III, endureciéndose la reacción.*

1884   *Ejerce la medicina, ayudando a la familia. Veranea en el campo con el pintor Levitan.*

1885   *La censura prohíbe la escenificación de* En el camino real.

1886   *El escritor Grigoróvich le escribe exhortándole a tomar en serio su talento literario. Colabora en* Tiempos nuevos, *dirigido por Suvorin, quien procura situar a Chéjov en una línea más conservadora, pero que merece el respeto de éste por la nueva dignidad profesional que le concede. Tolstói entra en un activismo cada vez mayor con la publicación de* ¿Qué hacer?; *Chéjov está de acuerdo con él hasta su viaje a Sajalín (1890). Chéjov publica su primer volumen de cuentos (*Relatos abigarrados*) y escribe —en varias versiones— el monólogo teatral* Los perjuicios del tabaco.

1887   *Intento fracasado de «novela grande». Publica otro volumen,* Discursos inocentes. *Escribe un* drama, Ivánov, *que él considera una suerte de* Hamlet *ruso. La Academia de Ciencias le concede un premio, que él se niega a aceptar si no es compartiéndolo con Korolenko, a quien admira. Siempre abrumado por su problemática familia, declara que no podrá casarse aunque quiera.*

1888 *Publica relatos importantes:* La estepa, Ganas de dormir, Crisis de nervios... *Suvorin procura aislarle de los liberales. Chéjov dice: «Necesitaría un amor desgraciado.» Estrena el entremés* El oso, *de duradero éxito.*

1889 *Aparece en su vida Lidia Avilov, casada; su gran amor imposible, que él procurará eludir y olvidar.*

1890 *Viaja hasta la isla Sajalín, para estudiar científicamente la situación de los deportados.*

1891 *Viaja a Venecia, Roma y Niza, por causa de su salud. Publica* El duelo, *que tiene algo de contraposición a* La sonata a Kreutzer *de Tolstói.*

1892 *Trabaja para ayudar a los campesinos en una gran carestía. Vuelve a ver a Lidia Avilov. Compra una finca para veraneo («el lado bueno del capitalismo», dice). Es un año especialmente productivo, con relatos como* La sala número 6.

1893 *Publica un libro sobre su visita a la isla Sajalín.*

1894 *Se traslada a Yalta (Mar Negro), por su tuberculosis. Muere Alejandro III y le sucede Nicolás II (el último zar), entre frustradas esperanzas de liberalización.*

1895 *Escribe teatro (*La gaviota*).*

1896 *Fracasa el estreno de* La gaviota, *que luego tiene éxito en la versión de Stanislavski.*

1898 *Muere su padre. Conoce a la actriz Olga Kniper, con la que se casará en 1901.*

1899 *Sigue en Yalta: prepara la edición conjunta de sus obras. Conoce al joven Gorki.*

1900 *Estrena* El tío Vania. *Miembro de la nueva Sección de Letras de la Academia. Viaja por el Mediterráneo.*
1901 *Fracasa el estreno de* Tres hermanas.
1904 *Estrena* El jardín de los cerezos. *Muere el 2 de julio.*

J. M. V.

BIBLIOGRAFÍA EN CASTELLANO

I. Nemirovski, *La dramática vida de Antón Chéjov*, Buenos Aires, Fabril, 1961.
Q. Ritzen, *Chéjov*, Barcelona, Fontanella, 1963.
J. M. Valverde, introducción a A. P. Chéjov, *Obras*, Barcelona, Planeta, 1963.
M. Gorki, *Pasternak-Chéjov, correspondencia*, Buenos Aires, Quetzal, 1967.
S. Laffitte, *Chéjov según Chéjov*, Barcelona, Laia, 1972.
S. Laffitte, *Chéjov*, Barcelona, Planeta, 1976.

RELATOS
(1883)

EL ESPEJO CURVO

CUENTO DE NAVIDAD

Mi mujer y yo entramos en la sala. Olía a musgo y a humedad. Millones de ratas y ratones echaron a correr cuando alumbramos aquellas paredes que durante un siglo entero no habían visto la luz. Cuando cerramos la puerta tras de nosotros, entró una ráfaga de viento y se arremolinaron los papeles, amontonados por los rincones de la estancia. La luz cayó sobre aquellos papeles y distinguimos viejas inscripciones e imágenes medievales. De las paredes, que el tiempo había puesto semiverdosas, colgaban los retratos de mis antepasados. Sus rostros tenían una expresión altiva, severa, como si quisieran decir:

—¡Buena azotaina te mereces, hermanito!

Nuestros pasos resonaban por toda la casa. A mis toses respondía el eco, el mismo eco que en otros tiempos había respondido a mis antepasados...

El viento ululaba y gemía. Alguien lloraba en el tubo de la chimenea, con llanto en que se percibía una nota de desesperación. Gruesas gotas de agua repicaban en las ventanas oscuras, empañadas, y sus golpes llenaban el ánimo de tristeza.

—¡Oh, antepasados, antepasados! —dije, suspirando profundamente—. Si fuera escritor, mirando los retratos escribiría una larga novela. Pues cada uno de estos viejos fue en su tiempo joven, y cada uno de ellos o de ellas tuvo su novela... ¡y qué novela! Mira, por ejemplo, a esta vieja, mi bisabuela. Esa mujer tan fea y horrible tiene su novelita, que es de extraordinario interés. ¿Ves —pregunté a mi esposa—, ves el espejo que cuelga ahí, en el rincón?

Y señalé un gran espejo, con negro marco de bronce, colgado en un ángulo de la pared, cerca del retrato de mi bisabuela.

—Este espejo posee virtudes mágicas y fue la perdición de mi bisabuela, que lo compró por una cantidad enorme y no se separó de él hasta morir. Se miraba en el espejo día y noche, sin cesar; se miraba incluso cuando comía y bebía. Cuando se acostaba, siempre lo ponía a su lado, en la cama, y en trance de muerte pidió que lo colocasen con ella en el ataúd. No lo hicieron así sólo porque el espejo no cupo.

—¿Era coqueta? —preguntó la esposa.

—Admitámoslo. Pero ¿no tenía, acaso, otros espejos? ¿Por qué tuvo tanto cariño precisamente por éste y no por otro? ¿Le faltaban, acaso, espejos mejores? No, querida; aquí se esconde algún misterio terrible. No puede ser de otro modo. La leyenda dice que en el espejo hay un diablo y que mi bisabuela sentía debilidad por los diablos. Desde luego, esto es absurdo, pero no hay duda de que el espejo con marco de bronce posee una fuerza misteriosa.

Sacudí el polvo del espejo, lo miré y solté una carcajada. A mi carcajada, respondió sordamente el eco. El espejo era curvo y mi fisonomía se torcía en todas direcciones: me vi la nariz en la mejilla izquierda; el mentón, desdoblado en dos, se me había desplazado hacia un lado.

—¡Qué gusto más raro el de mi bisabuela! —dije.

Mi mujer se acercó indecisa al espejo, también se miró en él, y en seguida ocurrió algo horrible. Palideció, se puso a temblar convulsivamente de pies a cabeza y lanzó un grito. Se le cayó de la mano el candelero, que rodó por el suelo, y la vela se apagó. Quedamos sumidos en las tinieblas. En el mismo instante oí caer algo pesado: mi mujer se había desmayado.

El viento gimió aún más lastimeramente, empezaron a correr las ratas, entre los papeles se agitaron los ratones. Los pelos se me pusieron de punta cuando se desprendió el postigo de una ventana y se vino abajo. Por la ventana apareció la luna...

Levanté a mi mujer y la saqué en brazos de la morada de mis antepasados. No volvió en sí hasta el día siguiente, al atardecer.

—¡El espejo! ¡Dadme el espejo! —dijo al recobrar el conocimiento—. ¿Dónde está el espejo?

Durante una semana entera no bebió, no comió, no durmió, no hizo sino pedir que le trajeran el espejo. Lloraba a lágrima viva, se arrancaba los cabellos de la cabeza, se agitaba, y, por fin, cuando el doctor declaró que mi mujer podía morir de consunción y que su estado era de suma gravedad, vencí mi miedo, bajé otra vez a la antigua mansión y traje de allí el espejo de la bisabuela.

Al verlo, mi mujer se echó a reír de felicidad; luego lo agarró, lo besó y se lo quedó mirando, clavados los ojos en él.

Han transcurrido ya más de diez años y sigue contemplándose en el espejo sin separarse de él ni un solo instante.

«¿Es posible que ésta sea yo? —balbucea mientras que en su rostro, a la vez que el color de la púrpura, aparece una expresión de dicha y arrobamiento—. ¡Sí, soy yo! ¡Todo miente, menos este espejo! ¡Mienten las personas, miente mi marido! ¡Oh, si antes me hubiera visto, si hubiera sabido cómo soy en realidad, no me habría casado con ese hombre! ¡Es indigno de mí! ¡A mis pies han de humillarse los caballeros más apuestos, los más nobles!...»

En cierta ocasión, estando de pie detrás de mi mujer, miré casualmente el espejo y descubrí el espantoso secreto. Vi en el espejo a una mujer de deslumbrante belleza, como nunca había encontrado en mi vida. Era un prodigio de la naturaleza, un armónico acuerdo de hermosura, elegancia y amor. Pero ¿a qué se debía aquello? ¿Qué había sucedido? ¿Cómo era que mi mujer, fea y torpe, pareciera en el espejo tan maravillosa? ¿A qué se debía aquello?

Pues a que el espejo curvo torcía el feo rostro de mi mujer en todos sentidos y por este casual desplazamiento de sus rasgos, su cara resultaba preciosa. Menos por menos daba más.

Y ahora, los dos, mi mujer y yo, permanecemos sentados ante el espejo y lo contemplamos sin separarnos de él un solo minuto; la nariz se me mete en la mejilla izquierda, el mentón, desdoblado en dos, se me desplaza hacia un lado, pero la cara de mi mujer es encantadora, y una pasión loca, insensata, se apodera de mí.

—¡Ja, ja, ja! —suelto, riéndome a carcajadas como un salvaje.

Mientras mi mujer balbucea, con voz apenas perceptible:

—¡Qué hermosa soy!

ALEGRÍA

E RAN las doce de la noche.

Mitia Kuldarov, excitado, revuelto el pelo, entró como una tromba en casa de sus padres y se asomó a toda prisa por las habitaciones. Sus padres ya se estaban acostando. La hermana leía en la cama las líneas finales de la última página de una novela. Los hermanos, estudiantes de gimnasio, dormían.

—¿De dónde vienes? —le preguntaron, sorprendidos, los padres—. ¿Qué te pasa?

—¡Oh, no me lo pregunten! ¡No lo habría esperado nunca! ¡No me lo esperaba, no! ¡Esto... esto es hasta inverosímil!

Mitia soltó una carcajada y se sentó en un sillón; era tanta su dicha que ni podía mantenerse de pie.

—¡Es increíble! ¡No se lo pueden imaginar! ¡Miren!

La hermana saltó del lecho y envolviéndose con una manta se acercó a su hermano. Los colegiales se despertaron.

—¿Qué te ocurre? ¡Tienes la cara descompuesta!

—¡Es de alegría, madre! Es que ahora me conoce toda Rusia. ¡Toda! ¡Antes sólo vosotros sabíais que existe el registrador colegiado Dmitri Kuldarov; ¡ahora lo sabe toda Rusia! ¡Madre! ¡Oh, Señor!

Mitia se levantó con rápido movimiento, se metió corriendo por todas las habitaciones y volvió a sentarse.

—Pero, ¿qué ha ocurrido? ¡Habla claro!

—Ustedes viven como los animales del bosque, no leen periódicos, no prestan ninguna atención a la publicidad, ¡y hay tantas cosas admirables en los periódicos! Si algo ocurre, en seguida se sabe, no queda nada oculto. ¡Qué feliz soy! ¡Óh, señor! ¡Ya saben que en los periódicos se habla sólo de las personas famosas; pues bien, han hablado de mí!

—¡Qué dices! ¿Dónde?

El padre se quedó pálido. La madre dirigió la mirada al icono y se santiguó. Los colegiales saltaron de la cama y tal como iban, sin más ropa que sus cortas camisitas de dormir, se aproximaron a su hermano mayor.

—¡Sí! ¡Han hablado de mí! Ahora de mí tienen noticias en toda Rusia. Guarde usted este periódico en recuerdo, madre. De vez en cuando lo leeremos. ¡Mire!

Mitia se sacó del bolsillo un periódico y lo alargó a su padre señalando con el dedo un lugar rodeado por un trazo de lápiz azul.

—¡Lea!

El padre se puso las gafas.

—¡Venga, lea!

La madre miró el icono y se santiguó. El padre carraspeó un poco y empezó a leer:

«El 29 de diciembre, a las once de la noche, el registrador colegiado Dmitri Kuldarov...

—¿Lo ven, lo ven? ¡Siga!

—»...el registrador colegiado Dmitri Kuldarov, al salir de la cervecería de la calle Málaia Brónnaia, en la casa de Kozijin, y hallándose algo bebido...

—Éramos Semión Petróvich y yo... ¡Se describe con todo detalle! ¡Continúe! ¡Siga! ¡Escuchad!

—»...hallándose algo bebido, resbaló y cayó bajo el caballo de un arriero, Iván Drótov, de la aldea de Duríkina, distrito de Yújnovo, que tenía su carruaje allí parado. El caballo se asustó, saltó por encima de Kuldarov y, arrastrando el trineo en el que iba sentado el mercader Stepán Lukov, de la segunda corporación de Moscú, se lanzó a todo correr por la calle, hasta que fue detenido por algunos porteros. Kuldarov, que se había quedado sin sentido, fue llevado a la comisaría y fue examinado por un médico. El golpe que recibió en la nuca...

—Fue contra la vara, padre. ¡Siga! ¡Siga leyendo!

—»...que recibió en la nuca fue calificado de leve. Del suceso se ha levantado el correspondiente atestado. Al paciente se le ha prestado ayuda médica»...

—Me mandaron aplicar en el pescuezo paños mojados

con agua fría. ¿Se han enterado ahora? ¿Eh? ¡Pues ya lo ven! La noticia corre por toda Rusia. ¡Venga el periódico.

Mitia tomó el periódico, lo dobló y se lo metió en el bolsillo.

—Me voy corriendo a casa de los Makárov, se lo mostraré... Aún he de enseñarlo a los Ivánitski, a Natalia Ivánovna, a Anísim Vasílich... ¡Me voy corriendo! ¡Adiós!

Mitia se puso la gorra con escarapela y, lleno de alegría, con aire de triunfo, salió apresuradamente a la calle.

EN LA BARBERÍA

Primera hora de la mañana. Aún no han dado las siete y la barbería de Makar Kuzmich Bliostkin ya está abierta. El dueño, un joven de unos veintitrés años, sin lavar, lleno de lamparones, pero vestido a lo petimetre, está ocupado en la limpieza del local. Poco es lo que se ha de limpiar, la verdad, pero él, trabajando, ha entrado en sudor. Allí friega con un trapo; ahí rasca con el dedo; más allá encuentra una chinche y la sacude de la pared.

La barbería es pequeña, estrecha, deslucida. El empapelado de las paredes, entramadas de madera, recordaba la camisa descolorida de un cochero. Entre dos ventanas empañadas y lacrimosas se abre una puertecita poco firme y rechinante sobre la cual una campanilla, verdosa por la humedad, oscila y suena achacosamente por sí misma, sin motivo alguno. Mírense ustedes en el espejo que cuelga en una de las paredes: su cara se ladeará en todos sentidos con la más implacable de las crueldades. Frente a este espejo cortan el pelo y afeitan. Sobre la mesita, tan sucia y pringosa como el propio Makar Kuzmich, está todo lo que hace falta: peines, tijeras, navajas, fijador de a *kopek*, polvos de a *kopek*, colonia fuertemente diluida de a *kopek*. La verdad es que la barbería entera no vale más allá de quince *kopeks* en monedas de cobre.

Suelta su quejido, encima de la puerta, la achacosa campanilla y entra en la barbería un señor de edad madura con zamarra de cuero y botas altas de fieltro. Lleva la cabeza y el cuello envueltos con un chal de mujer.

Es Erast Ivánich Yágodov, padrino de Makar Kuzmich. En otro tiempo había estado de vigilante en el Conservatorio, pero ahora vive cerca de Krasni Prud y hace de cerrajero.

—¡Hola, muchacho! —dice a Makar Kuzmich, muy ocupado en la limpieza.

Se besan. Yágodov se quita el chal de la cabeza, se persigna y toma asiento.

—¡Qué lejos está esto! —dice, resollando—. ¿Le parece una broma? Desde Krasni Prud hasta Kaluzhskie Vorotá.

—¿Cómo está usted?

—Mal, hermano. He pasado el tabardillo.

—¡Qué me dice usted! ¿El tabardillo?

—El tabardillo. Un mes en cama; creí que me iba a morir. Recibí la extremaunción. Ahora se me cae el pelo. El doctor me ha dicho que me lo corte al rape. Dice que me nacerá cabello nuevo, fuerte. Yo he pensado: iré a que me rape Makar. Antes que acudir a otro, vale más a un pariente. Te lo hace mejor y no te cobra. Queda un poco lejos, cierto, pero qué más da. Sirve de paseo.

—Se lo cortaré con mucho gusto. ¡Siéntese, por favor!

Makar Kuzmich, después de dar un taconazo, ofrece la silla. Yágodov se sienta y se contempla en el espejo; por lo visto está contento del espectáculo: en el espejo la cara aparece torcida, con labios de calmuco, nariz achatada y los ojos en la frente. Makar Kuzmich cubre los hombros de su cliente con una sábana blanca, con manchas amarillas, y comienza a hacer cantar las tijeras.

—¡Le voy a dejar pelado! —dice.

—Naturalmente. Que me parezca a un tártaro o a una bomba. El cabello saldrá luego más espeso.

—¿Cómo está la tiíta?

—Bien, va tirando. Hace poco asistió de parto a la esposa del mayor. Le dieron un rublo.

—Vaya, un rublo. ¡Agárrese la oreja!

—La agarro… Cuidado, no me corte. ¡Ay, me hace daño! Me tira de los pelos.

—No es nada. En nuestro trabajo esto es inevitable. ¿Y qué tal Anna Erástovna?

—¿Mi hija? Bien, contenta. La semana pasada, el miércoles, se prometió con Sheikin. ¿Por qué no vino?

Las tijeras dejaron de cantar. Makar Kuzmich baja los brazos y pregunta asustado:

—¿Quién se ha prometido?

—Anna.

—¿Cómo es posible? ¿Con quién?

—Con Sheikin, Prokofi Petrov. Su tía está de ama de llaves en una casa de la callejuela de Zlatoust, es una buena mujer. Naturalmente, todos estamos muy contentos, a Dios gracias. Dentro de una semana tendremos la boda. No falte, lo pasaremos bien.

—Pero, ¿cómo es esto, Erast Ivánich? —dice Makar Kuzmich, pálido, sorprendido, encogiéndose de hombros—. ¿Cómo es posible? Esto... ¡no puede ser, de ningún modo! El caso es que Anna Erástovna... el caso es que yo... el caso es que yo la quería, y tenía intenciones serias. ¿Cómo ha sido eso?

—Pues muy sencillo. Se han prometido, decidido y hecho. Él es una buena persona.

En la cara de Makar Kuzmich brotan unas gotas de sudor frío. El joven pone las tijeras sobre la mesa y empieza a frotarse la nariz con el puño.

—Yo tenía intenciones serias... —dice—. ¡Esto es imposible, Erast Ivánich! Yo... yo estoy enamorado y le ofrecí mi corazón... Y la tiíta me dio palabra. A usted le he estimado siempre como a mi padre... siempre le corto el pelo gratis. Siempre ha recibido usted pruebas de atención por mi parte, y cuando mi padre murió, tomó usted un diván y diez rublos sin que me los haya devuelto, ¿lo recuerda?

—¡Cómo no lo voy a recordar! ¡Lo recuerdo! Pero ¿qué partido es usted, Makar? ¿Acaso es usted un partido? Ni dinero, ni posición social, un oficio de mala muerte...

—¿Sheikin es rico?

—Sheikin es miembro de una compañía de artesanos y tiene invertidos mil quinientos rublos. Así que, hermano... Da lo mismo correr que saltar, lo hecho, hecho está. Atrás ya no se puede volver, muchacho. Búsquese otra novia... El mundo no se acaba aquí. ¡Bueno, córteme el pelo! ¿Por qué se queda parado?

Makar Kuzmich se calla y permanece inmóvil; luego saca el pañuelo del bolsillo y empieza a llorar.

—¡No hay para tanto, hombre! —le dice, consolándole, Erast Ivánich—. ¡Basta! ¡Pues sí, llore como una mujer! Mire, acabe de pelarme y luego llore cuanto quiera. ¡Coja las tijeras!

Makar Kuzmich toma las tijeras, se queda un minuto contemplándolas, como alelado, y las deja caer sobre la mesa. Las manos le tiemblan.

—¡No puedo! —dice—. ¡Ahora no puedo, me fallan las fuerzas! ¡Qué desgraciado soy! ¡Y ella también es desgraciada! Nos queríamos, nos habíamos dado palabra, y nos han separado personas sin corazón, malvadas. ¡Márchese, Erast Ivánich! Se me hace insoportable verle.

—Bueno, vendré mañana, muchacho. Mañana acabará de cortarme el pelo.

—Está bien.

—Tranquilícese, volveré mañana por la mañana, tempranito.

Erast Ivánich tiene rapada media cabeza y parece un presidiario. Quedarse así resulta desagradable, pero no puede hacer nada. Se envuelve la cabeza y el cuello con el chal y sale de la barbería. Al quedarse solo, Makar Kuzmich se sienta y sigue llorando en silencio.

Al día siguiente, por la mañana temprano, se presenta otra vez Erast Ivánich.

—¿Qué desea usted, señor? —le pregunta fríamente Makar Kuzmich.

—Acabe de cortarme el pelo, muchacho. Queda aún por pelar media cabeza.

—Haga el favor, pague por adelantado. Gratis no corto el pelo.

Erast Ivánich sale sin replicar una palabra, y aún es el día en que lleva media cabeza con los cabellos largos y la otra media con los cabellos cortos. Pagar por cortar el pelo lo considera un lujo y espera que los cabellos le crezcan en la mitad rapada. Y así se presentó a la boda.

EL TRIUNFO DEL VENCEDOR

RELATO DE UN REGISTRADOR COLEGIADO EN RETIRO

E L viernes de carnaval, todos se fueron a comer hojuelas a casa de Alexéi Ivánich Kozulin. A Kozulin ustedes no le conocen; es posible que para ustedes sea una
persona insignificante, un cero a la izquierda; mas para
un servidor de ustedes, que no llega al cielo con la
mano, Kozulin es grande, todopoderoso, sapientísimo.
Fueron a su casa todos los que, por así decirlo, se encontraban al pie de su cumbre. También fui yo, con mi
padre.

Las hojuelas eran tan soberbias que no encuentro palabras para describírselas, señor mío: hinchaditas, mulli-
ditas, tostaditas. Tomas una, ¡córcholis!, la mojas en la
mantequilla caliente, te la comes, y otra se te mete sola
en la boca. Servían de detalle, ornamentación y comentario, nata de leche, caviar fresco, salmón y queso rallado.
El vino y la vodka formaban un verdadero mar. Después
de las hojuelas comimos sopa de esturión, y después de
la sopa, perdices en salsa. Fue tanta la satisfacción que
dimos a la andorga, que mi padre se desabrochó disimuladamente un botón encima del vientre y para que nadie
se apercibiera de su liberalismo, se tapó con la servilleta.
Alexéi Ivánich, en uso del derecho que le confiere el ser
nuestro superior, a quien todo le está permitido, se desabrochó el chaleco y la camisa. Terminada la comida, sin
levantarse de la mesa, con la venia del jefe se encendieron
los cigarros y se entabló conversación. Nosotros escuchá-
bamos y Su Excelencia, Alexéi Ivánich, hablaba. Los
asuntitos de que trataba tenían sobre todo carácter hu-

morístico, carnavalesco... Era evidente que el jefe, con
sus relatos, deseaba parecer ingenioso. No sé si contó alguna cosa que tuviera gracia, sólo recuerdo que papá me
tocaba a cada instante con el codo y me decía:

—¡Ríete!

Yo abría la boca de par en par y me reía. Una vez,
al reír, hasta solté un chillido, con lo que me atraje la
atención general.

—¡Así, así! —balbuceaba mi padre—. ¡Bravo! Te mira
y se ríe... Buena señal; ¡quizá te dé, verdaderamente, el
puesto de ayudante del secretario!

—¡Ajá! —dijo, entre otras cosas, Kozulin, nuestro superior, resoplando, respirando pesadamente—. Ahora estamos comiendo hojuelas, tenemos a mano caviar recen-
tísimo, tengo una mujercita frescachona y de blanca piel.
¿Y mis hijas? Son tan hermosas, que no sólo vosotros, mis
sumisos semejantes, sino hasta príncipes y condes, suspi-
ran al verlas. ¿Y mi casa? Je, je, je... ¡No está mal, no!
¡Pero no se quejen, no se lamenten tampoco ustedes,
mientras vivan! Todo puede ocurrir y suelen producirse
los cambios más inesperados... Hoy eres, supongamos, un
ser insignificante, un cero a la izquierda, un granito de
polvo..., una pasita, pero ¿quién sabe? Quizá, con el
tiempo, vete a saber... agarras la suerte por el tupé. ¡No
sería nada del otro jueves!

Alexéi Ivánich guardó silencio unos momentos, meneó
la cabeza y prosiguió:

—¡Qué era yo antes, qué era! ¡Dios mío! No cree uno
a su propia memoria. Sin botas, con los pantalones rotos,
lleno de miedo y angustia... Por un rublo de plata, tra-
bajaba a veces dos semanas enteras. ¡Y luego no te lo
dan ese rublo, no! Toman un billetito, lo arrugan y te lo
arrojan a la cara: ¡cómetelo! Cualquiera puede aplas-
tarte, herirte, darte un mamporro... Cualquiera puede
ponerte en vergüenza... Te presentas a informar y de
pronto ves un perrito junto a la puerta. Te acercas al
perrito y le tomas la patita, la patita, como diciéndole:
perdone que haya pasado de largo. ¡Muy buenos días
tenga usted! Y el perrito te enseña los dientes: rrrr...
El portero te da con el codo: ¡zas!, y tú le dices: ¡no
tengo calderilla, Iván Potápich!... ¡Perdone! Quien más
me hizo sufrir y más desaires me hizo soportar fue ese

salmón ahumado que ahí tenemos... ese cocodrilo. ¡Ese mosca muerta de Kúritsin!

Alexéi Ivánich señaló a un viejecito pequeño y encorvado, que estaba sentado al lado de mi padre. El anciano entornaba sus fatigados ojos y fumaba con repugnancia un cigarro. No solía fumar nunca, pero si un superior le ofrecía un cigarro, él consideraba de mal gusto rechazarlo. Al ver el dedo que le señalaba, se quedó enormemente confuso y se removió intranquilo en el asiento.

—¡Mucho fue lo que tuve que aguantar por obra y gracia de este corderito! —continuó Kozulin—. Acertó a ser mi primer jefe. Cuando me llevaron a presencia suya, yo era apocado, gris, insignificante, y me asignaron un puesto junto a su mesa. En seguida empezó a mortificarme... No soltaba una palabra que no fuera un puñal, ni mirada que no se me clavara en el pecho como una bala de plomo. Ahora parece un gusarapo, muy poquita cosa, ¡pero había que verle antes! ¡Un Neptuno! ¡Abríos, cielos! ¡El tiempo que me estuvo torturando! Escribía por él, iba a comprarle empanadillas, le afilaba las plumas, acompañaba al teatro a su vieja suegra. Le complacía en todo cuanto podía. ¡Aprendí a oler rapé para tenerle contento! Ajá... Todo para él... Has de tener siempre la tabaquera a punto, me decía yo mismo, por si acaso, por si pide. ¿Recuerdas, Kúritsin? Una vez se le presenta mi difunta madre y le pide, la viejecita, que dé dos días de permiso a su hijo, es decir, a mí, para que pueda ir a casa de la tía, a repartir la herencia. Qué modo de sulfurarse contra ella, qué modo de abrir los ojos, qué modo de ponerse a gritar: «Tu hijo es un vago, un parásito; ¡por qué me miras de este modo, estúpida!... ¡A manos de la justicia irá a parar!» La viejecita regresó a casa y tuvo que guardar cama, enfermó del susto, y por poco se muere entonces...

Alexéi Ivánich se secó los ojos con el pañuelo y se bebió de un trago un vaso de vino.

—Quería casarme con su amante, y entonces yo... por suerte enfermé del tabardillo y me pasé medio año en el hospital. ¿Qué les parece lo que ocurría antes? Así era la vida, ya ven. ¿Y ahora? ¡Huifa! Ahora yo... estoy por encima de él... Ahora es él quien acompaña a mi suegra a los teatros, él me ofrece a mí la tabaquera, y aquí lo tienen, fumando un cigarro. Je, je, je... Le pongo un poco de pimienta en la vida... ¡un poco de pimienta! ¡Kúritsin!

—¿Qué manda, Excelencia? —preguntó Kúritsin levantándose y poniéndose firmes.

—¡A representar la tragedia!

—¡A sus órdenes!

Kúritsin irguió la cabeza, frunció el ceño, elevó la mano, torció el gesto de la cara y se puso a cantar con voz cascada y temblona:

—«¡Muere, perjura! ¡Tengo sed de saaangre!»

Soltamos todos estrepitosas carcajadas.

—¡Kúritsin! ¡Cómete ese pedazo de pan con pimienta!

El atiborrado Kúritsin tomó un gran pedazo de pan de centeno, lo espolvoreó con pimienta y comenzó a masticarlo entre grandes risotadas.

—Pueden ocurrir los cambios más inesperados —prosiguió Kozulin—. ¡Siéntate, Kúritsin! Cuando nos levantemos, cantarás alguna cosa... Entonces eras tú, ahora soy yo... Sí... Y así murió mi viejecita... Sí...

Kozulin se levantó y se tambaleó...

—Y yo, punto en boca, porque era insignificante, gris... Verdugos... Bárbaros... Pero ahora, en cambio, yo... Je, je, je... ¡Y tú, a ver! ¡Tú! ¡A ti te lo digo, sin bigotes!

Kozulin señaló con el dedo en dirección a mi padre.

—¡Corre alrededor de la mesa y canta como el gallo!

Mi padre se sonrió, se ruborizó de placer y se puso a trotar alrededor de la mesa. Yo, tras él.

—¡Qui-qui-ri-quí! —nos pusimos a vocear los dos, corriendo más aprisa.

Yo corría y pensaba:

«¡Ahora sí voy a ser ayudante de secretario!»

EL PORTERO INTELIGENTE

DE pie en medio de la cocina, el portero Filipp echaba un sermoncito. Le escuchaban los lacayos, el cochero, dos doncellas de la casa, el cocinero, la cocinera y dos pinches, ambos hijos de Filipp. Todas las mañanas el portero les soltaba su plática. Aquel día, el objeto de su discurso era la instrucción.

—Vivís todos como si fuerais de la raza de los cerdos —decía con su gorro de portero en la mano—. Os pasáis los días aquí metidos y, fuera de la ignorancia, no se ve en vosotros ningún otro signo de civilización. Mishka juega a las damas. Matriona casca avellanas, Nikífor enseña los dientes. ¿Son éstos signos de inteligencia? No son signos de inteligencia, sino de estupidez. ¡No tenéis ni pizca de facultades intelectuales! ¿Y sabéis por qué?

—Justo, Filipp Nikándrich —comentó el cocinero—. Ya se sabe, ¿qué inteligencia quiere que tengamos? La de un *mujik*. ¿Entendemos mucho de alguna cosa?

—¿Y por qué no tenéis facultades intelectuales? —prosiguió el portero—. Pues porque os falta una verdadera base. No leéis libros ni tenéis idea de la escritura. Deberíais tomar un libro, sentaros, y a leer. Supongo que no os falta instrucción para descifrar la letra impresa. Tú, Misha, podrías tomar un libro y leerlo en voz alta. A ti te sería provechoso, y a los demás les resultaría agradable. En los libros se habla de todas las cosas. En ellos encuentras noticias extensas de las cosas naturales, de la divinidad y de los países de la tierra. De qué está hecho lo uno y lo otro, cómo los diferentes pueblos se expresan en todos los diferentes idiomas. Y también de la idolatría. Con tal que quieras, en los libros lo encuentras todo. Pero vosotros os pasáis la vida al lado de la estufa, comiendo y bebiendo. ¡Como verdaderas bestias! ¡Uf!

—A usted, Nikándrich, ya le toca entrar de guardia, es la hora —observó la cocinera.

—Lo sé. Y no es cosa tuya recordármelo. Pues, lo que os decía, tomemos por ejemplo aunque sea a mí mismo. ¿A qué puedo dedicarme en mi avanzada edad? ¿Con qué procurar satisfacción a mi propia alma? Para ello nada mejor que un libro o un periódico. Ahora mismo voy a entrar de guardia. He de pasarme unas tres horas en el portal. ¿Creéis que voy a bostezar de aburrimiento o que me dedicaré a hablar de tonterías con las mujeres? ¡Nada de eso, no soy yo de esa pasta! Me llevaré un libro, me sentaré y me lo leeré con la mayor satisfacción del mundo. Como os lo digo.

Filipp sacó del armario un libro muy usado y se lo guardó bajo la camisa.

—En esto me entretengo. Me acostumbré de pequeño. El saber es luz; la ignorancia, tinieblas; ¿no lo sabíais? Pues así es...

Filipp se puso el gorro, carraspeó y salió de la cocina refunfuñando. Se dirigió al portalón, se sentó en el banco y frunció el ceño, poniendo una cara sombría como una nube.

«Esto no son personas, sino unos cochinos zorros», musitó, sin dejar de pensar en la población cocineril.

Cuando se hubo sosegado, sacó el libro, suspiró gravemente y se puso a leer.

«Está escrito de tal modo, que no hace falta decirlo mejor —pensó, después de haber leído la primera página, meneando la cabeza—. ¡Cuántas luces da el Señor!»

El libro era bueno, editado en Moscú. «El cultivo de las raíces carnosas. ¿Nos hace falta el nabo?» Después de haber leído las dos primeras páginas, el portero meneó significativamente la cabeza y tosió.

«¡Está muy bien escrito!»

Leída la tercera página, Filipp se quedó pensativo. Sintió deseos de pensar en la instrucción y, quién sabe por qué, en los franceses. La cabeza se le dobló sobre el pecho, los codos se le apoyaron sobre las rodillas. Los ojos se le entornaron.

Filipp tuvo un sueño. Vio que todo había cambiado:

la tierra era la misma, las casas eran las mismas, los portalones eran los de antes, pero las personas se habían
hecho completamente distintas. Todas eran instruidas, no
había ni un tonto, y por las calles pasaban franceses y
más franceses. Hasta el aguador dice: «Yo, la verdad, estoy muy descontento del clima y deseo echar un vistazo
al termómetro», y tiene en la mano un libro gordo.

—Lo que tienes que hacer es leer el calendario —le
dice Filipp.

La cocinera es tonta, pero hasta ella tercia en las sabias
conversaciones e intercala algún comentario. Filipp se dirige a la comisaría para registrar a los inquilinos, y cosa
rara, hasta en un lugar tan riguroso hablan sólo de doc-
tas cuestiones y en todas las mesas se ven libros. Y he
aquí que alguien se acerca al lacayo Misha, le empuja
y grita: «¿Duermes? Te lo pregunto a ti: ¿estás durmiendo?»

—¿Duermes estando de guardia, zopenco? —oye decir Filipp a una voz de trueno—. ¿Estás durmiendo,
canalla, bestia?

Filipp se puso en pie de golpe y se restregó los ojos;
frente a él se encontraba el ayudante del comisario de
policía.

—¿Conque durmiendo, eh? ¡Te voy a multar, cerdo!
¡Ya te enseñaré yo a dormir estando de servicio, imbécil!

Dos horas después, el portero tuvo que presentarse a la
comisaría. Luego volvió a la cocina. Allí, movidos por
sus sermones, todos estaban sentados en torno a la mesa
y escuchaban a Misha, que, deletreando, leía alguna cosa.

Filipp, huraño, con la cara roja, se acercó a Misha, le
sacudió el libro con una manopla y dijo sombríamente:

—¡Tíralo!

UN CARÁCTER ENIGMÁTICO

Un depàrtamento de primera.

En el diván, revestido de terciopelo carmesí, permanece recostada una hermosa damita. En su mano, convulsivamente apretada, cruje un precioso abanico de pasamanería; el *pince-nez* se le cae continuamente de la graciosa naricilla; el broche que le adorna el pecho sube y baja cual barquilla entre las olas. La damita está turbada... Frente a ella está sentado un funcionario de esos que los gobernadores tienen a sus órdenes directas, joven escritor principiante que publica en los periódicos de provincias pequeños relatos acerca de la vida del gran mundo, a los que él da el nombre de «novelas»... La mira a la cara, la mira fijamente, con el aire de persona entendida en la materia. Observa, estudia, escudriña aquel carácter excéntrico, enigmático, lo comprende, penetra en él... Ve el alma de aquella damita, su psicología toda, como si la tuviera en la palma de la mano.

—¡Oh, la comprendo! —dice el funcionario a las órdenes directas del gobernador, besándole la mano a la damita junto a la pulsera—. Su alma, sensible y bondadosa, busca una salida del laberinto... ¡Sí! ¡La lucha es terrible, monstruosa, pero... no desfallezca! ¡Usted saldrá vencedora! ¡Sí!

—¡Descríbame, Voldemar! —dice la damita, sonriendo tristemente—. Mi vida es tan intensa, tan diversa, tan compleja... pero sobre todo, ¡soy tan desgraciada! Soy una mártir a lo Dostoievski... ¡Muestre mi alma al mundo, Voldemar, muestre esa pobre alma mía! Usted es un psicólogo. ¡No hace una hora que nos hemos conocido en este departamento y usted ha llegado ya a comprenderme por completo, hasta el fin!

—¡Hable! ¡Se lo suplico, hable!

—Escuche. Soy de una familia de funcionarios pobres. Mi padre era un hombre bueno, inteligente, pero... el espíritu del tiempo y del medio..., *vous comprencz*, yo no culpo a mi pobre padre. Bebía, jugaba a las cartas..., se dejaba sobornar... Luego, mi madre... ¡Pero, qué le voy a decir! Las necesidades, la lucha por un trozo de pan, la conciencia de no ser nada... ¡Ah, no me obligue usted a recordar! Yo tenía que abrirme camino por mí misma... La absurda educación del instituto, la lectura de novelas estúpidas, los errores de la juventud, el amor primero y tímido... ¿Y la lucha con el medio? ¡Terrible! ¿Y las dudas? ¿Y los tormentos al notar que voy perdiendo la fe en la vida, en mí misma?... ¡Ah! Usted es escritor, y a nosotras, las mujeres, nos conoce. Usted comprenderá... Por desgracia soy una mujer de carácter muy abierto. Yo esperaba la felicidad, ¡y qué felicidad! Mi gran anhelo era vivir una vida humana. ¡Sí! Una vida humana, ¡en esto veía yo mi dicha!

—¡Maravillosa! —balbucea el escritor, besándole la mano junto a la pulsera—. ¡No es a usted, admirable mujer, a quien beso, sino al sufrimiento humano! ¿Recuerda a Raskólnikov? Así besaba él.

—¡Oh, Voldemar! Yo necesitaba la fama... la animación, el esplendor, como todo espíritu poco ordinario, ¿para qué afectar falsa modestia? ¡Anhelaba algo fuera de lo común... no femenino! Y he aquí que... he aquí que... se cruza en mi camino un general viejo y rico... ¡Compréndame, Voldemar! Aquello era el sacrificio de mí misma la renuncia a mí misma, ¡compréndame! No podía obrar de otro modo. Hice rica a mi familia, pude viajar, practicar el bien... Pero, cómo sufría, qué insoportables, vilmente insulsos, eran para mí los abrazos de aquel general, aunque, hay que hacerle justicia, había luchado en su tiempo como un valiente. Había minutos... ¡horribles minutos! Pero me reconfortaba la idea de que el viejo iba a morir de un día a otro y de que yo podría vivir como quisiera, entregarme al hombre amado, ser feliz... ¡Porque existe el hombre a quien yo amo, Voldemar! ¡Dios sabe que es así!

La bella dama se abanica enérgicamente. Su rostro adquiere una expresión llorosa.

—Y he aquí que el viejo ha muerto... Me ha dejado algo, soy libre como un pajarito. Parece que, por fin, las puertas de la dicha se han abierto para mí... ¿No es cierto, Voldemar? La felicidad llama a mi ventana. Basta sólo con dejarla entrar, pero... ¡no! ¡Escúcheme, Voldemar, se lo imploro! Ahora podría entregarme al hombre que amo, convertirme en su compañera, en su colaboradora, en la propulsora de sus ideales, podría ser feliz... descansar... ¡Pero qué vulgar, repugnante y estúpido es todo en este mundo! ¡Cuánta bajeza, Voldemar! ¡Soy desgraciada, desgraciada, desgraciada! ¡Otra vez se ha interpuesto en mi camino un obstáculo! ¡Otra vez siento que mi felicidad está lejos, muy lejos! ¡Oh, qué tortura, si usted supiera! ¡Qué tortura!

—Pero, ¿de qué se trata? ¿Qué se le ha interpuesto ahora en su camino? ¡Hable, se lo suplico! ¿De qué se trata?

—Otro viejo rico...

El abanico, roto, oculta la hermosa carita. El escritor apoya sobre el puño su cabeza repleta de cavilaciones, suspira y se queda meditando con el aspecto de psicólogo entendido. La locomotora silba y resuella, los rayos del sol poniente tiñen con leve rubor las cortinitas de la ventanilla...

VANIA SE EXAMINA DE GRIEGO [1]

A L prepararse para acudir a los exámenes de griego,
Vania Óttepeliev besó y volvió a besar todos los iconos de su casa. Sentía el vientre revolucionado y una
impresión de frío bajo el corazón; éste le palpitaba con
fuerza y se le encogía de terror ante lo desconocido. ¿Qué
sacaría? ¿Un tres o un dos[2]? Unas seis veces pidió la
bendición a su madre y al salir encargó a su tía que re-
zara por él. Camino del gimnasio, dio dos *kopeks* a un
pobre con la esperanza de compensar su ignorancia con
aquella moneda; Dios mediante, no iban a tocarle los nu-
merales con sus «tessarákonta» y «oktokáideka».

Volvió del gimnasio tarde, después de las cuatro. Llegó
y se acostó silenciosamente. Tenía pálido el flaco rostro,
círculos oscuros en torno a los enrojecidos ojos.

—¿Qué? ¿Cómo te ha ido? ¿Qué has sacado? —le
preguntó la madre acercándose a la cama.

Vania pestañeó, torció los labios y se puso a llorar. La
madre se volvió pálida, abrió la boca y juntó las manos.
Los pantalones que estaba remendando se le cayeron al
suelo.

—¿Por qué lloras? Esto quiere decir que no has aprobado, ¿eh? —preguntó.

—Me... me han tumbado... Tengo un dos...

—¡Me lo figuraba! ¡Lo presentía! —exclamó la madre—. ¡Oh, Santo Dios! ¿Cómo es posible que te hayan
tumbado? ¿Qué te ha ocurrido? ¿En qué asignatura?

---

[1] El título original es *Sluchai s Klássikom*, «El caso del estudiante de lenguas clásicas».
[2] El dos era suspenso, el tres aprobado, el cinco, la nota máxima.

—En griego... Yo, mamita... Me han preguntado cuál
es el futuro de «fero» y yo... yo, en vez de decir «oiso-
mai» he dicho «opsomai». Luego... luego... el acento
circunflejo no se pone si la última sílaba es larga y yo...
yo me he azorado... me he olvidado de que la alfa allí
es larga... y he puesto el acento circunflejo. Después, Ar-
taxérxov me ha mandado enumerar las partículas enclí-
ticas... Las he dicho y sin darme cuenta he confundido
los pronombres personales... Me he equivocado... Y me
ha puesto un dos... Soy un desgraciado... Me he pasado
toda la noche estudiando... Toda esta semana me he levantado a las cuatro...

—No, tú no, ¡soy yo la desgraciada! Y todo por tu
culpa, ¡criatura infame! ¡Soy yo la desgraciada! ¡Me
has dejado en los huesos, Iscariote, verdugo, mala providencia mía! Pago por ti, que no sirves para nada, doblo
la espalda, me atormento, puede decirse que padezco, ¿y
cómo correspondes tú? ¿Cómo estudias?

—Yo... yo estudio. Toda la noche... Usted misma lo
ha visto...

—He pedido a Dios que me mande la muerte, pero a
mí, pecadora, no me la manda... ¡Eres mi verdugo! Otras
tienen hijos que son hijos, yo sólo tengo uno, uno nada
más, y no puedo esperar de él nada bueno. ¿He de pegarte? Te pegaría, pero ¿de dónde saco fuerzas para
hacerlo? ¿De dónde, Virgen Santa, puedo sacar fuerzas?

La madre se cubrió el rostro con el borde de la blusa
y se puso a sollozar. Vania, angustiado, dio unas vueltas
en la cama y apretó la frente contra la pared. Entró la tía.

—Ya veo... Mi presentimiento... —comenzó a decir,
adivinando al instante lo que pasaba, palideciendo y juntando las manos, asombrada—. Toda la mañana he estado intranquila... Ay, ay, pensaba, sucederá una desgracia... Ya veo que así ha ocurrido...

—¡Bandido, verdugo! —soltó la madre.

—¿Por qué le insultas? —dijo la tía arremetiendo contra ella y quitándose nerviosamente de la cabeza el pañuelo color café—. ¿Es que él tiene la culpa? ¡La culpa
la tienes tú! ¡Tú! ¿A qué santo le has metido en ese
gimnasio? ¿Tienes algún título de nobleza, por ventura?
¿Quieres meterte a noble? A-a-a-ah... Pues ahí lo tienes,
¡ya ves cómo os están haciendo nobles! Te lo he dicho

ya, que se dedique al comercio... que entre en algún despacho, como mi Kuzia... Mira, Kuzia gana quinientos rublos al año. ¿Son una broma quinientos rublos? Con esa manía de hacerle un sabio te atormentas tú y has atormentado al muchacho, total para nada. Contémplale..., está hecho un fideo, tose... ha cumplido trece años y parece que no pasa de diez.

—¡No, Nástenka, no, querida! ¡Le he pegado poco a ese verdugo mío! ¡Lo que hace falta es zurrarle, esto es lo que hace falta! U-u-u... ¡jesuita, mahometano, verdugo! —levantó la mano amenazando al hijo—. ¡Habría que azotarte, pero me faltan fuerzas! Ya me lo decían cuando aún era pequeño: «Pégale, pégale»... No hice caso, pecadora de mí. Y aquí me tienes ahora, sufriendo. ¡Pero vas a ver! ¡Te desollaré vivo! Vas a ver...

La madre amenazó con el puño mojado y, llorando, se dirigió a la habitación del inquilino. Su inquilino, Evtiji Kuzmich Kuporósov, sentado a la mesa, en su cuarto, estaba leyendo el *Manual del bailarín autodidacta*. Evtiji Kuzmich es un hombre inteligente e instruido. Habla con voz gangosa, se lava con un jabón que, por el aroma que despide, hace estornudar a todos los de la casa, no come de vigilia los días de ayuno y busca una novia instruida; por todo esto es considerado como el más inteligente de los inquilinos. Canta con voz de tenor.

—¡Mi buen señor! —le dice la madre, hecha una Magdalena—. Sea generoso, azote a mi... ¡Tenga la bondad! ¡Ha suspendido, por desgracia mía! ¡Créame, no ha aprobado! Yo estoy tan débil de salud, que no puedo castigarle... ¡Azótelo por mí, Evtiji Kuzmich, sea tan noble y delicado! ¡Hágalo por consideración a una mujer enferma!

Kuporósov arrugó la frente y soltó un profundísimo suspiro por las ventanas de la nariz. Reflexionó un poco, tabaleó golpeando con los dedos la superficie de la mesa y, suspirando una vez más, se dirigió a la habitación de Vania.

—¡A usted, por decirlo así, le dan instrucción! —empezó a decir—. ¡Le educan, le abren camino, jovencito indigno! ¿Y usted, qué?

Habló durante largo rato, soltó un discurso entero. Recordó la ciencia, la luz y las sombras.

—¡Eso es, jovencito!

Acabado el discurso, se quitó el cinturón y tiró a Vania del brazo.

—¡Con usted no se puede hablar de otro modo! —dijo.

Vania se doblegó, sumiso, y escondió la cabeza entre las rodillas. Sus orejas sonrosadas y salientes comenzaron a moverse entre los nuevos pantalones de lana con bandas pardas...

Vania no emitió ni un solo gemido. Por la noche, en el consejo de familia, se decidió dedicarle al comercio.

DEL DIARIO DE UN AYUDANTE DE CONTABLE

1863, *11 de mayo.* Nuestro sexagenario contable, Glotkin, ha tomado leche con coñac porque tenía tos y ha enfermado de *delirium tremens*. Los doctores, con la seguridad que les es propia, afirman que mañana morirá. ¡Al fin seré contable! Me han prometido el puesto hace mucho tiempo.

El secretario Kleschov será llevado a los tribunales por haber pegado a un solicitante que le había llamado burócrata. Por lo visto, la cosa está ya decidida.

He tomado una pócima contra la gastritis.

1865, 3 de agosto. El contable Glotkin otra vez ha enfermado del pecho. Ha empezado a toser y a tomar leche con coñac. Si muere, su puesto será para mí. Alimento ciertas esperanzas, aunque débiles, pues, por lo visto, el *delirium tremens* no siempre es mortal.

Kleschov ha arrebatado una letra de cambio a un armenio y la ha hecho pedazos. O mucho me equivoco o el asunto llegará a los tribunales.

Una viejecita (Gúrevna) me dijo ayer que no tengo gastritis, sino hemorroides internas. ¡Es muy posible!

1865, 30 de junio. Según escriben, en Arabia se ha declarado el cólera. No está excluido que la epidemia se extienda por Rusia; entonces quedarán muchas plazas vacantes. No está excluido que el viejo Glotkin muera; entonces yo obtendré el puesto de contable. ¡Qué vitalidad la de este hombre! A mi entender, vivir tantos años hasta es censurable.

¿Qué podría tomar contra la gastritis? ¿Y si tomara santonina?

1870, 2 de enero. En el patio de Glotkin, un perro se ha pasado la noche aullando. Mi cocinera Pelaguéia dice que la señal es infalible, y hemos estado, ella y yo, hasta las dos de la madrugada hablando de la pelliza de pieles de castor y del batín que me compraré cuando sea contable. Quizá me case. No voy a casarme con una moza, naturalmente; esto no es propio de mis años; me casaré con una viuda.

Ayer Kleschov fue echado del club por haber contado en voz alta una anécdota indecente y por haberse burlado del patriotismo de Poniujov, miembro de la diputación comercial. Según ha llegado a mis oídos, Poniujov acudirá a los tribunales.

Quiero hacerme visitar de la gastritis por el doctor Botkin[1]. Dicen que cura bien...

1878, 4 de junio. En Vetlianka, según escriben, hay epidemia de peste. La gente muere como moscas, escriben. Glotkin bebe, por si acaso, vodka de pimienta. A un viejo como él, difícil es que la vodka de pimienta le sirva de alguna cosa. Si la peste llega aquí, no hay duda de que seré contable.

1883, 4 de junio. Glotkin se está muriendo. He ido a verle y le he pedido perdón, con lágrimas en los ojos, por haber esperado con impaciencia su muerte. Me ha perdonado magnánimamente, con lágrimas en los ojos; me ha aconsejado usar café de bellotas para combatir la gastritis.

En cuanto a Kleschov, ha estado de nuevo en un tris de ser llevado a los tribunales: ha empeñado a un judío un piano tomado en arriendo. Y a pesar de todo esto, tiene ya la orden de Stanislav y el grado de asesor colegiado. ¡Es asombroso lo que pasa en este mundo!

Jengibre, 2 onzas; galanga, 1½ onzas; vodka fuerte, 1 onza; sangre de siete hermanos, 5 onzas; mezclarlo, macerarlo en una botella de vodka, y tomarlo en ayunas, una copita cada día, contra la gastritis.

El mismo año, 7 de junio. Ayer enterraron a Glotkin. ¡Ay! ¡No ha venido en favor mío la muerte de este anciano! Le veo en sueños por las noches; lleva una clámide blanca y me hace señas con el dedo. ¡Y oh desventura,

[1] Serguiéi Petróvich Botkin (1832-1889), famoso médico ruso.

desventura para mí, que estoy maldito! No soy contable, lo es Chálikov. Quien ha recibido el puesto no he sido yo, sino un joven que goza de la protección de una generala. ¡Adiós, esperanzas mías!

1886, 10 de junio. A Chálikov le ha abandonado la mujer. El pobre está desconsolado. Quizás, abrumado por la pena, vuelva la mano contra sí mismo. Si lo hace así, seré contable. Ya se habla de ello. No están perdidas, pues, todas las esperanzas, se puede vivir, y quizá no estoy tan lejos como creía del abrigo de castor. En cuanto al matrimonio, nada tengo en contra. ¿Por qué no casarse, si se presenta una buena ocasión? Pero hace falta aconsejarse con alguien, éste es un paso serio.

Kleschov ha cambiado sus chanclos con los del consejero privado Líermans. ¡Es un escándalo!

El ujier Paísi me ha aconsejado que emplee sublimado corrosivo contra la gastritis. Lo probaré.

LA MUERTE DE UN FUNCIONARIO

UNA espléndida tarde, el no menos espléndido ujier Iván Dmítrich Cherviakov estaba sentado en la segunda fila de butacas y miraba con los gemelos la representación de *Las campanas de Corneville*. Miraba y se sentía flotar en la cresta de la felicidad. Mas, de pronto... En los relatos a menudo se encuentra este «mas, de pronto». Los autores tienen razón: ¡La vida está tan llena de hechos imprevistos! Mas, de pronto, se le contrajo el rostro, se le pusieron los ojos en blanco, se le paró la respiración y... ¡achís! Como ven, estornudó. Estornudar no se prohíbe a nadie en ningún sitio. Estornudan los *mujiks,* los jefes de policía y, a veces, hasta los consejeros privados. Todo el mundo estornuda. Cherviakov no se turbó en lo más mínimo. Se secó con el pañuelo y, como corresponde a una persona bien educada, pasó la vista en torno suyo: ¿no habría importunado a alguien con su estornudo? Y entonces sí se sintió turbado. Vio que el viejecito que tenía delante, en la primera fila de butacas, se secaba cuidadosamente la calva y el cuello con un guante, refunfuñando. Cherviakov se dio cuenta de que aquel viejo era el alto funcionario Brizzhálov, con graduación de general, del Ministerio de Comunicaciones.

«¡Le he salpicado! —pensó Cherviakov—. No es mi superior, es de otro ministerio, pero, de todos modos, resulta violento. He de disculparme.»

Cherviakov carraspeó, avanzó el cuerpo y balbuceó al oído del general:

—Perdone, Excelencia, le he salpicado... ha sido sin querer...

—No es nada, no es nada...

—Por Dios, dispénseme. Ha sido... ¡yo no quería!

—¡Oh, no se preocupe, por favor! ¡Déjeme escuchar!
Cherviakov, muy confuso, se sonrió torpemente y se
puso a mirar la escena. Miraba, pero no experimentaba
ya ninguna sensación de felicidad. Empezaba a atormen-
tarle la inquietud. Durante el entreacto, se acercó a Brizzhálov, dio unos pasos a su lado y, venciendo su timidez,
balbuceó:

—Le he salpicado, Excelencia... Perdone... Ha sido...
no es que yo...

—¡Oh, basta!... ¡Ya se me había olvidado y usted
vuelve con la misma canción! —replicó el general moviendo, impacientemente, el labio inferior.

«Lo había olvidado y la malicia le brilla en los ojos
—pensó Cherviakov mirando receloso al general—. No
quiere ni hablar. Habría que explicarle que yo no deseaba de ningún... que esto es una ley de la naturaleza: si
no, puede pensar que yo le escupí adrede. Si no lo piensa
ahora, puede pensarlo más tarde...»

De vuelta a su casa, Cherviakov contó a su mujer su
metedura de pata. Pero su mujer, según le pareció a él,
tomó demasiado a la ligera lo sucedido; de momento se
había asustado, mas cuando supo que Brizzhálov era «de
otro ministerio», se tranquilizó.

—De todos modos, vete a verle, discúlpate —dijo
ella—. ¡Va a pensar que no sabes comportarte en público!

—¡Esto es lo que pasa! Me he disculpado, pero él ha
reaccionado de una manera extraña... No ha dicho una
palabra clara. Además, no había tiempo para conversar.

Al día siguiente, Cherviakov se puso el uniforme nuevo, se cortó el pelo y fue a ver al general, a explicarle...
Al entrar en la sala de espera del general vio allí a muchos solicitantes y, entre ellos, al propio general, que
había empezado a recibir a los presentes. Después de haber interrogado a algunos de ellos, el general levantó la
mirada hacia Cherviakov.

—Ayer, en el «Arcadia», si lo recuerda, Excelencia
—comenzó a informar el ujier—, yo estornudé y..., sin
querer, le salpiqué... Per...

—Vaya tonterías... ¡Vive Dios que...! ¿Usted qué desea? —preguntó el general, dirigiéndose a otro solicitante.

«¡No quiere ni hablar! —pensó Cherviakov, palideciendo—. Esto significa que está enojado... No, esto no puede quedar así... Le daré una explicación...»

Cuando el general hubo acabado de hablar con el último solicitante y se dirigía a los apartamientos interiores, Cherviakov dio unos pasos hacia él y empezó a balbucear:

—¡Excelencia! Si me atrevo a importunar a Su Excelencia, lo hago, por así decirlo, movido por un sentimiento de contrición... ¡No fue adrede, le suplico que me crea!

El general puso cara compungida e hizo un gesto de fastidio con la mano.

—¡Se está usted burlando de mí, señor! —dijo desapareciendo tras la puerta.

«¡Cómo voy a burlarme! —pensó Cherviakov—. ¡Nada de burlas! ¡Todo un general y no lo puede comprender! ¡Si es así, que no espere este fanfarrón que vuelva a pedirle disculpa! ¡Que se vaya a la porra! Le escribiré una carta, pero no volveré a verle. ¡Palabra de honor!»

Sumido en esas cavilaciones, regresó Cherviakov a su casa. Pero no escribió ninguna carta al general. Estuvo pensando, meditando, mas no llegó a dar forma a la misiva. No tuvo más remedio que volver, al otro día, a explicarse personalmente.

—Ayer vine a importunar a Su Excelencia —balbuceó cuando el general levantó hacia él sus ojos interrogadores—, no para burlarme, como Su Excelencia tuvo a bien expresarse. Yo me disculpaba por haberle salpicado al estornudar... pero ni por asomos se me había ocurrido burlarme. ¿Acaso me atrevería yo a burlarme? Si nos burlamos nosotros, entonces adiós respeto... a las personas...

—¡Fuera de aquí! —bramó de súbito el general, lívido y tembloroso.

—¿Cómo? —preguntó en voz baja Cherviakov, petrificado de horror.

—¡Fuera de aquí! —repitió el general, pataleando.

Cherviakov sintió que algo se le desgarraba en el vientre. Sin ver nada, sin oír nada, retrocedió hacia la puerta, salió a la calle y se fue arrastrando los pies... Llegó maquinalmente a su casa, se tumbó en el diván sin quitarse el uniforme y... murió.

UN MUCHACHO PROTERVO

Iván Ivánich Lapkin, joven de agradable presencia, y Ana Semiónovna Zamblítskaia, muchacha de respingona nariz, bajaron por la escarpada orilla y se sentaron en un banquito. Era un banquito situado junto a la mismísima agua, entre las espesas ramas de un joven mimbreral. ¡Maravilloso lugar! El que se sentaba allí, quedaba escondido del mundo: no le veían más que los peces y las arañas nadadoras que corren por el agua a la velocidad del relámpago. Los jóvenes iban pertrechados con cañas, redes, potes con lombrices y demás utensilios de pesca. No bien se hubieron sentado, comenzaron a pescar.

—Qué contento estoy de que, por fin, nos veamos solos —empezó Lapkin, mirando alrededor—. He de decirle a usted muchas cosas, Ana Semiónovna... Muchas cosas... Cuando la vi por primera vez... En su caña pican... Entonces comprendí el porqué de mi vida, comprendí dónde estaba la deidad a la que debo consagrar mi existencia, honrada y laboriosa... Debe ser un pez grande... está picando... Al verla a usted me sentí enamorado por primera vez, ¡apasionadamente enamorado! Espere a tirar... deje que muerda bien el anzuelo... Por lo que más quiera, amada mía, dígame, se lo suplico, si puedo esperar, ¡no a ser correspondido, no!, no soy digno de esto y ni siquiera me atrevo a pensarlo; dígame si puedo... ¡Tire!

Ana Semiónovna levantó la caña, dio un tirón y soltó un grito. Brilló en el aire un pez verde plateado.

—¡Dios mío, una perca! Ay, ay... ¡De prisa! ¡Se ha soltado!

La perca se desprendió del anzuelo, dio unos saltos por la hierba hacia su elemento natural y... ¡zas, al agua!

Al tratar de hacerse con el pez, Lapkin, en vez de agarrar la perca, capturó casualmente la mano de Ana Semiónovna y también casualmente se la llevó a los labios... Ella quiso retirarla, pero ya era tarde: los labios sin querer se unieron en un beso. Sucedió todo como sin querer. A un beso siguió otro beso, luego vinieron los juramentos, las promesas... ¡Felices momentos! Con todo, en esta santa tierra la felicidad absoluta no existe. La dicha suele esconder en su seno la ponzoña o es envenenada por algo exterior. También esta vez ocurrió así. Mientras los jóvenes se estaban besando, oyóse, de pronto, una risotada. Miraron hacia el río y quedaron petrificados: allí, con agua hasta la cintura, había un muchacho desnudo. Era Kolia, hermano de Ana Semiónovna, estudiante de los primeros años de gimnasio. De pie, en el agua, estaba contemplando a los jóvenes y se reía perversamente.

—¡A-a-ah!... ¿Se besan, eh? —dijo—. ¡Está muy bien! Se lo diré a mamá.

—Espero que usted, como persona honrada... —balbuceó Lapkin, sonrojándose—. Espiar es una bajeza e ir con soplonerías es una ruindad, una vileza, una infamia... Espero que usted, como persona honrada y de nobles sentimientos...

—¡Deme un rublo y no diré nada! —declaró la persona de nobles sentimientos—. Si no, lo digo.

Lapkin sacó un rublo del bolsillo y lo puso en manos de Kolia, quien lo apretó en su puño mojado, lanzó un silbido y se alejó nadando. Y los jóvenes aquella vez no volvieron a besarse.

Al día siguiente, Lapkin trajo de la ciudad a Kolia una caja de pinturas y una pelota; la hermana le regaló todas las cajitas de píldoras que tenía. Luego hubo que regalarle unos gemelos con cabezas de perro. Por lo visto, a aquel muchacho protervo todo esto le gustaba mucho, y el chico, para sacar más, se dedicó a observar. No había sitio hacia el que Lapkin y Ana Semiónovna dirigieran sus pasos, en que no se presentara también el muchacho. No los dejaba solos ni un minuto.

—¡Canalla! —decía Lapkin con rechinar de dientes—.

¡Tan pequeño y ya un canalla tan grande! ¿Adónde llegará cuando sea mayor?

Durante todo el mes de junio, Kolia tuvo en jaque a los pobres enamorados. Amenazaba con delatarlos, los espiaba y exigía regalos; todo le parecía poco, y al fin empezó a hablar de un reloj de bolsillo. ¿Qué remedio quedaba? Hubo que prometer un reloj de bolsillo.

Una vez, en la mesa, cuando servían los pasteles, Kolia soltó de pronto una carcajada, guiñó un ojo y preguntó a Lapkin:

—¿Lo digo, o no lo digo?

Lapkin se puso como un tomate y en vez del pastel comenzó a masticar la servilleta. Ana Semiónovna se levantó bruscamente de la mesa y se fugó a otra estancia.

Esta situación duró hasta fines de agosto, hasta el mismo día en que, por fin, Lapkin pidió oficialmente la mano de Ana Semiónovna. ¡Oh, qué feliz aquel día! Después de haber hablado con los padres de la novia y obtenido su consentimiento, Lapkin como primera providencia se encaminó a toda prisa hacia el jardín y se puso a buscar a Kolia. Al encontrarle, por poco rompe a llorar de entusiasmo y agarró al protervo muchacho por una oreja. Acudió presurosa Ana Semiónovna, que también estaba buscando a Kolia, y le agarró por la otra oreja. Era de ver el goce pintado en los rostros de los enamorados cuando Kolia, llorando, les suplicaba:

—¡Soltadme, si os quiero mucho, no lo haré más! ¡Ay, ay, perdón!

Más tarde llegaron a confesarse que mientras estuvieron enamorados uno del otro no experimentaron felicidad tan grande, placer tan deleitoso, como los de aquellos minutos en que tiraron de las orejas al muchacho protervo.

LA DOTE

Son muchas las casas que he visto yo en el transcurso de mi vida, grandes y pequeñas, de piedra y de troncos, viejas y nuevas, pero una, sobre todo, se me ha quedado grabada en la memoria. Más que de una casa, se trata de una casita. Es una casa pequeña, de una sola y reducida planta con tres ventanas, y ofrece un extraordinario parecido a una mujer vieja, pequeña y gibosa, tocada con una cofia. Revocada y pintada de blanco, techada con tejas, desportillada la chimenea, se halla hundida entre el follaje de moreras, acacias y álamos plantados por los abuelos y los bisabuelos de los actuales dueños. Es tanta la fronda, que la casa no se ve. Ello no le impide, sin embargo, ser una casita de ciudad. Su amplio patio forma hilera con otros patios, también amplios y poblados de árboles, y da a la calle Moskóvskaia. Por esta calle nunca pasa nadie en coche y es raro que la cruce algún viandante.

Los postigos de las ventanas en esa casita están siempre entornados: los moradores no necesitan luz. La luz no les hace falta. Las ventanas no se abren nunca porque quienes habitan la casa no son amigos del aire fresco. La gente que vive siempre entre moreras, acacias y cardos es indiferente a la naturaleza. Sólo a los veraneantes ha concedido Dios la capacidad de entender la hermosura de la naturaleza, pero el resto de la humanidad se mantiene en la más profunda ignorancia respecto a tales bellezas. Los hombres no estiman lo que poseen en abundancia. «Lo que tenemos, no lo conservamos»; más aún: no queremos lo que tenemos. En torno a la casa hay un paraíso terrenal, todo es verdor, y moran allí alegres pajaritos; dentro de la casa, en cambio, ¡ay!, en verano el calor sofoca y el aire es asfixiante; en invierno, la estufa se pone al rojo vivo, como en un baño, despide tufo, y todo es aburrimiento, aburrimiento...

Visité la casita por primera vez, hace ya mucho, en cumplimiento de una obligación: debía llevar un saludo del dueño de la casa, el coronel Chikamásov, a su mujer y a su hija. Recuerdo perfectamente esta primera visita. Es imposible olvidarla.

Imagínese a una mujer pequeñita, gordinflona, de unos cuarenta años, que le está mirando asustada y sorprendida, mientras pasa usted de la antesala a la sala. Usted es un «extraño», una visita, «un joven», y eso es ya suficiente para provocar sorpresa y temor. No empuña usted ningún mazo, ni hacha, ni revólver, se sonríe afectuosamente, pero le acogen con alarma.

—¿Con quién tengo el honor y la satisfacción de hablar? —pregunta con temblorosa voz esa mujer, de edad madura, y usted adivina que es el ama de la casa, la señora Chikamásova.

Usted se presenta y explica cuál es el objeto de su visita. El miedo y el asombro dejan paso a un penetrante y jubiloso «¡ah!» y ve usted unos ojos que se ponen en blanco. Ese «¡ah!» se transmite, como un eco, de la antesala a la sala, de la sala al salón, del salón a la cocina... y así hasta el mismísimo sótano. Pronto se llena toda la casa de muchos «¡ah!» alborozados y emitidos en tonos diversos. Cinco minutos más tarde está usted sentado en el salón, en un diván espacioso y mullido, caliente, y oye cómo se está deshaciendo en exclamaciones toda la calle Móskóvskaia.

Notaba olor a polvos contra la polilla y a zapatos nuevos de piel de chivo que, envueltos en un pañuelo, tenía al lado, sobre una silla. En las ventanas, geranios, trapitos de muselina. En los trapitos, moscas bien cebadas. Colgaba de la pared el retrato de un prelado, pintado al óleo y cubierto por un cristal con un ángulo roto. Del prelado arrancaban varios antepasados de caras verdelimón, agitanadas. Sobre una mesa había un dedal, un carrete de hilo y una media no acabada de tejer; en el suelo, patrones y una chaqueta negra con hilos de color.

En el cuarto inmediato, dos viejas alarmadas, pasmadas, recogían del suelo patrones y trozos de percal...

—¡Perdone usted por este desorden! —dijo Chikamásova.

Chikamásova hablaba conmigo y lanzaba, turbada, miradas de soslayo hacia la puerta, al otro lado de la cual aún seguían recogiendo patrones. Asimismo la puerta, como turbada, ora se entreabría unas pulgadas, ora se cerraba.

—Bueno, ¿qué quieres? —preguntó Chikamásova, mirando hacia la puerta.

—*Où est mon cravatte, lequel mon père m'avait envoyé de Koursk?* —preguntó tras la puerta una voz de mujer.

—*Ah, est-ce que, Marie, que...* Ah, se puede acaso... *Nous avons donc chez nous un homme très peu connu par nous*[1]... Pregunta a Lukeria...

«¡Qué bien hablamos francés!, ¿eh?», leí en los ojos de Chikamásova, que se puso colorada de satisfacción.

Pronto se abrió la puerta y vi a una muchacha alta y delgada, de unos diecinueve años, con un largo vestido de organdí y cinturón dorado del que pendía, lo recuerdo muy bien, un abanico de nácar. Entró, tomó asiento y se ruborizó. Primero se le cubrió de rubor la nariz, larga y algo pecosa; de la nariz, se le subió el rubor hacia los ojos, y de los ojos, a las sienes.

—¡Mi hija! —dijo Chikamásova con voz cantarina—. Y éste, Mánechka, es un joven que...

Dije quién era y expresé mi sorpresa por la gran cantidad de patrones. Madre e hija bajaron los ojos.

—Por la Ascensión tuvimos la feria —explicó la madre—. En la feria siempre compramos tela para hacernos la ropa del año, hasta la otra feria. Nunca nos encargamos los vestidos a la modista. Lo que gana mi Piotr Semiónich no es mucho y no podemos permitirnos demasiados lujos. Hemos de coser nosotras mismas.

—¿Pero quién va a llevar tanta ropa? Ustedes sólo son dos.

---

[1] En francés incorrecto en el original: «¿Dónde está la corbata que me ha enviado mi padre de Kursk?» «¡Ah! Es María que...» «Tenemos en casa un hombre a quien conocemos muy poco...»

—¡Ah!... ¿Por ventura se puede llevar todo esto? ¡Esto no se lleva! ¡Esto es para la dote!

—¡Ah, *maman*! ¡Qué cosas tiene! —replicó la hija, ruborizándose—. El señor podría creer... ¡No me casaré nunca! ¡Nunca!

Esto dijo, y al pronunciar la palabra «casaré» se le encendieron los ojitos.

Sirvieron el té con galletas, confituras y mantequilla; después, me ofrecieron frambuesas con nata. A las siete de la tarde, tuvimos una cena de seis platos; mientras cenábamos, oí un fuerte bostezo; alguien había bostezado ruidosamente en el cuarto inmediato. Miré sorprendido hacia la puerta: sólo un hombre podía bostezar de aquella manera.

—Es Egor Semiónich, el hermano de Piotr Semiónich... —aclaró Chikamásova al observar mi sorpresa—. Vive en nuestra casa desde el año pasado. Perdone que no haya acudido a saludarle. Está hecho un salvaje... ante personas desconocidas se aturde... Se dispone a entrar en un monasterio... Tuvo un gran disgusto en la oficina... Y ya ve usted, de pena...

Después de cenar, Chikamásova me mostró la estola que Egor Semiónich bordaba con sus propias manos para ofrendarla luego a la iglesia. Mánechka se libró por un momento de su timidez y me mostró una bolsita para tabaco que estaba bordando para su papá. Cuando yo hice ver que su labor me maravillaba, la joven se puso como la grana y musitó unas palabras al oído de su madre, la cual, radiante, me invitó a que la acompañara al ropero. Allí vi cuatro o cinco baúles grandes y numerosos cofrecitos y cajitas.

—¡Es... la dote! —me dijo la madre en voz baja—. Lo hemos cosido todo nosotras mismas.

Después de pasar la vista por aquellos hoscos baúles, me despedí de las hospitalarias damas. Me hicieron prometer que alguna vez volvería a visitarlas.

Esa palabra tuve que mantenerla unos siete años más tarde, cuando fui mandado a aquel barrio como experto de una causa judicial. Al entrar en la conocida casita, oí las mismas exclamaciones de antaño... Me reconocieron... ¡Cómo no! En su vida, mi primera visita fue un verdadero acontecimiento, y los acontecimientos, donde

son escasos, se recuerdan mucho tiempo. Cuando entré
en el salón, la madre, todavía más gorda y ya con el cabello blanco, se arrastraba por el suelo y cortaba una
tela azul; la hija, sentada en el diván, bordaba. Los patrones eran los mismos, el mismo era el olor a polvos contra la polilla; el mismo, el retrato con el cristal rajado
por un ángulo. De todos modos, había cambios. Junto al
retrato del prelado colgaba el de Piotr Semiónich y las
damas vestían de luto. Piotr Semiónich había muerto una
semana después de haber sido ascendido a general.

Comenzaron los recuerdos... La generala lloriqueó.

—¡Hemos sufrido una gran desgracia! —dijo—. Piotr
Semiónich, ¿lo sabe usted?, ya no es de este mundo. Hemos quedado huérfanas, mi hija y yo, y todo cae ahora
sobre nuestras propias espaldas. Quien aún vive es Egor
Semiónich, pero nada bueno podemos decir de él. En el
monasterio no le admitieron por... por las bebidas espi-
rituosas. Y ahora aún bebe más, de pena. Estoy dispuesta
a hacer una visita al presidente de la Junta de la nobleza, quiero quejarme. Figúrese, ha abierto varias veces los
baúles y... se ha llevado la dote de Mánechka para ofre-
cerla a los peregrinos. ¡Ya ha dejado limpios dos baúles!
Si continúa así, mi Mánechka se queda completamente
sin dote...

—¡Qué cosas tiene, *maman*! —dijo Mánechka, confusa—. Sabe Dios lo que el señor podría figurarse... ¡Nunca me casaré, nunca!

Mánechka miró al techo como iluminada y esperanza-
da; era evidente que no creía lo que decía.

Por la antesala cruzó, como una sombra, una pequeña
figura masculina, con una gran calva y una levita parda,
con chanclos en vez de botas; producía un leve ruido,
como un ratón.

«Debe ser Egor Semiónich», pensé.

Miré a la madre y a la hija, que estaban juntas: las
dos habían envejecido espantosamente y tenían las mejillas hundidas. La cabeza de la madre presentaba reflejos de plata; la hija había enflaquecido, estaba marchita,
lacia, y habríase dicho que la madre tenía sólo unos cinco
años más que ella.

—Estoy dispuesta a hacer una visita al presidente de
la Junta de nobles —repitió la vieja olvidándose de que

ya me había hablado de ello—. ¡Quiero quejarme! Egor Semiónich se nos lleva toda la ropa que preparamos y la ofrece, no sabemos dónde, para la salvación de su alma. ¡Mi Mánechka se ha quedado sin dote!

Mánechka se ruborizó, pero ya no dijo ni una palabra.

—No hay más remedio que preparar otra vez toda la ropa, ¡y sabe Dios que nosotras no somos ningunas ricachonas! ¡Somos huérfanas!

—¡Somos huérfanas! —repitió Mánechka.

El año pasado, el destino me llevó otra vez a esa casita. Al entrar en el salón, vi a la vieja Chikamásova. Estaba sentada en el diván cosiendo, vestida completamente de negro. Vi a su lado a un viejecito que llevaba una levita parda y chanclos en vez de botas. Al verme, el viejecito se levantó rápidamente y salió presuroso del salón...

En respuesta a mi saludo, la viejecita se sonrió y dijo:

—*Je suis charmée de vous revoir, monsieur*[2].

—¿Qué cose usted? —le pregunté un poco después.

—Es una camisita. Cuando termine de coserla, la llevaré al reverendo padre, que la esconda; si no, Egor Semiónich se la llevaría. Ahora lo escondo todo en casa del reverendo —dijo en voz baja. Y mirando el retrato de la hija, que tenía delante, en la mesa, suspiró y añadió:

—¡Es que somos huérfanas!

Pero ¿dónde está la hija? ¿Dónde está Mánechka? No lo pregunté, no quise interrogar a la viejecita, vestida de riguroso luto; ni mientras estuve sentado en la casita ni cuando salí, acudió Mánechka a saludarme; no oí su voz ni sus débiles y tímidos pasos... Todo estaba claro, y yo sentía un gran peso en el alma.

---

[2] «Encantada de volver a verle, señor.»

LA HIJA DE ALBIÓN

Ante la casa del terrateniente Griábov se detuvo un magnífico coche, con ruedas de goma, un gordo cochero y asientos revestidos de terciopelo. Del coche saltó Fiódor Andréich Otsov, presidente de la Junta de nobles del distrito. En la antesala le recibió un soñoliento lacayo.

—¿Están en casa los señores? —preguntó el presidente de la Junta de nobles.

—No hay nadie. La señora se ha ido de visita con los niños; el señor se ha ido a pescar con la *mademoiselle* institutriz. Están fuera desde primera hora de la mañana.

Otsov reflexionó unos momentos y se fue en busca de Griábov. Dio con él a unas dos verstas de la casa, al acercarse al río. Al mirar hacia abajo, desde la empinada orilla, y ver a Griábov, se rió socarronamente... Griábov, hombre corpulento, gordo, de cabeza grande, estaba sentado en la arena, con los pies doblados a lo turco, pescando. Tenía el sombrero en la nuca; la corbata se le había caído hacia un lado. A su vera estaba, de pie, una inglesa alta, delgada, de ojos saltones como los de un cangrejo y una gran nariz de pájaro, más parecida a un gancho que a una nariz. Llevaba un vestido blanco de organdí a través del cual se transparentaban unos hombros flacos y amarillentos. De su cinturón dorado colgaba un reloj de oro. La inglesa también estaba pescando. En torno a ellos reinaba un silencio sepulcral. Los dos permanecían inmóviles, como el río en que sobrenadaban sus flotadores.

—¡El ánimo no falta, pero la suerte es adversa! —exclamó Otsov, riéndose—. ¡Muy buenas, Iván Kuzmich!

—Ah... ¿eres tú? —preguntó Griábov sin apartar los ojos del agua—. ¿Has venido?

—Ya lo ves... ¡Y tú, entreteniéndote con tus niñerías!
¿Aún no has perdido esta costumbre?

—Qué diablo... Aquí me tienes todo el santo día pescando, desde primera hora de la mañana... Hoy la cosa
va mal. Ni yo ni esta calchona hemos pescado nada. Aquí
estamos, pegados al suelo, y nada, ¡ni uno! Es como para
tirarse de los pelos.

—¡Mándalo todo a paseo, hombre! ¡Vamos a echar
un trago de vodka!

—Espera... Quizá aún pesquemos algo. Al atardecer
pican mejor... ¡Estoy sentado aquí, hermano, desde primera hora de la mañana! Es tan aburrido esto que ni sé
cómo decírtelo. ¡Buena me la jugó el demonio haciendo
que me aficionara a la pesca! Sé que es una tontería, pero
yo estoy aquí, ¡clavado! ¡Aquí, clavado, como un canalla
cualquiera, como un presidiario, mirando al agua como
un tonto de capirote! He de ir a la siega y me dedico a
pescar. Ayer, en Japónievo, ofició el Reverendísimo obispo y yo no fui, aquí me estuve, con ese esturión... con
la diablesa esta...

—Pero... ¿te has bebido el juicio? —preguntó Otsov,
confuso, mirando de soslayo a la inglesa—. Juras ante
una dama... y hasta a ella misma la insultas...

—¡Que se vaya al diablo! Es igual, no entiende ni
jota de ruso. Lo mismo da que la elogies o la insultes,
para ella no hay diferencia. ¡Mírale la nariz! ¡Basta esa
nariz para que te caigas desmayado! Nos pasamos uno
al lado de otro días enteros y ¡ni una palabra! Está de
pie, como un espantapájaros, y abre los ojos, como dos
ruedas de molino, mirando el agua.

La inglesa bostezó, cambió el gusano del anzuelo y lo
echó al agua.

—¡No sabes, hermano, lo sorprendido que estoy! —prosiguió Griábov—. Esa papanatas lleva diez años viviendo
en Rusia y no ha sido capaz de aprender una sola palabra
de ruso. Va a su tierra una cualquiera de nuestras aris-
tocratuchas y en menos de nada aprende a chapurrear el
inglés, pero ellos... ¡el diablo los entienda! ¡Tú mírale la
nariz! ¡Has de mirarle la nariz!

—Bueno, basta... No está bien... ¿Por qué la tomas
con esta mujer?

—No es mujer, es doncella... Debe de estar soñando

con los pretendientes esa pepona del diablo. Si hasta parece que huele a carroña... ¡He llegado a odiarla, hermano! ¡No puedo verla sin que se me queme la sangre! Cuando me mira con sus ojos de besugo, noto una sacudida por todo el cuerpo, como si diera un golpe con el codo contra la baranda. También es aficionada a pescar. Fíjate: pesca y parece que está cumpliendo un rito. Todo lo mira con desprecio... Ahí está, canalla, consciente de ser persona y, por esto, reina de la naturaleza. ¿Sabes cómo se llama? Uilka Charlzovna Tfais. ¡Uf!... ¡Se te traba la lengua al pronunciarlo!

La inglesa, al oír su nombre, volvió lentamente la nariz del lado de Griábov y le midió con una desdeñosa mirada. Desde Griábov levantó la vista hacia Otsov y también a él le cubrió de desprecio. Y todo esto en silencio, grave y lentamente.

—¿Has visto? —preguntó Griábov soltando una carcajada—. ¡Ahí va eso!, ¿qué os habéis creído? ¡Ah, calchona del diablo! Si tengo en casa a ese tritón es sólo por los críos. Si no fuera por ellos, no la dejaba yo acercarse a mi finca ni a diez verstas de distancia... La nariz es exactamente como el pico de un gavilán... ¿Y el talle? Esta pepa me recuerda un clavo largo. Dan ganas de cogerla y clavarla en el suelo. Espera... Me parece que pican en mi anzuelo...

Griábov se levantó rápidamente y tiró de la caña. El sedal se quedó tenso... Griábov dio otro tirón y no sacó el anzuelo.

—¡Se ha enganchado! —exclamó, frunciendo el entrecejo—. Habrá sido en alguna piedra... Maldita sea...

La angustia se reflejó en el rostro de Griábov, quien, suspirando, moviéndose desazonado y musitando imprecaciones, se puso a tirar del sedal. Sus tirones fueron inútiles.

Griábov palideció.

—¡Buena la hemos hecho! No hay más remedio que meterse en el agua.

—¡Déjalo ya, hombre!

—No puede ser... Al atardecer pican bien... Bonito enredo, ¡y que Dios me perdone! Hay que meterse en el agua. ¡Hay que meterse! ¡Si supieras las pocas ganas que tengo de desvestirme! La inglesa tendrá que ahuecar

el ala… Con ella delante, resulta violento desnudarse.
Al fin y al cabo, ¡es una dama!

Griábov se despojó del sombrero y de la corbata.

—Miss… e-e-e …—articuló, dirigiéndose a la inglesa—.
¡Miss Tfais! *Je vu pri*[1]… Bueno, ¿cómo decírselo? ¿Cómo
te lo he de decir para que me entiendas? Oiga… ¡Allí!
¡Váyase allí! ¿Oyes?

Miss Tfais vertió su despectiva mirada sobre Griábov
y emitió un sonido nasal.

—¿Qué? ¿No comprende? ¡Largo de aquí, te digo!
¡He de desvestirme, pepona del diablo! ¡Hala! ¡Allí,
allí!

Griábov tiró de la manga a la miss, le señaló unas matas y se puso en cuclillas: vete allí, quería decirle, tras
aquellas matas, y escóndete. La inglesa frunció enérgicamente las cejas y soltó a toda velocidad una larga frase
en su idioma. Los terratenientes no pudieron contener la
risa.

—Oigo su voz por primera vez en la vida… ¡Pues lo
que se dice voz no le falta, a fe mía! ¡No comprende!
¿Qué hago yo con ella, eh?

—¡Venga, hombre, déjalo ya! ¡Vamos a tomar un
vasito!

—No es posible, ahora han de picar, seguro… Se pone
el sol… ¿Cómo salir de este atolladero? ¡Vaya lío! Tendré que desnudarme en su presencia…

Griábov se quitó la casaca y el chaleco y se sentó sobre
la arena para quitarse las botas.

—Escucha, Iván Kuzmich —dijo el presidente de la
Junta de nobles disimulando la risa—. Esto, amigo mío,
ya es una burla, un escarnio.

—¡Yo no tengo la culpa de que no comprenda! ¡Que
les sirva de lección a todos esos extranjeros!

Griábov se quitó las botas, los pantalones, la ropa interior y se quedó sin más vestido que el de Adán. Otsov se
desternillaba de risa. Se puso colorado de risa y de vergüenza. La inglesa enarcó las cejas y parpadeó… En su
amarillento rostro se dibujó una sonrisa arrogante, despectiva.

—Hay que esperar un poco a meterse en el agua —dijo

[1] *Je vous prie*, «le ruego».

Griábov dándose unas palmadas en las caderas—. Y dime, Fiódor Andréich, ¿por qué cada verano me sale alguna erupción en el pecho?

—¡Pero métete ya en el agua o tápate con alguna cosa! ¡Cerdo!

—¡Si por lo menos se turbara, la mala pécora! —dijo Griábov entrando en el agua y persignándose—. Brr... qué agua más fría... ¡Mira cómo arquea las cejas! Y no se va... ¡Ella está por encima de la masa! Je, je, je... ¡Ni por personas nos tiene!

Cuando el agua le llegó a las rodillas, se estiró en toda su imponente estatura, hizo un guiño y dijo:

—¡Que vea, hermano, que aquí no las gastamos como en Inglaterra!

Miss Tfais cambió, imperturbable, el gusano, bostezó y tiró el anzuelo al agua. Otsov se volvió de espaldas. Griábov desenganchó el anzuelo, se chapuzó y salió del agua resoplando. Dos minutos después estaba ya sentado en la arena pescando de nuevo.

LA CONSULTA

Era mediodía. El terrateniente Voldiriov, hombre alto, robusto, de cabeza rapada y ojos saltones, se quitó el abrigo, se secó la frente con un pañuelo de seda y, algo cohibido, entró en una oficina del Estado. Se oía, allí, garrapatear de plumas...

—¿Dónde puedo hacer una consulta aquí? —preguntó a un ujier que acababa de salir del fondo del local llevando una bandeja con unos vasos—. He de pedir unos informes y tomar copia de una disposición registrada en el libro de resoluciones.

—¡Allí, señor! ¡Diríjase al empleado que está junto a la ventana! —contestó el interpelado señalando con la bandeja la del extremo.

Voldiriov carraspeó y se dirigió hacia el lugar indicado. Tras una mesa verde, cubierta de manchas como las del tifus, se hallaba sentado un joven con cuatro mechones de pelo en la cabeza, nariz larga y barrosa, enfundado en un uniforme desteñido. Escribía hundiendo su larga nariz en los papeles. Cerca de la aleta derecha de su nariz, se le paseaba una mosca y el joven a cada instante tendía el labio inferior y soplaba, con lo que el rostro le adquiría un aire de extrema preocupación.

—¿Es aquí... es usted —preguntó Voldiriov, dirigiéndose a aquel hombre— quien podría informarme de mi asunto? Me llamo Voldiriov... Además, necesito tomar copia de una disposición del dos de marzo, registrada en el libro de resoluciones.

El funcionario mojó la pluma en el tintero y miró si no se le había llenado demasiado de tinta. Habiendo comprobado que la pluma no goteaba, se puso a garrapatear. El labio se le tendió, pero el joven ya no necesitaba soplar: la mosca se le había puesto en la oreja.

—¿Podría hacer aquí una consulta? —repitió un minuto después Voldiriov—. Soy Voldiriov, el terrateniente...

—¡Iván Alexéich! —gritó el funcionario, como si no reparara en Voldiriov—. ¡Cuando venga Yálikov, el mercader, dile que ha de avalar la firma de la copia de la declaración en la policía! ¡Se lo he dicho mil veces!

—Vengo por lo de mi pleito con los herederos de la princesa Gugúlina —balbuceó Voldiriov—. El asunto es conocido. Le ruego encarecidamente que me atienda.

Sin reparar aún en Voldiriov, el funcionario cazó la mosca, que se le había puesto en el labio, la contempló con mucha atención y la tiró. El propietario tosió y se sonó ruidosamente con su pañuelo a cuadros, pero tampoco esto surtió efecto. Seguían sin oírle. El silencio se prolongó unos dos minutos. Voldiriov se sacó del bolsillo un billete de rublo y lo puso ante el funcionario, sobre un libro abierto. El funcionario arrugó la frente, se acercó el libro con cara de hombre preocupado y lo cerró.

—Una pequeña consulta... Quisiera saber, tan sólo, en qué se basan los herederos de la princesa Gugúlina... ¿Me permite que le importune un instante?

Mas el funcionario, absorto en sus pensamientos, se levantó y, rascándose el codo, se dirigió hacia un armario a buscar algo. De vuelta a su mesa, un minuto después, de nuevo se ocupó del libro: había en él otro billetito de rublo.

—Le importunaré tan sólo un minuto... Necesito sólo hacerle una consulta...

El funcionario no oía; se puso a copiar alguna cosa.

Voldiriov arrugó el entrecejo y contempló desesperado a toda aquella cofradía garrapateadora.

«¡Escriben! —pensó suspirando—. ¡Escriben, mal rayo los parta a todos!»

Se alejó de la mesa y se detuvo en medio del aposento, sin saber qué hacer. El ujier, que pasaba de nuevo con una bandeja de vasos, le vio, probablemente, la expresión de impotencia reflejada en el rostro, pues se detuvo a su lado, muy cerquita, y le preguntó en voz baja:

—¡Qué! ¿Se ha informado?

—He preguntado, pero conmigo no quieren hablar.

—Dele usted tres rublos... —balbuceó el ujier.

—Ya le he dado dos.

—Dele otro.

Voldiriov volvió a la mesa y puso un papelito verde en el libro abierto.

El funcionario volvió a tirar del libro y se puso a copiar, mas, de súbito, como por casualidad, levantó los ojos hacia Voldiriov. Le brilló la nariz, se le puso roja y se le arrugó debido a una sonrisa.

—¡Ah!... ¿Qué se le ofrece? —preguntó.

—Quisiera hacer una consulta acerca de mi asunto... Soy Voldiriov.

—¡Tanto gusto! ¿Acerca del pleito con los Gugulin? ¡Muy bien! ¿Y qué le interesa, concretamente?

Voldiriov expuso su ruego.

El funcionario revivió como si le hubiera cogido un torbellino. Dio el informe requerido, dispuso que se escribiera la copia, ofreció una silla al solicitante, y todo ello en un abrir y cerrar de ojos. Hasta comenzó a hablar del tiempo y preguntó por la cosecha. Y cuando Voldiriov salió, el funcionario le acompañó hasta abajo, por la escalera, sonriendo amable y respetuosamente, y habríase dicho que estaba dispuesto a inclinarse a cada momento ante el solicitante hasta tocar con la frente al suelo. A Voldiriov aquello le resultaba en cierto modo un poco violento, y dejándose llevar por un vago impulso interior, sacó del bolsillo un rublo y lo dio al funcionario. Éste no hacía más que inclinarse y sonreír y tomó el rublo como un prestidigitador, de modo que el billetito no se vio más que un instante en el aire...

«¡Vaya gentecita!»..., pensó el terrateniente, y al salir a la calle se detuvo y se secó la frente con el pañuelo.

EL GORDO Y EL FLACO

En una estación de ferrocarril de la línea Nikoláiev[1] se encontraron dos amigos: uno, gordo; el otro, flaco. El gordo, que acababa de comer en la estación, tenía los labios untados de mantequilla y le lucían como guindas maduras. Olía a Jerez y a *Fleur d'orange*. El flaco acababa de bajar del tren e iba cargado de maletas, bultos y cajitas de cartón. Olía a jamón y a posos de café. Tras él asomaba una mujer delgaducha, de mentón alargado —su esposa—, y un colegial espigado que guiñaba un ojo —su hijo.

—¡Porfiri! —exclamó el gordo, al ver al flaco—. ¿Eres tú? ¡Mi querido amigo! ¡Cuánto tiempo sin verte!

—¡Madre mía! —soltó el flaco, asombrado—. ¡Misha! ¡Mi amigo de la infancia! ¿De dónde sales?

Los amigos se besaron tres veces y se quedaron mirándose el uno al otro con los ojos llenos de lágrimas. Los dos estaban agradablemente asombrados.

—¡Amigo mío! —comenzó a decir el flaco después de haberse besado—. ¡Esto no me lo esperaba! ¡Vaya sorpresa! ¡A ver, deja que te mire bien! ¡Siempre tan buen mozo! ¡Siempre tan perfumado y elegante! ¡Ah, Señor! ¿Y qué ha sido de ti? ¿Eres rico? ¿Casado? Yo ya estoy casado, como ves... Ésta es mi mujer, Luisa, nacida Vanzenbach... luterana... Y éste es mi hijo, Nafanail, alumno de la tercera clase. ¡Nafania, este amigo mío es amigo de la infancia! ¡Estudiamos juntos en el gimnasio!

Nafanail reflexionó un poco y se quitó el gorro.

—¡Estudiamos juntos en el gimnasio! —prosiguió el

[1] De la línea Moscú-Petersburgo.

flaco—. ¿Recuerdas el apodo que te pusieron? Te llamaban Eróstrato porque pegaste fuego a un libro de la escuela con un pitillo; a mí me llamaban Efial, porque me
gustaba hacer de espía... Ja, ja... ¡Qué niños éramos!
¡No temas, Nafania! Acércate más... Y ésta es mi mujer,
nacida Vanzenbach... luterana.

Nafanail lo pensó un poco y se escondió tras la espalda
de su padre.

—Bueno, bueno, ¿y qué tal vives, amigazo? —preguntó
el gordo mirando entusiasmado a su amigo—. Estarás metido en algún ministerio, ¿no? ¿En cuál? ¿Ya has hecho
carrera?

—¡Soy funcionario, querido amigo! Soy asesor colegiado hace ya más de un año y tengo la cruz de San Estanislao. El sueldo es pequeño... pero ¡allá penas! Mi
mujer da lecciones de música, yo fabrico por mi cuenta
pitilleras de madera... ¡Son unas pitilleras estupendas!
Las vendo a rublo la pieza. Si alguien me toma diez o
más, le hago un descuento, ¿comprendes? Bien que mal,
vamos tirando. He servido en un ministerio, ¿sabes?, y
ahora he sido trasladado aquí como jefe de oficina por
el mismo departamento... Ahora prestaré mis servicios
aquí. Y tú, ¿qué tal? A lo mejor ya eres consejero de
Estado, ¿no?

—No, querido, sube un poco más alto —contestó el
gordo—. He llegado ya a consejero privado... Tengo dos
estrellas.

Súbitamente el flaco se puso pálido, se quedó de una
pieza; pero en seguida torció el rostro en todas direcciones con la más amplia de las sonrisas; parecía que de sus
ojos y de su cara saltaban chispas. Se contrajo, se encor-
vó, se empequeñeció... Maletas, bultos y paquetes se le
empequeñecieron, se le arrugaron... El largo mentón de
la esposa se hizo aún más largo; Nafanail se estiró y se
abrochó todos los botones de la guerrera...

—Yo, Excelencia... ¡Estoy muy contento, Excelencia!
¡Un amigo, por así decirlo, de la infancia, y de pronto
convertido en tan alto dignatario! ¡Ji, ji!

—¡Basta, hombre! —repuso el gordo, arrugando la
frente—. ¿A qué viene este tono? Tú y yo somos amigos
de la infancia, ¿a qué me vienes ahora con zarandajas y
ceremonias?

—¡Por favor!... ¡Cómo quiere usted...! —replicó el flaco, encogiéndose todavía más, con risa de conejo—. La benevolente atención de Su Excelencia... como savia vivificante... Éste es, Excelencia, mi hijo Nafanail... mi esposa Luisa, luterana, en cierto modo...

El gordo quiso replicar, pero en el rostro del flaco era tanta la expresión de deferencia, de dulzura y de respetuosa acidez, que el consejero privado sintió náuseas. Se apartó un poco del flaco y le tendió la mano para despedirse.

El flaco estrechó tres dedos, inclinó todo el espinazo y se rió como un chino: «¡ji, ji, ji!» La esposa se sonrió. Nafanail dio un taconazo y dejó caer la gorra. Los tres estaban agradablemente estupefactos.

EL ACTOR TRÁGICO

Se celebraba el beneficio del trágico Fenoguénov.
Representaban *El príncipe Serebriani*[1]. El propio
beneficiado interpretaba el papel de Viázemski; el empresario Limonádov, el de Druzhina Morózov; la señora
Beobájtova, el de Elena... El espectáculo salió a las mil
maravillas. El trágico hizo literalmente milagros. Raptó
a Elena con una sola mano y la sostuvo por encima de
la cabeza al cruzar la escena. Gritaba, hipaba, pataleaba, se desgarraba el caftán sobre el pecho. Cuando se
negó a batirse con Morózov, temblaba de pies a cabeza,
como no se tiembla nunca en la realidad, y resollaba ruidosamente. Las salvas de aplausos se sucedían, cerradas.
Las llamadas a escena no se terminaban nunca. A Fenoguénov le hicieron ofrenda de una pitillera de plata y
de un ramo de flores con largas cintas. Las damas agi-
taban los pañuelos, obligaban a los maridos a aplaudir,
muchas lloraban... Pero quien más entusiasmada estaba
por la representación y más emocionada se sentía era Masha, la hija del jefe de policía Sidorietski. Sentada en la
primera fila de butacas, al lado de su papá, no apartaba
los ojos de la escena ni siquiera durante los entreactos,
estaba extasiada. Le temblaban las finas manos y los piececitos, tenía los ojos llenos de lágrimas, el rostro se le
ponía cada vez más pálido. No es de extrañar: ¡asistía
a una función de teatro por primera vez en la vida!

—¡Qué bien trabajan! ¡Es extraordinario! —exclamaba cada vez que bajaba el telón, dirigiéndose a su padre,
el jefe de policía—. ¡Qué estupendo, Fenoguénov!

[1] Del relato del mismo título de A. Tolstoi.

Si el papá hubiera sabido leer en los rostros, habría leído en la pálida carita de su hija un entusiasmo que llegaba hasta el sufrimiento. La joven tenía en vilo el alma por la interpretación, por la obra misma y por la presentación. Cuando, en los entreactos, la banda militar empezaba a tocar su música, Masha cerraba los ojos, desfallecida.

—¡Papá! —dijo a su padre durante el último entreacto—. Vete a la escena e invítales a todos a comer en casa mañana.

El jefe de policía subió a la escena, alabó a todo el mundo por la buena representación y dedicó un cumplido a la señora Beobájtova:

—¡Su bello rostro reclama la tela del pintor! ¡Cuánto lamento no dominar yo los pinceles!

Y dio un taconazo; luego invitó a comer a los artistas.

—Vengan todos, menos el género femenino —susurró—. Las actrices no me hacen falta, pues tengo una hija.

Al día siguiente, los artistas comieron en casa del jefe de policía. Acudieron sólo el empresario Limonádov, el trágico Fenoguénov y el cómico Vodolázov; los demás se excusaron alegando falta de tiempo y no fueron. La comida resultó aburrida. Limonádov no hacía sino repetir al jefe de policía que sentía por él gran estima y que respetaba en general a todos los jefes; Vodolázov parodió a mercaderes borrachos y a armenios; Fenoguénov, un ucraniano alto y robusto (según su documento de identidad se llamaba Knish), de ojos negros y ceño fruncido, declamó «Ante la puerta principal» y «Ser o no ser». Limonádov contó, con lágrimas en los ojos, su entrevista con el ex gobernador general Kaniuchin. El jefe de policía escuchaba, se aburría y sonreía bondadosamente. Estaba contento a pesar, incluso, de que Limonádov despedía fuerte olor a plumas requemadas, y de que Fenoguénov llevaba un frac que no era suyo y botas con los tacones torcidos. Gustaban a su hija, la divertían, y para el jefe de policía eso bastaba. Masha miraba a los artistas sin apartar de ellos la vista ni un solo instante. ¡Nunca hasta entonces había visto a personas tan inteligentes, tan extraordinarias!

Por la noche, el jefe de policía y Masha volvieron al

teatro. Una semana más tarde, los artistas comieron de nuevo en casa de la autoridad, y desde entonces casi todos los días se presentaban allí, ora a comer, ora a cenar. Masha se aficionó mucho más vivamente al teatro, y empezó a frecuentarlo casi todos los días.

Se enamoró del trágico Fenoguénov. Y una buena mañana, cuando el jefe de policía fue a recibir al obispo, la hija se fugó con la compañía de Limonádov y por el camino se casó con su amado. Festejada la boda, los artistas redactaron una larga y sentida carta y la mandaron al jefe de policía. La redactaron todos a la vez.

—¡Tú insiste en los motivos, en los motivos! —decía Limonádov dictando a Vodolázov—. Encájale formas de mucho respeto... A los funcionarios eso les gusta. Añádele algo así... algo que le haga soltar unas lagrimitas...

La respuesta a la carta fue muy desconsoladora. El jefe de policía no quería saber nada de su hija, que se había casado, según él escribía, «con un ucranianote estúpido, ocioso, sin ocupación determinada».

Al siguiente día de haber recibido esta carta, Masha escribió a su padre:

«¡Papá, me pega! ¡Perdónanos!»

Él le pegaba, le pegaba entre bastidores en presencia de Limonádov, de la lavandera y de dos lampistas. Recordaba como, cuatro días antes de la boda, por la noche, estando con toda la compañía en la posada London, hablaban de Masha. La compañía le aconsejaba «correr el riesgo», y Limonádov procuraba convencerle, con lágrimas en los ojos, diciéndole:

—¡Es absurdo y tonto dejar pasar una ocasión como ésta! ¡Hombre! ¡Para hacerse con tanto dinero, es posible no ya casarse, sino hasta ir a Siberia! Te casas, fundas tu propio teatro y luego me tomas en tu compañía. Entonces el dueño no seré yo, serás tú.

Fenoguénov recordaba todo aquello y, al recordarlo, balbuceaba, apretando los puños:

—Si el padre no manda dinero, la hago papilla. No permitiré que me jueguen a mí una mala jugada, ¡mal rayo me parta!

De una ciudad de provincias, la compañía quiso marcharse sin que Masha lo supiera, pero ésta se enteró y llegó corriendo a la estación después de la segunda señal, cuando los actores habían tomado ya asiento en el tren.

—¡Su padre me ha ofendido! —le dijo el trágico—. Entre nosotros, todo ha concluido.

Pero ella, pese a que en el vagón había gente, dobló sus piernecitas, se hincó de rodillas y tendió hacia él las manos, suplicante.

—¡Le quiero! ¡No me eche, Kondrati Ivánich! —imploraba—. ¡No puedo vivir sin usted!

Hicieron caso a sus ruegos y, después de un intercambio de impresiones, acordáron admitirla en la compañía en calidad de «condesa para todo», como solían denominar a las pequeñas actrices que salían a escena de comparsas... Al principio, Masha representaba papeles de doncella y de paje, pero luego, cuando los abandonó Beobájtova, la flor de la compañía de Limonádov, pasó a *ingénue*. Actuaba mal: ceceaba, se turbaba. De todos modos, pronto se acostumbró y empezó a gustar al público. Fenoguénov estaba muy descontento de ella.

—¿Acaso es esto una actriz? —decía—. Ni tipo, ni maneras, nada... lo único que no le falta es estupidez...

En una ciudad de provincias, la compañía de Limonádov representaba *Los bandidos,* de Schiller. Fenoguénov interpretaba el papel de Franz; Masha, el de Amalia. El trágico gritaba y temblaba; Masha recitaba su papel como el que suelta una lección bien aprendida, y la obra habría salido como suelen salir las obras, de no haberse producido un pequeño escándalo. Todo transcurrió sin el menor contratiempo hasta el lugar de la obra en que Franz se declara a Amalia y ésta le arrebata la espada. El ucraniano se puso a gritar, a chillar, a temblequear y estrechó entre sus brazos de hierro a Masha. Y Masha, en vez de rechazarle y gritarle: «¡apártate!», se puso a temblar en sus brazos como un pajarito y no se movió... Parecía embelesada.

—¡Tenga compasión de mí! —le susurró al oído—. ¡Oh, tenga compasión de mí! ¡Soy tan desgraciada!

—¡No sabes el papel! ¡Escucha al apuntador! —le susurró el trágico, y le puso en la mano la espada.

Después del espectáculo, Limonádov y Fenoguénov conversaban, sentados en la taquilla.

—Tu mujer no se aprende los papeles, tienes razón en esto... —decía el empresario—. No sabe cuál es su papel... Cada persona tiene el suyo... Bien. ella no lo conoce...

Fenoguénov escuchaba, suspiraba y fruncía el ceño, cada vez lo fruncía más sombríamente...

Al siguiente día, por la mañana, Masha, sentada en una tenducha, escribía:

«¡Papá, me pega! ¡Perdónanos! ¡Mándanos dinero!»

EN LA OFICINA DE CORREOS

Enterramos hace unos días a la joven esposa de nuestro viejo jefe de correos Sladkopiértsev. Dimos sepultura a la beldad y, según tradición de padres y abuelos, nos dirigimos a la oficina de correos a tomar la «colación del funeral».

Cuando sirvieron las hojuelas, el viejo viudo rompió a llorar amargamente y dijo:

—Estas hojuelas están tan sonrosaditas como la difunta. ¡Son hermosas como ella! ¡Exactamente como ella!

—Sí —asintieron los que participaban en el acto—. Sí, la verdad, tenía usted una mujer bella como un sol... ¡Una mujer de primerísima calidad!

—Eso es... Todos se quedaban maravillados al mirarla... Pero, señores, yo la quería no por su hermosura ni por su buen carácter. Estas dos cualidades son propias de toda naturaleza femenina y se encuentran con bastante frecuencia en este mundo sublunar. La quería por otra cualidad del alma. Y era, señores, la siguiente: la quería yo a la difunta, Dios la tenga en gloria, porque ella, pese a la viveza y jovialidad de su carácter, era fiel a su marido. ¡Me era fiel, a pesar de que tenía sólo veinte años y yo pronto cumpliré sesenta! ¡Me era fiel a mí, que soy un viejo!

El diácono, que participaba en el ágape con nosotros, expresó sus dudas con elocuentes mugidos y toses.

—¿Así, pues, no lo cree usted? —le preguntó el viudo.

—No es que no lo crea —contestó, furioso, el diácono—, es que... Cómo se lo diré yo... las esposas jóvenes ahora son demasiado... eso es... el *rendez-vous*, la salsa provenzal...

—¡Usted duda, pero le voy a demostrar que tengo razón! Yo mantenía en ella la fidelidad por distintos procedimientos, como si dijéramos, de naturaleza estratégica, algo así como fortificaciones. Con mi proceder y mi astucia, mi esposa no podía engañarme. En ningún caso. Yo me valía de la astucia para salvaguardar mi tálamo conyugal. Conozco unas palabras mágicas. Las digo y, por lo que a la fidelidad toca, ya puedo echarme a dormir tranquilo...

—¿Qué palabras son éstas?

—Muy sencillas. Difundí por la ciudad un pérfido rumor. Este rumor ha llegado a los oídos de ustedes, no me cabe la menor duda. Decía a todos: «Mi mujer Aliona es la amante de nuestro jefe de policía Iván Alexéievich Zalijvatski». Estas palabras bastaban. Nadie se atrevía a cortejar a Aliona por miedo a la ira del jefe de policía. Había quien, a veces, tan pronto veía a mi mujer, se apartaba corriendo, no fuera que Zalijvatski llegara a imaginarse alguna cosa. Je, je, je. ¡A ver, quién es el guapo que quiere líos con ese diablo bigotudo! Al que se mete con él se le cae el pelo. Zalijvatski es capaz de levantarse cinco procesos por contravenciones a la sanidad pública. Te ve, por ejemplo, el gato por la calle y te abre proceso como si el gato fuera un animal abandonado.

—¿Así, la esposa de usted no era la amante de Iván Alexéievich? —preguntamos titubeando, sin recobrarnos de nuestro asombro.

—No, señores; era una estratagema mía... Je, je... Qué, ¿les he dado el pego, verdad, jovencitos? Esto es lo que ha ocurrido, esto.

Pasaron unos tres minutos de silencio. Todos permanecíamos sentados en nuestros asientos sin decir nada, ofendidos y avergonzados de que aquel viejo gordinflón y de nariz roja nos hubiera hecho pasar tan fácilmente gato por liebre.

—Bueno, ¡quiera Dios que te cases otra vez! —refunfuñó el diácono.

EN EL MAR

Sólo se veían las luces, cada vez más borrosas, del puerto que habíamos abandonado y el cielo negro como la tinta china. Soplaba un viento frío, húmedo. Sentíamos sobre nosotros las pesadas nubes, sentíamos su deseo de reventar en lluvia, y experimentábamos una impresión sofocante, a pesar del viento y del frío.

Nosotros, marinos, hacinados en nuestro aposento bajo cubierta, jugábamos a suertes. Resonaban las fuertes y ebrias carcajadas de nuestra gente, se oían chistes, alguien había que, para divertirse, imitaba el canto del gallo.

Un pequeño temblor me recorría desde la nuca hasta los calcañares, como si tuviera en ella un agujero del que se me desparramaran por el desnudo cuerpo diminutos perdigones fríos. Temblaba de frío y por otras causas, de las que ahora quiero hablar.

El hombre, a mi modo de ver, es en general un ser asqueroso, y el marino, lo reconozco, suele ser, a veces, lo más asqueroso del mundo, más asqueroso que el peor de los animales, el cual, a pesar de todo, tiene una justificación, ya que se subordina al instinto. Es posible que me equivoque, pues no conozco la vida, pero, según me parece, el marino, de todos modos, tiene más motivos que nadie para odiarse y vituperarse a sí mismo. Un hombre que, a cada momento, puede caerse de un mástil, que puede desaparecer para siempre bajo una ola, que sólo se acuerda de Dios cuando está en trance de ahogarse o vuela cabeza abajo, no necesita nada, y nada de lo que en tierra sucede le da lástima. Bebemos mucha vodka y nos entregamos al libertinaje porque no sabemos a quién y para qué sirve la virtud en el mar.

Sin embargo, quiero proseguir.

Echábamos suertes. Éramos en total veintidós que habíamos terminado nuestro turno y estábamos libres de servicio. De este número, sólo a dos podía tocar en suerte la dicha de gozar de un espectáculo raro. El hecho es que el «camarote para recién casados» que existía en nuestro barco, en la noche que describo, tenía pasajeros, y en los tabiques de dicho camarote sólo había dos agujeros de que pudiéramos disponer. Uno lo había practicado yo mismo con una fina sierrecita después de haber perforado el tabique con un sacacorchos, el otro lo había tallado con una navaja uno de mis camaradas, lo que nos había llevado a los dos más de una semana.

—¡Uno de los agujeros te ha tocado a ti!

—¿A quién?

Me señalaron a mí.

—¿Y el otro, a quién?

—¡A tu padre!

Mi padre, un marino viejo, encorvado, con una cara semejante a una manzana cocida, se me acercó y me dio unas palmaditas en el hombro.

—Hoy, muchacho, tú y yo somos afortunados —me dijo—. ¿Oyes, muchacho? La suerte nos ha tocado al mismo tiempo a ti y a mí. Esto significa algo.

Preguntó, impaciente, qué hora era. Sólo eran las once.

Salí del aposento, encendí la pipa y me puse a contemplar el mar. Estaba oscuro, pero es de suponer que también en los ojos se me reflejaba lo que me sucedía en el alma, pues sobre el negro fondo de la noche distinguía imágenes, veía lo que tanto faltaba a mi vida, entonces joven, pero ya sin remedio...

A las doce, me paseé por delante del salón y miré por la puerta. El recién casado, joven pastor de hermosa cabeza rubia, estaba sentado a la mesa con los Evangelios en la mano. Estaba explicando alguna cosa a una inglesa alta y delgada. La recién casada, joven, esbelta, muy hermosa, estaba sentada al lado de su marido, y no apartaba sus ojos azules de la rubia cabeza de él. Por el salón, de extremo a extremo, se paseaba un banquero inglés, un hombre viejo, alto y corpulento, de cara roja y repelente. Era el marido de la dama entrada en años con la que estaba hablando el recién casado.

«¡Los pastores tienen la costumbre de conversar durante horas enteras! —pensé—. ¡No terminará hasta la madrugada!»

A la una se me acercó mi padre, me tiró de la manga y me dijo:

—¡Venga! Se han ido del salón.

En un santiamén bajé la empinada escalera y me dirigí al tabique conocido. Entre el tabique y la pared del barco había un espacio lleno de hollín, de agua y de ratas. Pronto oí los pasos poco ágiles de mi viejo padre, que tropezaba contra un saco, contra una caja de petróleo y blasfemaba.

Busqué a tientas mi agujero y saqué de él el trozo cuadrado de madera que estuve aserrando durante tanto tiempo. Y vi una tela de muselina sutil, transparente, a través de la cual se filtraba hasta mí una suave luz sonrosada. Junto con la luz, rozó mi cara ardiente un perfume embriagador, en extremo agradable; debía de ser el perfume de una alcoba aristocrática. Para llegar a ver la alcoba, hacía falta separar la muselina con dos dedos, cosa que me apresuré a hacer.

Vi bronce, terciopelo, encajes. Y todo se hallaba inundado por una luz rosada. A tres pasos de mi cara se encontraba la cama.

—Déjame pasar a tu agujero —me dijo mi padre, empujándome con impaciencia por un costado—. ¡Por el tuyo se ve mejor!

Me callé.

—Tienes la vista más fina, muchacho, y para ti es absolutamente igual mirar desde lejos o desde cerca.

—¡Chis! —contesté—. ¡No hagas ruido, pueden oírnos!

La novia estaba sentada en el extremo de la cama, con los piececitos abajo, puestos sobre una piel. Miraba al suelo. Ante ella estaba, de pie, su marido, el joven pastor. Le decía algo, pero no sé qué. El ruido del barco no me lo dejaba oír. El pastor hablaba con viveza, gesticulando, con los ojos encendidos. Ella le escuchaba y movía negativamente la cabeza...

—¡Demonio, me ha mordido una rata! —rezongó mi padre.

Me apreté más aún contra el tabique, como si temiera que el corazón me fuera a saltar del pecho. La cabeza me ardía.

Los recién casados hablaron largo rato. Finalmente, el pastor se hincó de rodillas y tendiendo hacia ella las manos, comenzó a suplicar. Ella movía negativamente la cabeza. Entonces él se levantó precipitadamente y se puso a recorrer el camarote. Por la expresión de su rostro y por el movimiento de las manos, adiviné que amenazaba.

Su joven esposa se levantó, se acercó despacio a la pared contra la que me apoyaba yo, y se detuvo delante mismo de mi agujero. Me parecía que ella sufría, que luchaba consigo misma, que vacilaba, y, al mismo tiempo, los rasgos de su cara expresaban ira. Yo no comprendía nada.

Permanecimos así, cara a cara, con toda probabilidad unos cinco minutos; luego ella se apartó y, deteniéndose en medio del camarote, hizo un signo de cabeza a su pastor —debía ser en señal de asentimiento. El pastor se sonrió jubilosamente, le besó la mano y salió de la alcoba.

Tres minutos más tarde, se abrió la puerta y en la alcoba entró el pastor seguido del alto y robusto inglés, a quien me he referido antes. El inglés se acercó a la cama y preguntó algo a la hermosa. Ella, pálida, sin mirarle, hizo un movimiento afirmativo con la cabeza.

El banquero inglés se sacó del bolsillo un paquetito, quizá un paquetito de billetes de banco, y lo entregó al pastor. Éste lo examinó, lo contó y salió después de haber hecho una reverencia. El viejo inglés cerró tras él la puerta con llave...

Asustado, me aparté de un salto de la pared, como si me hubiese picado un bicho. Me pareció que el viento rompía nuestro barco en pedazos, que nos hundíamos en el mar.

Mi viejo padre, aquel hombre viejo y pervertido, me cogió de la mano y me dijo:

—¡Marchémonos de aquí! ¡Esto no lo has de ver tú! Aún eres un chiquillo...

Apenas podía sostenerse de pie. Lo llevé por la empinada y tortuosa escalera hacia arriba, donde ya caía una auténtica lluvia otoñal...

MOSCÚ, PLAZA DE TRÚBNAIA

Pequeña plaza cerca del monasterio de la Natividad, llamada plaza de Trúbnaia o, sencillamente, de Trubá; los domingos suele haber en ella mercado. Como cangrejos en la criba, hormiguean por la plaza largos tabardos de piel de cordero, levitas, gorros de piel, sombreros de copa. Se oyen variados trinos de pájaros, que hacen pensar en la primavera. Si brilla el sol y el cielo está limpio de nubes, los trinos y el olor a heno se perciben con mayor intensidad, y ese recuerdo de la primavera aviva la imaginación y se la lleva lejos, muy lejos. Por un extremo de la plaza se extiende una hilera de carros. No hay en esos carros hierba, ni repollos, ni guisantes, sino jilgueros, pardillos, grullas de Numidia o señoritos, alondras, mirlos negros y grises, herrerillos, pinzones. Todos esos animalitos saltan en toscas jaulas de fabricación casera, miran con envidia a los libres gorriones y gorjean. Los jilgueros van a cinco *kopeks*; los pardillos son algo más caros; el precio de los otros pajaritos es sumamente indeterminado.

—¿A cuánto esta alondra?

Ni el vendedor mismo sabe cuál es el precio de su alondra. Se rasca el pescuezo y pide a la buena de Dios un rublo o tres *kopeks*, según el aspecto del comprador. También hay pájaros caros. En un palito cubierto de suciedad se ve un viejo mirlo descolorido con la cola desplumada. Es imponente, grave e inmóvil como un general retirado. Hace tiempo ya que no levanta ni la patita para protestar de su cautiverio y que mira con indiferencia el cielo azul. Será por esa indiferencia suya por lo que es considerado como un pájaro juicioso. No se ha

de vender por menos de cuarenta *kopeks*. En torno a los
pájaros, y arrastrando los pies por el barro, se empujan
colegiales de los gimnasios, artesanos, jóvenes con abrigos
a la última moda, aficionados con gorros usados a más
no poder y pantalones doblados por abajo, deshilacha-
dos, como roídos por los ratones. A los jóvenes y a los
artesanos les venden hembras por machos, pájaros de
poco tiempo por pájaros viejos... Ésos entienden poco
en la materia. A los aficionados, en cambio, no hay quien
les engañe. El aficionado, a la legua ve un pájaro y sabe
qué le pasa.

—En este pájaro no hay nada que valga la pena —dice
un aficionado examinando la boca de un pardillo y con-
tándole las plumas de la cola—. Ahora canta, es cierto,
pero ¿y qué? También yo canto en compañía de otros.
Nada, hermano; tú cántame sin compañía, cántame solo,
si puedes... Me has de dar ese otro, el que está quieto
y se calla. ¡Ése que está tranquilo! Ése se calla, eso quiere decir que sabe lo que se hace...

Entre los carros con pájaros se encuentra algún que
otro carro con otro tipo de mercancía. Ahí ven ustedes
liebres, conejos, erizos, conejillos de Indias, hurones. Una
liebre, quietecita, mastica hierba para matar su pena.
Los conejitos de Indias tiemblan de frío, y los erizos, por
debajo de sus púas, miran llenos de curiosidad al público.

—He leído no sé dónde —dice un empleado de correos que lleva un abrigo deslucido, sin dirigirse a nadie
y contemplando amorosamente a la liebrecita—, he leído que cierto sabio había logrado que comieran juntos,
de una misma escudilla, un gato, un ratón, un azor y un
pardal.

—Esto es muy posible, señor. Porque al gato lo habrían apaleado, y al azor, probablemente, le habían arrancado toda la cola. Para eso no hace falta ser sabio ni mucho menos, señor. Mi compadre tenía un gato que comía
pepinos, y usted perdone. Le estuvo pasando un látigo
por el lomo unas dos semanas, hasta que el gato aprendió.
Una liebre, si le pega usted, llegará hasta a encender cerillas. ¿Se extraña? ¡Si es muy sencillo! Toma la cerilla
con la boca y rasca. Los animales son como las personas. El hombre, a fuerza de palizas, suele volverse más
cuerdo; pues lo mismo ocurre con las bestezuelas.

Entre la muchedumbre van y vienen de un lado para
otro labradores cubiertos con anguarinas llevando gallos
y patos bajo el brazo. Las aves están flacas, hambrientas.
Por entre los barrotes de las jaulas, los pollos sacan sus
feas cabezas desplumadas y pican algo entre el barro.
Chicos con palomas en las manos se quedan mirándole a
usted la cara para adivinar si es aficionado a estos animalitos.

—¡Le digo que no! ¡Que no tiene razón, vamos!
—grita alguien enojado—. Primero mire y luego hable.
¿Se le puede llamar paloma a esto? ¡Esto es un águila,
y no una paloma!

Un hombre alto, delgado, con patillas, con los bigotes
afeitados, por sus trazas un lacayo, enfermo y bebido,
vende un perro de lanas, blanco como la nieve. El perro,
ya viejo, llora.

—Mi ama me ha mandado vender esta porquería
—dice el lacayo sonriéndose desdeñosamente—. Ahora
que es vieja ha hecho bancarrota, no tiene qué comer, y
vende los perros y gatos. ¡Llora, les besa los puercos ho-
cicos, pero los vende por necesidad! ¡Se lo juro, es así!
¡Compren, señores! ¡Se necesita el dinero para café!

Pero nadie se ríe. A su vera se ha parado un niño que,
entornando un ojo, le mira seriamente, con compasión.

La parte de más interés es la del pescado. Una decena
de *mujiks* están sentados en fila. Cada uno de ellos tiene
delante un cubo, y los cubos son pequeños infiernos de
desesperación. En su agua verdosa y turbia, se agitan pequeñas carpas, lochas, alevines, moluscos de río, ranas,
salamandras. Grandes escarabajos acuáticos con patas rotas se deslizan por la pequeña superficie, trepando por
los costados de las carpas y saltando por encima de las
ranas. Las ranitas se suben sobre los escarabajos; las salamandras, encima de las ranas. ¡Qué vitalidad la de estos animalejos! Las tencas verdeoscuras, como peces más
caros, gozan de franquicia: las tienen aparte, en una
lata; no es que puedan nadar, pero allí la aglomeración
es menor.

—¡La carpa, la carpa! ¡La carpa es un señor pez!
¡Excelencia, carpa pescada de hace mucho, mal rayo la
parta! Téngala si quiere un año en un cubo, y la carpa
seguirá vivita y coleando. Hace ya una semana que pes-

qué estos peces. Los pesqué, muy señor mío, en Pererva,
y de allí hemos venido andando. Vendo las carpas a dos
kopeks, las lochas a tres, los alevines a perra gorda la decena, ¡mal rayo los parta! Tome estos alevines por una
perra chica. ¿No necesita gusanos?

El vendedor mete en el cubo la mano y saca de allí,
con sus dedos toscos y ásperos, unos tiernos alevines, o
una carpa del tamaño de la uña. Cerca de los cubos se
ha colocado sedal, anzuelos, plomos, y los gusanos saca-
dos del estanque adquieren al sol reflejos escarlata.

Cerca de los carros con pájaros y de los cubos con peces, da vueltas un abuelo entendido en la materia que
lleva un gorro de piel, gafas con montura de hierro y
clanclos que parecen dos acorazados. Es, como dicen
aquí, un «tipo». No tiene ni un *kopek,* mas, a pesar de
todo, pregunta precios y regatea, se sulfura, se empeña
en dar consejos a los compradores. En poco menos de una
hora ha tenido tiempo de pasar revista a todas las liebres
y palomas, a todos los peces, los ha examinado con todo
detalle, y sabe ya cuál es la clase, la edad y el precio de
cada uno de los animalitos. A él, como a un niño, le in-
teresan los jilgueritos, las perquitas y los alevines. Si usted se pone a hablar con él, por ejemplo, de los mirlos,
ese estrafalario le contará cosas que no se encuentran en
ningún libro. Le hablará con entusiasmo, con pasión, y
aun, por añadidura, le tachará a usted de ignorante. De
los jilgueritos y de los pinzones, está dispuesto a hablar
sin acabar nunca, abriendo los ojos como ruedas de molino y gesticulando vivamente con los brazos. Aquí, en
la plaza de Trúbnaia, sólo le encontrarán en la época
del frío; en verano se dedica a cazar codornices con re-
clamo y a pescar con caña por los alrededores de Moscú.

Y he aquí a otro «tipo», un señor muy alto y muy
flaco, con gafas oscuras, rasurado, gorra visera con escarapela, parecido a un oficial mayor de escribanía de otros
tiempos. Es un aficionado; es de rango no pequeño,
es profesor de gimnasio; los que frecuentan la plaza lo
saben y le tratan con respeto, le saludan con reverencias
y hasta han ideado para él un título especial: «Su pronombre personal». En las inmediaciones de la plaza de
Sujariov revuelve libros y en la de Trubá busca buenas
palomas.

—¡Vea! —le gritan los palomeros—. ¡Señor profesor, Su pronombre personal, fíjese en estas palomariegas! ¡Su pronombre personal!

—¡Su pronombre personal! —le gritan desde distintas partes.

—¡Su pronombre personal! —repite por ahí, en el bulevar, un muchacho.

Y «Su pronombre personal» —por lo visto acostumbrado ya a este título—, serio, severo, toma con ambas manos un palomo y, alzándolo más arriba de la cabeza, empieza a examinarlo a la vez que frunce el entrecejo y se pone todavía más serio, como un conspirador.

Y la plaza de Trúbnaia, este rinconcito de Moscú, donde quieren tan tiernamente a los animalitos y donde tanto los torturan, vive su pequeña vida, alborota y se agita, mientras que las personas atareadas y piadosas que pasan a lo largo del bulevar no comprenden para qué se ha reunido aquel tropel de gente, aquella abigarrada confusión de gorros, gorras y sombreros de copa, de qué tratan ni qué compran o venden.

LA CALUMNIA

E L profesor de caligrafía Serguéi Kapitónich Ajiniéiev había concedido la mano de su hija Natalia al profesor de historia y geografía Iván Petróvich Loshadín. La fiesta nupcial transcurría a las mil maravillas. En la sala se cantaba, se tocaba y se bailaba. Los lacayos del club, contratados por aquel día, con sus fraques negros y sus cuellos blancos manchados, iban y venían por la casa sin un momento de reposo. Había mucho alborozo, y las conversaciones eran animadas. El profesor de matemáticas Tarántulov, el francés Padekuá y el inspector subalterno de Hacienda Egor Venedíktich Mzdá, sentados en el diván, contaban a otros invitados, atropelladamente e interrumpiéndose entre sí, casos de inhumación de personas vivas y manifestaban su opinión acerca del espiritismo. Ninguno de los tres creía en él, pero todos admitían que son muchas las cosas de este mundo a las que nunca llegará la mente humana. En otra estancia, el profesor de lengua y literatura Dodonski explicaba a otro grupo en qué casos el centinela tiene derecho a disparar sobre los viandantes. Como ven ustedes, las conversaciones eran espantosas, pero resultaban sumamente agradables. Por las ventanas que daban al patio se asomaban los mirones cuya posición social no les permitía entrar.

A las doce de la noche en punto, el anfitrión, Ajiniéiev, pasó a la cocina para comprobar si estaba todo preparado para la cena. La cocina, del suelo al techo, estaba lleno de vaho, formado por olores de ganso, de pato y de muchas otras clases. Sobre dos mesas habían colocado en pintoresco desorden los atributos de los entremeses y de la bebida. Cerca de las mesas se afanaba Marfa, la cocinera, mujer de cara roja y voluminoso vientre, partido en dos por el apretado delantal.

—¡A ver, Marfa, ese esturión! —dijo Ajiniéiev frotándose las manos y relamiéndose—. ¡Qué olor, madre mía, y qué vaho! ¡Me comería la cocina entera! ¡A ver, a ver, el esturión!

Marfa se acercó a uno de los bancos y con mucho cuidado levantó un poco una hoja de periódico manchada de grasa. Debajo, en un enorme plato, reposaba un gran esturión en gelatina, salpicado de alcaparras, aceitunas y rodajas de zanahoria. Ajiniéiev vio el esturión y se quedó boquiabierto. Se le iluminó la cara, se le pusieron los ojos en blanco. Se inclinó y emitió con los labios un sonido que recordaba el de una rueda sin engrasar. Así permaneció unos momentos y luego, rebosante de satisfacción, hizo castañetear los dedos y una vez más volvió a chasquear los labios.

—¡Hola! ¡Qué beso más sonoro!... ¿Con quién te estás besando ahí, Marfuchka? —se oyó que decía una voz desde la habitación contigua, y por la puerta se asomó la cabeza rapada de Vankin, ayudante de los preceptores del instituto—. ¿Con quién te permites? ¡O-o-oh!... ¡Qué bien! ¡Con Serguéi Kapitónich! ¡Vaya con el abuelo, no está mal! ¡A solas con la polca femenina!

—¡Yo no estoy besando a nadie! —replicó Ajiniéiev, confuso—. ¿Quién te ha dicho eso, so tonto? Lo que hago es... mira, chasquear los labios por... pensando en el gustazo... Al ver el pescado...

—¡Disculpe!

En la cara de Vankin se dibujó una ancha sonrisa y su cabeza desapareció tras la puerta. Ajiniéiev se ruborizó.

«¡El diablo sabe la que se va a armar! —pensó—. Este canalla irá ahora por ahí con el chisme. Me pondrá en vergüenza ante toda la ciudad, el cerdo ese...»

Ajiniéiev entró tímidamente en la sala y miró de soslayo hacia un lado: ¿dónde estará Vankin? Vankin estaba de pie cerca del piano y doblándose audazmente decía algo al oído de la concuñada del inspector, la cual se echó a reír.

«¡Está hablando de mí! —pensó Ajiniéiev—. ¡Está hablando de mí, mal rayo le parta! Y la otra le cree...

¡lo cree! ¡Se ríe! ¡Dios del cielo! Esto no puede quedar
así... no, no... Es necesario evitar que le crean. Hablaré
con todos y será él, con sus chismes, quien va a quedarse
con un palmo de narices.»

Ajiniéiev se rascó el pescuezo, y sin sobreponerse del
todo a su turbación se acercó a Padekuá.

—He estado ahora en la cocina a ver cómo marcha
la cena —dijo al francés—. Sé que a usted el pescado le
gusta y tengo preparado un esturión, amigo, ¡así! ¡De
dos varas! Je, je, je... Y a propósito... por poco lo olvido... Ahí en la cocina por el esturión ese acaba de suce-
derme una anécdota la mar de chistosa. Entro y quiero
echar un vistazo a la comida... Veo el esturión y chas-
queo los labios de gusto... ¡qué apetitoso! En ese momento el tonto de Vankin entra y dice: ¡ja, ja, ja!...
y dice: «¡O-o-oh!... ¿Se están besando?» Quería decir
con Marfa, ¡con la cocinera! ¡Se necesita ser tonto para
imaginárselo! Es fea como un pecado y él... ¡que se están besando! ¡Vaya idiota!

—¿Quién es el idiota? —preguntó Tarántulov, acercándose.

—Ese Vankin. Entro en la cocina...

Y contó lo de Vankin.

—¡Cómo me ha hecho reír, el tonto! Para mí, ha de
ser más agradable besar a un perro de la calle que a
Marfa —añadió Ajiniéiev, que volvió la cabeza y vio a
su espalda a Mzdá.

—Estamos hablando de Vankin —le dijo el primero—. ¡Qué estrafalario! Entra en la cocina, me ve al lado
de Marfa y ya se pone a inventar bobadas. «¿Qué
—dice—, se están besando?» Será que la bebida le ha
hecho ver visiones. Y yo digo que besaría al pavo antes
que besar a Marfa. Además, tengo mujer, digo yo; ése
debe de ser tonto de capirote. ¡Lo que me ha hecho reír!

—¿Quién le ha hecho reír? —preguntó el reverendo
padre, profesor de religión y moral, acercándose a Ajiniéiev.

—Vankin. ¿Sabe usted? Estaba yo en la cocina contemplando el esturión...

Y así sucesivamente. A la media hora, todos los invitados conocían la historia del esturión y Vankin.

«¡Ahora ya puede irles con el cuento! —pensaba Ajiniéiev frotándose las manos—. ¡Que lo pruebe! Empezará a contar y en seguida le pararán los pies: "¡A otro perro con este cencerro, so tonto! —le dirán—. ¡Lo sabemos todo!"»

Ajiniéiev se quedó tan tranquilo que hasta se echó al coleto cuatro copitas de más por su mucha alegría. Terminada la fiesta, acompañó a los novios hasta la alcoba, se retiró a sus aposentos y se quedó dormido como una inocente criatura; al día siguiente no se acordaba ya de la historia del esturión. Pero, ¡ay! El hombre propone y Dios dispone. La fementida lengua realizó su viperina acción y de nada le sirvió a Ajiniéiev su astucia. Exactamente una semana después, terminada la tercera clase, mientras Ajiniéiev, en la sala de profesores, hablaba sobre las malas inclinaciones del alumno Visiekin, se le acercó el director y le llamó aparte.

—Verá usted, Serguéi Kapitónich —manifestó el director—. No lo tome a mal... Ésta no es cosa mía, pero, de todos modos, he de darle a entender... Estoy obligado... Es que... corren rumores de que usted vive con esta... con la cocinera... No es cosa mía, pero... Viva usted con ella en buena hora, bésela... lo que quiera, sólo que, por favor, ¡no tan a la vista! ¡Se lo ruego! ¡No olvide que es usted un pedagogo!

Ajiniéiev se quedó pasmado, patitieso. Volvió a su casa como picado de una vez por un enjambre entero, como abrasado por agua hirviendo. Volvía hacia su casa y tenía la impresión de que toda la gente le miraba como si estuviera tiznado de hollín... En su casa le esperaba una nueva desgracia.

—¿Qué te pasa, que no pruebas bocado? —le preguntó su mujer a la hora de la comida—. ¿En qué estás pensando? ¿En amoríos? ¿Echas de menos a Marfuchka? ¡Lo sé todo, mahometano! Ha habido buena gente que me ha abierto los ojos. ¡Aaah... bááárbaro!

Y le plantó los cinco dedos en la cara... Ajiniéiev se levantó de la mesa y sin mirar dónde ponía los pies, sin gorro y sin abrigo, caminando pesadamente, se dirigió a casa de Vankin. Allí le encontró.

—¡Eres un miserable! —le dijo Ajiniéiev—. ¿Por qué me has hundido en el fango ante todo el mundo? ¿Por qué me has calumniado?

—¿Que le he calumniado? ¡Qué invenciones son ésas!

—¿Pues quién ha ido con el chisme de que yo estaba besando a Marfa? ¿Dirás que no has sido tú? ¿No has sido tú, bandido?

Vankin empezó a parpadear y a pestañear moviendo todas las fibras de su ajado rostro, levantó los ojos hacia el icono y articuló:

—¡Que me castigue Dios, que me quede ciego y me muera aquí mismo si he dicho yo de usted una sola palabra! ¡Que me quede sin casa y sin pan! ¡Que me pille el cólera!...

La sinceridad de Vankin quedaba fuera de toda duda. Evidentemente, no era él quien había lanzado la calumnia.

«Pero ¿quién habrá sido, pues? ¿Quién? —se preguntaba Ajiniéiev pasando revista en su memoria a todos sus conocidos y golpeándose el pecho—. ¿Quién habrá sido?»

—¿Quién habrá sido? —preguntamos nosotros, junto con el lector...

LA CERILLA SUECA

I

E L 6 de octubre de 1885, por la mañana, en las oficinas del comisario de policía rural del segundo sector del distrito de S., se presentó un joven decentemente vestido y declaró que su amo, el alférez de la Guardia retirado Mark Ivánovich Kliáuzov, había sido muerto. Al hacer esta declaración, el joven estaba pálido y extremadamente agitado. Las manos le temblaban y el horror se le reflejaba en los ojos.

—¿Con quién tengo el honor de hablar? —le preguntó el comisario.

—Soy Psiékov, el administrador de Kliáuzov, agrónomo y mecánico.

El comisario y los testificantes, llegados con Psiékov al lugar del suceso, se encontraron con lo siguiente: cerca del pabellón en que vivía Kliáuzov se habían reunido infinidad de curiosos. La noticia del suceso se había difundido por los alrededores con la rapidez del rayo, y como era día de fiesta la gente afluía hacia la casa desde todas las aldeas vecinas. El rumor de las conversaciones lo dominaba todo. Aquí y allí se veían fisonomías pálidas y llorosas. La puerta del dormitorio de Kliáuzov se había encontrado cerrada, con la llave puesta por dentro.

—Es evidente que los criminales entraron por la ventana —observó Psiékov al examinar la puerta.

Pasaron al jardín, adonde daba la ventana del dormitorio. La ventana ofrecía un aspecto sombrío, lúgubre.

Hallábase cubierta por unos visillos verdes, desteñidos, con uno de los ángulos levemente doblado, lo cual permitía ver lo que había en el interior.

—¿Ha mirado por la ventana alguno de vosotros? —preguntó el comisario.

—Nadie, Señoría —dijo el jardinero Efrem, un vejete pequeño y de pelo blanco, con cara de sargento retirado—. ¡Buenos estábamos para mirar cuando las piernas nos temblaban!

—¡Ah, Mark Ivánich, Mark Ivánich! —suspiró el comisario, mirando por la ventana—. ¡Ya te decía yo que acabarías mal! ¡Te lo decía, infeliz, y no me hiciste caso! ¡El libertinaje no conduce a nada bueno!

—Podemos dar gracias a Efrem —dijo Psiékov—; sin él no habríamos sospechado nada. Ha sido a él a quien primero se le ha ocurrido pensar que aquí sucedía algo raro. Esta mañana ha venido a verme y me ha dicho: «¿Por qué será que nuestro señor tarda tanto en despertarse? ¡Lleva ya una semana entera sin salir del dormitorio!» Al oír esto, ha parecido que me daban un mazazo... En seguida he tenido una idea... ¡No se había dejado ver desde el sábado pasado, y hoy estamos a domingo! ¡Siete días, no es broma!

—Sí, pobrecillo... —suspiró una vez más el comisario—. Era una persona inteligente, culta y buena. Cuando estaba con un grupo de amigos, puede decirse que era siempre el primero. ¡Pero vaya libertino, y que Dios lo tenga en la gloria! ¡Me lo esperaba todo! Stepán —dijo el comisario a uno de los testificantes—, vete sin perder un momento a mi casa y manda a Andriushka al jefe, que le dé cuenta de lo sucedido. Que le diga: ¡han matado a Mark Ivánich! Y corre también a buscar al cabo, ¿por qué se entretiene tanto? ¡Que venga! Y tú mismo pasa cuanto antes por casa del juez de instrucción Nikolái Ermoláich y dile que venga aquí. Espera, te daré unas líneas para él.

El comisario puso gente de guardia alrededor del pabellón, escribió una carta al juez y fue a tomar el té al aposento del administrador. Unos diez minutos después, sentado en un taburete, mordía cautelosamente un terrón de azúcar y sorbía un té, ardiente como una brasa.

—Ya ve... —decía a Psiékov—. Ya ve... Un hombre

noble, rico… amado de los dioses, podría decirse, según la expresión de Pushkin, ¿y qué ha sido de él? ¡Nada! Se emborrachaba, llevaba una vida disoluta y… ¡ya ve!… le han asesinado.

Unas dos horas más tarde, llegaba en su coche el juez de instrucción. Nikolái Ermoláevich Chúbikov (así se llama el juez) es un viejo alto y robusto, de unos sesenta años, que está sobre la brecha hace ya un cuarto de siglo. Es conocido por todo el distrito como hombre honrado, inteligente, enérgico y enamorado de su oficio. Al lugar del suceso llegó con él su inseparable satélite, ayudante y escribiente Diukovski, joven de elevada estatura de unos veintiséis años.

—¿Pero es posible, señores? —dijo Chúbikov entrando en la habitación de Psiékov y apresurándose a estrechar la mano a todos—. ¿Pero es posible? ¿A Mark Ivánich? ¿Que le han matado? ¡No, esto es imposible! ¡Impo-si-ble!

—Vaya y véalo… —suspiró el comisario.

—¡Dios mío, Dios mío! ¡Pero si le vi el viernes de la semana pasada en la feria de Tarabankov! ¡Estuve bebiendo, perdonen ustedes, unas copas de vodka con él!

—Vaya y véalo… —volvió a suspirar el comisario.

Suspiraron un poco, expresaron un poco su horror, se tomó cada uno de ellos su vaso de té y se dirigieron al pabellón.

—¡Paso libre! —gritó el cabo a la gente.

Entraron. El juez se ocupó ante todo de examinar la puerta del dormitorio. Resultó que la puerta era de pino, pintada de amarillo, y estaba intacta. No se encontraron objetos especiales que pudieran servir de algún indicio. Se procedió a forzar la puerta.

—¡Señores, ruego que se retiren los que no tengan que ver con el asunto! —dijo el juez cuando, después de largo rato de golpes y crujidos, la puerta hubo cedido al hacha y al cortafríos—. Se lo ruego en interés de la instrucción… ¡Cabo, que no entre nadie!

Chúbikov, su ayudante y el comisario abrieron la puerta y uno tras otro, vacilando, entraron en el dormitorio. A sus ojos se les ofreció el siguiente espectáculo: Junto a la única ventana había una gran cama de madera con un edredón de pluma. Sobre el edredón, todo arrugado, había una manta también arrugada y revuelta. La almohada, con su funda de satén, asimismo muy arrugada, estaba en el suelo. En una mesita, ante la cama, había un reloj de plata y una moneda de veinticinco *kopeks*. Allí mismo había también cerillas de azufre. No había más muebles que la cama, la mesita y una silla. El comisario echó un vistazo debajo de la cama y vio un par de decenas de botellas vacías, un viejo sombrero de paja y una botellita de vodka. Debajo de la pequeña mesa se veía una bota alta cubierta de polvo. Después de haber recorrido la habitación con la mirada, el juez de instrucción frunció el ceño y se sonrojó.

—¡Miserables! —balbuceó, apretando los puños.

—Pero dónde está Mark Ivánich? —preguntó en voz baja Diukovski.

—¡Le ruego que no se meta! —le dijo groseramente Chúbikov—. ¡Haga el favor de examinar el suelo! Es el segundo caso de este género que se me presenta, Evgraf Kuzmich —explicó al comisario bajando la voz—. En mil ochocientos setenta me encontré con un caso, semejante. Lo recordará usted, sin duda... El asesinato del mercader Potriétov. Ocurrió lo mismo. Los miserables lo mataron y sacaron el cadáver por la ventana...

Chúbikov se acercó a la ventana, corrió la cortina hacia un lado y empujó con precaución. La ventana se abrió.

—Se abre, esto quiere decir que no estaba cerrada... ¡Hum!... Huellas en el antepecho. ¿Las ve? Aquí hay las huellas de una rodilla... Alguien ha trepado por aquí... Habrá que examinar muy bien la ventana.

—En el suelo no se advierte nada de particular —dijo Diukovski—. Ni manchas ni rozaduras. No he encontrado más que una cerilla sueca consumida. ¡Mírela! Por lo que yo recuerdo, Mark Ivánich no fumaba; en la casa usaba cerillas de azufre, de ningún modo cerillas suecas. Esta cerilla puede ser un indicio...

—¡Ah... cállese, por favor! —le cortó el juez, haciendo un gesto con la mano—. ¡Déjeme en paz con su cerilla! ¡No puedo soportar las cabezas exaltadas! ¡En vez de dedicarse a buscar cerillas, mejor haría en examinar la ropa de la cama!

Examinada la cama, Diukovski informó:

—No hay manchas de sangre ni de otras clases...
Tampoco hay desgarrones frescos. En la almohada se
notan huellas de dientes. Sobre la manta se ha vertido
un líquido que huele y también sabe a cerveza... El aspecto general de la ropa da derecho a pensar que en la
cama hubo lucha.

—¡Lo de la lucha lo sé sin que usted me lo diga! No
es por la lucha por lo que se le pregunta. En vez de buscar la lucha, mejor sería...

—Aquí tenemos una bota, pero la otra no aparece.

—Bueno, ¿y qué?

—Pues que lo estrangularon cuando se estaba quitando
las botas. Antes de que tuviera tiempo de quitarse la
segunda...

—¡Está tocando el violón!... ¿Y cómo sabe usted que
lo estrangularon?

—En la almohada hay huellas de dientes. La almohada misma está muy arrugada y ha sido arrojada a dos
varas y media de la cama.

—¡Cómo discurre, el charlatán! Vamos al jardín. Mejor sería que reconociera usted el jardín, en vez de re-
buscar por el lecho... Para esto no le necesito.

Una vez en el jardín, la instrucción se aplicó, sobre
todo, al examen de la hierba, que debajo de la ventana
se veía aplastada. Lo mismo sucedía con un cardo, junto
a la mismísima pared. Diukovski logró encontrar en él
varias ramitas rotas y unos trocitos de guata. En las cabezuelas más altas se hallaron finas hebras de lana azul oscura.

—¿De qué color era su último traje? —preguntó Diukovski a Psiékov.

—Amarillo, de hilo.

—Perfectamente. Así, pues, los otros vestían de azul.

Cortó varias cabezuelas del cardo y las envolvió con
mucho cuidado en un papel. En ese momento llegaron
el jefe de policía, Artsibáschev-Svistakovski y el doctor
Tiutiúev. El jefe saludó y en seguida se puso a satisfacer
su curiosidad; el doctor, en cambio, un hombre alto y
delgado en extremo, de ojos hundidos, larga nariz y afila-
da barbilla, sin saludar a nadie, sin preguntar por nada,
tomó asiento en un tocón, suspiró y dijo:

—¡Otra vez los nervios se han agitado! No comprendo

lo que pretenden. ¡Oh, Austria, Austria! ¡Esto es obra tuya!

La inspección externa de la ventana no dio absolutamente ningún resultado; en cambio, el examen de la hierba y de los arbustos inmediatos proporcionó muchos indicios útiles. Diukovski, por ejemplo, logró encontrar un rastro largo sobre la hierba, formado por manchas oscuras y que se prolongaba desde la ventana hasta el fondo del jardín, a varios pasos de distancia. El rastro se terminaba con una gran mancha oscura, parda, bajo una planta de lila. Bajo la misma planta se encontró una bota que resultó hacer el par con la bota hallada en la habitación.

—¡Esto es sangre vieja! —exclamó Diukovski inspeccionando las manchas.

Al oír la palabra «sangre», el doctor se levantó y, perezosamente, echó un vistazo a las manchas.

—Sí, es sangre —balbuceó.

—¡Así, pues, no le estrangularon, si hay sangre! —dijo Chúbikov echando una venenosa mirada a Diukovski.

—En el dormitorio lo estrangularon, pero aquí, temerosos de que reviviera, le golpearon con algún instrumento cortante. La mancha bajo la planta prueba que estuvo allí tendido durante un tiempo relativamente largo, mientras los otros buscaban la manera de sacarlo del jardín.

—Bueno, pero ¿y la bota?

—Esta bota aún me confirma más en la idea de que le mataron mientras se estaba quitando las botas antes de acostarse. Se sacó una bota; la otra, en cambio, o sea, ésta, únicamente se la pudo quitar a medias. La bota medio puesta se cayó por sí misma durante las sacudidas del camino y la caída...

—¡Imaginación no le falta! —comentó Chúbikov, sonriendo irónicamente—. ¡Dale que dale! ¿Pero cuándo perderá usted la costumbre de venir con razonamientos? ¡En vez de razonar, mejor haría en tomar usted un poco de hierba ensangrentada para su análisis!

Terminado el examen y levantado un plano del lugar, se dirigieron al aposento del administrador para levantar acta y almorzar. En torno a la mesa, las lenguas se soltaron.

—El reloj, el dinero y demás... no falta nada —comenzó a decir Chúbikov—. Está claro como dos y dos son cuatro que el asesinato no ha sido hecho con fines de lucro.

—Ha sido obra de un verdadero intelectual —agregó Diukovski.

—¿De qué lo deduce usted?

—Me da la razón la cerilla sueca, cuyo uso aún no conocen los campesinos de aquí. Sólo emplean estas cerillas los propietarios, y aún no todos. Y los asesinos, dicho sea incidentalmente, fueron por lo menos tres, no uno: dos sujetaron a la víctima y el tercero la estranguló. Kliáuzov era fuerte y los asesinos debían de saberlo.

—¿Y de qué podía servirle la fuerza si Kliáuzov, según suponemos, dormía?

—Los asesinos le sorprendieron sacándose las botas. Si se sacaba las botas, no dormía.

—¡No hay que andarse con invenciones! ¡Mejor será que coma!

—Y a mi modo de ver, Señoría —dijo el jardinero Efrem, poniendo el samovar sobre la mesa—. quien ha cometido esta villanía no es otro que Nikolashka.

—Es muy posible —agregó Psiékov.

—¿Y quién es ese Nikolashka?

—El ayuda de cámara del señor, Señoría —respondió Efrem—. ¿Quién puede haber sido, si no él? ¡Es un bandido, Señoría! ¡Un borrachín y un libertino como él no había sido previsto ni por la reina de los cielos! Siempre traía vodka al señor y era quien le ayudaba a acostarse... ¿Quién puede haber sido, si no él? También me atrevo a referir a Su Señoría que ese granuja una vez se alabó en la taberna de que mataría a su amo. Todo era por Akulka, por una mujer... Tenía relaciones con una mujer casada, la esposa de un soldado... Al señor le gustó la mujer y se hizo con ella, bueno, y él... ya se sabe, lo tomó a mal... Ahora está en la cocina, borracho como una cuba. Llora... dice, el embustero, que siente la muerte del señor...

—La verdad es que tratándose de Akulka es para tomarlo a mal —dijo Psiékov—. Es la mujer de un soldado, una campesina, pero... No en vano Mark Ivánich la

llamaba Naná. Hay en ella algo que recuerda a Naná[1]...
algo que atrae...

—La he visto... Lo sé... —dijo el juez de instrucción,
sonándose con un pañuelo rojo.

Diukovski se ruborizó y bajó los ojos. El comisario tamborileó con un dedo sobre el platillo. El jefe de policía,
carraspeó y se puso a buscar algo en la cartera de mano.
Por lo visto, el doctor fue el único en quien no provocó
impresión alguna el recuerdo de Akulka y de Naná. El
juez de instrucción ordenó que se trajera a Nikolashka.
Nikolashka era un mozo larguirucho, de nariz grande picada de viruelas y pecho hundido; vestía una chaqueta
que antes había sido de su señor y, al entrar en la estancia de Psiékov, hizo una profunda inclinación ante el
juez. Tenía la cara soñolienta y llorosa. Estaba borracho
y apenas si se mantenía de pie.

—¿Dónde está el señor? —le preguntó Chúbikov.

—Lo han matado, Señoría.

Dichas estas palabras, Nikolashka comenzó a mover
los párpados y se puso a llorar.

—Ya sabemos que lo han matado. ¿Y dónde está ahora? ¿Qué se ha hecho de su cadáver?

—Dicen que lo han sacado por la ventana y lo han
enterrado en el jardín.

—¡Hum!... De los resultados de la instrucción se tiene noticia ya en la cocina... Es deplorable. Dime, amigo,
¿dónde estabas tú la noche en que mataron a tu señor?
Es decir, la noche del sábado.

Nikolashka levantó la cabeza, estiró el cuello y se quedó
pensativo.

—No puedo saberlo, Señoría —respondió—. Estaba
bebido y no lo recuerdo.

—¡Coartada! —balbuceó Diukovski sonriendo burlo-
namente y frotándose las manos.

—Bien. ¿Y por qué hay sangre al pie de la ventana de
tu señor?

Nikolashka levantó bruscamente la cabeza y se quedó
pensativo.

—¡Piensa de prisa! —dijo el jefe de policía.

---

[1] Por la protagonista de la novela homónima de Émile Zola, pu-
blicada en 1880.

—Ahora. La sangre esta no es nada, Señoría. Degollé una gallina. Le corté el cuello como siempre, pero ella se me escapó de las manos y se echó a correr. Por esto hay sangre.

Efrem declaró que, en efecto, Nikolashka todas las tardes mata una gallina y que lo hace en sitios diferentes, pero nadie había visto a la gallina a medio matar corriendo por el jardín, hecho que, de todos modos, no se podía negar en redondo.

—Coartada —se sonrió irónicamente Diukovski—. ¡Y qué coartada más estúpida!

—¿Te entendías con Akulka?

—Algo hubo.

—¿Y el señor te la birló?

—De ningún modo. A mí quien me la quitó fue el señor Psiékov, aquí presente, Iván Mijáilich, y a Iván Mijáilich se la quitó el señor. Así es como han ocurrido las cosas.

Psiékov se turbó y se puso a frotarse el ojo izquierdo. Diukovski clavó en él su mirada, leyó su turbación y se estremeció. Vio que el administrador llevaba pantalones azules, en los que antes no se había fijado. Los pantalones le recordaron las hebras azules halladas en el cardo. Chúbikov, a su vez, miró sospechosamente a Psiékov.

—¡Vete! —dijo a Nikolashka—. Y ahora, permítame hacerle una pregunta, señor Psiékov. Usted, naturalmente, estuvo aquí del sábado al domingo, ¿verdad?

—Sí, a las diez cené con Mark Ivánich.

—¿Y luego?

Psiékov se turbó y se levantó de la mesa.

—Luego... luego... La verdad, no lo recuerdo —balbuceó—. Bebí mucho entonces... No recuerdo dónde y cuándo me dormí... ¿Por qué me miran todos de este modo? ¡Como si lo hubiese matado yo!

—¿Dónde se despertó usted?

—Me desperté en la cocina del servicio, sobre la estufa... Todos pueden confirmarlo. Lo que no sé es cómo pude subirme a la estufa...

—No se intranquilice... ¿Conocía usted a Akulina?

—Eso no tiene nada de particular...

—¿De usted pasó a Kliáuzov?

—Sí... Efrem, ¡sirve más setas! ¿Quiere té, Evgraf Kuzmich?

Se produjo un silencio pesado, pavoroso, que duró unos cinco minutos. Diukovski callaba y no apartaba sus ojos punzantes del pálido rostro de Psiékov. El juez de instrucción rompió el silencio.

—Será necesario —dijo— llegarse hasta la casa grande y hablar con María Ivánovna, la hermana del difunto. Es posible que nos dé algunas indicaciones.

Chúbikov y sus ayudantes agradecieron el almuerzo y fueron a la casa señorial. A la hermana de Kliáuzov, María Ivánovna, una solterona de cuarenta y cinco años, la encontraron rezando frente a una alta vitrina con los iconos de familia. Al ver en las manos de los visitantes carteras y gorras con escarapelas, María Ivánovna palideció.

—Ante todo he de presentarle mis excusas por haber alterado, por decirlo así, su ánimo sumido en la oración —comenzó a decir, dando un taconazo, el galante Chúbikov—. Venimos a hacerle un ruego. Usted, desde luego, ya ha oído decir... Existe la sospecha de que su hermanito haya sido muerto de algún modo. La voluntad de Dios, sabe usted... A la muerte no se le escapa nadie, ni reyes ni labradores. ¿No podría usted ayudarnos con alguna indicación o aclaración...?

—¡Ah, no me pregunten nada! —dijo María Ivánovna, aún más pálida y cubriéndose la cara con las manos—. ¡No puedo decirles nada! ¡Nada! ¡Se lo suplico! Nada sé... ¿Qué puedo hacer yo? ¡Ah, no, no!... ¡Ni una palabra acerca de mi hermano! ¡Antes de decir nada, prefiero morir!

María Ivánovna se puso a llorar y se fue a otra estancia. Los investigadores se miraron, se encogieron de hombros y se retiraron.

—¡Diablo de mujer! —soltó Diukovski al salir de la casa grande—. Por lo visto sabe algo y lo oculta. Y la doncella lleva algo escrito en la cara... ¡Esperad, demonios! ¡Lo aclararemos todo!

Era ya de noche cuando Chúbikov y su ayudante volvían a sus casas, iluminados por la pálida luna; iban sentados en su birlocho y hacían mentalmente resumen de los sucesos del día. Ambos estaban fatigados y callaban. Chúbikov, en general, no era amigo de hablar cuando viajaba, y el charlatán de Diukovski callaba por complacer al viejo. Sin embargo, cuando ya estaban llegando al término de su camino, el ayudante no pudo soportar por más tiempo el silencio y se puso a hablar.

—Que Nikolashka está complicado en el asunto —dijo— *non dubitandum est*. Ya por el hocico se le ve que es un pájaro de cuenta... La coartada que presenta nos lo entrega atado de pies y manos. Tampoco hay duda de que en este asunto no es él el iniciador. Nikolashka ha sido únicamente un instrumento estúpido y venal. ¿Está usted de acuerdo? Tampoco desempeña el último papel en este asunto el modesto Psiékov. Los pantalones azules, su turbación, el haberse acurrucado sobre la estufa, lleno de pavor, después del asesinato, la coartada que presenta y Akulka.

—Aprovéchate, amigo, que a ti te toca moler[2]. Según usted, resulta que cuantos han conocido a Akulka son asesinos. ¡Ah, cabeza exaltada! ¡Lo que debería de hacer usted es entretenerse con un chupete y no instruir una causa! También usted rondó a Akulka, así, pues, ¿ha de significar esto que también usted es cómplice del crimen?

—También ha tenido usted a Akulka un mes en su casa, de cocinera, pero... no digo nada. Aquella noche del sábado al domingo, estuve jugando a las cartas con usted, le vi, de otro modo, también podría sospechar de usted. La cuestión, señor mío, no estriba en la mujer. La cuestión está en un sentimiento vil, repugnante, innoble... Al modesto joven, ¿ve usted?, le desagradó no haber salido él triunfante. Es cuestión de amor propio, comprenda... Tuvo ganas de vengarse. Luego... Sus gruesos labios hablan bien alto de su sensualidad. ¿Recuerda cómo ha hecho chasquear los labios cuando ha comparado a Akulka con Naná? ¡No hay duda alguna de que el miserable está dominando por la pasión! Así, tenemos: amor propio herido y pasión insatisfecha. Esto es más que suficiente para cometer un crimen. Dos están en nuestras manos; pero, ¿quién es el tercero? Nikolashka y Psiékov lo retenían. Pero, ¿quién le estrangulaba? Psiékov es tímido, miedoso, en fin, un cobarde.

[2] Proverbio popular, literalmente: «Muele, Emelia, que es tu semana».

Los Nikolashkas no saben matar con una almohada, ésos emplean el hacha o un mazo... Le estranguló una tercera persona, pero ¿quién es?

Diukovski se encasquetó el sombrero hasta los ojos y se puso a cavilar. Permaneció callado hasta que el birlocho se detuvo ante la casa del juez de instrucción.

—¡Eureka! —dijo entrando en la casita y quitándose el abrigo—. ¡Eureka, Nikolái Ermoláich! No entiendo cómo no se me ha ocurrido antes. ¿Sabe usted quién es el tercero?

—¡Dejemos esto, por favor! Ahí tenemos la cena preparada. ¡Siéntese a cenar!

El juez de instrucción y Diukovski se sentaron a cenar. Diukovski se sirvió una copa de vodka, se levantó, se irguió y con los ojos centelleantes dijo:

—¡Pues sepa que el tercero, el que ha actuado en complicidad con el miserable Psiékov y ha estrangulado a la víctima, ha sido una mujer! ¡Sí, señor! ¡Me refiero a la hermana del asesinado, a María Ivánovna!

Chúbikov se atragantó con el vodka y clavó los ojos en Diukovski.

—A usted... quizá... La cabeza... quizá... ¿No le duele?

—Estoy sano. Pero bueno, admitamos que me he vuelto loco. De todos modos, ¿cómo explica usted la turbación de la mujer al vernos? Supongamos que todo esto son pequeñeces —¡está bien!, ¡sea!—. Pero recuerde las relaciones que existían entre los dos. ¿Cómo se explica su negativa a prestar declaración? ¡Ella odiaba a su hermano! Ella es partidaria de la antigua fe[3], él es un disoluto, un ateo... ¡Ahí es donde anida el odio! Según dicen, había llegado a convencerla de que él era un ángel de Satán. ¡En presencia suya se ocupaba de espiritismo!

—Bueno, ¿y qué?

—¿No lo comprende? ¡Ella, partidaria de la vieja fe, le mató por fanatismo! No sólo ha matado la cizaña, a un disoluto, sino que ha librado al mundo del Anti-

---

[3] Los *starovieri* (partidarios de la antigua fe) fueron los que se negaron a aceptar las reformas introducidas en la iglesia ortodoxa por el patriarca Nikon, en la segunda mitad del siglo XVII.

cristo y en esto, según se figura ella, está su mérito, su
hazaña religiosa. ¡Oh, usted no conoce a estas solteronas, partidarias de la antigua fe! ¡Lea usted a Dostoievski! O vea lo que escriben Lieskov y Pecherski...
¡Ha sido ella, aunque me mate usted, ha sido ella! ¡Ella
le ha estrangulado! ¡Oh, pérfida mujer! ¿Acaso no se
puso a orar luego ante el icono, cuando entramos nosotros, para disipar nuestras sospechas? Voy a hacer como
que rezo, se diría ella, y así van a creer que yo estoy
tranquila y que no los espero. Éste es el método de todos
los delincuentes novatos. ¡Nikolái Ermoláich! ¡Padre
mío! ¡Encárgueme a mí de este asunto! ¡Déjeme que
lo lleve hasta el fin! ¡Se lo ruego! ¡Yo lo he empezado
y yo lo terminaré!

Chúbikov meneó la cabeza y frunció el entrecejo.

—También nosotros sabemos poner en claro los casos
difíciles —respondió—. Y lo que ha de hacer usted es
no meterse en camisas de once varas. Escriba al dictado
cuando le dicten, ¡ésta es su misión!

Diukovski se levantó airado, dio un portazo y se fue.

—¡Es inteligente el pícaro ese! —balbuceó Chúbikov,
siguiéndole con la mirada—. ¡Es mu-uy inteligente!
Sólo que se encalabrina sin motivo. Tendré que comprarle una pitillera como regalo en la feria...

Al día siguiente por la mañana, presentaron al juez de
instrucción un mozo de Kliauzovka, de gran cabeza y
labio leporino. El joven, que dijo ser el pastor Danilka,
hizo una declaración de sumo interés.

—Yo había bebido —dijo—. Hasta medianoche no
me moví de casa de mi comadre. Al volver a casa se me
ocurrió, borracho como estaba, tomar un baño en el río.
Me baño y... ¡lo que veo! Dos hombres cruzan la presa
llevando algo negro. «¡Eh!», les grito. Se asustaron y
se fueron pitando por los huertos de Makar. ¡Que Dios
me castigue si no era al amo a quien arrastraban!

Aquel mismo día, al caer la tarde, Psiékov y Nikolashka fueron detenidos y llevados bajo escolta a la capital
del distrito. En la ciudad, los metieron en la cárcel.

II

Transcurrieron doce días.

Era por la mañana. El juez de instrucción Nikolái Ermoláich, sentado tras el tapete verde de su mesa, hojeaba el expediente de Kliáuzov; Diukovski, agitado cual lobo en una jaula, daba zancadas de un ángulo a otro del despacho.

—Usted está convencido de la culpabilidad de Nikolashka y de Psiékov —decía mesándose nerviosamente la joven barbita—. ¿Por qué no quiere convencerse de la culpabilidad de María Ivánovna? ¿Le parece que tiene pocas pruebas, acaso?

—No digo que no esté convencido. Estoy convencido, pero en cierto modo no puedo creerlo... Pruebas concretas no hay, todo se reduce a cierta filosofía... Que si fanatismo, que si esto y lo otro...

—¡Lo que usted quisiera es que le presentasen sin falta el hacha y las sábanas ensangrentadas!... ¡Los juristas! ¡Pues se lo demostraré! ¡Ya le enseñaré yo a no mirar con tanta indiferencia el aspecto psicológico de la cuestión! ¡Su María Ivánovna acabará en Siberia! ¡Yo lo demostraré! Si las filosofías no le bastan, dispongo de algo material... ¡Y ese algo le demostrará cuán justa es mi filosofía! Permítame usted sólo hacer un recorrido.

—¿A qué se refiere?

—A la cerilla sueca... ¿La había olvidado? ¡Pues yo no! ¡Yo sabré quién la encendió en la alcoba del muerto! No la encendieron ni Nikolashka ni Psiékov, a los que no se han encontrado cerillas cuando se ha hecho el registro, sino el tercero, es decir, María Ivánovna. ¡Y lo demostraré!... Permítame sólo hacer un recorrido por el distrito, indagar...

—Bueno, está bien, siéntese... Procedamos al interrogatorio.

Diukovski se sentó a su mesita y metió su larga nariz en los papeles.

—¡Que traigan a Nikolái Tetiójov! —gritó el juez de instrucción.

Introdujeron a Nikolashka, que estaba pálido y delgado como una astilla. Temblaba.

—¡Tetiójov! —empezó Chúbikov—. En el año mil ochocientos setenta y nueve fue usted procesado por robo y condenado a prisión por el juez del primer distrito. En el año mil ochocientos ochenta y dos, nuevamente fue procesado por robo y otra vez estuvo en la cárcel... Nosotros lo sabemos todo...

En la cara de Nikolashka se pintó el asombro. La omnisciencia del juez de instrucción le maravillaba. Mas pronto la sorpresa dio paso a una aflicción extrema. Rompió en llanto y pidió permiso para ir a lavarse y a tranquilizarse. Se lo llevaron.

—¡Que traigan a Psiékov! —ordenó el juez de instrucción.

Introdujeron a Psiékov. El joven había cambiado mucho de cara durante los últimos días. Había adelgazado, había quedado pálido, con las mejillas hundidas. En los ojos se le leía la apatía que le dominaba.

—Siéntese, Psiékov —dijo Chúbikov—. Espero que esta vez será usted razonable y no se pondrá a mentir como las otras veces. Durante todos estos días ha negado su participación en el asesinato de Kliáuzov a pesar del cúmulo de pruebas que hablan en contra suya. Esto no es sensato. La confesión atenúa la culpa. Hoy hablo con usted por última vez. Si hoy no confiesa, mañana será tarde. Vamos a ver, explíquenos...

—No sé nada... Tampoco conozco sus pruebas —balbuceó Psiékov.

—¡Hace mal! Bien, permítame pues que le cuente yo cómo sucedieron las cosas. El sábado, ya anochecido, estuvo usted en el dormitorio de Kliáuzov bebiendo con él vodka y cerveza. —Diukovski clavó su mirada en el rostro de Psiékov y no la apartó de él en el transcurso de todo el monólogo—. Les servía Nikolái. Algo después de medianoche, Mark Ivánovich le manifestó su deseo de acostarse. Siempre se acostaba a esta hora. Cuando se quitaba las botas y le daba a usted algunas indicaciones sobre la hacienda, usted y Nikolái, a una señal convenida, agarraron a su amo, que estaba bebido, y lo echaron sobre la cama. Uno de ustedes se le sentó sobre las piernas, el otro le sujetó la cabeza. En ese momento entró, desde el zaguán, una mujer a la que usted conoce, vestida de negro, con la cual se habían puesto ya de acuerdo acerca de su participación en la criminal empresa. La mujer tomó la almohada y con ella empezó a ahogarle. Durante la pelea la vela se apagó. La mujer sacó del bolsillo una caja de cerillas suecas y encendió la vela. ¿No es así? Por su cara veo que digo la verdad. Pero sigamos... Después de haberle ahogado y de haberse convencido de que su amo no respiraba, usted y Nikolái lo sacaron por la ventana y lo dejaron junto al cardo. Temerosos de que volviera en sí, lo golpearon con algún instrumento cortante. Luego lo llevaron hasta la planta de lilas, y allí lo colocaron por cierto tiempo. Descansaron y reflexionaron, después se lo llevaron... Lo pasaron por encima de la cerca... Siguieron luego por el camino... Más allá se encuentra la presa. Cerca de la presa se asustaron al ver a un *mujik*. Pero ¿qué le ocurre?

Psiékov, pálido como un muerto, se levantó tambaleándose.

—¡Me ahogo! —dijo—. Está bien... sea... Pero déjenme salir... se lo suplico.

Se llevaron a Psiékov.

—¡Al fin ha confesado! —dijo Chúbikov estirándose dulcemente—. ¡Se ha traicionado! ¡Pero con qué habilidad se lo he sacado! ¿Eh? Lo he hecho polvo...

—¡Y no niega a la mujer vestida de negro! —exclamó Diukovski riéndose—. Con todo, me atormenta horrores la cerilla sueca. ¡No puedo resistirlo más! ¡Adiós! Tomo el coche.

Diukovski se puso la gorra y partió. Chúbikov comenzó a interrogar a Akulka. Akulka declaró que no sabía nada de nada...

—¡Sólo he vivido con usted y con nadie más! —dijo.

A las seis de la tarde regresó Diukovski. Estaba más excitado que nunca. Las manos le temblaban hasta tal punto que no podía desabrocharse el abrigo. Le ardían las mejillas. Estaba claro que no regresaba sin noticias.

—*Veni, vidi, vici* —dijo, entrando como una tromba en el despacho de Chúbikov y dejándose caer en un sillón—. Le juro por mi honor que empiezo a creer en mi genio. ¡Escúcheme, voto al diablo y a mil diablos! ¡Escúcheme y asómbrese, viejo! ¡Es para reír y llorar! Ya tiene usted a tres en sus manos... ¿no es así? He encontrado al cuarto, mejor dicho, a la cuarta, pues también

se trata de una mujer. ¡Y qué mujer! ¡Sólo por rozarle
los hombros una sola vez daría yo diez años de mi vida!
Pero... escuche... Me traslado a Kliauzovka y me he
puesto a describir una espiral alrededor del pueblo. Me
he metido en todas las tiendas, tabernas y casas de bebidas y en todas partes he pedido cerillas suecas. En todas partes me han respondido «no tenemos». Hasta ahora no he tenido el coche parado ni un minuto. Veinte
veces he perdido la esperanza y otras tantas la he reco-
brado. He estado perdiendo el tiempo todo el día y hace
tan sólo una hora que he descifrado la incógnita. A tres
verstas de aquí. Me sacan un paquete de diez cajitas.
Faltaba una... En seguida pregunto: «¿Quién ha comprado esta caja?» Fulana de tal... «Le gustaron... cre-
pitan.» ¡Mi querido amigo! ¡Nikolái Ermoláich! ¡Lo
que puede a veces hacer un hombre expulsado del seminario y que se ha llenado la cabeza leyendo a Gaboriau[4],
es inconcebible! ¡Desde el día de hoy empiezo a estimar-
me a mí mismo!... Ufff... ¡Bueno, en marcha!
    —¿Adónde?
    —A buscar a la otra, a la cuarta... Hay que darse
prisa, de lo contrario... ¡de lo contrario me consumiré
de impaciencia! ¿Sabe usted quién es? ¡No lo adivinará! Es la joven esposa de nuestro comisario de distrito,
el viejo Evgraf Kuzmich, Olga Petróvna, ¡ésa es! ¡Fue
ella la que compró la caja de cerillas!
    —Usted... tú... usted... ¿se ha vuelto loco?
    —¡Está muy claro! En primer lugar, ella fuma. En
segundo lugar, estaba enamorada de Kliáuzov como una
colegiala. Él rechazó su amor por una Akulka cualquiera. Venganza. Ahora recuerdo cómo, en cierta ocasión,
los sorprendí en la cocina tras un biombo. Ella se des-
hacía en juramentos de amor y él fumaba y le echaba
a la cara el humo del cigarrillo. Pero, vámonos... Aprisa, que ya empieza a oscurecer... ¡Vámonos!
    —¡Aún no he perdido el juicio hasta el punto de ir
a molestar de noche a una mujer noble y honrada sólo
porque así lo quiere un mozalbete!
    —Noble, honrada... ¡Después de esto, es usted un

---

[4] Émile Gaboriau (1835-1873), novelista francés, creador del género de narraciones basadas en asuntos judiciales y policíacos.

trapo y no un juez de instrucción! ¡Nunca me he atrevido a insultarle, pero ahora usted mismo me obliga a ello! ¡Trapo! ¡Inútil! ¡Bueno, querido Nikolái Ermoláich! ¡Se lo ruego!

El juez de instrucción hizo un gesto negativo y escupió.

—¡Se lo ruego! ¡Se lo ruego no por mí, sino en interés de la justicia! ¡Se lo suplico, en fin! ¡Hágame un favor, aunque sólo sea una vez en la vida!

Diukovski se hincó de rodillas.

—¡Nikolái Ermoláich! ¡Sea bondadoso! ¡Llámeme canalla, miserable, si me equivoco respecto a esta mujer! ¡Fíjese en la causa! ¡Qué causa! ¡Esto es una novela y no una causa criminal! ¡Su fama se extenderá por toda Rusia! ¡Van a nombrarle a usted juez instructor de las causas más importantes! ¡Pero compréndalo de una vez, viejo insensato!

El juez de instrucción frunció el ceño e, indeciso, tendió la mano hacia el sombrero.

—¡Bueno, al diablo contigo! —dijo—. Vámonos.

Era ya de noche cuando el birlocho del juez de instrucción se detuvo ante el portal del comisario de policía del distrito.

—¡Qué cerdos somos! —dijo Chúbikov, tirando de la campanilla—. Molestamos a la gente.

—No importa, no importa... No sea apocado... Diremos que se nos ha roto una ballesta.

A Chúbikov y Diukovski los recibió en el umbral una mujer de unos veintitrés años, alta y de buenas carnes, de cejas negras como la pez y suculentos labios rojos. Era Olga Petrovna en persona.

—¡Ah... mucho gusto! —dijo, sonriendo con ancha sonrisa—. Llegan a tiempo para la cena. Mi Evgraf Kuzmich no está en casa... Se ha entretenido en casa del pope... Pero cenaremos sin él... ¡Siéntense! ¿Vienen de instruir alguna causa?...

—Sí... Se nos ha roto una ballesta, ¿sabe? —empezó a decir Chúbikov entrando en el salón y acomodándose en una butaca.

—¡De golpe... desconciértela! —le susurró Diukovski—. ¡Desconciértela!

—Una ballesta... Mm... sí... Y hemos decidido entrar.

—¡Desconciértela, le digo! ¡Si empieza a darle vueltas, adivinará!

—¡Mira, hazlo como mejor sepas y sácame a mí de este apuro! —balbuceó Chúbikov, levantándose y apartándose hacia la ventana—. ¡No puedo! ¡Tú te lo has guisado, cómetelo tú!

—Sí, una ballesta... —comenzó Diukovski acercándose a la comisaria, arrugando su larga nariz—. Hemos venido no para... e-e-e... cenar ni para ver a Evgraf Kuzmich. Hemos venido para preguntarle a usted, muy señora mía, dónde se encuentra Mark Ivánovich, a quien dio usted muerte.

—¿Qué? ¿A qué Mark Ivánich se refiere? —balbuceó la comisaria, y su gran rostro de súbito, en un abrir y cerrar de ojos, se cubrió de púrpura—. Yo... no comprendo.

—¡Se lo pregunto en nombre de la ley! ¿Dónde está Kliáuzov? ¡Lo sabemos todo!

—¿Quién se lo ha dicho? —preguntó en voz baja la comisaria, sin poder soportar la mirada de Diukovski.

—Tenga la bondad de indicarnos dónde está.

—Pero ¿de dónde lo han sabido ustedes? ¿Quién se lo ha dicho?

—¡Lo sabemos todo! ¡Exijo en nombre de la ley!

El juez de instrucción, animado por la confusión de la comisaria, se le acercó y le dijo:

—Indíquenoslo y nos iremos. De lo contrario, nosotros...

—¿Para qué lo necesitan?

—¿Qué preguntas son ésas, señora? ¡Le pedimos que nos lo indique! Está usted temblando, confusa... ¡Sí, ha sido asesinado, si quiere que se lo diga, ha sido asesinado por usted! ¡Sus cómplices la han delatado!

La comisaria palideció.

—Vamos —dijo a media voz, retorciéndose las manos—. Le tengo escondido en el baño. ¡Pero, por Dios se lo pido, no digan nada a mi marido! ¡Se lo suplico! No lo soportaría.

La comisaria descolgó de la pared una llave grande y condujo a sus visitantes al patio, atravesando la cocina y el zaguán. El patio estaba oscuro. Caía una lluvia menudita. La comisaria iba delante. Chúbikov y Diukovski caminaban tras ella por la alta hierba, aspirando los aromas del cáñamo silvestre y de las lavazas que chacoloteaban bajo sus pies. El patio era grande. Pronto se acabaron las lavazas y se notó bajo los pies la tierra arada. En la oscuridad se divisaron las siluetas de unos árboles y entre ellos se distinguió una casita con una chimenea ladeada.

—Esto es el baño —dijo la comisaria—. ¡Pero, se lo suplico, no lo digan a nadie!

Al acercarse al baño, Chúbikov y Diukovski vieron la puerta cerrada con un enorme candado.

—¡Prepare un cabo de vela y cerillas! —susurró el juez de instrucción a su ayudante.

La comisaria abrió el candado y dejó entrar a sus acompañantes en el baño. Diukovski encendió una cerilla e iluminó el antebaño. En el centro había una mesa. En la mesa, junto a un pequeño y barrigudo samovar, se veía una sopera con schi[5] frío y un platito con restos de una salsa.

—¡Adelante!

Entraron en la estancia inmediata, en el baño. Allí había otra mesa. Sobre la mesa, un gran plato de jamón, una botella de vodka, platos, cuchillos y tenedores.

—Pero ¿dónde está... ése? ¿Dónde está el muerto? —preguntó el juez de instrucción.

—¡En la litera de arriba! —balbuceó la comisaria, todavía pálida y temblorosa.

Diukovski tomó el cabo de vela y subió a la tabla superior. Allí vio un largo cuerpo humano inmóvil, tendido sobre un gran colchón de plumas. Aquel cuerpo roncaba suavemente...

—¡Nos están tomando el pelo, diablos! —se puso a gritar Diukovski—. ¡No es él! ¡Aquí está echado algún imbécil que está vivo! ¡Eh! ¿Quién es usted? ¡El diablo me lleve!

El cuerpo introdujo en sí el aire con un silbido, y se movió un poco. Diukovski le empujó con el codo. El cuerpo levantó los brazos, se estiró y alzó la cabeza.

—¿Quién sube? —preguntó una pesada y ronca voz de bajo—. ¿Qué quieres?

_____
[5] Sopa de coles.

Diukovski acercó el cabo de vela al rostro del desconocido y lanzó un grito. En la nariz purpúrea, en los cabellos erizados y sin peinar, en los bigotes, negros como la pez, una de cuyas puntas estaba gallardamente retorcida y miraba insolente hacia el techo, reconoció al alférez Kliáuzov.

—¡Usted... Mark... Ivánich! ¡No puede ser!

El juez de instrucción levantó la vista y quedó petrificado...

—Soy yo, sí... ¡Y usted es Diukovski! ¿Qué diablos hace usted aquí? ¿Y de quién es el hocico que veo ahí abajo? ¡Madre mía, el juez de instrucción! ¿Qué vientos le traen por aquí?

Kliáuzov bajó y abrazó a Chúbikov. Olga Petrovna se escabulló por la puerta.

—¿Cómo han venido a dar en este sitio? ¡Bebamos, diablo! Tra-ta-ti-to-tom... ¡Bebamos! Pero ¿quién los ha traído aquí? ¿Cómo han sabido dónde estaba yo? De todos modos, ¡qué más da! ¡A beber!

Kliáuzov encendió la lámpara y llenó tres copas de vodka.

—Bueno, pero no acabo de comprenderte —dijo el juez de instrucción abriendo los brazos con sorpresa—. ¿Eres tú o no eres tú?

—Vaya, hombre... ¿Vas a venirme ahora con un sermón? ¡No te canses! Joven Diukovski, ¡bebe tu copa! Ce-lebremos, ami-gos, esta... ¿Por qué me miran así? ¡Beban!

—De todos modos, no lo acabo de entender —dijo el juez de instrucción apurando maquinalmente su copa—. ¿Cómo estás aquí?

—¿Por qué no he de estar aquí, si aquí me encuentro bien?

Kliáuzov bebió y tomó un trozo de jamón.

—Como ves, vivo en casa de la comisaria. En un lugar apartado, en un laberinto, como si fuera un duende. ¡Bebe! ¡He tenido lástima de ella, amigo! Me compadecí y aquí me tienes, viviendo en un baño abandonado, como un anacoreta... Me nutro. Pienso dejarlo la semana próxima... Ya estoy cansado...

—¡Es inconcebible! —exclamó Diukovski.

—¿Qué hay aquí de inconcebible?

—¡Es inconcebible! Dígame, por Dios, ¿cómo fue a parar al jardín su bota?

—¿Qué bota?

—Encontramos una bota en el dormitorio y otra en el jardín.

—¿Y para qué quiere usted saberlo? Esto no es cosa suya... ¡Pero bebed, mil pares de diablos! ¡Me habéis despertado, pues bebed! Con esta bota me ha ocurrido una historia interesante. Yo no quería venir aquí, con Olga. No me acababa de gustar, sabes, eso de ponerme bajo tutela... Ella se me presenta al pie de la ventana y empieza a regañar... Ya sabes cómo son las mujeres... en general... Como estaba borracho, ¡hala!, le tiro la bota... Ja-ja... Para que dejase de regañar. Ella entra por la ventana, enciende la lámpara y se pone a atizarme candela. Me zurró, me arrastró hasta aquí y me encerró. Ahora me alimento... ¡amor, vodka y bocadillos! Pero ¿adónde vais? ¿Adónde vas, Chúbi-kov?

El juez instructor escupió y salió del baño. Tras él, con la cabeza gacha, salió Diukovski. Se sentaron los dos en el birlocho sin decir palabra y emprendieron la marcha. Nunca les había parecido el camino tan aburrido y tan largo como esta vez. Callaban los dos. Chúbikov estuvo temblando de rabia durante todo el camino. Diukovski escondía la cara en el cuello del abrigo como si tuviera miedo de que la oscuridad y la llovizna pudieran leerle en el rostro la vergüenza que experimentaba.

Al llegar a su casa, el juez de instrucción encontró en ella al doctor Tiutiúev. El doctor, sentado a la mesa y suspirando hondamente, hojeaba la revista *Niva*.

—¡Qué cosas ocurren en este mundo! —dijo recibiendo al juez de instrucción con una triste sonrisa—. ¡Otra vez Austria sale con una pata de gallo!... Y Gladstone también, en cierto modo...

Chúbikov echó el sombrero bajo la mesa y se puso a temblar.

—¡Esqueleto de los demonios! ¡Déjame en paz! ¡Mil veces te he dicho que me dejes en paz con tu política! ¡Bueno estoy yo para políticas! Y a ti —Chúbikov se dirigió a Diukovski agitando el puño—, a ti... ¡no lo olvidaré por los siglos de los siglos!

—Pero... ¡aquella cerilla sueca! ¡Cómo iba yo a saber!

—¡Ojalá revientes con tu cerilla! Vete y no me irrites; si no, ¡el diablo sabe lo que voy a hacerte! Que no vuelva a verte el pelo por aquí.

Diukovski suspiró, tomó el sombrero y salió.

—¡Me voy a emborrachar! —decidió al salir del portal, y encaminó tristemente sus pasos hacia la posada.

La comisaria, al volver del baño, encontró a su marido en la sala.

—¿A qué ha venido el juez de instrucción? —preguntó el marido.

—Ha venido a decir que han encontrado a Kliáuzov. Figúrate, lo han encontrado en casa de una mujer casada.

—¡Eh, Mark Ivánich, Mark Ivánich! —suspiró el comisario, levantando los ojos al cielo—. ¡Ya te decía yo que el libertinaje no conduce a nada bueno! Te lo decía, ¡y no me has hecho caso!

RELATOS
(1884)

LA CONDECORACIÓN

E L maestro del progimnasio militar y registrador colegiado Liev Pustiakov era vecino de su amigo el teniente Ledentsov. Hacia la casa de este último dirigió sus pasos el día de Año Nuevo por la mañana.

—Pues verás a qué vengo, Grisha —dijo al teniente, después de las felicitaciones de rigor—. No te molestaría si no fuera por una necesidad extrema. Préstame por hoy, amigo mío, tu cruz de San Estanislao. Es que, verás; hoy como en casa del mercader Spichkin. Ya conoces tú a ese canalla de Spichkin: tiene manía por las condecoraciones y considera poco menos que indeseables a quienes no llevan algo colgando del cuello o del ojal. Además, tiene dos hijas... Nastia, ¿sabes?, y Zina... Te hablo como a un amigo... Ya me comprendes, Grisha. Préstamela, ¡hazme este favor!

Todo esto lo dijo Pustiakov tartamudeando, sonrojándose y volviendo tímidamente la cabeza hacia la puerta. El teniente soltó unos tacos, pero accedió.

A las dos de la tarde, Pustiakov se dirigía en un coche de punto a casa de Spichkin y, entreabriendo su pelliza, se miraba al pecho. Sobre el pecho le refulgía el oro y le brillaba el esmalte de la ajena cruz de San Estanislao.

«¡Hasta parece que siente uno mayor consideración para sí mismo! —pensaba el maestro, carraspeando—. ¡Una cosita de nada, que no costará más allá de cinco rublos, y vaya furor que produce!»

Llegado ante la casa de Spichkin, se abrió, bien abierta, la pelliza y pagó al cochero con suma parsimonia. El cochero, según pareció a Pustiakov, al verle las charreteras, los botones y la cruz de San Estanislao, se quedó de una pieza. Pustiakov, contento de sí mismo, soltó unas tosecitas y entró en la casa. Al quitarse la pelliza en el vestíbulo, echó una ojeada a la sala. Allí, en torno a una larga mesa, estaban comiendo ya unas quince personas. Se oía rumor de voces y tintín de vajilla.

—¿Quién ha llamado? —se oyó que preguntaba el dueño de la casa—. ¡Ah, es Liev Nikoláich! ¡Bien venido! Llega un poco tarde, pero no importa... Acabamos de sentarnos a la mesa.

Pustiakov sacó el pecho, irguió la cabeza y entró en la sala frotándose las manos. Pero en seguida vio algo terrible. Sentado a la mesa, al lado de Zina, estaba su colega, el maestro de francés Tramblián. Mostrar la condecoración al francés significaba provocar un sinfín de desagradables preguntas, significaba cubrirse de vergüenza para siempre, ver su reputación por los suelos... El primer pensamiento de Pustiakov fue arrancarse la condecoración o volver apresuradamente sobre sus pasos; pero la orden estaba firmemente cosida y retirarse era ya imposible. Cubriéndose rápidamente la cruz con la mano derecha, bajó la cabeza, saludó con torpeza a la concurrencia y sin dar la mano a nadie se dejó caer pesadamente en una silla libre, nada menos que delante mismo de su colega francés.

«¡Habrá bebido!», pensó Spichkin, dirigiéndole una mirada a su confuso rostro.

Ante Pustiakov pusieron un plato de sopa. Él tomó la cuchara con la mano izquierda, pero recordando que entre personas bien educadas no es de buen tono comer con la mano izquierda, declaró que ya había almorzado y que no tenía apetito.

—Ya he comido... *Merci*... —balbuceó—. He hecho una visita a mi tío, al arcipreste Eliéiev, y me ha invitado... eso es... a comer.

El alma de Pustiakov se llenó de oprimente angustia y de rencoroso despecho: la sopa despedía un olor exquisito y del esturión preparado al vapor se elevaba un vaho extraordinariamente apetitoso. El maestro intentó dejar libre la mano derecha y cubrir la condecoración con la izquierda, pero la cosa resultaba violenta.

«Se darán cuenta... Y tendré extendido el brazo sobre todo el pecho, como si me dispusiera a cantar. ¡Dios mío, que termine pronto esta comida! ¡Ya comeré luego en una posada!»

Después del tercer plato, tímidamente, con un solo ojo, miró al francés. Tramblián, muy confuso, quién sabe por qué, le miraba y tampoco comía nada. Cuando sus miradas se cruzaron, los dos se quedaron aún más turbados y bajaron la vista a sus platos vacíos.

«¡Se ha dado cuenta, el canalla! —pensó Pustiakov—. ¡Por el hocico le conozco que se ha dado cuenta! Y ese vaina es un chismoso. ¡Mañana mismo va con el cuento al director!»

Anfitriones y huéspedes comieron el cuarto plato; despacharon, por la voluntad del destino, el quinto...

Se levantó un señor alto, de nariz aguileña, con sus ventanas anchas y peludas, de ojos entornados por naturaleza. Se pasó la mano por la cabeza y declaró:

—¡Pro-o-o... pro... pro... propongo be-ber por la prosperidad de las damas aquí sentadas!

Los comensales se levantaron ruidosamente y tomaron las copas. Un potente «¡hurra!» resonó por todas las estancias. Las damas se sonrieron y se dispusieron a chocar las copas. Pustiakov se levantó y tomó la suya con la mano izquierda.

—Liev Nikoláich, ¡tómese la molestia de pasar esta copa a Nastasia Timofiéievna! —le dijo un señor, alargándole una copa—. ¡Hágala beber!

Esta vez, Pustiakov, con gran terror de su alma, tuvo que poner en funciones su mano derecha. La orden de San Estanislao, con la cintita roja arrugada, vio, por fin, la luz y se puso a brillar. El maestro palideció, agachó la cabeza y miró tímidamente hacia el francés. Éste le estaba mirando con ojos sorprendidos, interrogadores. Sus labios se sonrieron astutamente y de su rostro fue desapareciendo poco a poco la confusión...

—¡Yuli Avgústovich! —exclamó el dueño de la casa dirigiéndose al francés—. ¡Pase esta botella donde convenga!

Tramblián tendió, indeciso, la mano derecha hacia la botella y... ¡oh felicidad! En su pecho vio Pustiakov una condecoración. ¡Y aquella condecoración no era la orden de San Estanislao, sino nada menos que la orden de Santa Anna! ¡Así, también el francés iba con trampantojos! Pustiakov se echó a reír de satisfacción, se sentó en la silla, repantigándose... ¡Ya no había para qué esconder la cruz de San Estanislao! Los dos pecaban con el mismo pecado y a nadie se iba a denunciar y a difamar...

—¡A-a-ah... hum!... —mugió Spichkin al ver las condecoraciones en el pecho de los maestros.

—¡Vaya! —dijo Pustiakov—. ¡Es sorprendente, Yuli Avgústovich! ¡Qué pocas propuestas se han hecho en nuestro colegio antes de las fiestas! ¡Tantos como somos y sólo hemos recibido condecoraciones usted y yo! ¡Es sor-pren-den-te!

Tramblián asintió contento con la cabeza e hizo que se le viera la solapa izquierda en que lucía la orden de Santa Anna de 3.ª clase.

Después de la comida, Pustiakov iba de una estancia a otra mostrando su condecoración a las señoritas. Experimentaba una agradable sensación de ligereza y libertad en el alma, aunque notaba las mordeduras del hambre en la boca del estómago.

«De haber sabido yo lo que preparabas —pensaba, echando alguna que otra envidiosa mirada a Tramblián, que conversaba con Spichkin acerca de las condecoraciones—, me cuelgo la de San Vladimiro. ¡Qué pena no haberlo adivinado!»

Éste era el único pensamiento que le atormentaba. Por todo lo demás, se sentía completamente feliz.

EL REPETIDOR

EGOR ZÍBEROV, estudiante de la VII clase de gimnasio, alarga benévolamente la mano a Pietia Udódov. Pietia, muchacho de doce años que lleva un trajecito gris, regordete y carirrojo, de frente pequeña y cabellos híspidos, da un taconazo y va a buscar los cuadernos al armario. Empieza la clase.

Según convenio establecido con Udódov padre, Zíberov ha de dar dos horas de clase diarias a Pietia, por lo que percibe seis rublos al mes. Le prepara para ingresar en la II clase del gimnasio. (El año anterior le había preparado para ingresar en la I, mas Pietia suspendió.)

—Vamos a ver... —comienza Zíberov mientras lía un pitillo—. Le señalé la cuarta declinación. ¡Decline *fructus*!

Pietia comienza a declinar.

—¡Tampoco esta vez ha estudiado! —dice Zíberov levantándose—. Le he señalado por sexta vez la cuarta declinación y no sabe usted ni papa. ¿Cuándo empezará, por fin, a estudiar las lecciones?

—¿Tampoco esta vez ha estudiado? —pregunta tras la puerta una voz cascada, y entra en la habitación el padre de Pietia, el secretario provincial retirado Udódov—. ¿Tampoco esta vez? ¿Por qué no has estudiado? ¡Cerdo, más que cerdo! ¿Lo creerá, Egor Alexéich? Ayer mismo le di una zurra.

Después de suspirar penosamente, Udódov se sienta al lado de su hijo y dirige la mirada al maltratado manual de latín, el Küner. Zíberov empieza a examinar a Pietia en presencia del padre. ¡Que vea este tonto lo tonto que es su hijo! El estudiante experimenta el frenesí del examen; odia a aquel pequeño zote de cara roja, le desprecia; de buena gana le pegaría. Hasta se siente molesto cuando el muchacho acierta en la respuesta; ¡ese Pietia se le ha atragantado a más no poder!

—Usted no sabe ni siquiera la segunda declinación. ¡Ni la primera! ¡Hay que ver, cómo estudia usted! Dígame, ¿cuál es el vocativo de *meus filius*?

—¿De *meus filius*? El vocativo de *meus filius* es... es...

Pietia mira largo rato al techo, mueve repetidamente los labios, pero no responde.

—¿Y cuál es el dativo plural de *dea*?

—*Deabus... ¡filiabus!* —responde Pietia articulando claramente las sílabas.

El viejo Udódov mueve la cabeza en señal de aprobación. El estudiante no esperaba una respuesta satisfactoria y experimenta una sensación desagradable.

—¿Qué otro substantivo forma el dativo en *abus*? —pregunta.

Resulta que también «anima» tiene el dativo en *abus*, lo cual no está indicado en el Küner.

—¡Qué sonora es la lengua latina! —comenta Udódov—. *Alon... tron... bonus... antropos...* ¡Cuánta sabiduría! ¡Y todo esto es necesario! —dice suspirando.

«Ese bestia no hace más que estorbar —piensa Zíberov—. Aquí lo tengo amargándome la existencia e inspeccionándome. ¡No puedo soportar el control!»

—Bueno —dice a Pietia—, para mañana, repase la misma lección de latín. Ahora vamos a ver la aritmética... Tome la pizarra. ¿Cuál es el problema que sigue?

Pietia escupe en la pizarra y borra con la manga. El maestro toma el libro de problemas y dicta:

—Un mercader ha comprado 138 varas de paño negro y de paño azul por 540 rublos. Se pregunta: ¿cuántas varas ha comprado de cada clase si el azul ha costado a 5 rublos la vara y el negro a 3? Lea el problema.

Pietia repite la lectura del problema y en seguida, sin decir palabra, empieza a dividir 540 por 138.

—¿Por qué divide usted 540 por 138? ¡Espere! Aunque, bueno... siga. ¿Queda residuo? No puede haber residuo. ¡Déjeme, dividiré yo!

Zíberov divide, obtiene 3 con un residuo y se apresura a borrar.

«Qué raro... —piensa, pasándose la mano por los cabellos y ruborizándose—. ¿Cómo se resuelve? ¡Diablo!...

Es un problema que se resuelve por ecuaciones indeterminadas y no por aritmética»...

El maestro mira las respuestas y ve 75 y 63.

«¡Diablo!... qué raro... ¿Se sumarán 5 y 3, y se dividirá luego 540 por 8? ¿Será así? No, no es esto.»

—¡Venga, resuélvalo! —dice a Pietia.

—Bueno, ¿qué estás pensando? ¡El problema no puede ser más sencillo! —dice Udódov a Pietia—. ¡Ay, hijo, qué tonto eres! Resuélvaselo, Egor Alexéich.

Egor Alexéich toma el pizarrín y empieza a resolver. Tartamudea, se ruboriza, palidece.

—Este problema, en realidad, es de álgebra —dice—. Se puede resolver con equis y con y griega. De todos modos, también puede resolverse así. Mire, he dividido... ¿comprende? Ahora, mire, hay que restar... ¿comprende? O bien, mire... Resuélvame usted mismo este problema para mañana... Piense...

Pietia se sonríe maliciosamente. Udódov también se sonríe. Los dos comprenden la confusión del maestro. El alumno de la VII clase se queda aún más confuso, se levanta y empieza a pasear de un ángulo a otro de la estancia.

—También puede resolverse sin álgebra —dice Udódov alargando la mano hacia el ábaco y suspirando—. Vea, tenga la bondad...

Sacude las bolitas en el ábaco y obtiene 75 y 63, que era el resultado que se buscaba.

—Ya ve... a nuestra manera, sin procedimientos científicos.

El maestro experimenta un terror insoportable. Con el corazón en el puño, mira el reloj y ve que para llegar al término de la clase falta aún hora y cuarto, ¡toda una eternidad!

—Ahora, dictado.

Después del dictado, geografía; tras la geografía, religión; luego, lengua rusa; ¡cuántas ciencias hay en este mundo! Pero he aquí que, al fin, se termina la clase de dos horas. Zíberov toma el sombrero, tiende benévolamente la mano a Pietia y se despide de Udódov.

—¿No podría usted darme hoy algo de dinero? —pregunta tímidamente—. Mañana he de pagar la matrícula. Me debe usted seis meses.

—¿Cómo? Ah, sí, sí... —balbucea Udódov, sin mirar a Zíberov—. ¡Con mucho gusto! Sólo que ahora no tengo, se lo daré dentro de una semanita... o de dos...

Zíberov asiente; y se pone los chanclos, pesados y sucios, y se va a dar otra clase.

LOS CANTORES

Gracias a una ligereza del juez de paz, que había recibido una carta de Píter[1], se corrió la voz de que pronto llegaría a Efrémovo el señor conde Vladímir Ivánich. Pero no se sabía cuándo iba a llegar.

—Como un ladrón, de noche —dice el padre Kuzmá, pope de baja estaturita, canosito, con sotana lila—. Y si viene, no habrá aquí quien pueda dar un paso, todo serán nobles y demás gente de alto copete. Acudirán todos los vecinos. A ver si tú, ¿eh?... haz un esfuerzo, Alexéi Alexéich... Te lo pido de todo corazón...

—¡A mí qué! —dice Alexéi Alexéich, juntando las cejas—. Yo haré lo que me corresponde. Lo único que hace falta es que mi enemigo lea el responsorio a tono. Es que él, por despecho...

—Bueno, bueno... suplicaré al diácono... suplicaré...

Alexéi Alexéich es el sacristán de la iglesia de los Tres Prelados de Efrémovo. Al mismo tiempo enseña a los niños de la escuela canto litúrgico y profano, por lo que recibe de la administración del conde sesenta rublos al año. Los niños de la escuela, a cambio de la enseñanza, están obligados a cantar en la iglesia. Alexéi Alexéich es un hombre alto, robusto, de grave andar y rostro afeitado, craso, parecido a una ubre de vaca. Por su aspecto gallardo y por su sotabarba de dos pisos parece un hombre que posee un rango, y no de los últimos, en la alta jerarquía civil, más bien que un sacristán. Era extraño ver cómo aquel hombre, apuesto y robusto, se postraba humildemente ante monseñor y cómo, en cierta ocasión, después de un altercado excesivamente violento

[1] Petersburgo, familiarmente.

con el diácono Evlampi Avdiésov, se pasó dos horas de
rodillas por orden del padre de la parroquia. Era más
propia de su figura la grandeza que la humildad.

Ante los rumores acerca de la llegada del conde, todos los días ensaya el canto por la mañana y por la tarde. Los ensayos se efectúan en la escuela. Poco alteran
las ocupaciones escolares. Durante el canto, el maestro,
Serguéi Makárich, da a los alumnos trabajo de caligrafía, y él mismo se une a los tenores como aficionado.

He aquí cómo se efectúan los ensayos. Alexéi Alexéich
entra en la sala de clase, sonándose y dando un portazo. Se levantan, con gran ruido de pupitres, los tiples y
los contraltos. Del patio, pisando como si fuesen caballos, entran los tenores y los bajos, que llevan ya largo
rato esperando. Todos se colocan en sus sitios. Alexéi
Alexéich se estira, hace una señal para que todos se ca-
llen y da el tono.

—To-to-ti-to-tom... ¡Do-mi-sol-do!

—¡A-a-a-mén!

—Adagio... adagio... Otra vez...

Después del «amén», sigue el «Señor, tenga piedad»
del gran responsorio. Todo esto está estudiado desde hace
mucho tiempo, ha sido cantado mil veces, está mastica-
do y se canta sólo *pro forma*. Se canta indolentemente,
de manera mecánica. Alexéi Alexéich agita, calmoso, la
mano y canturrea ya de tenor, ya de bajo. Todo se hace
tranquilamente, sin nada que despierte el interés... Pero
al ir a cantar el «Himno querúbico», todo el coro comienza de pronto a sonarse, a toser y a hojear afanosamente
las notas. El maestro de capilla vuelve la espalda al coro
y con una misteriosa expresión en el rostro empieza a
afinar el violín. Los preparativos se prolongan unos dos
minutos.

—Atención. Fijaos mejor en las notas... Bajos, no for-
céis demasiado... un poco más suave...

Se elige el «Himno querúbico» de Bortnianski, número 7. A una señal dada, se hace el silencio. Los ojos se
clavan en la música y los tiples abren las bocas. Alexéi
Alexéich baja dulcemente la mano.

—*Piano... piano...* Ahí está escrito «piano», ¿no
veis?... ¡Más suave, más suave!

—...vi... y... mi...

Cuando hay que cantar *piano*, por el rostro de Alexéi Alexéich se extiende una expresión de bondad, de ternura, como si viera en sueños un sabroso bocadillo.

—*¡Forte... forte!* ¡Forzad!

Y cuando hay que cantar *forte*, el craso rostro del maestro de capilla expresa gran espanto e incluso terror.

El «Himno querúbico» sale bien, tan bien, que los escolares dejan su caligrafía y comienzan a seguir los movimientos de Alexéi Alexéich. Bajo las ventanas se detiene la gente. Entra en clase el guarda Vasili con mandil, con un cuchillo de mesa en la mano, y se pone a escuchar. Como salido de bajo tierra, se presenta el padre Kuzmá con cara de preocupado... Después de «dejemos los cuidados», Alexéi Alexéich se seca el sudor de la frente y se acerca, inquieto, al padre Kuzmá.

—Estoy asombrado, padre Kuzmá —dice, encogiéndose de hombros—. ¿A qué se debe que el pueblo ruso no tenga entendimiento? ¡No lo comprendo, y que Dios me castigue! Es una gente tan inculta que no hay modo de entender si lo que tiene en la garganta es el gaznate o algún otro entresijo. ¿Te has atragantado con alguna cosa, o qué? —dice al bajo Gennadi Semichev, hermano del tabernero.

—¿Por qué?

—¿A qué se parece tu voz? Suena como una cacerola. ¿No cogiste ayer otra turca? ¡Eso es! La boca te apesta como una taberna... ¡E-eh! ¡Buen *mujik* estás hecho, hermanito! ¡Ignorante! ¿Qué cantor quieres ser, si vas del brazo de los *mujiks* a la taberna? ¡Hermanito, qué asno eres!

—Es pecado, hermano, es pecado... —balbucea el padre Kuzmá—. Dios lo ve todo... de parte a parte...

—Por esto no entiendes nada del canto; no piensas más que en la vodka, y no en lo divino, burro, más que burro.

—No te irrites, no te irrites... —dice el padre Kuzmá—. No te enfades... Yo le suplicaré.

El padre Kuzmá se acerca a Guennadi Semichev y comienza a suplicarle:

—¿Por qué haces eso? Tú, eso es, métetelo bien en la cabeza. El hombre que canta ha de moderarse, porque tiene la garganta, eso es... delicada.

Guennadi se rasca el pescuezo y mira de reojo hacia la ventana, como si nada le dijeran a él.

Después del «Himno querúbico», cantan el «Credo»; después, el «Digno y justo»; cantan con sentimiento, sin tropiezos, y así hasta el «Padrenuestro».

—Para mí, padre Kuzmá —dice el maestro de capilla—, el «Padrenuestro» sencillo es mejor que el de la música. Habría que cantarlo en presencia del conde.

—No, no... Canta el de la música... Porque el conde, en la capital, va a misa donde todo se da en música... A lo mejor, allí, en la capilla... ¡Y allí, hermano, la música es bien distinta de ésta!...

Después del «Padrenuestro», otra vez toses, sonar de narices y hojeo de notas. Se va a cantar lo más difícil: el concierto. Alexéi Alexéich prepara dos piezas: «Dios es Grande» y «Gloria Universal». La que mejor se aprenda se cantará ante el conde.

Durante el concierto, el maestro de capilla se enardece. La expresión de bondad a cada momento se cambia por la de pavor. Agita los brazos, mueve los dedos, sacude los hombros...

—¡*Forte!* —balbucea—. ¡*Andante!* ¡Alargad... alargad! ¡Canta, estatua! ¡Tenores, no subáis demasiado! To-to-ti-to-tom... Sol... si... sol, ¡eh tú, cabeza de alcornoque! ¡Grande! Bajos: gran... gran... de...

Su arco de violín se pasea por las cabezas y los hombros de los tiples y contraltos que desentonan. Su mano izquierda no para de agarrar de la oreja a los pequeños cantores. Hasta una vez, dejándose llevar por su impulso, con el pulgar torcido da un golpe por debajo del mentón a Guennadi. Mas los cantores no lloran ni se enfadan por los golpes: tienen conciencia de la mucha importancia de lo que están haciendo.

Después del concierto hay un minuto de silencio. Alexéi Alexéich, sudoroso, rojo, fatigado, se sienta en el antepecho de la ventana y contempla a los presentes con una mirada turbia, pesada, pero victoriosa. Entre la mucha gente que ha estado escuchando, ve, con gran disgusto suyo, al diácono Avdiésov. El diácono, hombre alto, robusto, de rostro colorado y picado de viruelas, tiene unas pajas en los cabellos y está de pie, apoyados los codos en la estufa, sonriendo despectivamente.

—¡Bien, bien, canta! ¡Afina las notas! —balbucea con pastosa voz de bajo—. ¡Mucha falta le hace al conde tu canto! A él, tanto le da que le cantes con música como sin música... Es ateo...

El padre Kuzmá mira alrededor, asustado, y mueve los dedos.

—Bueno, bueno... —balbucea—. Calla, diácono. Te lo suplico...

Después del concierto cantan «Que se colmen nuestros labios» y se termina el ensayo. Los cantores se separan para volverse a reunir por la tarde y ensayar de nuevo. Y así cada día.

Transcurre un mes, otro...

También el administrador ha recibido ya noticia del próximo viaje del conde. Y he aquí que, finalmente, de las ventanas de la casa señorial se abren las polvorientas celosías y Efrémovo oye los sones de un piano roto y desafinado. El padre Kuzmá desfallece y ni él mismo sabe a qué se debe su desfallecimiento, si al entusiasmo o al miedo... El diácono camina y se sonríe.

El sábado inmediato, por la tarde, el padre Kuzmá entra en casa del maestro de capilla. Tiene el rostro pálido, los hombros enflaquecidos, y se le ha oscurecido el brillo de la sotana lila.

—He estado hace un momento visitando a Su Excelencia —dice el maestro de capilla, tartamudeando—. Es un señor instruido, de conceptos delicados... Pero, eso... es lamentable, hermano... ¿A qué hora, le digo, Excelencia, ordena que se toque a misa mañana? Y él me contesta: «Cuando usted quiera... Sólo que, ¿no es posible hacerlo como sea más aprisa, más corto... sin cantores?» ¡Sin cantores! Eso, ¿entiendes?... sin cantores...

Alexéi Alexéich se vuelve lívido. ¡Le habría sido más llevadero pasarse otras dos horas de rodillas que oír tales palabras! No puede dormir en toda la noche. No le duele tanto que sus trabajos hayan sido vanos cuanto que, desde entonces, Avdiésov no le dejará en paz con sus pullas. Avdiésov se alegra de su disgusto. Al día siguiente, durante toda la misa, mira de reojo, despectivamente, hacia el coro, donde, solito, canta con su voz de bajo Alexéi Alexéich. Al pasar con el incensario por delante del coro, murmura:

—¡Afina las notas, afínalas! ¡Esfuérzate! ¡El conde ya te dará un billetito rojo[2] para el coro!

Después de la misa, el maestro de capilla, anonadado y enfermo por el agravio, vuelve a su casa. Junto al portalón le alcanza Avdiésov, sofocado.

—¡Espera, Aliosha! —dice el diácono—. ¡Espera, tonto, no te enfades! ¡No eres tú solo, hermano, también yo estoy de malas! Al acabarse la misa, se acerca el padre Kuzmá al conde y pregunta: «¿Qué le parece la voz del diácono, Su Excelencia? ¿No es verdad que alcanza una octava completa?» ¿Y sabes cómo se ha expresado el conde? ¡Haciendo un gran cumplido! «Gritar —dice— es cosa que cualquiera puede hacer. En el hombre, dice, no importa tanto la voz como la inteligencia.» ¡El entendido de Píter! Es ateo, ¡un ateo! ¡Vamos, hermano de orfandad, del golpe nos consolaremos juntos, como si fuéramos uno solo!

Y los enemigos, cogidos del brazo, entran por el portalón...

---

[2] De diez rublos.

EL LIBRO DE RECLAMACIONES

Este libro se encuentra en una estación de ferrocarril, en un pupitre construido ex profeso. Se ha puesto la llave del pupitre «bajo la custodia del gendarme de la estación», pero en realidad no se necesita ninguna llave, pues el pupitre está siempre abierto. Abran el libro y leerán:

«¡ Muy señor mío ! ¡ Prueba de pluma !»

Debajo de estas palabras hay dibujada una cara deforme con una nariz larga y cuernos. Debajo de la deforme cara se ha escrito:

«Tú eres el cuadro, yo el retrato; tú una bestia, que no yo. Yo soy tu hocico.»

«Al acercarme a esta estación contemplaba la naturaleza por la ventana y el sombrero me ha volado. I. Yarmonkin.»

«Quién lo ha escrito, no lo sé; pero el tonto soy yo, que lo he leído.»

«Ha dejado memoria el jefe de la sección de reclamaciones Kolovroev.»

«Elevo a la superioridad mi queja contra el revisor Kuchkin por su grosero comportamiento con mi mujer. Mi mujer no armaba barullo ni mucho menos; al contrario, hacía lo que podía para que no hubiera escándalo. También contra el gendarme Kliatvin, que me agarró de mala manera por los hombros. Tengo la residencia en la finca de Andréi Ivánovich Ischiéiev, quien conoce mi conducta. Contable Samoluchschev.»

«¡ Nikandrov es socialista !»

«Encontrándome bajo la reciente impresión del indignante acto... (tachado). Al pasar, de viaje, por esta estación me sentí profundamente indignado por lo siguiente... (tachado). Ante mis ojos se ha producido el siguiente hecho indignante que retrata con brillantes colores las costumbres de nuestros ferrocarriles... (todo lo que sigue se halla tachado, menos la firma). Alumno de la 7.ª clase del gimnasio de Kursk, Alexéi Zúdiev.»

«Mientras espero que el tren se ponga en marcha contemplo la fisonomía del jefe de la estación y quedo muy descontento de ella. Así lo daré a conocer a lo largo de la línea. Un veraneante impenitente.»

«Yo sé quién ha escrito eso. Lo ha escrito M. D.»

«¡Señores! ¡Teltsovski es un chulo!»

«Ayer la gendarme fue con el mozo de la cantina Kostka al otro lado del río. Nuestros mejores deseos. ¡No te desanimes, gendarme!»

«Pasando de viaje por esta estación y encontrándome hambriento, he decidido comprar alguna cosa y no he encontrado comida de vigilia. Diácono Dujov.»

«Trágate lo que te den...»

«Quien encuentre una pitillera de cuero, puede entregarla, en la caja, a Andréi Egorich.»

«Como quiera que me despiden del empleo, según dicen porque bebo, declaro que todos ustedes son unos maulas y unos ladrones. Telegrafista Kozmodemianski.»

«Adornaos con la virtud.»

«Katinka, la quiero locamente.»

«Ruego no se escriban en el libro de reclamaciones cosas que no vengan al caso. Por el jefe de la estación, Ivanov 7.º»

«Aunque seas el séptimo, eres un tonto.»

PERPETUUM MOBILE

El juez de instrucción Grishutkin, un viejo que había empezado a ejercer antes ya de la reforma[1], y el doctor Svistitski, un señor melancólico, se dirigían en coche a hacer una autopsia. Era en otoño e iban por un camino vecinal. La oscuridad era terrible, llovía a cántaros.

—¡Qué asco! —rezonga el juez—. ¡No me refiero ya a la educación y a los hombres, es que ni siquiera el clima vale nada! ¡Bonito país, a fe mía! ¡Y también se llama Europa, figúrate!... ¡Vaya lluvia, vaya lluvia! ¡Como si se hubiese contratado, esa infame! Y tú, maldito, llévanos un poco más aprisa, si no quieres que te haga saltar todos los dientes, ¡canalla indecente! —gritó al espolique que iba sentado en el pescante.

—¡Es extraño, Aguéi Alexéich! —dijo el doctor, suspirando y arrebujándose con la pelliza mojada—. A mí ni siquiera este tiempo me llama la atención. Me siento oprimido por un presentimiento extraño, penoso. Es como si de un momento a otro debiera de venírseme encima alguna desgracia. Yo creo en los presentimientos y... espero. Todo puede ocurrir. Una infección cadavérica... la muerte de un ser querido...

—Por lo menos en presencia de Misha avergüéncese de hablar de presentimientos, como si fuera una mujeruca. Peor que lo que tenemos no será. ¿Puede haber algo peor que una lluvia como ésta? ¿Sabe qué, Timoféi Vasílich? No puedo seguir viajando en estas condiciones. Aunque me mate, no puedo. Hemos de pararnos en al-

---

[1] La reforma legislativa que abolió la servidumbre en 1861.

gún sitio a pasar la noche... ¿Quién vive por aquí cerca?

—Yaván Yavánich Ezhov —dijo Mishka—. Está ahí mismo, al otro lado del bosque, sólo hay que cruzar un puentecillo.

—¿Ezhov? ¡Pues hala! ¡A la casa de Ezhov! A propósito, hace mucho que no he estado en casa de este viejo pecador.

Atravesaron el bosque y el puentecito, doblaron a la izquierda, luego a la derecha y entraron en el gran patio del mayor general retirado Ezhov, presidente del tribunal de apelación contra las resoluciones de los jueces de paz.

—¡Está en casa! —dijo Grishutkin, bajando del carricoche y viendo las ventanas iluminadas—. ¡Estupendo! No nos faltará de beber ni de comer ni buen sitio para dormir... Aunque ruin, es un hombre hospitalario, hay que hacerle justicia.

Salió a recibirlos, en el vestíbulo, el propio Ezhov, un viejo pequeño, arrugado, de cara apiñada semejante a una pella espinosa.

—Llegan muy a punto, muy a punto, señores... —les dijo—. Acabamos de sentarnos a cenar, hay carne de cerdo, treinta y tres al momento[2]. Tengo en casa, ¿saben?, al sustituto del procurador. Mil gracias le doy a este ángel por haber venido a buscarme. Mañana hemos de ir con él a la sesión del tribunal. Mañana tenemos sesión... treinta y tres al momento...

Grishutkin y Svistitski entraron en la sala. Había en ella una gran mesa servida con entremeses y vinos. Frente a un cubierto estaba sentada la hija del dueño de la casa, Nadiezhda Ivánovna, una joven morena vestida de riguroso luto por la reciente muerte de su esposo; a su lado, frente a otro cubierto, se sentaba el sustituto del procurador, Tiulpanski, joven con patillas y numerosas venas azules en la cara.

—¿Se conocen? —preguntó Ezhov señalándolos a todos con el dedo—. Bueno, éste es el procurador, ésta e· mi hija...

La morenita se sonrió y, entornando los ojos, tendió la mano a los recién llegados.

[2] Muletilla que emplea este personaje.

—Bien, bien... ¿de viaje, señores? —dijo Ezhov, llenando tres copas—. ¡Qué gente tan atrevida, hombres de Dios! Bebo a la salud de todos los presentes, treinta y tres al momento. Choquen, a la nuestra...

Bebieron. Grishutkin probó un pepino y atacó el cerdo. El doctor bebió y lanzó un suspiro. Tiulpanski encendió un cigarro, después de haber pedido licencia a la dama, y lo hizo mostrando los dientes de tal modo que se habría dicho tenía en la boca por lo menos un centenar.

—¡A ver, señores! No es cosa de hacer esperar las copas, ¿eh? ¡Procurador! ¡Doctor! ¡A la salud de la medicina! Me gusta la medicina. En general, me gusta la juventud, treinta y tres al momento. Por más que se diga, la juventud siempre irá adelante. Choquen, a la nuestra.

Se pusieron a charlar. Hablaban todos, excepto el procurador Tiulpanski, que permanecía silencioso y soltaba humo de tabaco por las ventanas de la nariz. Era evidente que se tenía por aristócrata y despreciaba al doctor y al juez de instrucción. Después de la cena, Ezhov, Grishutkin y el sustituto del procurador, se sentaron a jugar al *vint* con juego fuera. El doctor y Nadiezhda Ivánovna tomaron asiento junto al piano y se pusieron a conversar.

—¿Van ustedes a hacer una autopsia? —empezó la agraciada viudita—. ¿Abrirán un cadáver? ¡Oh! Hay que tener mucha fuerza de voluntad, un carácter de hierro para hundir el cuchillo hasta el mango en el cuerpo de un hombre exánime, sin arrugar la frente y sin parpadear. Yo, ¿sabe usted?, siento veneración por los doctores. Son personas especiales, son gente santa. Doctor, ¿por qué está usted tan triste? —preguntó.

—No sé qué presentimiento... Me oprime cierto presentimiento raro, penoso. Como si tuviera que perder a un ser querido.

—Pero ¿usted, doctor, está casado? ¿Tiene usted parientes próximos?

—Ni un alma. Soy solo y ni siquiera tengo conocidos. Dígame, señora, ¿cree usted en los presentimientos?

—¡Oh, sí! Creo en los presentimientos.

Y mientras el doctor y la viudita hablaban de los presentimientos, Ezhov y el juez de instrucción Grishutkin a cada momento se levantaban de la mesa de juego y se acercaban a la de los bocadillos. A las dos de la madrugada, Ezhov, que perdía, se acordó de pronto de la sesión de la mañana y se dio una palmada en la frente.

—¡Santo Dios! ¿Qué estamos haciendo? ¡Qué impíos, qué impíos somos! Mañana, apenas amanezca, hay que ir a la sesión y aquí estamos jugando. ¡A dormir, a dormir, treinta y tres al momento! ¡Nadka³, en marcha, a dormir! Declaro cerrada la sesión.

—¡Feliz usted, doctor, que puede dormir en una noche como ésta! —dijo Nadiezhda Ivánovna, despidiéndose de él—. Yo no puedo dormir cuando la lluvia tamborilea en la ventana y mis pobres pinos gimen. Lo que voy a hacer ahora será aburrirme con un libro en la mano. No estoy en condiciones de poder dormir. Generalmente, si en la ventana del pasillo, frente a mi puerta, arde una lámpara, esto quiere decir que no duermo y me consume el hastío...

El doctor y Grishutkin, en la habitación que les reservaron, encontraron dos enormes lechos de pluma preparados sobre el suelo. El doctor se desnudó, se acostó y se cubrió hasta la cabeza. El juez se desnudó y se acostó, pero estuvo largo rato dando vueltas en su cama; luego se levantó y empezó a pasear de un extremo a otro de la estancia. Era un hombre extraordinariamente intranquilo.

—No hago más que pensar en la señora, en la viudita —dijo—. ¡Qué espléndida! ¡Daría la vida por ella! ¡Qué ojos, qué hombros, qué piececitos enfundados en medias lila... ¡Es todo fuego, esta mujer! Es una mujer... ¡ay-ay! ¡Esto se ve en seguida! Y una hermosura así ha de pertenecer sabe Dios a quién, ¡a un picapleitos o a un procurador! ¡A ese mastuerzo cubierto de venas, parecido a un inglés! ¡No puedo soportarlos, hermano, a estos leguleyos! Cuando tú hablabas con ella de los presentimientos, a él se lo comían los celos. Cómo no, ¡la mujer es estupenda! ¡Una estupendísima mujer! ¡Un prodigio de la naturaleza!

—Sí, es una criatura muy honorable —manifestó el

³ Forma familiar de Nadiezhda.

doctor, sacando la cabeza de debajo de la manta—. Es
una criatura impresionable, nerviosa, sensible y muy fina.
Ahora usted y yo nos dormiremos, pero ella, la pobre,
no puede dormir. Sus nervios no soportan una noche tan
borrascosa. Me ha dicho que se pasaría la noche entera
aburriéndose y leyendo algún libro. ¡Pobrecilla! Probablemente tiene ahora la lamparita encendida.

—¿Qué lamparita?

—Me ha dicho que si cerca de su puerta, en la ventana, arde una lamparita esto significa que no duerme.

—¿Te ha dicho esto? ¿A ti?

—Sí, a mí.

—En este caso, ¡no te entiendo! ¡Si te ha dicho esto
a ti, esto significa que tú eres el más feliz de los morta-
les! ¡Magnífico, doctor! ¡Eres un hacha! ¡Te felicito,
amigo! ¡Aunque te envidio, te felicito! ¡Y me alegro,
hermano, no tanto por ti como por ese leguleyo, por ese
canalla pelirrojo! ¡Me alegro de que le pongas los cuernos! ¡Hala, vístete! ¡En marcha!

Grishutkin, cuando estaba borracho, a todo el mundo trataba de «tú».

—¡Qué ocurrencias tiene, Aguéi Alexéich! Sabe Dios
lo que está inventando usted, la verdad... —responde
tímidamente el doctor.

—Venga, venga... ¡déjate de cuentos, doctor! Vístete, y andando... ¿Cómo se canta, a ver, en *La vida por
el zar*?[4] Y por el camino, un día de amor recogeremos,
como una flor... Vístete, alma mía. ¡Bueno, venga ya!
¡Timosha![5] ¡Doctor! ¡Bueno, venga ya, animal!

—Perdone, no le comprendo.

—¡Pero qué hay aquí que no se pueda comprender!
¿Es esto astronomía, por ventura? Vístete y vete hacia
la lamparita, ya ves si es difícil de comprender.

—Es raro que tenga usted una opinión tan poco hala-
gadora de esa criatura y de mí.

—¡Bah, déjate de filosofías! —contestó Grishutkin
irritado—. ¿Es posible que aún dudes? ¡Esto ya es ci-
nismo!

Estuvo largo rato intentando convencer al doctor, se

---

[4] Ópera de Glinka (1804-1857).
[5] Forma familiar de Timofiéi.

enfadó, suplicó, hasta se hincó de rodillas y acabó jurando en alta voz; escupió y se dejó caer sobre la cama. Pero un cuarto de hora más tarde se levantó de un salto y despertó al doctor.

—¡Escuche! ¿Renuncia usted decididamente a ir a verla? —preguntó, severo.

—¡Ah!... ¿A qué he de ir? ¡Qué hombre más intranquilo es usted, Aguéi Alexéich! ¡Ir con usted a hacer una autopsia es terrible!

—Si es así, que el diablo se lo lleve, ¡iré yo a verla! Yo... yo no soy peor que un leguleyo cualquiera o que un doctor medio mujer. ¡Iré!

Se vistió aprisa y se dirigió hacia la puerta.

El doctor se lo quedó mirando con interrogadora mirada, como si no entendiese; luego se levantó apresuradamente.

—Supongo que bromea, ¿no? —preguntó, cerrando el paso a Grishutkin.

—No tengo tiempo de hablar contigo... ¡Déjame!

—No, no le dejaré, Aguéi Alexéich. Acuéstese a dormir... ¡Está usted borracho!

—¿Qué derecho tienes tú, Esculapio, a cerrarme el paso?

—El derecho del hombre que está obligado a defender a una mujer honrada. ¡Aguéi Alexiéich, vuelva en sí! ¿Qué quiere usted hacer? ¡Usted es un viejo! ¡Ya tiene sesenta y siete años!

—¿Yo viejo? —replicó Grishutkin ofendido—. ¿Qué canalla te ha dicho que yo soy viejo?

—Aguéi Alexéich, usted ha bebido y está excitado. ¡Eso no está bien! ¡No olvide que usted es una persona y no un bruto! A un bruto le es lícito subordinarse a los instintos, pero usted es el rey de la naturaleza, ¡Aguéi Alexéich!

El rey de la naturaleza se puso como la púrpura y se metió las manos en los bolsillos.

—Te lo pregunto por última vez: ¿me dejas pasar o no? —gritó de súbito con voz penetrante, como si gritara a un cochero en despoblado—. ¡Canalla!

Pero inmediatamente se asustó de su propia voz y se retiró de la puerta hacia la ventana. Aunque estaba borracho, se avergonzó de su penetrante grito que, probablemente, había despertado a toda la gente de la casa. Después de un poco de silencio, se le acercó el doctor y le tocó un hombro. El doctor tenía los ojos húmedos, las mejillas ardiendo.

—¡Aguéi Alexéich! —dijo con temblorosa voz—. Después de sus graves palabras, después de que usted, olvidándose de todo decoro, me ha tratado de canalla, reconozca que no podemos permanecer por más tiempo bajo un mismo techo. Me ha ofendido terriblemente... Admitamos que sea yo culpable, pero... ¿de qué soy culpable, en esencia? La dama es honrada, noble y, sin más ni más, se permite usted tales expresiones. Perdone, ya no somos compañeros.

—¡Muy bien! Compañeros así no me hacen ninguna falta.

—Me voy en este mismísimo momento, no puedo permanecer un minuto más con usted y... espero que no volveremos a encontrarnos ninguna otra vez.

—¿En qué se va usted?

—En mi coche.

—¿Y en qué voy a irme yo? ¡Qué treta es ésta! ¿Quiere usted hacer el idiota hasta el fin? Usted me ha traído aquí en su coche y en su coche está obligado a llevarme de este lugar.

—Le llevaré, si así lo desea. Pero ahora mismo... Ahora mismo me voy. Estoy tan alterado que no puedo quedarme por más tiempo aquí.

Después, Grishutkin y Svistitski se vistieron en silencio y salieron al patio. Despertaron a Mishka, luego tomaron asiento en el carricoche y partieron...

—Cínico... —balbuceó durante todo el camino el juez de instrucción—. Si no sabes tratar con mujeres honradas, quédate en casa y no frecuentes las moradas en que hay mujeres.

Era difícil comprender si dirigía esos denuestos a sí mismo o al doctor. Cuando el carricoche se paró frente a su casa, saltó a tierra y, desapareciendo tras el portalón, profirió:

—¡No deseo tratarle más!

Transcurrieron tres días. El doctor, terminada la visita, se había tumbado sobre el diván, en su casa, y como no tenía nada que hacer, leía en el «Calendario para los

médicos» los apellidos de los doctores petersburgueses y
moscovitas, procurando descubrir el más sonoro y hermoso. Tenía en el alma un sosiego, una suavidad y una
paz como hay en el cielo, en cuyo fondo azul se cierne,
inmóvil, una alondra, y ello era así gracias a que, por la
noche, había visto en sueños un incendio, lo cual significaba felicidad. De pronto se oyó el rumor de un trineo
que se detenía ante la puerta de su casa (había caído algo
de nieve) y apareció en el umbral el juez de instrucción
Grishutkin. Era una visita inesperada. El doctor se incorporó y le miró, confuso y asustado. Grishutkin tosió,
bajó los ojos y se dirigió lentamente hacia el diván.

—He venido a disculparme, Timofiéi Vasílich —comenzó a decir—. Fui poco amable con usted y hasta me
parece haberle dicho alguna cosa desagradable. Usted,
naturalmente, comprenderá el estado de excitación en
que entonces me encontraba a consecuencia del licor
que bebí en casa de aquel viejo canalla, y me excusará...

El doctor se puso en pie con rápido movimiento y con
lágrimas en los ojos estrechó la mano que le tendían.

—¡Ah..., por favor! ¡María, el té!

—No, el té no... No hay tiempo. En vez de té, si es
posible, mande servir *kvas*. Beberemos *kvas* y nos iremos
a hacer la autopsia del cadáver.

—¿De qué cadáver?

—De aquel suboficial de entonces, el que íbamos a
abrir, sin que llegáramos.

Grishutkin y Svistitski bebieron *kvas* y se fueron en
coche a efectuar la autopsia.

—Naturalmente, le ruego que me disculpe —dijo por
el camino el juez de instrucción—, entonces yo me sul-
furé, pero, a pesar de todo, ¿sabe usted?, fue una pena
que no le pusiera los cuernos a aquel procurador...
c-c-canalla.

Al pasar por Alimónovo vieron, junto a una posada,
la *troika* de Ezhov...

—¡Ezhov está aquí! —dijo Grishutkin—. Éstos son
sus caballos. Entremos, lo saludaremos... Beberemos agua
de seltz y aprovecharemos la ocasión para ver a la sirvienta. ¡Aquí hay una sirvienta famosa! Una mujer,
¡ay-ay! ¡Un prodigio de la naturaleza!

Los viajeros bajaron del trineo y entraron en la posada. Allí estaban Ezhov y Tiulpanski bebiendo té con jugo de arándano encarnado.

—¿Adónde van esos señores? ¿De dónde salen? —exclamó Ezhov sorprendido al ver a Grishutkin y al doctor.

—Vamos otra vez a la autopsia, pero no hay modo de llegar. Nos hemos metido en un círculo embrujado. ¿Y ustedes, adónde van?

—¡A la sesión, amigos!

—¿Por qué con tanta frecuencia? ¡Si fueron ustedes hace tres días!

—¡Qué diablos íbamos a ir!... Al procurador le dolieron las muelas y yo no me he sentido muy bien todos estos días. Bueno, ¿qué beberán ustedes? Siéntense, treinta y tres al momento. ¿Vodka o cerveza? Venga lo uno y lo otro, simpática sirvienta. ¡Ah, qué sirvienta!

—Sí, es una sirvienta famosa —asintió el juez de instrucción—. Una sirvienta estupenda. Una mujer, ¡ay-ay-ay!

Unas dos horas más tarde, Miska, el del doctor, salió de la posada y dijo al cochero del general que desenganchara los caballos y los hiciera pasear un poco.

—Lo ha mandado el señor... ¡Se han puesto a jugar a las cartas! —dijo, haciendo un gesto indefinido con la mano—. Ahora no arrancamos de aquí hasta mañana. ¡Oh! ¡Aquí viene el jefe de policía! ¡Esto quiere decir que no nos movemos de este lugar hasta pasado mañana!

Ante la posada se detuvo el coche del jefe de policía. Al reconocer los caballos de Ezhov, se sonrió complacido y subió corriendo por la escalerita...

LA LECTURA

RELATO DE UN VIEJO GORRIÓN

En el despacho de nuestro jefe, Iván Petróvich Semipalátov, se encontraba en cierta ocasión el empresario de nuestro teatro, Galamídov, quien hablaba con él del talento y de la belleza de nuestras actrices.

—Pues no estoy de acuerdo con usted —decía Iván Petróvich firmando una asignación—. ¡Sofía Yúrevna es un talento muy fuerte y original! Es tan simpática, tan graciosa... Es encantadora...

Iván Petróvich quería continuar, pero era tanto su entusiasmo que no podía articular una palabra más y se sonrió con una sonrisa tan ancha y dulzona que el empresario, mirándole, notó la dulzura en la boca.

—Lo que me gusta de ella... e-e-e... es la emoción y el temblor de su joven pecho cuando recita un monólogo... ¡Qué fuego el suyo, qué fuego! Dígale que en esos momentos estoy dispuesto... ¡a todo!

—Excelencia, tenga la bondad de firmar la respuesta al comunicado de la sección de policía de Jerson acerca de...

Semipalátov levantó su sonriente rostro y vio ante sí al funcionario Merdiáiev, quien, de pie, abriendo desmesuradamente los ojos, le presentaba un papel a la firma. Semipalátov frunció el ceño: la prosa había interrumpido la poesía en el lugar más interesante.

—Esto podíamos haberlo hecho más tarde —dijo—. ¿No ve que estoy hablando? ¡No hay gente peor educada ni menos atenta! Ahí tiene, señor Galamídov... Decía usted que ya no se dan, entre nosotros, tipos gogolianos. ¡Ahí tiene! ¿No es un tipo, éste? Desaseado, con los codos agujereados, bizco... no se peina nunca... ¡Y mire cómo escribe! ¡Como Dios es servido! Escribe con faltas de ortografía, con faltas de sentido... ¡como un zapatero! ¡Mire, mire!

—Vaya... —musitó Galamídov, echando un vistazo al papel—. Realmente... Usted, señor Merdiáiev, probablemente lee poco.

—¡Así, amigo mío, no se puede continuar! —añadió el jefe—. ¡Me siento avergonzado por usted! Lo menos que podría hacer es leer algún libro...

—¡La lectura da mucho! —manifestó Galamídov, y suspiró sin motivo—. ¡Muchísimo! Si usted lee, verá en seguida cómo cambian radicalmente sus horizontes. Libros, puede usted encontrarlos donde quiera. Yo mismo, por ejemplo, puedo facilitárselos... Con mucho gusto. Mañana mismo le traigo algunos, si quiere.

—¡Dé usted las gracias, amigo mío! —continuó Semipalátov.

Merdiáiev se inclinó torpemente, movió los labios y salió.

Al día siguiente se presentó en nuestra oficina Galamídov con un paquete de libros. La historia comienza en ese momento. ¡Las futuras generaciones no perdonarán nunca a Semipalátov su frívola actuación! Aquello podría perdonarse, digamos, a un joven; pero a un consejero de Estado, cargado de experiencia, ¡no se le podrá perdonar nunca! Llegado el empresario, Merdiáiev fue llamado al despacho.

—¡Tome, lea, querido amigo! —dijo Semipalátov, alargándole un libro—. Lea con atención.

Merdiáiev tomó el libro con manos temblorosas y salió del despacho. Estaba pálido. Sus ojos de torcida mirada se movían inquietos como si buscaran ayuda en los objetos que le rodeaban. Nosotros le cogimos el libro y nos pusimos a examinarlo con mucho tiento.

Era *El conde de Montecristo*.

—¡No vas a ir contra su voluntad! —comentó suspirando nuestro viejo contable Prójor Semiónich Budilda—. Haz un esfuerzo, anímate... Vete leyendo poco a poco; más tarde, si Dios quiere, se le olvidará y luego podrás

128 *CHÉJOV*

dejarlo. No te asustes... Y sobre todo no te metas en honduras... Lee sin penetrar en toda esa sabiduría.

Merdiáiev envolvió el libro con un papel y se sentó a escribir. Pero, aquella vez, no había manera de hacerlo. Le temblaban las manos y sus ojos miraban torcidamente en distintas direcciones: uno hacia el techo, y el otro, hacia el tintero. Al día siguiente, vino a la oficina con claras señales de haber llorado.

—He empezado a leerlo ya cuatro veces —dijo—, pero no entiendo nada. Trata de no sé qué extranjeros...

Cinco días después, Semipalátov, al pasar por delante de los pupitres, se detuvo ante Merdiáiev y le preguntó:

—¿Qué? ¿Ha leído el libro?

—Lo he leído, Excelencia.

—¿Y de qué trata, querido amigo? ¡A ver, cuente!

Merdiáiev levantó la cabeza y movió los labios.

—Lo he olvidado, Excelencia... —articuló un minuto más tarde.

—Así, pues, usted no lo ha leído o bien... e-e-e... ¡no lo ha leído con atención! ¡Lo ha leído me-cá-ni-ca-men-te! ¡De este modo no se lee! ¡Léalo usted otra vez! En general, señores, es recomendación mía. ¡Tengan la bondad de leer! ¡Lean todos! Tomen libros de los que tengo en la ventana y lean. Paramónov, vaya, escoja un libro. Podjódtsev, vaya usted también, amigo mío. ¡Smirnov, también usted! ¡Todos, señores! ¡Hagan el favor!

Fuimos, y cada uno de nosotros tomó un libro. Únicamente Budilda se atrevió a expresar su disconformidad. Abrió los brazos, meneó la cabeza y dijo:

—A mí, Excelencia, tendrá que perdonarme... Antes presento la dimisión... Sé muy bien lo que suele ocurrir con esas críticas y papeles. A causa de ellos mi nieto mayor a su mismísima madre le dice a la cara que es tonta y toma leche durante toda la cuaresma[1]. ¡Perdone, Excelencia!

—Usted no entiende nada —replicó Semipalátov, que solía perdonar al viejo todas sus impertinencias.

Pero Semipalátov se equivocaba: el viejo lo entendía todo. A la semana, vimos ya cuáles eran los frutos de

[1] Según la Iglesia ortodoxa, en la comida de vigilia no puede entrar ningún producto animal.

aquella lectura. Podjódtsev, que había leído el segundo
tomo de *El judío errante*, llamó a Budilda «jesuita»;
Smirnov comenzó a acudir a la oficina con cuatro copas
de más en el cuerpo. Pero la lectura en nadie dejó tanta
huella como en Merdiáiev. Éste adelgazó, se quedó con
las mejillas chupadas, se dio a la bebida.

—¡Prójor Semiónich! —suplicaba a Budilda—. ¡Rogaré eternamente a Dios por usted! Pida a Su Excelencia que me dispense... Yo no puedo leer. Me paso el
tiempo leyendo, de día y de noche, no duermo, no
como... Mi mujer ya no puede más, de tanto leer en voz
alta, pero, así Dios me mate, no entiendo nada. ¡Haga
lo que le pido, por la gracia de Dios!

Budilda se atrevió varias veces a dar cuenta de lo que
pasaba a Semipalátov, pero éste se limitaba a hacer unos
gestos con la mano y paseando por la oficina con Galamídov nos tildaba a todos de ignorantes. Transcurrieron
de este modo dos meses, y la historia acabó de una manera terrible.

En cierta ocasión, al llegar al trabajo, Merdiáiev, en
vez de tomar asiento a la mesa, se hincó de rodillas
en medio de la oficina, prorrumpió en llanto y dijo:

—¡Perdonadme, hermanos ortodoxos, me dedico a fal-
sificar moneda!

Después entró en el despacho y, arrodillándose ante
Semipalátov, dijo:

—¡Perdóneme, Excelencia: ayer eché una criaturita
al pozo!

Humilló la frente hasta el suelo y rompió a llorar...

—¿Qué significa esto? —exclamó Semipalátov estupefacto.

—Esto significa, Excelencia —contestó Budilda con lágrimas en los ojos y adelantándose unos pasos—, que
Merdiáiev ha perdido la razón. ¡Se ha trastocado! ¡Aquí
tiene lo que su Galamídov ha logrado con sus libros!
¡Dios lo ve todo, Excelencia! Y si mis palabras no le
gustan, permítame presentar la dimisión. ¡Prefiero morir de hambre a ser testigo de semejantes cosas en mi
vejez!

Semipalátov perdió el color de la cara y se paseó de
un extremo a otro del despacho.

—¡Que no se reciba a Galamídov! —ordenó con sorda voz—. Y ustedes, señores, tranquilícense. Ahora comprendo mi error. ¡Muchas gracias, viejo!

Y desde entonces en nuestra oficina no ha ocurrido nada más. Merdiáiev sanó, pero no del todo. Aún hoy, a la vista de un libro, se pone a temblar y vuelve la cabeza.

EL ÁLBUM

EL consejero honorario Kratérov, delgado y fino como
la aguja del Almirantazgo, se adelantó y, dirigiéndose a Zhmíjov, dijo:

—¡Su Excelencia! Movidos y conmovidos hasta el
fondo del alma por sus largos años de jefatura y por su
patriarcal tutela...

—Durante más de diez años enteros —le apuntó Za-
kusin.

—Durante más de diez años enteros, sus subordinados, en este... día... tan señalado para nosotros, ofrecemos a Su Excelencia, como prueba de nuestro respeto y
profundo agradecimiento, este álbum con nuestros retratos y deseamos que todavía durante mucho tiempo,
mucho, hasta la misma muerte, no nos deje en el transcurso de toda su ilustre vida...

—Con sus paternales admoniciones para que sigamos
el camino de la verdad y del progreso... —añadió Za-
kusin, secándose el sudor que de pronto le había perlado
la frente; por lo visto, sus deseos de hablar eran muchos
y tenía preparado un discurso—. ¡Y que tremole su es-
tandarte —terminó diciendo— todavía durante muchos
años, muchos, por los campos del genio, del trabajo y de
la conciencia social!

Una lágrima se deslizó por la mejilla izquierda, sur-
cada de arrugas, de Zhmíjov.

—¡Señores! —dijo éste con voz temblorosa—. No esperaba, no tenía la menor noción de que se disponían
ustedes a conmemorar este modesto aniversario mío...
Estoy emocionado... muy emocionado... Recordaré este
momento hasta la tumba y crean... crean, amigos míos,

que nadie desea tanto su bien como se lo deseo yo... Si
alguna vez he sido severo, ha sido únicamente en beneficio de ustedes mismos...

Zhmíjov, consejero de Estado, besó al consejero honorario Kratérov, quien no esperaba tanto honor y palideció de emoción. Luego, el jefe, dando a entender que la
suya le impedía seguir hablando, hizo un gesto con la
mano y se puso a llorar como si en vez de recibir en
ofrenda el valioso álbum se lo quitaran... Sosegado un
poco, después de pronunciar aún otras palabras que le
salían del corazón, y después de permitir que todos le
estrecharan la mano, bajó a la calle entre jubilosos gritos, subió al coche y partió, acompañado de un sinfín
de bendiciones. Al tomar asiento en el coche sintió en el
pecho un aflujo de gozosos sentimientos, ignotos para
él hasta entonces, y volvió a llorar.

En su casa le esperaban nuevas alegrías. Allí, su familia, sus amigos y conocidos le tributaron tal salva de
aplausos que él tuvo la impresión de haber prestado, en
efecto, grandes servicios a la patria, hasta el punto de
que mal le habrían ido las cosas a la patria de no haber
existido él en el mundo. El banquete fue un rosario de
brindis, discursos, abrazos y lágrimas. En una palabra,
Zhmíjov no esperaba de ningún modo que sus méritos
fueran apreciados en tan alto grado.

—¡Señores! —dijo, antes de tomar los postres—. Hace
dos horas me he sentido recompensado por todos los
sinsabores que experimenta quien presta sus servicios, por
así decirlo, no *pro forma,* no ateniéndose a la letra de las
disposiciones, sino movido por el sentimiento del deber.
Durante todo el tiempo de mi labor me he atenido in-
variablemente al principio de que el público no existe
para nosotros, sino que nosotros existimos para el público. ¡Hoy he recibido por ello la más alta de las recom-
pensas! Mis subordinados me han ofrecido un álbum...
¡Helo aquí! Estoy emocionado.

Alegres fisonomías se inclinaron sobre el álbum y se
pusieron a examinarlo.

—¡Qué bonito! —exclamó Olia, la hija de Zhmíjov—.
Costará por lo menos cincuenta rublos. ¡Qué maravilla!
Oye, papaíto; dame el álbum. ¿Oyes? Lo conservaré
muy bien... ¡Es tan bonito!

Después de comer, Ólechka se llevó el álbum a su cuarto y lo guardó bajo llave en su mesa. Al día siguiente sacó las fotografías de los funcionarios, las tiró al suelo y en su lugar colocó las de sus amigas de instituto. Las levitas de uniforme cedieron su puesto a las blancas pelerinas. Kolia, el retoño de Su Excelencia, recogió las cartulinas de los empleados y pintó de rojo sus uniformes. A los que no llevaban bigote, les dibujó bigotes verdes; a los que iban sin barba, les pintó barbas marrón. Cuando no quedaba ya nada para pintar, recortó las figuras, les pinchó los ojos con alfileres y empezó a jugar con ellas a soldados. Recortó al consejero honorario Kráterov y lo pegó en una cajita de cerillas; de este modo lo llevó al gabinete de su padre.

—¡Papá, un monumento! ¡Mira!

Zhmíjov se echó a reír a carcajadas, balanceando el cuerpo; enternecido, estampó un fuerte beso en la mejilla de Kolia.

—¡Vete, vete, travieso! Enséñaselo a mamá. Que lo vea ella también.

LOS ÁNIMOS SE EXALTAN

DE LOS ANALES DE UNA CIUDAD

LA tierra se había convertido en un horno. Pasada la hora de la comida, el sol se aplicaba tanto a calentar, que hasta el Réaumur que colgaba en el gabinete del recaudador de impuestos se desconcertó: llegó a los 35,8° y se detuvo, indeciso... Por la cara de la gente corría el sudor como por el cuerpo de los caballos fatigados; se les secaba encima, daba pereza enjugarse con el pañuelo.

Por la gran plaza del mercado, frente a las casas con los postigos herméticamente cerrados, pasaban dos ciudadanos: el cajero Pocheshijin y el hombre de negocios Optimov (al mismo tiempo, viejo corresponsal del periódico *El Hijo de la Patria*). Caminaban y los dos, por el mucho calor, guardaban silencio. Optimov habría deseado censurar al consejo municipal por el polvo y la suciedad de la plaza del mercado, pero, conocedor del temple pacífico y de la orientación moderada de su compañero, se calló.

En medio de la plaza, Pocheshijin se detuvo súbitamente y empezó a mirar para el cielo.

—¿Qué mira usted, Evpl Serapiónich?

—Pasa una bandada de estorninos. Miro dónde se paran. ¡Qué nube, madre mía! Si tiráramos, digamos, con una escopeta, si luego recogiéramos... eso es, sí... ¡Se han parado en el huerto del padre arcipreste!

—De ningún modo, Evpl Serapiónich. No ha sido en el huerto del padre arcipreste, sino en el del padre diácono Vratoádov. Si disparase desde este lugar, no mataría uno. Los perdigones son pequeños y cuando llegarían allí ya habrían perdido la potencia. Además, ¿por qué iba usted a matarlos? Este pájaro es malo para las bayas, cierto, mas, a pesar de todo, es un ser vivo, como otro cualquiera. El estornino, digamos, canta... ¿Y para qué canta, pregunto yo? Canta para alabar. Que cada criatura alabe al Señor. ¡Oh! ¡Me parece que se han parado en casa del arcipreste!

Por delante de los que conversaban, pasaron en silencio tres viejas peregrinas con sus zurrones y sus abarcas de corteza de árbol. Mirando interrogativamente a Pocheshijin y a Optimov, quienes seguían contemplando, quién sabe por qué, la casa del padre arcipreste, las tres peregrinas acortaron el paso y cuando estuvieron un poco separadas, se detuvieron, miraron una vez más a los dos amigos y luego ellas mismas dirigieron sus miradas hacia la misma casa.

—Sí, tenía usted razón, se han detenido en la casa del padre arcipreste —prosiguió Optimov—. En su huerto ha madurado ya la guinda y los estorninos han ido a picotear allí.

De la portezuela del arcipreste salió el propio padre Vosmistíshiev en compañía del sacristán Evstigniéi. Al ver a la gente que estaba mirando hacia aquella parte y sin comprender qué podía llamarles la atención, el padre arcipreste se detuvo y, junto con el sacristán, se puso también a mirar para arriba, deseoso de enterarse.

—Es de suponer que el padre Paísi va a cumplir sus obligaciones eclesiásticas —dijo Pocheshijin—. ¡Que Dios le ayude!

Por el espacio comprendido entre los dos amigos y el padre arcipreste pasaron unos obreros del mercader Púrov, que acababan de bañarse en el río. Al ver al padre Paísi mirando atentamente hacia la altura celeste, y a las peregrinas que, inmóviles, también miraban hacia lo alto, se detuvieron y se pusieron a mirar en la misma dirección. Lo mismo hizo un muchacho que servía de lazarillo a un mendigo ciego, y también un *mujik* que llevaba una barrica de arenque pasado para verter en medio de la plaza.

—Algo debe de ocurrir —dijo Pocheshijin—. ¿Será un incendio? Pero no, no se ve humo. ¡Eh, Kuzmá! —gritó, llamando al *mujik* que se había parado—. ¿Qué pasa?

El *mujik* respondió algo, pero ni Pocheshijin ni Optimov entendieron nada. A la puerta de todas las tiendas se asomaron soñolientos dependientes. Unos estuquistas que blanqueaban el granero del mercader Fértikulin abandonaron sus escaleras y se unieron a los obreros. El bombero de guardia que, descalzo, describía círculos en la atalaya contra incendios, se detuvo y, después de mirar un poco, bajó. La atalaya se quedó desierta. Aquello parecía sospechoso.

—¿No se habrá declarado un incendio en alguna parte? ¡Cuidado! ¡No empuje usted! ¡El cerdo ese!

—¿Dónde ve usted el incendio? ¿De qué incendio habla? ¡Señores, circulen! ¡Se lo piden con buenas maneras!

—Se habrá pegado fuego en algún interior.

—Pide con buenas maneras y empuja con los brazos. ¡No agite los brazos! ¡Aunque sea usted el señor jefe, no tiene ningún derecho a propasarse!

—¡Me ha pisado el callo! ¡Así te viera yo aplastado!

—¿A quién han aplastado? ¡Muchachos, han aplastado a un hombre!

—¿Por qué se ha agrupado tal muchedumbre? ¿A qué viene todo esto?

—Excelencia, ¡han aplastado a un hombre!

—¿Dónde? ¡Circulen! ¡Señores, se lo pido con buenas maneras! ¡Te lo piden con buenas maneras, cabeza de alcornoque!

—¡A los *mujiks* los empuja, y a los señores no se atreve a tocarlos! ¡No se arrime!

—¿Acaso son esto personas? ¿Acaso hay quien los convenza, a esos diablos, con buenas palabras? Sídorov, vete a buscar a Akim Danílich, ¡corriendo! ¡Señores, saldrán ustedes perdiendo! ¡Vendrá Akim Danílich y se la van a cargar con todo el equipo! ¿Tú también estás aquí, Parfion? ¡Y el ciego, el santo viejo! No ve nada y allá va, donde la gente, ¡no obedece! ¡Smirnov, anota a Parfion!

—¡A sus órdenes! ¿Y a los de Púrov manda usted también anotarlos? ¡Mire, ése, el de la mejilla hinchada, es uno de los de Púrov!

—A los de Púrov por ahora no los anotes... ¡Púrov celebra mañana su santo!

Los estorninos, formando una oscura nube, se elevaron por encima del huerto del padre arcipreste, mas Pocheshijin y Optimov ya no los vieron; ahí estaban, de pie, mirando para el cielo e intentando comprender por qué se había reunido tanta gente y adónde miraba. Apareció Akim Danílich. Masticaba algo, se secó los labios, lanzó un rugido y penetró en la muchedumbre.

—¡Bomberooos, a prepararse! ¡Circulen! Señor Optimov, váyanse, ¿no ven que lo van a pasar mal? En vez de escribir críticas contra la gente de bien, mejor sería que procurara usted comportarse con más seriedad. ¡Está visto que los periódicos nada bueno enseñan!

—¡Le ruego que deje en paz a la opinión pública! —replicó Optimov, picado—. Soy literato y no le permitiré que toque para nada la opinión pública, aunque cumpliendo mi deber de ciudadano le estime a usted como padre y bienhechor.

—¡Bomberos, agua!

—¡No hay, Excelencia!

—¡A callarrr! ¡A buscar agua! ¡Vivoooo!

—No tenemos en qué ir, Excelencia. El mayor ha tomado los caballos del equipo de bomberos para acompañar a su tía.

—¡Circulen! ¡Atrás, mal rayo te parta!... ¿Que no? ¡Anótalo, diablo!

—He perdido el lápiz, Excelencia...

La muchedumbre iba aumentando cada vez más. Sabe Dios a qué límite habría llegado si en la posada de Greshkin no hubiesen tenido la idea de probar el nuevo órgano recibido hacía pocos días de Moscú. Al oír «La flechita», la muchedumbre exhaló un grito de admiración y se dirigió en tropel hacia la posada. Así, pues, nadie se enteró del porqué se había reunido la gente; Optimov y Pocheshijin se habían olvidado ya de los estorninos, verdaderos culpables del suceso. Una hora más tarde, la ciudad estaba ya tranquila y silenciosa, y no se veía más que a un solo hombre, el bombero de guardia que daba sus vueltas en la atalaya...

Al atardecer de aquel mismo día, Akim Danílich, sentado en la tienda de comestibles de Fértikulin, tomaba una gaseosa con coñac y escribía: «Aparte del documento oficial, me tomo la libertad de añadir por mi cuenta, Excelencia, algunos datos complementarios. ¡Padre y bienhechor! Sólo gracias a las plegarias de su caritativa esposa que vive en la salutífera *dacha* cerca de nuestra ciudad, el suceso no ha llegado hasta límites extremos. No puedo describir cuánto ha tenido que soportar en el día de hoy. No hay palabras para calificar como se debe la actividad de Krushenski y del mayor de bomberos Portupiéiev. ¡Me siento orgulloso de estos dignos servidores de la patria! En cuanto a mí, he hecho todo lo que puede hacer un hombre débil, cuyo único afán es el bien del prójimo, y retirado ahora en el seno del hogar, con lágrimas en los ojos, doy gracias a Quien no ha permitido que se llegara al derramamiento de sangre. Por falta de pruebas suficientes, los culpables están ahora bajo cerrojo, mas espero dejarlos en libertad dentro de una semana. ¡Por ignorancia han violado el orden!»

EXÁMENES PARA ASCENDER
DE GRADO

EL profesor de geografía, Galkin, me tiene inquina; créame, hoy no me aprobará —decía, frotándose nerviosamente las manos, sudoroso, el empleado de la estafeta de correos de X, Efim Zajárich Féndrikov, hombre canoso, barbudo, con una respetable calva e imponente abdomen—. No aprobaré... ¡Como hay Dios!... Y me tiene inquina por una verdadera tontería. Se me presenta una vez con una carta para certificar y se cuela ante todos para que le tome a él primero la carta. Eso no está bien... Aunque pertenezca a la clase instruida, ha de observar el orden establecido y esperar. Yo le hice una observación muy correcta. «Tenga la bondad de esperar en la cola —le digo—, señor mío.» Se sonrojó, y desde entonces me pone la proa, como Saúl. A mi pequeño Egórushka le abrasa con malas notas y a mí me saca motes que luego hace correr por la ciudad. Una vez iba yo por delante de la posada de Kutjin, y Galkin, borracho, asomándose por una ventana con el taco de billar en la mano, gritó de modo que se le oyera por toda la plaza: «Miren, señores: ¡ahí va un sello retirado de la circulación!»

El profesor de lengua rusa Pivomiódov, de pie en el vestíbulo de la escuela de X, fumando, condescendiente, un pitillo de Féndrikov, se encogió de hombros y respondió tranquilizador:

—No se preocupe. No ha habido ni un solo suspenso en estos exámenes. ¡Son pura forma!

Féndrikov se tranquilizó, pero no por mucho tiempo. Cruzó el vestíbulo Galkin, hombre joven de barbita rala, como si le hubieran arrancado pelos, con pantalones de tela blanca y un nuevo frac azul. Miró severamente a Féndrikov y siguió su camino.

Luego se corrió la voz de que venía el inspector. Féndrikov sintió escalofríos y se puso a esperar con el miedo que tan bien conocen todos los procesados y todos los que se examinan por primera vez. Por el vestíbulo salió apresuradamente a la calle el prefecto de plantilla de la escuela del distrito, Jámov. Tras él fue, diligente, al encuentro del inspector, el profesor de religión Zmiezhálov, con su birreta y su cruz pectoral. Acudieron en seguida los demás maestros. El inspector de escuelas públicas Ajádov saludó con fuerte voz, manifestó su descontento por el polvo y entró en la escuela. Cinco minutos más tarde dieron comienzo los exámenes.

Examinaron a dos hijos de pope para maestros de escuela rural. Uno aprobó, el otro suspendió. El suspenso se sonó con un pañuelo rojo, se quedó unos momentos parado, reflexionó un poco y se fue. Examinaron a dos soldados voluntarios de tercera categoría. Después sonó la hora de Féndrikov...

—¿Dónde presta usted sus servicios? —le preguntó el inspector.

—En la estafeta de correos del distrito, Señoría; en la sección de recepción —articuló irguiendo la cabeza y procurando ocultar del público sus temblorosas manos—. Llevo veintiún años de servicio, Señoría, y ahora me piden documentación para solicitar el título de registrador colegiado; y por esto me atrevo a presentarme a los exámenes a rango de primera clase.

—Está bien... Escriba el dictado.

Pivomiódov se levantó, carraspeó y empezó a dictar con su pastosa y penetrante voz de bajo procurando cazar al examinando con palabras que no se escriben como se pronuncian: «El benerable abad ebangelizó el salbajismo indíjena de los barrios estremos»[1], y así por el estilo.

Mas, pese a las tretas del astuto Pivomiódov, el dictado salió bien. El futuro registrador colegiado hizo pocas

---

[1] Tanto este ejemplo como los siguientes son similares a los del original, y no traducidos.

faltas, aunque puso más atención en la hermosura de la letra que en la gramática. En la palabra «conciencia» añadió una «s» antes de la primera «c»; puso «h» después de «x» en «exornar», y las palabras «la conveniencia axiomática de la práctica del bien» arrancaron una sonrisa al inspector, pues Féndrikov había escrito «la connivencia axiomática...», pero éstas, al fin y al cabo, no eran faltas graves.

—El dictado puede pasar —dijo el inspector.

—Me tomo la libertad de poner en conocimiento de Su Señoría —dijo Féndrikov sintiéndose algo animado y mirando de soslayo a su enemigo Galkin—, me tomo la libertad de informarle que he estudiado la geometría por el manual de Davídov y, en parte, me la ha enseñado mi sobrino Varsonofi, que ha venido de vacaciones del seminario de Troitsa-Serguiévski, llamado también de Vifanski. Y he estudiado planimetría y estereometría... todo tal como está en el libro.

—La estereometría no está incluida en el programa.

—¿No está incluida? Y me he pasado un mes entero estudiándola... ¡qué lástima! —suspiró Féndrikov.

—Dejemos por ahora la geometría. Vamos a ocuparnos de una ciencia por la que usted, como empleado de correos, debe sentir especial predilección. La geografía es la ciencia de los carteros.

Todos los maestros se sonrieron deferentemente. Féndrikov no estaba de acuerdo con que la geografía fuera la ciencia de los carteros (eso no estaba escrito en ningún lugar: ni en las normas para los empleados de correos ni en las circulares regionales), mas por cortesía respondió: «Así es». Tosió nerviosamente y se puso a esperar las preguntas, horrorizado. Su enemigo Galkin se repantigó en su asiento y, sin mirarle, preguntó pausadamente:

—Bueno... dígame, ¿qué régimen gubernamental hay en Turquía?

—Pues, ya se sabe... el turco...

—¡Vaya!... el turco... Éste es un concepto muy elástico. Allí hay un régimen constitucional. ¿Y qué afluentes del Ganges conoce usted?

—He estudiado la geografía por el manual de Smirnov y, usted perdone, no la he aprendido con mucho detalle... El Ganges es el río que pasa por la India... ese río desemboca en el océano.

—No es esto lo que le pregunto. ¿Qué afluentes tiene el Ganges? ¿No lo sabe? ¿Y por dónde pasa el Araxes? ¿Tampoco sabe esto? Es raro... ¿A qué provincia pertenece Zhitomir?

—Distrito postal 18, punto 121.

La frente de Féndrikov se cubrió de sudor frío. El hombre parpadeó aceleradamente, e hizo un movimiento de deglución como si se hubiese tragado la lengua.

—Lo juro por el verdadero Dios, Señoría —balbuceó—. Hasta el padre arcipreste lo puede confirmar... Llevo veintiún años de servicio y ahora eso, que... Rogaré a Dios toda la vida...

—Está bien, dejemos la geografía. ¿Qué ha preparado usted de aritmética?

—Tampoco he aprendido la aritmética con mucha precisión... Hasta el padre arcipreste puede confirmar... Rogaré a Dios toda la vida... Vengo estudiando desde la fiesta de la Intercesión de la Santa Virgen; estudio... y no me entra nada... He envejecido ya para los estudios... Sea bondadoso, Señoría, toda la vida le tendré presente en mis oraciones.

Las lágrimas quedaron prendidas en las pestañas de Féndrikov.

—He servido con honradez y sin tacha... Comulgo todos los años... Hasta el padre arcipreste lo puede confirmar... Sea magnánimo, Señoría.

—¿No ha preparado nada?

—Lo he preparado todo, pero no recuerdo nada... Pronto cumpliré los sesenta, Señoría, ¿cómo van a entrarme las ciencias en la cabeza? ¡Hágame la merced!

—Y pensar que ya se ha encargado la gorra con escarapela... —comentó el arcipreste Zmiezhálov sonriéndose.

—Está bien, ¡retírese! —dijo el inspector.

Media hora más tarde, Féndrikov iba, triunfador, con los maestros a tomar el té en la posada de Kutjin. Tenía radiante la cara, le brillaba la felicidad en los ojos, mas el hecho de que a cada momento se rascara el pescuezo demostraba que se sentía atormentado por alguna idea.

—¡Qué lástima! —balbuceó—. ¡Qué tontería la que he hecho, Señor mío!

—¿A qué se refiere usted? —preguntó Pivomiódov.

—¿De qué me ha servido estudiar la estereometría si no figura en el programa? Un mes entero estuve peleando con ella, ¡la condenada! ¡Qué lástima!

CIRUGÍA

Un hospital de provincias. En ausencia del doctor, que está de viaje para contraer matrimonio, recibe a los enfermos el practicante Kuriatin, hombre gordo, de unos cuarenta años de edad, que lleva una raída chaqueta de seda cruda amarillenta y pantalones de lana muy usados. Se le refleja en el rostro el sentimiento de que cumple con su deber y de que se encuentra satisfecho. Entre los dedos índice y mayor de la mano izquierda sostiene un cigarro que despide un tufo pestilente.

Entra en la sala de visitas el sacristán Vonmiglásov, un viejo alto, corpulento, que lleva una vestidura talar pardusca y un ancho cinturón de cuero. Tiene el ojo derecho atacado de cataratas y medio cerrado, y en la nariz, una verruga que de lejos parece una mosca grande. Por un momento, el sacristán busca con los ojos el icono, y como no lo encuentra se persigna ante un botellón que contiene una disolución de ácido fénico; luego saca un pequeño pan bendito que guardaba envuelto en un pañuelo rojo e, inclinándose respetuosamente, lo pone delante del practicante.

—¡A-a-ah… mis respetos! —dice el practicante, bostezando—. ¿Qué le trae por aquí?

—Que tenga buen día de domingo, Serguéi Kuzmich… Recurro a su buena voluntad… En el salterio se dice, y usted perdone, con mucha verdad y razón: «Mi bebida está mezclada con lágrimas». El otro día me senté con mi vieja a tomar el té y antes de beber, Dios mío, una sola gota, y de probar bocado, me encontré tan mal como para tumbarme a morir… Tomé un sorbito y no pude más. Me dolía una muela y toda esta parte…

¡Qué dolor, Dios mío! Y me llegaba al oído, perdone usted, como si tuviera dentro un clavo u otro objeto: ¡qué punzadas!, ¡qué punzadas! He pecado, he hollado la ley... Me he endurecido el alma con vergonzosos pecados, he consumido mi vida en la pereza... ¡Por mis pecados, Serguéi Kuzmich, por mis pecados! El reverendo padre, después de la misa, me ha regañado: «Te has vuelto tartajoso, Efim, y gangoso. Cantas y no hay modo de entender lo que cantas». Pero cómo quiere que uno cante, juzgue usted mismo, cuando uno no puede abrir la boca porque la tiene hinchada y, usted perdone, no ha dormido en toda la noche...

—Ya... Siéntese... ¡Abra la boca!

Vonmiglásov se sienta y abre la boca.

Kuriatin frunce las cejas, mira en la boca y entre unas muelas que el tiempo y el tabaco han puesto amarillas se ve una adornada por un gran agujero.

—El padre diácono me ha mandado aplicar vodka con rabanillo; no me ha servido para nada. Glikériia Anísimovna, Dios le conceda salud, me ha dado un hilo traído del monte Athos para que lo llevara atado al brazo y me ha mandado enjuagarme la muela con leche tibia, y yo, lo confieso, me he puesto el hilo, pero lo de la leche no lo he observado: temo a Dios, es cuaresma...

—Prejuicios... (Pausa.) ¡Es necesario arrancarla, Efim Mijiéich!

—Nadie puede saberlo mejor que usted, Serguéi Kuzmich. Por esto ha estudiado, para comprender estas cosas como son y saber qué se ha de arrancar y qué se ha de curar con gotas o con alguna otra cosa... Por esto le han puesto aquí, benefactor nuestro, salud le dé Dios; rogaremos por usted, padre nuestro, día y noche... hasta la muerte...

—Bagatelas... —contesta el practicante haciéndose el modesto, acercándose a un armario y removiendo entre las herramientas—. La cirugía es una bagatela... Todo es cuestión de práctica y de tener buen pulso... Sencillo como escupir... Hace unos días, lo mismo que usted, vino al hospital el propietario Alexandr Ivánich Eguípetski... También por una muela... Es un hombre instruido que todo lo pregunta y todo lo quiere saber, el qué y el cómo. Me estrecha la mano, me llama por el nombre y el pa-

tronímico... Ha vivido siete años en Petersburgo, y ha
olfateado a todos aquellos profesores... Y aquí estuve yo
con él largo rato... En nombre de Dios Jesucristo me
suplica: ¡arránquemela, Serguéi Kuzmich! ¿Por qué no
arrancársela? Se puede arrancar. Sólo que hace falta
estar al cabo de la calle; sin entender del asunto, no es
posible... Hay muelas y muelas. Una se saca con las
pinzas, otra con el pie de cabra, la tercera con la llave...
Según los casos.

El practicante toma el pie de cabra, se lo queda mirando interrogativamente unos momentos, luego lo deja
en su sitio y coge unas pinzas.

—A ver, abra la boca todo lo que pueda... —dice al
sacristán, acercándosele con las pinzas—. Ahora mismo
la... eso... Es como escupir... Sólo hay que hacer un
corte a la encía... efectuar una tracción en el sentido del
eje vertical... y eso es todo... (hace la incisión en la
encía) y eso es todo...

—Benefactor nuestro... Nosotros, estúpidos, no sabemos nada, pero a usted el Señor le ha iluminado...

—Déjese de reflexiones, mientras tenga la boca abierta... Esta muela es fácil de arrancar, pero a veces no
hay más que raigones... Ésta, nada: es como escupir...
(aplica las pinzas). Quieto, no tire... No se mueva.
Es un abrir y cerrar de ojos (efectúa una tracción). Lo
importante es agarrarla lo más hondo posible (tira)...
para que la corona no se rompa...

—Padre nuestro... Virgen Santa... Vvv...

—Así no... así no... ¿cómo hacerme con ella? ¡No
me agarre con las manos! ¡Suelte las manos! (Tira.)
Ahora... Verá, verá... Es que el caso no es fácil...

—Padres... valedores... (Grita.) ¡Ángeles! ¡Oh, oh!...
Pero arráncala, ¡arráncala! ¿Por qué te pasas cinco años
tirando?

—Verá, es que... la cirugía... De golpe no es posible...
ahora, ahora...

Vonmiglásov levanta las rodillas hasta los codos, agita
los dedos, tiene entrecortada la respiración... En su cár-
deno rostro brota el sudor, brotan las lágrimas en sus
ojos. Kuriatin resopla, rebulle ante el sacristán y tira...
Transcurre medio minuto angustiosísimo y las pinzas se
desprenden de la muela. El sacristán se levanta de un

salto y se mete los dedos en la boca. Tienta y nota la muela en el mismo sitio.

—¡Has tirado! —dice con voz llorosa y al mismo tiempo burlona—. ¡Ojalá tiren así de ti en el otro mundo! ¡Mis más humildes gracias! ¡Si no sabes arrancar muelas, no te metas! No veo ni la luz del día...

—¿Y tú por qué agarras con las manos? —replica, picado, el practicante—. Yo tiro y tú me empujas los brazos y sueltas palabras estúpidas... ¡Imbécil!

—¡El imbécil eres tú!

—¿Te crees, *mujik*, que es fácil arrancar una muela? ¡Prueba, a ver! ¡Esto no es como subir al campanario y repicar las campanas! (Remedándole.) «¡No sabes, no sabes!» ¡Buen maestro me he echado en cara! Vaya con ése... Al señor Eguípetski, Alexandr Ivánich, le arranqué la muela y él, nada, no soltó ni una palabrota... Es un hombre más fino que tú y no me agarró con las manos... ¡Siéntate! ¡Siéntate, te digo!

—No veo nada... Déjame recobrar el aliento... ¡Oh! (Se sienta.) Pero no tires mucho rato, sino de golpe... ¡De una vez!

—¡Me vas a enseñar tú a mí! ¡Ah, Señor, qué ignorante es esta gente! Y hay que vivir con gente así... ¡es para volverse loco! Abre la boca... (Aplica las pinzas.) La cirugía, hermano, no es una broma... Esto no es como cantar en el coro... (Efectúa una tracción.) No te muevas... Se ve que la muela es muy vieja y ha echado raíces muy hondas... (Tira.) Quieto... Así... así... Quieto... Bueno, bueno... (Se oye un crujido.) ¡Si lo sabía yo!

Vonmiglásov permanece un minuto inmóvil, como si hubiera perdido los sentidos. Está aturdido... Sus ojos miran torpemente al espacio, el sudor le baña el pálido rostro.

—Si hubiera usado el pie de cabra... —balbucea el practicante—. ¡Bonita ocasión!

Vuelto en sí, el sacristán se mete los dedos en la boca y en el sitio de la muela enferma encuentra dos salientes.

—¡Sarrrnoso diablo!... —articula—. ¡Te han puesto aquí, verdugo, por desgracia nuestra!

—Venme ahora con insultos... —balbucea el practicante, colocando las pinzas en el armario—. Ignorante... Se ve que en el seminario no te arrimaron toda la can-

dela que te merecías... El señor Eguípetski Alexandr
Ivánich vivió siete años en Petersburgo... es instruido...
lleva trajes de cien rublos... y así y todo no me insul-
tó... ¿Y qué gallipavo eres tú? ¡No te preocupes, no la
palmas por esto!

El sacristán toma de la mesa su pan bendito y, sosteniéndose la mejilla con la mano, vuelve a su casa...

EL CAMALEÓN

E L inspector de policía Ochumiélov, con su nuevo capote y un paquetito en la mano, cruza la plaza del mercado. Camina tras él un guardia municipal pelirrojo con un tamiz repleto hasta el borde de uva espina confiscada. En torno, todo es silencio... En la plaza no hay ni un alma... Las puertas abiertas de las tiendas y tabernas contemplan el mundo melancólicamente, como fauces hambrientas; cerca de ellas, ni siquiera hay mendigos.

—¡Muerdes, maldito! —oye de pronto Ochumiélov—. ¡No lo dejéis escapar! ¡Ahora no está permitido morder! ¡Agárralo! ¡Ah... ah!

Se oye el ladrido de un perro. Ochumiélov mira hacia un lado y ve: del depósito de leña del mercader Pichuguin, saltando sobre tres patas y mirando a su alrededor, huye corriendo un perro. Lo persigue un hombre que lleva una camisa de percal almidonada y un chaleco desabrochado. Corre tras el perro y dejándose caer con el cuerpo hacia delante, lo agarra por las patas de atrás. Se oye un nuevo ladrido y el grito de «¡No lo dejéis escapar!» Se asoman, por las puertas de las tiendas, caras soñolientas y pronto, cerca del depósito de leña, como salida de bajo tierra, se apiña la muchedumbre.

—¡Me parece que hay desorden, Señoría!... —dice el guardia.

Ochumiélov da media vuelta a la izquierda y se encamina hacia el tropel de gente. Junto al portalón mismo del depósito ve al hombre arriba descrito del chaleco desabrochado, quien, de pie, levanta el brazo derecho y muestra a la gente un dedo ensangrentado. En su cara

de hombre medio borracho, parece que se ha escrito:
«¡Me las) pagarás, granuja!»; además, el dedo mismo
parece una bandera de victoria. En aquel hombre, Ochumiélov reconoció al orfebre Jriukin. En medio de la
muchedumbre, extendidas las patas delanteras y temblando con todo el cuerpo, está sentado sobre el suelo el
culpable del escándalo, un blanco cachorro de lebrel con
el hocico afilado y una mancha amarilla en la espalda.
Sus ojos lacrimosos tienen una expresión de tristeza y
pavor.

—¿Qué pasa aquí? —pregunta Ochumiélov, abrién-
dose paso entre la muchedumbre—. ¿Qué hacen aquí
reunidos? Tú, ¿por qué levantas el dedo?... ¿Quién ha
gritado?

—Señoría, yo iba sin meterme con nadie... —empieza
a contar Jriukin, tosiendo en el puño—, para tratar de
la leña con Mitri Mítrich, y, de repente, sin más ni más,
este infame perro me muerde el dedo... Usted perdone,
pero yo soy un hombre que trabaja... Mi trabajo es
delicado. Que me paguen, porque este dedo quizá no lo
mueva en una semana... En ninguna ley está escrito,
Señoría, que haya que sufrir por culpa de cualquier animal... Si todos se ponen a morder, mejor será no vivir
en este mundo...

—¡Hum!... Está bien... —dice Ochumiélov severamente, tosiendo y moviendo las cejas—. Está bien. ¿De
quién es este perro? Yo esto no lo dejo así. ¡Ya os enseñaré yo a dejar los perros sueltos! ¡Ya va siendo hora
de fijarse en esos señores que no desean observar las or-
denanzas! ¡Cuando le hayan hecho pagar la multa a ese
canalla, sabrá lo que significa dejarme por la calle el perro y otras bestias abandonadas! ¡Se acordará de mí,
madre de tal!... Eldirin —dice el inspector, dirigiéndose
al guardia—, entérate de quién es el dueño de este perro
y levanta el atestado correspondiente. A este perro hay
que matarlo. ¡En seguida! Probablemente está rabioso...
Decidme, ¿de quién es este perro?

—¡Si no me equivoco, es del general Zhigálov! —dice
alguien de la muchedumbre.

—¿Del general Zhigálov? ¡Hum!... A ver, Eldirin,
quítame el abrigo... ¡Hace un calor terrible! Seguramente va a llover... Sólo que no comprendo una cosa:

¿cómo ha podido morderte? —dice Ochumiélov dirigiéndose a Jrukin—. ¿Es posible que te haya llegado al
dedo? ¡El perro es pequeño y tú, un mozarrón! Lo que
habrás hecho, sin duda, ha sido hurgarte el dedo con
un clavo y luego se te ha ocurrido soltar la bola. Es que
tú... ¡ya conocemos el paño! ¡Os conozco bien, diablos!

—Él, Señoría, le ha acercado el cigarro al morro para
divertirse, y el perro, que no es tonto, ¡zas!, un mordis-
co... ¡Éste es de los que siempre la arman, Señoría!

—¡Mientes, tuerto! No has visto nada, ¿por qué in-
ventas historias? Su Señoría es un señor inteligente y
sabe quién miente y quién dice la verdad como ante
Dios... Si miento o no, es cosa que ha de ver el juez de
paz. En sus leyes se dice... Ahora todos somos iguales...
Yo mismo tengo un hermano gendarme... por si quieren
saberlo...

—¡Fuera comentarios!

—No, no es del general... —observa con honda pe-
netración mental el guardia—. El general no tiene perros
como éste. Los suyos suelen ser perros de muestra...

—¿Estás seguro?

—Seguro, Su Señoría...

—También yo lo sé. El general tiene perros caros, de
raza, ¡y éste, el diablo sabe lo que es! Ni pelo, ni planta... una pura ruindad... ¿Cómo va a tener un perro
así?... ¿Pero dónde tenéis la cabeza? Si cayera un perro como éste en Petersburgo o en Moscú, ¿sabéis lo que
iba a pasar? Allí no se andarían a vueltas con la ley, ¡le
echarían el guante en un dos por tres y al otro barrio!
Tú, Jriukin, eres el perjudicado y no has de dejar el
asunto así... ¡Hay que dar una lección! Ya es hora...

—Y quizás es del general... —piensa el guardia en voz
alta—. Esto no es cosa que se lleve escrita en el morro...
No hace mucho vi uno como éste en su patio.

—¡Claro que es del general! —dice una voz entre la
muchedumbre.

—¡Hum!... A ver, hermano Eldirin, ponme otra vez el
capote... Parece que me ha dado un aire... Tengo frío...
Lo llevas al general y preguntas. Dices que lo he encontrado y lo mando... Y dirás que no lo suelten a la calle...
A lo mejor es un perro caro y si cada cerdo le pone el
cigarro en el morro no tardarán en echárselo a perder.

El perro es una criatura delicada... ¡Y tú, baja la mano, estúpido! ¡Deja ya de enseñar tu absurdo dedo! ¡Tú tienes la culpa!...

—Por ahí va el cocinero del general, se lo preguntaremos a él... ¡Eh, Projor! ¡Ven acá, amigo! Mira este perro... ¿Es vuestro?

—¡Qué tontería! ¡Perros así nunca se han visto en nuestra casa!

—El caso está claro y no hay que perder el tiempo preguntando —dice Ochumiélov—. ¡Es un perro vagabundo! Nada de perder el tiempo conversando, el caso está claro... Si he dicho que es un perro vagabundo, es vagabundo... Hay que matarlo y basta.

—No es nuestro —continúa Projor—. Es del hermano del general, que ha llegado hace pocos días. Al nuestro no le gustan los lebreles. Su hermano es cazador...

—¡Cómo! ¿Ha venido el hermano del general? ¿Vladímir Ivánich? —pregunta Ochumiélov, y todo el rostro se le ilumina con una tierna sonrisa—. ¡Vaya, por Dios! ¡Y yo sin saberlo! ¿Ha venido de visita?

—De visita...

—¡Vaya, por Dios!... Echaba de menos al hermanito... ¡Y yo sin saberlo! ¿Así, este perrito es tuyo? Estoy muy contento... Llévatelo... No está mal el perrito... Qué vivaracho... ¡Zas, y le ha mordido un dedo a éste! Ja, ja, ja... Bueno, ¿por qué tiemblas? Rrr... Rr... Se enfada el bribón... un chucho tan majo...

Projor llama al perro y se aleja con él del depósito de madera... La muchedumbre se ríe de Jrukin.

—¡A ti aún te voy a ajustar cuentas! —le dice Ochumiélov, amenazándole, y abotonándose el capote prosigue su camino por la plaza del mercado.

DE LA SARTÉN A LAS BRÁSAS

El abogado Kaliakin, sentado en casa de Grádusov, el maestro de capilla de la catedral, estaba dando vueltas en las manos a una citación del juez de paz a nombre del dueño de la casa y decía:

—Diga lo que diga, Dosiféi Petróvich, la culpa es suya. Yo le estimo y aprecio su buena intención, mas, con todo esto, me veo obligado a decirle, aun sintiéndolo mucho, que usted no tenía razón. Así es, no tenía razón. Usted ha ofendido a mi cliente Dereviashkin... Bueno, ¿por qué le ha ofendido usted?

—¿Quién diablos le ha ofendido? —se acaloró Grádusov, viejo de elevada estatura, de frente estrecha, poco prometedora, cejas espesas y una medalla de bronce en el ojal—. Lo único que he hecho ha sido darle una lección de moral, ¡nada más! ¡A los tontos hay que enseñarlos! Si no se enseña a los tontos, no nos dejarán vivir.

—Pero, Dosiféi Petróvich, usted no le ha dado una lección. Usted, según declara él en su denuncia, le ha tratado de tú públicamente, le ha llamado burro, canalla y así por el estilo... y hasta una vez ha levantado la mano, como si tuviera intención de ofenderle de obra.

—¿Cómo no pegarle, si se lo merece? ¡No lo entiendo!

—¡Pero comprenda de una vez que no tiene usted ningún derecho a hacerlo!

—¿Que no tengo derecho? Bueno, lo que es esto... usted perdone... Esto cuénteselo a otro, a mí no me venga con gaitas, hágame el favor. Ha estado diez años sirviendo en mi coro después que lo sacaron por las buenas del coro del arcipreste. Yo soy para él un bienhechor, si quiere usted saberlo. Si él está picado porque le he echado del coro, nadie más que él tiene la culpa. Le he echado por andarse con filosofías. Eso de filosofar es cosa de personas instruidas, de carrera, pero si uno es tonto y tiene poca cosa en la cabeza, lo que ha de hacer es quedarse quietecito en su rincón y callar... Callar y escuchar lo que dicen las personas sensatas, pero él, imbécil, siempre solía estar al acecho para decir alguna cosa rara. Era la hora del ensayo o de oír misa, y se ponía a hablar de Bismarck y de no sé qué Gladstone. ¿Lo creerá? ¡Hasta se había suscrito a un periódico, el canalla! ¡No tiene usted idea de las veces que le di en los morros por la guerra ruso-turca! En vez de cantar, se inclinaba hacia el tenor y se ponía a contarle que los nuestros habían hecho volar con dinamita el acorazado turco «Lufti-Gebul»... ¿Es que puede admitirse ese desorden? Claro, es agradable que los nuestros hayan vencido, pero de esto no se sigue que no se deba cantar... También puede uno conversar después de la misa. Es un cerdo, en una palabra.

—¡Así, pues, también antes le insultaba usted!

—Antes no se ofendía. Entendía que yo lo hacía por su bien, ¡lo comprendía!... Sabía que replicar a las personas mayores y bienhechoras es pecado, pero cuando entró de escribiente en la policía, se acabó, se le subieron los humos a la cabeza y dejó de entender. «Yo —dice— ahora no soy un cantor, sino un funcionario. Me examinaré —dice— para registrador colegiado.» Eres un tonto, le digo... Más te valdría, le digo, andarte con menos filosofías y sonarte más a menudo; esto sería mejor que pensar en subir de categoría. Los títulos no se han hecho para ti, le digo, tú no puedes pasar de lo vulgar. ¡Pero él ni me quiere escuchar! Sin ir más lejos, tomemos el presente caso. ¿Por qué me ha denunciado al juez de paz? ¿No se necesita ser de la piel del diablo? Estoy sentado en la posada de Samopliúev bebiendo té con el mayordomo de la parroquia. El local estaba lleno de gente, no había ni un asiento libre... Miro y le veo sentado allí mismo, con sus escribientes, trincando cerveza. Tan presumido, levanta el morro, vocifera... agita los brazos... Tiendo el oído, habla del cólera... Bueno,

¿y qué quiere usted hacerle? ¡Está filosofando! Yo, sabe
usted, me callo y aguanto... Charla, pienso, charla... La
lengua no tiene huesos... De pronto, por desgracia, se
pone a tocar una pianola... El sinvergüenza se enternece, se levanta y dice a sus amigos: «¡Bebamos, dice, por
la prosperidad!¡ Yo, dice, soy hijo de mi patria y eslavó-
filo de mi país! ¡Pongo al tablero mi único pecho! ¡Salid todos a una, enemigos! ¡A quien no esté de acuerdo
conmigo, quisiera verle cara a cara!» Al llegar a este
punto, da un puñetazo en la mesa. Entonces yo ya no
pude resistir más... Me acerco y le digo con delicadeza:
«Escucha, Osip... si tú, cerdo, no entiendes nada, mejor es que calles y que dejes de soltar discursos. Un hombre instruido puede hacerse el sabio, pero tranquilízate.
Tú eres un insecto, ceniza...» Yo le digo una palabra,
él me contesta diez... Y venga y dale... Yo le hablaba
por su bien, naturalmente, pero él lo hacía por estupidez... Se ofendió y ya lo ve, me ha denunciado al juez
de paz.

—Sí —suspiró Kaliakin—. Mala cosa... Total, una
pequeñez, y sabe el diablo lo que ha resultado. Usted es
padre de familia, un hombre respetable, y ahora se encuentra con un juicio, con habladurías, malas interpre-
taciones, el arresto... Es necesario acabar con este asunto, Dosiféi Petróvich. Tiene usted una salida, con la que
está de acuerdo también Dereviashkin. Usted irá conmigo a la posada de Samopliúev a las seis, cuando allí se
reúnen escribientes, actores y demás público ante el que
usted le ofendió, y le pide perdón. Entonces él retirará
su denuncia. ¿Ha comprendido? Supongo que está usted
de acuerdo, Dosiféi Petróvich... Le hablo como se habla
a un amigo... Usted ha ofendido a Dereviashkin, le ha
cubierto de oprobio y, sobre todo, ha puesto en duda sus
encomiables sentimientos y hasta... ha profanado esos
sentimientos. En nuestros tiempos, sabe usted, no es posible obrar de este modo. Hay que ser más circunspecto.
A sus palabras se les ha dado tal matiz, cómo he de decírselo, que en nuestros tiempos, en una palabra, no es
lo mismo... Ahora son las seis menos cuarto... ¿Tendría
usted a bien acompañarme?

Grádusov meneaba la cabeza, pero cuando Kaliakin
le describió con brillantes colores el «matiz» dado a sus

palabras y las consecuencias que de ese matiz podían derivarse, se acoquinó y dio su asentimiento.

—Ahora, tenga usted cuidado, discúlpese como es debido, guardando las formas del caso —le aleccionaba el abogado camino de la posada—. Acérquesele y trátele de «usted»... «dispense usted... retiro mis palabras» y así por el estilo.

Al llegar a la posada, Grádusov y Kaliakin encontraron allí a un verdadero gentío. Había mercaderes, actores, funcionarios, escribientes de la policía, en general, toda la «chusma» que acostumbraba reunirse al atardecer en la posada a beber té y cerveza. Entre los escribientes se hallaba el propio Dereviashkin, hombre de edad indefinida, rasurado, de grandes ojos que no pestañeaban, nariz aplastada y cabellos tan híspidos que, al verlos, daban ganas de limpiar las botas... Tenía el rostro tan felizmente compuesto que bastaba echarle una mirada para saberlo todo: que era un borrachín, que cantaba con voz de bajo y que era un estúpido, aunque no tanto como para no considerarse persona muy inteligente. Al ver entrar al maestro de capilla, alzó el cuerpo y agitó los bigotes, como un gato. La concurrencia, por lo visto advertida ya de que habría un desagravio público, aguzó los oídos.

—Bueno... ¡El señor Grádusov está dispuesto! —dijo Kaliakin al entrar.

El maestro de capilla saludó a alguno que otro de los presentes, se sonó ruidosamente, se puso rojo y se acercó a Dereviashkin.

—Disculpe... —balbuceó sin mirarle y metiéndose el pañuelo en el bolsillo—. En presencia de todos los reunidos, retiro mis palabras.

—¡Disculpo! —contestó Dereviashkin con su voz de bajo, y pasando victoriosamente la mirada por el público, se sentó—. ¡Me doy por satisfecho! Señor abogado, le ruego que suspenda mi causa.

—Me disculpo —prosiguió Grádusov—. Discúlpeme... No me gusta que nadie esté descontento... Si quieres que te trate de «usted», no te preocupes, lo haré. ¿Quieres que te considere un hombre inteligente?, por favor... me importa un comino... Yo, hermano, no soy rencoroso. Puedes irte al diablo...

—Bueno, ¡permítame! ¡Usted viene a disculparse y no a insultar!

—¿De qué otro modo puedo disculparme? ¡Me disculpo! Si ahora no le he tratado de «usted» ha sido por falta de memoria. No será cuestión de que me ponga de rodillas... Me disculpo y hasta doy gracias a Dios de que hayas tenido bastante seso para suspender esta causa... No tengo tiempo para andar por los tribunales... En mi vida he tenido un proceso, no pienso tenerlo ni te lo aconsejo a ti... digo, a usted...

—¡Naturalmente! ¿No desea usted beber por la paz de San Esteban?

—¿Por qué no?... Sólo que tú, hermano Osip, eres un cerdo... No digo esto para insultar, sino así..., a modo de ejemplo... ¡Eres un cerdo, hermano! ¿Te acuerdas cómo te arrastrabas a mis pies cuando te echaron por las buenas del coro del arcipreste? ¿Eh? ¿Y te atreves a presentar una denuncia contra tu bienhechor? ¡Un morro de cerdo eres tú, un morro de cerdo! ¿No te da vergüenza? Señores concurrentes, ¿no le da vergüenza?

—¡Permítame! ¡Resulta que esto vuelve a ser un insulto!

—¿Qué insulto? Yo sólo te hablo, te adoctrino... He aceptado la paz y digo, por última vez, que no pienso insultar... ¿Voy a liarme contigo, con un trasgo, después que has presentado una querella contra tu bienhechor? ¡Puedes irte al diablo! ¡Contigo no quiero ni hablar! Y si ahora te he llamado cerdo por casualidad es porque eres un cerdo... En vez de rogar eternamente a Dios por tu bienhechor, que te ha dado de comer durante diez años y además te ha enseñado música, presentas contra él una estúpida querella y le mandas esos diablos de abogados.

—Permítame, Dosiféi Petróvich —terció Kaliakin ofendido—. No han sido unos diablos quienes le han visitado, ¡he sido yo!... ¡Tenga más cuidado, se lo ruego!

—¿Acaso hablo de usted? Usted venga si quiere todos los días; será bien recibido. Lo único que me sorprende es que usted haya terminado la carrera, que haya recibido instrucción y que, en vez de aleccionar a este pavo, le dé la mano. ¡Si yo estuviera en el lugar de

usted, a éste le habría mandado a prisiones! Además,
¿por qué se enoja usted? ¿No he pedido disculpa? ¿Qué
más quiere aún de mí? ¡No lo entiendo! Señores concurrentes, son ustedes testigos de que me he disculpado,
¡y pedir disculpas otra vez a un imbécil cualquiera es
cosa a la que no estoy dispuesto!

—¡El imbécil es usted! —saltó Osip con voz ronca,
y lleno de indignación se golpeó el pecho.

—¿Yo imbécil? ¿Yo? ¿Eres capaz de decirme esto,
tú?...

Grádusov se puso lívido y comenzó a temblar...

—¿Y te has atrevido? ¡Toma esto!... ¡Y además de
haberte dado este bofetón, canalla, te voy a denunciar al
juez de paz! ¡Ya te enseñaré yo a insultar! ¡Señores, ustedes serán testigos! Señor guardia, ¿qué hace usted ahí
parado, mirando? ¿Me ofenden a mí y se queda usted
mirando? Para cobrar el sueldo es usted bueno, pero
cuando es hora de velar por el orden, entonces ¿eso no
es cosa suya? ¿Eh? ¿Cree que para juzgarle a usted no
hay tribunales?

A Grádusov se le acercó el guardia y empezó la historia.

Una semana más tarde, Grádusov estaba ante el juez
de paz y era juzgado por injurias contra Dereviashkin,
contra el abogado y contra el guardia del barrio, insul-
tado, el último, hallándose en el ejercicio de sus funciones. Al principio, Grádusov no comprendía si él era que-
rellante o acusado, pero luego, cuando el juez de paz le
condenó a dos meses de arresto «por cúmulo de quere-
llas», se sonrió amargamente y refunfuñó:

—Hum... me han ofendido y encima me meten en
chirona... Es sorprendente... Señor juez de paz, hay que
juzgar ateniéndose a la ley y no andándose con filosofías. Su difunta mamá, Varvara Serguiéievna, que Dios
tenga en los cielos, a tipos como Osip los mandaba azotar, y usted los trata con indulgencia... ¿Adónde vamos
a parar así? Usted a estos bribones los absuelve...
¿A quién se puede apelar, pues?

—Se puede recurrir contra la sentencia en un plazo
de dos semanas... ¡y le ruego que no haga comentarios!
¡Pueden retirarse!

—Claro está... Con el sueldo pelado ahora no hay

quien viva —articuló Grádusov, e hizo un guiño significativo—. A la fuerza, si se quiere comer, hay que meter
a los inocentes en la gayola... Así es... Y no se puede
recriminar...

—¿Cómo?

—Nada... Ha sido un decir... acerca de si *hapen sie
gevesen*[1]... ¿Se figura usted que por llevar una cadena
de oro ya no hay tribunales para juzgarle? Pues no lo
crea... ¡Ya pondré yo las cosas en limpio!

Se incoó causa «por ofensas al juez»; pero tomó cartas en el asunto el arcipreste de la catedral y bien que
mal echaron tierra al asunto.

Al recurrir, en apelación, al tribunal competente para
revisar las sentencias de los jueces de paz, Grádusov estaba convencido no sólo de que iban a absolverle a él,
sino de que a Osipov le meterían incluso en la cárcel. Lo
mismo pensaba durante la vista de la causa. De pie ante
los jueces, se comportó pacífica, moderadamente, sin
decir palabras superfluas. Sólo una vez, cuando el presidente le invitó a sentarse, se sintió ofendido y replicó:

—¿Es que está escrito en las leyes que el maestro de
capilla ha de sentarse al lado de sus cantores?

Pero cuando el tribunal ratificó la sentencia del juez
de paz, Grádusov entornó los ojos...

—¿Cómo? ¿Qué significa esto? —preguntó—. ¿Cómo
he de entenderlo? ¿A qué se refieren ustedes?

—El tribunal ha ratificado la sentencia del juez de
paz. Si no está usted conforme, puede recurrir en superior instancia.

—Está bien. Nuestras más sentidas gracias, Excelencia, por su juicio rápido y justo. Claro está, el sueldo pelado no basta para vivir, esto lo comprendo perfectamente, pero, perdone, encontraremos un tribunal que no
se venda.

No voy a reproducir todo cuanto Grádusov soltó al
tribunal... Actualmente está procesado por «ofensas al tribunal» y no quiere ni escuchar a sus conocidos cuando
éstos procuran explicarle que él es culpable... Está con-

---

[1] Deformación del alemán *haben Sie gewesen* (expresión burles-
ca empleada como para salirse por la tangente).

vencido de su inocencia y cree que, pronto o tarde, le darán las gracias por los abusos que él ha descubierto.

—¡No hay nada que hacer con este imbécil! —exclama el arcipreste de la catedral, agitando una mano sin esperanza—. ¡No entiende!

MEDIDAS PERTINENTES

Una pequeña población, antiguo centro administrativo de distrito, la cual, según palabras del carcelero de la localidad, ni con telescopio puede verse en el mapa, está iluminada por el sol del mediodía. Todo es quietud y sosiego. Procedente del ayuntamiento, se dirigía, sin prisas, hacia las tiendas del mercado una comisión sanitaria compuesta del médico municipal, del inspector de policía, de dos mandatarios del concejo y de un diputado del comercio. Les siguen deferentemente unos guardias... El camino de la comisión, como el del infierno, está empedrado de buenas intenciones. Los sanitarios lo van recorriendo, gesticulan y hablan de la suciedad, de la pestilencia, de las medidas pertinentes y de otras delicadas materias. Los comentarios son hasta tal punto esclarecidos, que el inspector de policía, caminando al frente del grupo, de pronto se entusiasma y, volviendo la cabeza, declara:

—¡Qué bien, señores, si nos reuniéramos y cambiáramos impresiones de este modo con más frecuencia! Es agradable y uno se siente en compañía; que si no, sólo sabemos reñir. ¡En serio, en serio!

—¿Por quién empezamos? —pregunta al médico el diputado del comercio, en el tono del verdugo que elige a su víctima—. Anikita Nikoláich, ¿empezamos por la tienda de Oshéinikov? Es un bribón de siete suelas, esto en primer lugar, y en segundo lugar... ya es hora de que nos metamos con él. Hace unos días me trajeron de su parte alforfón y me lo mandó, y usted perdone, con cagarrutas de ratón... Mi mujer ni lo comió.

—Bueno, allá va. Si se ha de empezar por Oshéinikov, empecemos —responde indiferente el médico.

Los sanitarios entran en la «Tienda de té, azúcar, café y otros productos ultramarinos de A. M. Oshéinikov» y en seguida, sin largos preámbulos, dan comienzo a la revisión.

—Vaya, vaya —dice el médico contemplando hermosas pirámides de pastillas de jabón de Kazán—. ¡Bonitos pabellones te has construido aquí con estas pastillas de jabón! ¡Pues sí que es inventiva! ¡E... e... eh! Y eso, ¿qué significa? Miren, señores. ¡Demián Gavrílich se permite cortar el jabón y el pan con un mismo cuchillo!

—¡Esto no va a producir el cólera, Anikita Nikoláich! —observa muy razonablemente el dueño de la tienda.

—Cierto, pero es repugnante. No olvides que te compro el pan a ti.

—Para las personas distinguidas tenemos un cuchillo especial. Esté usted tranquilo... Que usted...

El inspector de policía entorna sus miopes ojos mirando el jamón, lo rasca un buen rato con la uña, lo olfatea ruidosamente y luego, haciendo la castañeta con los dedos, pregunta:

—¿No lo tienes, a veces, con estricnina[1]?

—¡Qué cosas dice, señor!... ¡Por Dios!... ¡Es imposible!

El inspector se queda un poco corrido, se aparta del jamón y entorna los ojos sobre la lista de precios de Asmólov & Cía. El diputado del comercio hunde la mano en la barrica del alforfón y nota algo suave, aterciopelado... Mira y el rostro se le enternece.

—¡Michinos... michinos! ¡Mininos míos! —balbucea—. Están acurrucaditos en el grano y levantan los hociquitos... qué mimosos... ¡Tendrías que mandarme un gatito, Demián Gavrílich!

—Por qué no... Miren, señores, aquí está la sección de fiambres y entremeses... si desean examinarla... Arenques, queso..., lomo de esturión cecinado... tengan la bondad... Ese esturión lo recibí el jueves, es excelente... Mishka, a ver, ¡el cuchillo!

Los sanitarios se cortan, cada uno, un trozo de lomo de esturión, lo olfatean y lo prueban.

—Tampoco me vendrá mal a mí tomar ahora un bo-

[1] Debería decir: «con triquina».

cado... —dice como si hablara consigo mismo el dueño
de la tienda, Demián Gavrílich—. Tengo por ahí una
botellita. ¿Y si bebiéramos un poco antes de tomar el
lomo de esturión?... Sabría mejor... Mishka, a ver, ¡la
botellita!

Mishka, hinchando los carrillos y abriendo desmesuradamente los ojos, destapa la botella, que coloca luego
en el mostrador, dando un golpecito.

—Beber en ayunas... —dice el inspector de policía,
rascándose indeciso el pescuezo—. Bueno, si se trata de
un vasito solo... pero vivo, Demián Gavrílich, ¡que no
tenemos tiempo para entretenernos con tu vodka!

Un cuarto de hora más tarde, los sanitarios, secándose
los labios y hurgándose los dientes con cerillas, se dirigen
a la tienda de Golorivenko. Ahí, como hecho adrede, no
hay modo de entrar... Unos cinco mozarrones, de caras
rojas y sudorosas, sacan de la tienda, haciéndolo rodar,
un barril de aceite.

—¡Sostén por la derecha!... Tira del extremo... ¡tira,
tira! Pon la barra... ¡ah, diablo! Apártense, señorías,
¡cuidado con los pies!

El barril se atasca en la puerta y no hay modo de sacarlo de allí... Los mozarrones lo agarran y empujan
con todas sus fuerzas emitiendo resoplidos y lanzando
juramentos que se oyen desde los cuatro puntos de la
plaza. Después de tanto esfuerzo, cuando los largos re-
suellos han modificado sensiblemente la pureza del aire,
el barril, finalmente, rueda, pero no se sabe por qué razón, contra toda ley de la naturaleza, retrocede y vuelve
a atascarse en la puerta. De nuevo empiezan los resoplidos.

—¡Uf! —exclama el inspector, escupiendo—. Vamos
a la de Shibukin. Estos demonios estarán aquí sudando
hasta la noche.

Los sanitarios encuentran cerrada la tienda de Shibukin.

—¡Pero si estaba abierta! —exclaman, mirándose sorprendidos—. Cuando hemos entrado en la de Oshéinikov, Shibukin estaba a la puerta aclarando una tetera
de cobre. ¿Dónde está? —preguntan a un mendigo que
se encontraba de plantón junto a la puerta cerrada.

—¡Una limosnita, por el amor de Dios! —articula con

voz cascada el mendigo—. Sean caritativos, bondadosos
señores, con un pobre mutilado... por sus bondadosos padres...

Los sanitarios siguen su camino sin hacerle maldito
caso, excepción de uno de los mandatarios del concejo
municipal, Pliunin. Éste da una moneda de *kopek* al
mendigo y, como si algo le hubiera asustado, se persigna
rápidamente y echa a correr para dar alcance a sus compañeros.

Unas dos horas más tarde, la comisión está de regreso.
A los sanitarios se les ve cansados, rendidos. Su visita no
había ido inútil: uno de los guardias municipales, caminando majestuosamente, lleva un canastillo lleno de
manzanas podridas.

—Ahora, después de nuestras fatigas por el bien público, no estaría mal refrescar un poco —dice el inspector, mirando de soslayo el letrero «Cavas del Rin, vinos
y licores»—, reforzar un poco el ánimo.

—Pues no sobraría. Entramos si quieren.

Los sanitarios bajan a la cava y toman asiento en torno a una mesa redonda de patas encorvadas. El inspector hace una señal con la cabeza al camarero y sobre la
mesa aparece una botella.

—Es una pena no tener con qué acompañarla —dice
el diputado del comercio, después de beber un sorbo y
fruncir el ceño—. Si nos sirvieran unos pepinillos o algo
por el estilo... De todos modos...

El diputado se vuelve hacia el guardia municipal del
canastillo, elige la manzana mejor conservada y le hinca
el diente.

—¡Vaya!... ¡Las hay que no están muy podridas!
—exclama el inspector, como si se sorprendiera—. ¡A ver,
yo también voy a escoger una! Deja aquí el canastillo.
Escogeremos las mejores, aprovecharemos lo que valga
y las demás las tiraremos. ¡Anikita Nikoláich, escancie!
Así, señores, deberíamos reunirnos y cambiar impresiones
con más frecuencia. Si no, uno vive y no sabe cómo en
este rincón del mundo, donde no encuentras ni instrucción, ni club, ni vida social, ¡una pura Australia, nada
más! ¡Escancien, señores! ¡Doctor, una manzanita! Se
la he mondado expresamente para usted...

. . . .

—Señoría, ¿dónde ordena que deje el canastillo? —pregunta el guardia municipal al inspector, que sale de la cava con sus compañeros.

—¿El ca... canastillo? ¿Qué canastillo? ¡Ah, ya! Rómpelo y tíralo junto con las manzanas... ¡está contagiado!

—¡Pero las manzanas han tenido a bien comérselas!

—¡A-ah... tanto gusto! Escucha... llégate hasta mi casa y dile a María Vlásevna que no se enfade... Me quedo sólo por una horita... a descabezar un sueño en casa de Pliunin... ¿Comprendes? A dormir... en los brazos de Morfeo. ¿*Sprechen Sie deutsch*[2], Iván Andréich?

Levantando los ojos al cielo, el inspector mueve amargamente la cabeza, abre los brazos y exclama:

—¡Así es toda nuestra vida!

[2] «¿Habla usted alemán?»

EL *VINT* [1]

En una desapacible noche otoñal, Andréi Stepánovich
Peresolín volvía en coche del teatro. Sentado en el
carruaje, iba pensando en lo útiles que podrían ser los
teatros si en ellos se representaran obras de contenido
moral. Al pasar por delante de las oficinas de su departamento, dejó de pensar en la utilidad y se puso a mirar
las ventanas de la casa en que él, por decirlo con palabras de poetas y de lobos de mar, empuñaba el timón.
Dos ventanas, las del cuarto de guardia, estaban iluminadas.

«¿Es posible que aún no hayan terminado con la relación de cuentas? —pensó Peresolín—. ¡Hay allí cuatro imbéciles y aún no han terminado! ¡A ver si la gente piensa que no les dejo en paz ni por la noche! Los
voy a echar de allí... ¡Para, Guri!»

Peresolín bajó del coche y se dirigió a las oficinas. La
puerta principal estaba cerrada, pero la trasera, que tenía sólo un pasador estropeado, estaba abierta de par
en par. Persolín entró por esta última y no habría transcurrido ni un minuto cuando se encontraba ya ante la
puerta del cuarto de guardia. La puerta estaba en-
treabierta y Peresolín, mirando por la abertura, vio algo
muy poco común. En torno a una mesa en que se amon-
tonaban los grandes folios de contabilidad, cuatro funcionarios jugaban a las cartas a la luz de dos lámparas.
Reconcentrados, inmóviles, con las caras verdosas por el
verde color de las pantallas, parecían gnomos de los cuen-

[1] Juego de naipes.

tos o, Dios nos libre, monederos falsos... Aún les rodeaba
de un mayor aire de misterio su juego. A juzgar por sus
maneras y por los términos de juego que de vez en cuando pronunciaban en alta voz, era el *vint*; pero, a juzgar
por todo lo que estaba oyendo Peresolín, a aquel juego
no se le podía llamar *vint*, ni siquiera juego de cartas.
Se trataba de algo inaudito, extraño y misterioso... En
los funcionarios, reconoció Peresolín a Serafim Zvisdulin,
Stepán Kulákevich, Ereméi Nedoiéjov e Iván Pisulin.

—¿Qué manera de salir es ésta, diablo holandés? —se
encrespó Zvizdulin lanzando una furiosa mirada al compañero que tenía *vis-à-vis*—. ¿Es que se puede salir así?
Tenía en mano a Dorofiéiev con otro, a Shepeliov con
la mujer y a Stiopka Erlakov, y tú sales con Kofeikin.
¡Y nos hemos quedado sin dos! ¡Tenías que haber salido con Pogankin, cabeza de alcornoque!

—Bueno, ¿y qué habría pasado entonces? —replicó
el compañero, picado—. Yo habría salido con Pogankin, pero Iván Andréich tenía a Peresolín en la mano.

«No sé por qué habrán cantado mi apellido... —se
dijo Peresolín encogiéndose de hombros—. ¡No lo entiendo!»

Pisulin repartió otra vez y los funcionarios prosiguie-
ron:

—Banco del Estado...

—Dos, contaduría general...

—Sin triunfo...

—¿Tú, sin triunfo? ¡Hum!... Gobierno civil, dos... Si
se ha de perder, que se pierda todo, ¡al diablo! La otra
vez me he quedado sin naipe en la instrucción pública,
ahora tropiezo con el gobierno civil. ¡Me importa un
bledo!

—¡Un pequeño capote en instrucción pública!

«¡No lo entiendo!», musitó Peresolín.

—Salgo con el consejero de Estado... Vania, tira algún consejerillo titular o algún provincial.

—¿Para qué queremos un titular? También con Peresolín hacemos baza...

—A tu Peresolín vamos a darle en los dientes... en los
dientes... Nosotros tenemos a Ribnikov. ¡Os quedaréis
sin tres! ¡Sacad la Peresolija! ¡Nada de escondérosla en
el reverso de la manga a esa canalla!

«Han sacado a cuento a mi mujer... —pensó Peresolín—. No lo comprendo.»

Y no queriendo permanecer por más tiempo en la incertidumbre, Peresolín abrió la puerta y entró en el cuarto de guardia. Si hubiera aparecido el diablo en persona
con sus cuernos y su cola, los funcionarios no se habrían
asustado tanto como se asustaron al ver a su superior.
Si se les hubiese presentado el ujier fallecido el año anterior y les hubiese dicho, con voz de ultratumba: «Seguid-
me, angelitos, hacia el lugar preparado para los canallas»; si se les hubiera envuelto con el frío hálito de la
sepultura, no habrían palidecido tanto como palidecieron
al reconocer a Peresolín. A Nedoiéjov, del susto, hasta le
salió sangre por la nariz, y a Kulákevich le tamborileó
la oreja derecha y el nudo de la corbata se le deshizo
por sí mismo. Los funcionarios soltaron las cartas, se
levantaron lentamente y, después de mirarse unos a otros,
dirigieron la vista al suelo. Durante un minuto reinó el
silencio en el cuarto de guardia...

—¡Bonita manera de copiar la relación! —comenzó
a decir Peresolín—. Ahora comprendo por qué os gusta
tanto ocuparos de la relación... ¿Qué estabais haciendo
ahora?...

—Era sólo por un minuto, Excelencia... —balbuceó
Zvizdulin—. Contemplábamos las fotos... Descansába-
mos...

Peresolín se acercó a la mesa y se encogió paulatina-
mente de hombros. No eran cartas lo que había sobre la
mesa, sino fotografías de tamaño corriente arrancadas
de las cartulinas y pegadas en los naipes. Las fotografías
eran muchas. Al examinarlas, Peresolín se vio a sí mismo,
vio a su mujer, a muchos de sus subordinados, a conocidos...

—¡Qué tontería!... ¿Y cómo jugáis con esto?

—No hemos sido nosotros, Excelencia, quienes lo hemos inventado... Dios nos libre... Sólo hemos seguido
el ejemplo...

—¡A ver, Zvizdulin, explícate! ¿Cómo jugabais? Lo
he visto todo y he oído cómo me matabais con Ribnikov... Bien, ¿por qué te azaras? ¡No te voy a comer!
¡Cuenta!

Zvizdulin se resistió largo rato, avergonzado y temeroso. Al fin, cuando vio que Peresolín se enfadaba, que comenzaba a resoplar y a ponerse rojo de impaciencia, obedeció. Recogió las fotografías, las barajó, las colocó sobre la mesa y comenzó a explicar:

—Cada retrato, Excelencia, lo mismo que cada carta, posee su valor... su significado. Tenemos, como en la baraja, 52 cartas y cuatro palos... Los empleados de la contaduría general son copas; los del gobierno provincial, bastos; los empleados del ministerio de instrucción pública son oros, y las espadas son los de la sección del Banco del Estado... Bueno, los consejeros de Estado efectivos son, para nosotros, ases; los consejeros de Estado, reyes; las esposas de los funcionarios de IV y V clases, caballos; los consejeros colegiados, sotas; los consejeros de Corte, dieces, y así sucesivamente. Yo, por ejemplo, ésta es mi fotografía, soy un tres, pues soy secretario provincial.

—¡Vaya, vaya!... ¿Así, yo soy un as?

—De bastos, y la esposa de Su Excelencia, un caballo...

—¡Ya!... Es original... ¡Vamos a jugar un poco! Siento curiosidad...

Peresolín se quitó el abrigo y, sonriendo con cierta desconfianza, se sentó a la mesa. Los funcionarios, por orden suya, también se sentaron y empezó el juego...

El vigilante Nazar, que acudió a las siete de la mañana para barrer el cuarto de guardia, se quedó boquiabierto. El cuadro que vio al entrar con la escoba en la mano era tan sorprendente, que todavía ahora lo recuerda, incluso cuando, borracho perdido, yace sin sentido. Peresolín, pálido, con cara de sueño y despeinado, estaba de pie ante Nedoiéjov y agarrándole por un botón decía:

—Pero comprende que tú no podías salir con Shepeliov si sabías que en mi mano estaba yo con otros tres. Zvizdulin tenía a Ribnikov con su mujer, tres maestros de gimnasio y a mi mujer; Nedoiéjov, los bancarios y tres empleados inferiores de la Diputación provincial. ¡Tú tenías que haber salido con Krishkin! ¡No hay que hacer caso de que salgan con la contaduría general! ¡Son muy zorros!

—Yo, Excelencia, he salido con un consejero titular porque pensaba que ellos tenían uno efectivo.

—¡Ay, amigo, no es posible pensar de esta manera!
¡Esto no es jugar! Así juegan sólo los zapateros. ¡Tú fíjate!... Cuando Kulákevich ha salido con un consejero
de Corte de la Diputación provincial, tenías que haber
echado a Iván Ivánovich Grenlandski, pues sabías que
él tenía a Natalia Dmítrevna, tercera con Egor Egorich...
¡Lo has echado a perder todo! Ahora mismo te lo voy
a demostrar. ¡Siéntense, señores! ¡Aún vamos a jugar
otro *rubber*!

Y después de haber hecho salir al sorprendido Nazar,
los funcionarios se sentaron y siguieron jugando.

EN EL CEMENTERIO

¿Qué ha sido de sus intrigas, de sus calum-
nias, de sus tretas, de sus concusiones?

HAMLET.

Señores, se ha levantado viento y empieza a oscurecer. ¿No sería mejor que nos retiráramos antes de
que nos suceda algún percance?

El viento comenzó a dar vueltas por la amarilla hojarasca de los viejos abedules y, junto con las hojas, nos
cayó encima una granizada de gruesas gotas de lluvia.
Uno de los nuestros resbaló sobre el suelo arcilloso y, para
no caer, se agarró a una gran cruz de color gris.

—«Consejero honorario y caballero Egor Griaznorú-
kov...» —leyó—. Conocía a este señor... Quería a su
mujer, poseía la orden de San Estanislao y nunca leía
nada... El estómago le funcionaba a las mil maravillas...
¿Podía quejarse de la vida? Diríase que no debía morir, pero, ¡ay!, le esperaba lo imprevisto... El pobre cayó
víctima de su espíritu de observación. Una vez, mientras estaba escuchando a hurtadillas, recibió un portazo
tan fuerte en la cabeza que sufrió una conmoción cere-
bral (tenía cerebro) y murió... Bajo este monumento yace
un hombre que odió los versos y los epigramas desde que
le envolvieron en pañales... Como si fuese una burla, su
monumento está cubierto de versos... ¡Alguien se acerca!

Nos alcanzó un hombre que llevaba un gabán raído
y tenía la cara rasurada, de color azulino tirando a pur-
púreo. Sostenía bajo el brazo una botellita y le salía por
el bolsillo un paquetito de salchichón.

—¿Cuál es la tumba del actor Mushkin? —nos preguntó con voz cascada.

Le acompañamos a la tumba del actor Mushkin, que
había fallecido unos dos años antes.

—¿Es usted funcionario? —le preguntaron.

—No, soy actor... Ahora es difícil distinguir un actor
de un funcionario consistorial. Usted lo ha observado
con mucho acierto... Es muy significativo, aunque no
muy halagador para los funcionarios.

A duras penas logramos encontrar la tumba del actor
Mushkin. Se había hundido, se había cubierto de cizaña
y había perdido la forma de tumba... Una crucecita,
pequeña y barata, maltratada ya por el tiempo, cubierta
de moho verde ennegrecido a causa del frío, miraba con
senil tristeza y habríase dicho que padecía alguna enfermedad.

—«olvidable amigo Mushkin»... —leímos.

El tiempo había borrado la partícula *in* y había recti-
ficado la mentira humana.

—Actores y periodistas recogieron dinero para levan-
tarle un monumento y... se lo bebieron, los angelitos...
—suspiró el actor inclinándose hasta tocar con las rodillas y el gorro la húmeda tierra.

—¿Qué quiere usted decir, se lo bebieron?

—Muy sencillo. Recogieron el dinero, publicaron la
noticia en la prensa y se lo bebieron... No lo digo en
son de reproche, sino por decir... ¡A la salud de los ángeles! A la salud de ustedes y a la eterna memoria de él.

—La bebida estropea la salud y la memoria eterna no
es más que tristeza. Dios nos dé memoria temporal, y en
lo tocante a la eterna, ¡no lo tomamos muy a pecho!

—Cierto, cierto. No era poco famoso Mushkin; tras su
féretro llevaron por lo menos diez coronas, ¡y ya le han
olvidado! Aquellos a quienes él estimaba no se acuerdan
de él, y aquellos a quienes perjudicó, le recuerdan. Yo,
por ejemplo, no le olvidaré nunca jamás, porque sólo
supo hacerme daño. No guardo ninguna simpatía por el
difunto.

—¿Qué daño le hizo?

—Un daño que no se borra —suspiró el actor, mientras
que por su rostro se extendió una expresión de amargo
rencor—. Para mí ese hombre, y que Dios lo tenga en
la gloria, fue malo y cruel. Por verle y escucharle a él,
me hice yo actor. Con su arte hizo que abandonara mi

casa paterna, me cautivó con las preocupaciones artísticas, me prometió mucho y me dio sólo lágrimas y penas... ¡Qué amarga es la vida del actor! Perdí también la juventud, la continencia y la imagen de Dios... Me quedé sin un *kopek* en el bolsillo, llevaba los tacones torcidos, flecos y remiendos en los pantalones, parecía que me habían mordido los perros... En la cabeza, ideas avanzadas y confusión... ¡Me despojó incluso de la fe, el malvado! Si por lo menos hubiera tenido talento..., pero nada, me he perdido tontamente... Hace frío, respetables señores... ¿No quieren echar un trago? Hay para todos... Brrr... ¡Bebamos por el descanso de su alma! Aunque no le quiero, aunque está muerto, es la única persona que me queda en el mundo, él y nadie más. Nos vemos por última vez... Los doctores me han dicho que pronto la bebida me matará, y he venido a despedirme. A los enemigos hay que perdonarles.

Dejamos al actor conversando con el difunto Mushkin y seguimos nuestro camino. Empezó a caer una lluvia menuda y fría.

Al doblar hacia la avenida principal, cubierta de grava, nos cruzamos con un cortejo fúnebre. Cuatro mozos de cuerda, con blancas fajas de percalina y botas altas sucias de barro, al que se habían pegado hojas de los árboles, llevaban un ataúd marrón. Se acentuaba la oscuridad y se apresuraban; tropezaban y balanceaban las angarillas...

—Hace sólo dos horas que estamos aquí paseando y éste es ya el tercero que vemos traer... ¿Nos vamos a casa, señores?

LA MÁSCARA

En el casino de la ciudad de X se organizó con fines benéficos un baile de máscaras o, como lo llamaban las señoritas de la localidad, un *bal paré*.

Eran las doce de la noche. Los intelectuales que no llevaban máscara ni bailaban —eran cinco almas— estaban sentados en la sala de lectura tras una gran mesa e, hincando narices y barbas en los periódicos, leían, dormitaban, «meditaban», según expresión del corresponsal de la localidad de los periódicos centrales, un señor muy liberal.

Del salón llegaban los sones de una contradanza. Por delante de la puerta, dando fuertes pisadas y con tintineo de vajilla, no cesaban de pasar, diligentes, los lacayos. En la sala de lectura, en cambio, reinaba un profundo silencio.

—¡Me parece que aquí estaremos más cómodos! —se oyó que decía, de pronto, una voz baja, estrangulada, como si saliera de una chimenea—. ¡Venid acá! ¡Hacia aquí, muchachos!

La puerta se abrió y entró en la sala de lectura un hombre ancho de espaldas, rechoncho, disfrazado de cochero, llevando un sombrero con una pluma de pavo y con máscara. Detrás de él entraron dos damas con antifaces y un lacayo con una bandeja. Sobre la bandeja había una barriguda botella de licor, unas tres botellas de vino tinto y vasos.

—¡Venid! Aquí incluso estaremos más frescos —dijo el hombre—. Pon la bandeja sobre la mesa... ¡Siéntense, *mamzelle*! *Je vu pri a la trimontran!* Y ustedes, señores, apártense un poco... ¡aquí no tienen nada que hacer!

El hombre se tambaleó un poco y de un manotazo tiró de la mesa varias revistas.

—¡Ponla aquí! Y ustedes, señores lectores, apártense; no hay tiempo para ocuparse aquí de periódicos y de política... ¡Déjenlo!

—¡Le rogaría que no armara tanto escándalo! —dijo uno de los intelectuales, mirando a la máscara a través de las gafas—. Esto es la sala de lectura y no el ambigú... Éste no es sitio para beber.

—¿Por qué no? ¿Acaso la mesa se tambalea o puede hundirse el techo? ¡Vaya! Pero... ¡no hay tiempo para hablar! Dejen los periódicos... Ya han leído un poco y basta; ya así son muy inteligentes, además, se estropean la vista, pero lo que más importa es que lo quiero yo y basta.

El lacayo puso la bandeja sobre la mesa y, echándose la servilleta al brazo, se quedó de pie cerca de la puerta. Las damas en seguida hicieron honor al vino tinto.

—¡Cómo puede haber hombres tan inteligentes que para ellos los periódicos sean mejores que estas bebidas! —empezó de nuevo el hombre de la pluma de pavo sirviéndose licor—. Pero, en opinión mía, honorables señores, estiman ustedes los periódicos porque no tienen con qué pagar lo que beben. ¿No es como lo digo? ¡Ja, ja!... ¡Están leyendo! Bien, ¿qué hay escrito ahí? ¡Señor de los lentes! ¿De qué trata lo que lee? ¡Ja, ja! ¡Venga, déjalo ya! ¡No te hagas el sueco! ¡Mejor es que bebas!

El hombre con pluma de pavo se alzó y arrancó el periódico de las manos del señor con gafas. Éste palideció, luego se puso rojo y miró asombrado a los demás intelectuales; ellos le miraron a él.

—¡Usted se pasa de la raya, señor mío! —dijo, furioso—. ¡Usted convierte la sala de lectura en una taberna, usted se permite armar escándalo, arrancar de las manos los periódicos! ¡No se lo toleraré! ¡No sabe usted con quién trata, señor mío! ¡Soy Zhestiakov, director del Banco!...

—¡Me importa un bledo que seas Zhestiakov! Y a tu periódico, mira el honor que le hago...

El hombre levantó el periódico y lo rompió en pedazos.

—¿Pero qué es esto. señores? —balbuceó Zhestiakov,

pasmado—. Esto es extraño, esto... esto es hasta sobrenatural...

—Se ha enfadado —dijo el hombre riéndose—. ¡Hay
que ver, hay que ver, qué miedo! Hasta las piernas se
me doblan. ¡Pues verán, honorables señores! Bromas
aparte, no tengo ganas de hablar con ustedes... Y como
quiero quedarme solo aquí con las *mamzelles* y divertir-
me, les ruego que no chisten y salgan... ¡Por favor! ¡Señor Belebujin, vete con los perros cerdosos! ¿Arrugas la
jeta? Te digo que salgas, pues sal. Y aprisita, ¡a mí no
me vengas con pamplinas, si no quieres que te salte algún
coscorrón por la cresta cuando menos lo esperes!

—Pero, ¿cómo es esto? —preguntó el tesorero del tribunal para huérfanos, Belebujin, enrojeciendo y encogiéndose de hombros—. Ni siquiera llego a comprenderlo... Un insolente cualquiera entra aquí y... de pronto,
¡tales cosas!

—¿Qué palabra es esa de insolente? —gritó el hombre de la pluma de pavo irritándose y dando tal puñetazo en la mesa que los vasos saltaron en la bandeja—.
¿A quién lo dices? ¿Crees que puedes soltarme las palabras que te vengan en gana porque voy con máscara?
¡Y tú eres un grano de pimienta! ¡Sal de aquí, ya que
te lo digo yo! Director del Banco, ¡lárgate antes de que te
lo diga de otro modo! ¡Salid todos y que no quede
aquí ni un granuja! ¡Hala, con los perros cerdosos!

—¡Pues ahora lo vamos a ver! —dijo Zhestiakov, a
quien hasta las gafas se le empañaron de sudor—. ¡Ya
le enseñaré yo! ¡Eh, llama al encargado de guardia!
¡Que venga aquí!

Un minuto después entró el encargado de guardia, un
hombre pequeño y pelirrojo, con una cintita azul en la
solapa, sofocado por el baile.

—¡Haga el favor de salir! —comenzó—. ¡Éste no es
lugar para beber! ¡Vaya al ambigú, tenga la bondad!

—¿De dónde sales tú? —preguntó el hombre de la
máscara—. ¿Acaso te he llamado?

—¡Le ruego que no me trate de tú y haga el favor
de salir!

—Mira, simpático: te doy un minuto de tiempo... ya
que eres el encargado de turno y la persona principal,
saca de aquí a esos artistas del brazo. A mis *mamzelles*

no les gusta que haya aquí gente extraña... Se sienten cohibidas, pero yo, por mi dinero, quiero que se pongan en su aspecto natural.

—¡Por lo visto ese bruto no comprende que no está en una cuadra! —gritó Zhestiakov—. ¡Que venga Evstrat Spiridónich! ¡Llámenle!

—¡Evstrat Spiridónich! —gritaron por el casino—. ¿Dónde está Evstrat Spiridónich?

Evstrat Spiridónich, un vejete en uniforme de policía, no tardó en presentarse.

—¡Le ruego que salga de aquí! —chilló con voz ronca, con los terribles ojos saliéndole de las órbitas y agitando sus teñidos bigotes.

—¡Me ha asustado! —dijo el hombre, riéndose a carcajadas, con gran satisfacción—. ¡Oh, oh, me ha asustado! ¡Qué miedo, que Dios me castigue! Los bigotes, como los de un gato; los ojos, desencajados... ¡Je, je, je!

—¡Le ruego que no discuta! —gritó con todas sus fuerzas Evstrat Spiridónich, poniéndose a temblar—. ¡Sal de aquí! ¡Te mandaré sacar!

En la sala de lectura se armó un ruido inimaginable. Evstrat Spiridónich, rojo como un cangrejo, gritaba pataleando. Zhestiakov gritaba. Belebujin gritaba. Gritaban todos los intelectuales, pero todas las voces quedaban cubiertas por la espesa y grave voz de bajo del hombre de la máscara. La confusión se hizo general, se interrumpió el baile, y el público del salón se dirigió en masa a la sala de lectura.

Evstrat Spiridónich, para causar mayor impresión, llamó a todos los policías que había en el casino y se sentó a escribir el proceso verbal.

—Escribe, escribe —decía la máscara metiéndole el dedo bajo la pluma—. ¡Desdichado de mí! ¿Qué me espera ahora? ¡Pobre cabecita mía! ¿Pero por qué busca usted la perdición de un pobre huerfanito como yo? ¡Ja, ja! Bueno, ¡qué le vamos a hacer! ¿Está preparado el proceso verbal? ¿Han firmado todos? Bien, ahora miren... ¡Uno... dos... tres!

El hombre se levantó, se irguió cuanto le permitía su estatura y se arrancó la máscara. Después de haber descubierto su rostro de borracho y después de haber mirado a todos los presentes, satisfecho por el efecto producido, se dejó caer en la butaca y prorrumpió en alegres carcajadas. Y, en efecto, la impresión que había producido era extraordinaria. Todos los intelectuales se miraron desconcertados y palidecieron; algunos se rascaron el pescuezo. Evstrat Spiridónich lanzó un gemido como el hombre que, sin querer, ha cometido una gran estupidez.

Todos reconocieron en el alborotador al millonario de la localidad, al fabricante, ciudadano de honor hereditario, Piatigórov, famoso por sus escándalos, por sus actos de beneficencia y, como más de una vez se había dicho en el periódico local, por su amor a la instrucción.

—Bien, ¿os vais o no? —preguntó Piatigórov después de un minuto de silencio.

Los intelectuales, sin decir palabra, salieron de puntillas de la sala de lectura y Piatigórov cerró tras ellos la puerta.

—¡Tú sabías que era Piatigórov! —chillaba un minuto después, a media voz, Evstrat Spiridónich, sacudiendo por el hombro al lacayo que había llevado el vino a la sala de lectura—. ¿Por qué callabas?

—¡No me mandaron hablar!

—No me mandaron hablar... Si te meto un mes en chirona, maldito seas, entonces sabrás si «no mandaron hablar». ¡Fuera de aquí! Y ustedes, señores, también se han portado —prosiguió, dirigiéndose a los intelectuales—. ¡Han levantado una revuelta! ¡Como si no hubiesen podido salir de la sala de lectura por unos diez minutitos! Ahora, a ver quién sale del atolladero. Ah, señores, señores... ¡No me gusta esto, como hay Dios!

Los intelectuales vagaron por el casino tristes, desconcertados, con aire de culpables, cuchicheando, como si presintieran alguna desgracia... Sus esposas e hijas, al enterarse de que Piatigórov estaba «ofendido» y enojado, enmudecieron y comenzaron a retirarse a sus casas. Se interrumpió el baile.

A las dos, Piatigórov salió de la sala de lectura borracho y tambaleándose. Entró en el salón, se sentó cerca de la orquesta y se durmió al son de la música; luego, inclinó tristemente la cabeza y se puso a roncar.

—¡No toquéis! —indicaron por señas, los dirigentes, a los músicos—. ¡Tss!... Egor Nílich duerme...

—¿No manda usted que se le acompañe a su casa, Egor Nílich? —preguntó Belebujin, inclinándose al oído del millonario.

Piatigórov torció los labios como si quisiera soplarse una mosca de la cara.

—¿No manda usted que se le acompañe a su casa —repitió Belebujin— o que se le haga venir el coche?

—¿Eh? ¿Quién es? Tú... ¿qué quieres?

—Acompañarle a su casa... Ya es hora de ir a la mu...

—A ca-sa quiero ir... ¡Acompáñame!

Belebujin resplandeció de satisfacción y comenzó a levantar a Piatigórov. Se precipitaron a ayudarle otros intelectuales y, sonriendo agradablemente, levantaron al ciudadano de honor hereditario y lo condujeron con toda precaución al coche.

—Pegársela de este modo a todo un corro, sólo puede hacerlo un artista, un hombre de talento —decía alegremente Zhestiakov, poniéndole en el asiento—. ¡Estoy literalmente asombrado, Egor Nílich! Todavía me estoy riendo... Ja, ja... ¡Y nosotros, venga a encalabrinarnos y llamar a uno y a otro! ¡Ja, ja! ¿Lo cree? Ni en el teatro me he reído nunca tanto... ¡Es el colmo de la comicidad! ¡Toda la vida recordaré esta inolvidable velada!

Acompañado Piatigórov, los intelectuales recobraron su alegría y se sosegaron.

—Me ha dado la mano al despedirme —articuló Zhestiakov, muy contento—. Esto significa que nada, que no está enfadado...

—¡Dios lo quiera! —suspiró Evstrat Spiridónich—. ¡Es un canalla, un hombre vil, pero se trata de un bienhechor!... ¡No se puede!...

MATRIMONIO POR INTERÉS

NOVELA EN DOS PARTES[1]

PRIMERA PARTE

En casa de la viuda Mimrina, la de la calleja de los Cinco Perros, se celebra un ágape nupcial. Cenan veintitrés personas, de las cuales ocho no comen nada, están cabizbajas y se quejan de que «están mareadas». Las velas, las lámparas y la torcida araña, alquilada en la posada, alumbran con tanto esplendor que uno de los comensales invitados, telegrafista, entorna pícaramente los ojos y a cada momento habla del alumbrado eléctrico, sin venir a cuento. Augura a ese alumbrado y, en general, a la electricidad un brillante futuro, pero, con todo, los que están allí cenando le escuchan con cierto desdén.

—La electricidad... —balbucea el padrino de bodas, puesta en el plato su inexpresiva mirada—. Para mí, que eso del alumbrado eléctrico es pura engañifa. ¡Meten allí un carboncillo y creen que nos vamos a chupar el dedo! No, amigo; si me vienes con alumbrado, haz el favor de darme no un trocito de carbón, sino algo de peso, algo combustible, algo que valga la pena. Danos fuego, ¿comprendes?, que sea natural y no sacado del caletre.

—Si viera usted de qué está compuesta una batería eléctrica —responde el telegrafista pavoneándose— hablaría de otro modo.

—No quiero verla. Todo son trampas... Dan gato por

[1] La versión escénica se titula *La boda* (1889); figura en este mismo volumen.

liebre a la gente sencilla... Le exprimen el último jugo.
Ya los conocemos a todos ésos... Y usted, joven señor
(no tengo el honor de conocer su nombre y patronímico),
en vez de sacar la cara para defender la trampería, valdría más que bebiera otro trago y escanciara a los demás.

—Estoy completamente de acuerdo con usted, padrino —tercia con ronca voz atenorada el novio, Aplómbov, joven de largo cuello y cabellos erizados—. ¿A qué
viene eso de meterse en conversaciones científicas? Yo
mismo, no es que no quiera tratar de descubrimientos en
el terreno científico, cualesquiera que sean, pero para
esto hay momentos más oportunos. ¿Qué opinas tú, *ma
chère*? —preguntó el novio a la novia, que tenía sentada
a su lado.

La novia, Dáshenka, en cuyo rostro se traslucen todas
las virtudes menos una, la capacidad de pensar, se ruboriza y contesta:

—Quieren presumir de instruidos y hablan siempre de
lo que no se comprende.

—Gracias a Dios hemos pasado la vida sin instrucción
y ya ven, Dios sea alabado, casamos a la tercera hija con
una buena persona —suelta desde el otro extremo de la
mesa la madre de Dáshenka, suspirando y dirigiéndose
al telegrafista—. Y si nos encuentra poco instruidos, ¿por
qué viene a nuestra casa? ¡Podría irse con su gente instruida!

Se callan. El telegrafista está corrido. Jamás habría
pensado que la conversación sobre la electricidad tomara un giro tan extraño. El silencio que se ha producido
tiene un carácter hostil, al electricista le parece un sínto-
ma de general descontento, y el joven considera necesario justificarse.

—Yo, Tatiana Petrovna, siempre he tenido mucha es-
timación por su familia —dice— y si he hablado del
alumbrado eléctrico no ha sido por orgullo. Mire, hasta
brindo a su salud... Siempre he deseado con toda el alma
un buen marido para Daria Ivánovna. En nuestros días,
Tatiana Petrovna, es difícil encontrar un buen marido.
Ahora cada quisque procura casarse por interés, por dinero...

—¡Esto es una indirecta! —salta el novio poniéndose
del color de la púrpura y pestañeando.

—¡Aquí no hay indirectas! —contesta el telegrafista
algo acoquinado—. No me refiero a los presentes. Lo he
dicho así... en general... ¡Por Dios!... Todo el mundo
sabe que usted se casa por amor... La dote es una friolera...

—¿Que es una friolera? ¡Ah, no! —replica, ofendida,
la madre de Dáshenka—. ¡Habla si quieres, señor, pero
no más de la cuenta! Además de mil rublos, contantes y
sonantes, damos tres capuchones, ropa de cama y estos
muebles, ¡mire! ¡A ver dónde encuentras una dote como
ésta!

—No quería decir eso... Los muebles son buenos, es
verdad... pero yo lo decía en el sentido de que él se ha
ofendido pensando que yo había soltado una indirecta.

—Pues no venga con indirectas —replica la madre de
la novia—. Nosotros le distinguimos y le hemos invitado
a la boda por sus padres, y ahora usted nos viene con
esas historias. Si usted sabía que Egor Fiódorich se casa
por interés, ¿por qué se ha callado antes? Podía haber
venido y haber dicho, como se dice a un pariente: pasa
esto y lo otro, cuidado, que van por el interés... Y a ti,
señor, debería darte vergüenza —salta, de pronto, la madre de la novia dirigiéndose al novio y parpadeando llorosa—. Yo que he criado con tanto mimo a mi hijita,
que la he guardado mejor que una esmeralda, y tú...
tú, por el interés...

—¿Hace usted caso a la calumnia? —replicó Apló-
bov levantándose de la mesa y pasándose nerviosamente
la mano por los cabellos cerdosos—. ¡Mis más expresivas
gracias! ¡*Merci* por la opinión! Y usted, señor Blínchi-
kov —añade dirigiéndose al telegrafista—, aunque me es
conocido, no crea que voy a permitirle comportarse de
este modo en una casa que no es la suya. ¡Haga el favor
de largarse!

—¿Cómo?

—¡Que haga el favor de largarse! Y ojalá sea usted
una persona tan honorable como yo mismo. En una palabra, ¡haga usted el favor de largarse!

—¡Déjalo! ¡Basta, hombre! —le dicen sus amigos haciéndole sentar—. No hay para tanto. ¡Siéntate! ¡Déjalo!

—¡No, quiero demostrar que él no tiene ningún derecho a hablar como ha hablado! Yo me he casado legí-

timamente por amor. No entiendo por qué está usted aún aquí sentado. ¡Haga el favor de marcharse!

—Yo, bueno... Si yo... —dice el telegrafista estupefacto, levantándose de la mesa—. No comprendo ni siquiera... Bueno, como usted desee, me voy... Pero devuélvame antes los tres rublos que le he prestado para el chaleco de piqué. Bebo otro trago y... me voy, pero devuélvame usted antes lo que me debe.

El novio cuchichea largo rato con sus amigos. Éstos le van dando en calderilla los tres rublos y él los arroja indignado al telegrafista, quien, después de una prolongada búsqueda de su gorra de uniforme, saluda y se va.

Así puede terminar, a veces, una inocente conversación acerca de la electricidad. Pero he aquí que acaba la cena... Llega la noche. El autor, bien educado, pone a su fantasía un acerado freno y corre sobre los acontecimientos inmediatos el oscuro velo del misterio.

La policroma Aurora encuentra aún a Himeneo en la calleja de los Cinco Perros, pero llega la mañana gris y da al autor rico material para la

SEGUNDA Y ÚLTIMA PARTE

Es una gris mañana de otoño. No han dado las ocho todavía y en la calleja de los Cinco Perros hay un movimiento extraordinario. Corren por las aceras guardias y porteros alarmados; en los portalones se apiñan cocineras ateridas con la sorpresa pintada en los rostros... Por todas las ventanas hay inquilinos mirando. Por la ventana abierta del lavadero se asoman cabezas de mujer apretándose entre sí las sienes y las barbillas.

—Ni es nieve ni... no entiendo lo que es —dicen unas voces.

Por el aire, desde el suelo hasta la altura de los tejados, da vueltas algo blanco, muy parecido a la nieve. La calzada está blanca; las farolas de la calle, los tejados, los bancos de los porteros junto a los portalones, los hombros y sombreros de los transeúntes, todo se ve blanco.

—¿Qué ha pasado? —preguntan las lavanderas a los porteros, que cruzan corriendo.

En respuesta, éstos hacen un gesto indefinido con la mano y prosiguen su carrera... Ni ellos mismos saben de qué se trata. Pero he aquí que, al fin, se acerca despacio un portero que gesticula hablando consigo mismo. Por lo visto ha estado en el lugar del suceso y lo sabe todo.

—¡Eh, buen hombre! ¿Qué ha pasado? —le preguntan las lavanderas desde la ventana.

—Un disgusto —contesta el portero—. En casa de Mimrina, donde ayer hubo boda, han engañado al novio. En vez de mil rublos, le han dado novecientos.

—Y él, ¿qué?

—Se ha sulfurado. A mí, dice, eso, dice... Irritado, ha rajado el edredón y ha tirado el plumón por la ventana... ¡Mira cuánto! ¡Parece nieve!

—¡Se lo llevan! ¡Se lo llevan! —exclaman unas voces—. ¡Se lo llevan!

Avanza una procesión desde la casa de la viuda Mimrina. Delante van dos guardias con cara de preocupados... Detrás de ellos camina Aplómbov, con abrigo de lana y sombrero de copa. En su rostro se lee: «Yo soy una persona honesta, ¡pero no permito que me tomen el pelo!»

—¡Ya veréis, la justicia os dirá quién soy yo! —refunfuña, volviendo la cabeza a cada instante.

Tras él siguen, llorosas, Tatiana Petrovna y Dáshenka. El desfile se cierra con un portero que lleva su libro y un tropel de arrapiezos.

—¿Por qué lloras, maridada? —preguntan las lavanderas a Dáshenka.

—¡Lástima de edredón! —responde por ella la madre—. ¡Eran tres *puds*[2], hijas mías! ¡Y qué plumón! ¡Sin una sola pluma! ¡Elegí las plumitas una a una! ¡Buen castigo me ha mandado Dios a mi edad!

La procesión dobla la esquina y la calleja de los Cinco Perros se tranquiliza. El plumón vuela hasta el caer de la tarde.

[2] Un *pud* = 16,38 kg.

LOS SEÑORES DEL MUNICIPIO

PIEZA EN DOS ACTOS

ACTO PRIMERO

(Sesión del concejo municipal.)

ALCALDE *(chascando los labios y hurgándose calmosa-*
mente la oreja). En esta ocasión, ¿no tendrán a bien,
señores, escuchar el criterio del jefe de bomberos Semión Vavílich, especialista en la materia? Que se
explique y luego nosotros veremos lo que se ha de
hacer.

JEFE DE BOMBEROS. A mí me parece que... *(Se suena*
con su pañuelo a cuadros.) Diez mil rublos asignados
al cuerpo de bomberos puede parecer mucho dinero,
en efecto, pero... *(se pasa el pañuelo por la calva)*
esto es sólo en apariencia. Esto no es dinero, sino una
quimera, pura atmósfera. Naturalmente, también con
diez mil rublos se puede tener un equipo de bomberos, pero ¿qué equipo? Da risa pensarlo. Verán... En
la vida humana, lo más importante es la atalaya, esto
se lo dirán todos los sabios. Pero la atalaya contra incendios de nuestra ciudad, razonando categóricamen-
te, no sirve para nada, pues es pequeña. Las casas son
altas *(levanta una mano)*, cierran la vista de la atalaya en todas direcciones, y desde allí no hay quien
vea un incendio; gracias podemos dar a Dios si logramos ver el cielo. Yo soy exigente con los bomberos,
pero ¿acaso tienen ellos la culpa de que desde allí no

se vea nada? Luego, respecto a lo caballar y en lo tocante a las barricas... *(Se desabrocha el chaleco, suspira y prosigue su discurso en el mismo tono.)*

EDILES *(unánimemente)*. ¡Que se añadan, fuera de presupuesto, otros dos mil rublos!

(El alcalde interrumpe un minuto la sesión para hacer salir de la sala al corresponsal de la prensa.)

JEFE DE BOMBEROS. Está bien. Así, pues, ustedes piensan ahora que la atalaya ha de ser elevada en dos varas... Está bien. Pero si se mira el asunto desde el punto de vista y en el sentido de que aquí se tocan intereses colectivos, por así decirlo, estatales, he de hacerles observar, señores ediles, que si de este asunto se encarga un contratista, han de tener en cuenta que las obras le costarán a la ciudad dos veces más caras, pues el contratista velará por sus intereses y no por los intereses de la colectividad. En cambio, si se hace la obra por un procedimiento económico, sin prisas, si se compra el ladrillo, supongamos, a quince rublos el millar y se acarrea aprovechando los caballos del cuerpo de bomberos *(levanta los ojos al techo como si calculara mentalmente)* y si cincuenta troncos de doce varas por diez pulgadas... *(Calcula.)*

EDILES *(por aplastante mayoría)*. Encárguese la reparación de la atalaya a Semión Vavílich; con este fin, se hará una primera asignación de mil quinientos veintitrés rublos con cuarenta y cuatro *kopeks*.

JEFA DE BOMBEROS *(está sentada entre el público y susurra a su vecina)*. No sé por qué mi Senia se busca tantos quebraderos de cabeza. ¿Con su salud se va a meter en obras? ¡Bonita diversión, pasarse el día poniendo la mano en la cara de los obreros! En las obras va a ganar una niñería, digamos unos quinientos rublos, y perderá mil en salud. ¡Es demasiado bueno, eso es lo que pasa, es un tonto!

JEFE DE BOMBEROS. Está bien. Ahora vamos a hablar del personal de servicio. Naturalmente, yo, como parte, podemos decir, interesada *(se turba)*, diré sólo que a mí... a mí me da lo mismo. Ya no soy joven, estoy enfermo, puedo morir de un día a otro. El doctor ha dicho que tengo un endurecimiento en las vísceras y que si no velo por mi salud se me puede romper una vena en el interior y moriré sin tiempo de confesar...

MURMULLOS ENTRE EL PÚBLICO. El perro, muerte de perro merece.

JEFE DE BOMBEROS. Pero nada pido para mí. Hasta hoy he vivido, y a Dios gracias. Yo no necesito nada... Sólo que me sorprende... y hasta resulta ofensivo. *(Hace un gesto de resignación con la mano.)* Por el sueldo, prestas servicio honradamente, sin tacha... estás ocupado día y noche, sin regatear la salud y... y no sabes para qué sirve todo esto. ¿Para qué he de venir yo con demandas? ¿Qué interés he de tener en ello? No hago mis reflexiones pensando en mí mismo, sino en general... Otro no se conformaría con lo que cobro... Un cargo como el mío·lo aceptaría un borrachín, pero un hombre activo y que sabe lo que se hace preferiría morir de hambre antes que pasarse la vida, por tan mísero sueldo, peleando con los caballos y con los bomberos... *(Encogiéndose de hombros.)* ¿Qué interés he de tener? Si vieran los extranjeros cómo tenemos aquí las cosas organizadas, íbamos a salir todos muy malparados en los periódicos de los otros países. En la Europa Occidental, sin ir más lejos, en París, por ejemplo, hay una atalaya contra incendios en cada calle y a los jefes de bomberos les dan todos los años gratificaciones equivalentes al sueldo anual. ¡Allí sí puede uno prestar servicio!

EDILES. Concédanse a Semión Vavílich en calidad de gratificación por una sola vez, en atención a sus muchos años de servicio, doscientos rublos.

JEFA DE BOMBEROS *(susurra a su vecina).* Está muy bien que los haya obtenido... ¡Qué inteligencia· la suya! El otro día visitamos al padre arcipreste y allí perdimos al truque cien rublos, y, sabe usted, ¡da tanta pena haberlos perdido! *(Bosteza.)* ¡Oh, da tanta pena! Pero ya es hora de volver a casa a tomar el té.

ACTO SEGUNDO

(Escena al pie de la atalaya. Bomberos de guardia.)

CENTINELA EN LA ATALAYA *(grita hacia abajo).* ¡Eh! ¡El patio de la serrería arde! ¡Da la señal de alarma!

CENTINELA, ABAJO. ¿Acabas de verlo? Hace media hora que la gente corre ¿y tú, zampatortas, ahora te despiertas? *(Muy sesudamente.)* A un bobo da lo mismo ponerlo arriba que abajo. *(Toca la señal de alarma.)* *(Tres minutos después, se asoma por la ventana de su casa, que se encuentra frente a la atalaya, el jefe de bomberos, en paños menores y con los ojos soñolientos.)*

JEFE DE BOMBEROS. ¿Dónde hay fuego, Denís?

CENTINELA, ABAJO *(se pone firmes y saluda con la mano a la visera).* En el patio de la serrería, Señoría.

JEFE DE BOMBEROS *(meneando la cabeza).* ¡Dios nos valga! Sopla el viento y está todo tan reseco... *(Gesticula con los brazos.)* ¡Que Dios no nos deje de la mano! ¡Todo son amarguras con tales desgracias!... *(Pasándose la mano por el rostro.)* Oye, Denís... Diles a todos, hermano mío, que enganchen y vayan, que empiecen a actuar como les parezca, yo en seguida... dentro de poco llegaré... He de vestirme y entre lo uno y lo otro...

CENTINELA, ABAJO. ¡No hay nadie para ir, Señoría! Todos se han marchado, no queda más que Andréi.

JEFE DE BOMBEROS *(asustado).* ¿Pero dónde están esos canallas?

CENTINELA, ABAJO. Makar ha puesto medias suelas y ha llevado las botas al arrabal, a casa del diácono. A Mijaíl, Señoría, usted mismo ha tenido a bien mandarlo a vender avena... Egor ha tomado los caballos del equipo y ha conducido al otro lado del río a la concuñada del inspector. Nikita está borracho.

JEFE DE BOMBEROS. ¿Y Alexéi?

CENTINELA, ABAJO. Alexéi ha ido a pescar cangrejos, porque usted tuvo a bien mandárselo hace poco diciendo que mañana tendría invitados a comer.

JEFE DE BOMBEROS *(moviendo desdeñosamente la cabe-*

za.) ¡Ahí tienes, presta servicio con esta gentuza!
Ignorantes, incultos... borrachines... ¡Si los extranjeros lo vieran, nos iban a poner verdes en sus periódicos! Allí, sin ir más lejos, en París, el equipo de bomberos siempre corre al galope por las calles, atrope-
llando a la gente; da lo mismo que haya incendio o que
no lo haya, ¡tú, a galopar! Aquí arde el patio de la
serrería, hay peligro, y no encuentras un bombero en
casa, como si... se los hubiera tragado el infierno. ¡Oh,
sí! ¡Cuánto nos falta para alcanzar a Europa! *(Se
vuelve de cara a la habitación y dice con ternura.)*
Máshenka, ¡prepárame el uniforme!

LAS OSTRAS

No necesito forzar mucho la memoria para recordar con todo detalle un lluvioso crepúsculo de otoño durante el cual me encontraba con mi padre en una de las calles más concurridas de Moscú y sentía que se iba apoderando de mí una extraña dolencia. Nada me hace daño, pero las piernas se me doblan, las palabras se me detienen atravesadas en la garganta, la cabeza se me inclina, inútil, hacia un lado... Por lo visto, me voy a caer de un momento a otro y perderé la conciencia.

De haber ingresado en un hospital, en aquellos momentos, los doctores habrían debido escribir en mi tablilla: *Fames*, enfermedad que no figura en los manuales de medicina.

Tengo a mi lado, en la acera, a mi padre, con un raído abrigo de verano y un gorro de punto del que asoma un blanquecino trozo de guata. Lleva en los pies grandes y pesados chanclos. Hombre vanidoso, temiendo que la gente vea que lleva los chanclos calzados en el pie desnudo, se ha puesto unas viejas polainas.

Este pobre estrambótico, un poco simple, por el que siento yo tanto más cariño cuanto más roto y sucio se le vuelve su elegante abrigo de verano, ha llegado hace cinco meses a la capital en busca de una plaza de escribiente. Se ha pasado los cinco meses dando vueltas por la ciudad, ha pedido trabajo, y sólo hoy se ha decidido a salir a la calle a pedir limosna...

Delante de nosotros se levanta una gran casa de tres plantas con un rótulo azul: «Posada». La cabeza se me inclina débilmente hacia atrás y hacia un lado, de modo que, sin querer, veo en lo alto las iluminadas ventanas de la posada. Por las ventanas se ven pasar figuras humanas. Se divisa el lado derecho de una pianola, dos oleografías, lámparas colgantes... Me fijo en una de las ventanas y distingo una mancha blancuzca. La mancha es inmóvil y sus contornos rectilíneos se destacan netamente sobre un fondo marrón oscuro. Aguzo la vista y reconozco en la mancha un blanco rótulo mural. En él hay algo escrito, pero no se ve qué es...

Durante una media hora no aparto la vista del rótulo. Éste, con su blancura, atrae mis ojos y parece que me hipnotiza el cerebro. Me esfuerzo por leerlo, pero mis esfuerzos resultan vanos.

Por fin, la extraña dolencia recaba lo suyo.

El ruido de los coches comienza a parecerme un trueno, en la hediondez de la calle distingo miles de olores, en las lámparas de la posada y en los faroles de la calle mis ojos ven relámpagos cegadores. Mis cinco sentidos están tensos y perciben por encima de lo normal. Comienzo a ver lo que antes no veía.

«Ostras...», descifro en el rótulo.

¡Extraña palabra! He vivido en la tierra exactamente ocho años y tres meses y no he oído esta palabra ni una sola vez. ¿Qué significa? ¿No será el apellido del dueño de la posada? ¡Pero los rótulos con los apellidos se cuelgan encima de las puertas y no en las paredes!

—Papá, ¿qué significa «ostras»? —pregunto con voz ronca, esforzándome por volver la cara del lado de mi padre.

Mi padre no me oye. Observa los movimientos de la muchedumbre y acompaña con la vista a cada uno de los que pasan... Veo en sus ojos que quiere decir algo a los transeúntes, pero la palabra fatal cuelga como una enorme pesa de sus temblorosos labios y no logra soltarse. Llegó incluso a dar unos pasos tras un viandante y a tirarle débilmente de la manga, pero cuando éste se volvió, él dijo «perdón» y retrocedió confuso.

—Papá, ¿qué significa «ostras»? —repito.

—Es un animal... Vive en el mar...

En un instante me imagino ese desconocido animal marino. Debe de ser como algo intermedio entre el pez y el cangrejo. Como es marino, con él deben de preparar, claro está, sopa caliente, muy sabrosa, con pimienta aromática y hoja de laurel, sopa algo ácida y picante con las ternillas, salsa de cangrejo, un plato frío con rabanillos... Me imagino vivamente cómo traen del mercado este animal, lo limpian aprisa, lo meten aprisa en el puchero... aprisa, aprisa, porque todos tienen ganas de comer... ¡unas ganas terribles! De la cocina llega olor de pescado frito y de sopa de cangrejo.

Noto cómo este olor me hace cosquillas en el paladar, en la nariz, cómo poco a poco va apoderándose de todo mi cuerpo... La posada, mi padre, el rótulo blanco, mis mangas, todo despide este olor, todo huele tanto que empiezo a masticar. Mastico y engullo como si realmente tuviera en la boca un pedazo del animal marino...

Las piernas se me doblan por el placer que experimento y, para no caerme, agarro a mi padre de la manga y me estrecho contra su húmedo abrigo de verano. Mi padre tiembla y se encoge. Tiene frío...

—Papá, ¿las ostras son comida de vigilia o de carne? —pregunto.

—Se comen vivas... —dice mi padre—. Están en conchas, como las tortugas, pero... de dos mitades.

El sabroso olor deja instantáneamente de cosquillearme el cuerpo y la ilusión desaparece... ¡Ahora lo comprendo todo!

—¡Qué porquería —murmuro—, qué porquería!

¡Así, esto es lo que significa ostras! Me imagino un animal parecido a una rana. La rana está en una concha y desde ella mira con ojos grandes, brillantes, y mueve sus repugnantes mandíbulas. Me imagino cómo traen del mercado este animal en su concha, con sus tenazas, sus ojos brillantes y su piel viscosa... Los niños se esconden todos, y la cocinera, con una mueca de asco, lo coloca en un plato y lo lleva al comedor. Las personas mayores lo toman y lo comen... ¡lo comen vivo, con ojos, dientes y patas! El animal chilla y procura morderles los labios...

Hago una mueca, pero... pero ¿por qué, a pesar de todo, los dientes se me ponen a masticar? El animal es abominable, es repugnante, es terrible, pero yo lo como, lo como con avidez, temeroso de percibir su sabor y su olor. Ya he comido uno, veo los ojos brillantes del segundo, del tercero... También me como éstos... Final-

mente, me como la servilleta, el plato, los chanclos de
mi padre, el rótulo blanco... Me como todo lo que cae
bajo mi mirada porque siento que sólo comiendo me pasará la dolencia. Las ostras miran pavorosas con sus ojos,
son repulsivas, tiemblo sólo al pensar en ellas, pero ¡quiero comer! ¡Comer!

—¡Denme ostras! ¡Denme ostras! —exclamo con un
grito que me sale del pecho a la vez que tiendo los brazos
hacia delante.

—¡Ayúdennos, señores! —oigo que dice en ese momento la voz sorda y ahogada de mi padre—. Da vergüenza pedir, pero ¡Dios mío! ¡no puedo más!

—¡Denme ostras! —grito tirando de mi padre por
los faldones de su abrigo.

—¿Es que comes ostras tú? ¡Tan pequeño! —oigo que
dicen a mi lado, entre risas.

Ante nosotros se han detenido dos señores con sombrero de copa que se ríen y me miran.

—¿Tan pequeñajo y comes ostras? ¿De veras? ¡Es
interesante! ¿Y cómo te las comes?

Recuerdo que una mano poderosa me arrastra hacia la
posada iluminada. Un minuto después, se reúne en torno
mucha gente que me contempla, riéndose, llena de curiosidad. Estoy sentado a una mesa y como algo viscoso
y salado que huele a humedad y musgo. Como con avidez, sin masticar, sin mirar y sin enterarme de lo que
como. Me parece que si miro, veré, sin falta, ojos brillantes, tenazas y dientes afilados...

De pronto comienzo a masticar algo duro. Se oyen
unos crujidos.

—¡Ja, ja! ¡Come las conchas! —se ríe la gente—.
Tontuelo, ¿es que se puede comer esto?

Después, me acuerdo de una sed espantosa. Estoy tumbado en mi cama y no puedo conciliar el sueño debido
a los ardores que tengo y al raro sabor que noto en mi
boca irritada. Mi padre va y viene de un extremo a otro
de la habitación y gesticula con los brazos.

—Me parece que me he resfriado —balbucea—. Siento algo en la cabeza... como si alguien se me hubiera
asentado en ella... O quizás es porque no... eso... no he
comido hoy... La verdad es que soy raro y tonto... Veo
que esos señores pagan diez rublos por las ostras, ¿por

qué no acercarme y pedirles algo... prestado? Probablemente me lo habrían dado.

De madrugada me duermo y veo en sueños una rana
con tenazas, metida en una concha y moviendo los ojos.
Al mediodía, la sed me despierta y busco con la mirada
a mi padre: él aún va y viene gesticulando...

UNA NOCHE TERRIBLE

IVÁN PETRÓVICH PANIJIDIN[1] palideció bajo la luz de la lámpara y comenzó a decir, con voz alterada:

—La tierra se hallaba sumida en la más negra oscuridad cuando, en la Nochebuena de 1883, volvía a mi casa después de haber estado en la de un amigo, hoy difunto, donde tuvimos una larga sesión espiritista. Las callejas por las que pasaba no estaban alumbradas, no sé por qué razón, y tenía que avanzar casi a tientas. Vivía yo en Moscú, junto a la iglesia de la Asunción de la Necrópolis, en casa del funcionario Trúpov[2], es decir, en uno de los lugares más solitarios de Arbat[3]. Los pensamientos que me asaltaban, mientras caminaba, eran tristes, angustiosos...

»«Tu vida se acerca al ocaso... Arrepiéntete...»

»Tal era la frase que me había dicho, durante la sesión, Spinoza, cuyo espíritu habíamos logrado evocar. Pedí que lo repitiese, y el platito no sólo lo repitió, sino que, además, añadió: «Esta noche». No creo en el espiritismo, pero la idea de la muerte, hasta la simple alusión a la misma, me dejan abatido. La muerte, señores, es inevitable, es cosa de todos los días; sin embargo, la idea de la muerte repugna a la naturaleza humana... Entonces, cuando me envolvían las tinieblas impenetrables y frías, cuando ante mis ojos se arremolinaban furiosamente las gotas de lluvia y sobre mi cabeza gemía, lastimero,

---

[1] Panijidin, de *panijida*, funeral.
[2] Trúpov, de *trup*, cadáver.
[3] Barrio del centro de Moscú.

el viento, cuando no veía en torno mío ni una sola alma
viviente ni oía voz alguna de hombre, un miedo indefinido e inexplicable se adueñó de mí. Yo, hombre libre de
prejuicios, tenía prisa, temía volver la cabeza, mirar a mi
alrededor. Tenía la impresión de que, si miraba hacia
atrás, vería sin falta la muerte a modo de espectro.

Panijidin suspiró bruscamente, bebió un poco de agua
y continuó:

—Este miedo indefinido, pero que ustedes comprenden, no me dejó ni siquiera cuando, después de haber
subido hasta el cuarto piso de la casa de Trúpov, abrí la
puerta y entré en mi cuarto. Mi modesta estancia se hallaba a oscuras. En la estufa lloraba el viento y, como si
reclamara calor, daba golpecitos a la pequeña puerta del
respiradero.

»«De creer a Spinoza —me dije sonriendo—, esta noche he de morir acompañado de este llanto. ¡De todos
modos, da miedo!»

»Encendí una cerilla... Una furiosa ráfaga de viento
recorrió la techumbre de la casa. El suave llanto se con-
virtió en un frenético aullido. En alguna de las ventanas
bajas golpeó un postigo medio arrancado, y la puertecita
de mi respiradero chirrió lastimera pidiendo ayuda...

»«Mala noche para los que carecen de albergue»,
pensé.

»Pero no era aquél un momento oportuno para entre-
garse a semejantes reflexiones. Cuando, en mi cerilla,
se encendió el azufre produciendo una lucecita azul y
recorrí con la vista mi habitación, se me ofreció un espectáculo inesperado y terrible... ¡Lástima que la ráfaga
de viento no hubiera llegado hasta mi cerilla! En este
caso, quizá no habría visto nada y no se me habrían puesto
puesto los cabellos de punta. Lancé un grito, di un paso
hacia la puerta y, lleno de horror y de desesperación,
cerré los ojos...

»En medio de la estancia había un ataúd.

»La lucecita azul alumbró pocos momentos, pero tuve
tiempo de distinguir los contornos del ataúd... Vi el glasé
color de rosa y reluciente, vi la cruz galoneada, amarillenta, sobre la tapa. Hay cosas, señores, que se graban
en la memoria incluso a pesar de haberlas visto sólo un
instante. Así me ha ocurrido con ese ataúd. Lo vi sólo

un segundo, pero lo recuerdo en todos sus detalles. Era un ataúd para una persona de estatura media y, a juzgar por su color de rosa, para una joven. El caro glasé, los soportes, las manillas de bronce, todo indicaba que la difunta era rica.

»Salí a todo correr de mi estancia y, sin razonar, sin pensar nada, experimentando sólo un terror infinito, bajé velozmente la escalera, que, como el pasillo, estaba a oscuras; las piernas se me trababan con los vuelos del abrigo; lo sorprendente es que no bajara los peldaños rodando y que no me rompiera la cabeza. Al verme en la calle, me apoyé contra la húmeda columna de una farola y empecé a tranquilizarme. El corazón me latía de un modo terrible, me faltaba el aire...

Una de las oyentes avivó la luz de la lámpara y se acercó un poco más al narrador; éste prosiguió:

—No me habría sorprendido haberme encontrado en mi habitación con un incendio, con un ladrón, con un perro rabioso... No me habría sorprendido que se hubiese desplomado el techo, que se hubiese hundido el suelo, que se hubieran caído las paredes... Todo esto es natural y comprensible. Pero, ¿cómo podía hallarse en mi habitación un ataúd? ¿De dónde procedía? Aquel ataúd caro, de mujer, por lo visto preparado para alguna joven aristócrata, ¿cómo había podido penetrar en la mísera habitación de un pequeño funcionario? ¿Estaría vacío o habría dentro un cadáver? ¿Quién sería *ella*, la ricachona fallecida prematuramente que me hacía una visita tan extraña y tan espantosa? ¡Atormentador misterio!

»«Esto huele a milagro o a crimen», centelleó en mi mente.

»Me perdía en conjeturas. Durante mi ausencia, la puerta estaba cerrada y el escondrijo de la llave sólo era conocido de mis amigos más íntimos. Cabía también suponer que los empleados de una funeraria me hubieran traído el ataúd por equivocación. Habrían podido engañarse, confundirse de piso o de puerta y haber metido el ataúd donde no hacía falta. ¿Pero quién no sabe que nuestros empleados de las funerarias no salen de una casa antes de haber cobrado su trabajo o, por lo menos, de haber recibido una propina?

»«Los espíritus me han anunciado la muerte —pensaba—. ¿No se habrán preocupado ellos mismos de facilitarme ya el ataúd?»

»Señores, no creo ni creía en el espiritismo, pero semejante coincidencia puede hacer que se sienta místico hasta un filósofo.

»«Bueno, todo esto es estúpido y yo soy tan miedoso como un escolar —me dije—. Se trata de una ilusión óptica y nada más. Al volver a casa, estaba de un humor tan sombrío que mis nervios enfermizos me han hecho ver un ataúd, es bien explicable... Claro está, ¡ha sido una ilusión óptica! ¿Qué otra cosa puede ser?»

»La lluvia me azotaba el rostro; el viento, enojado, me sacudía los faldones del abrigo, el sombrero... Estaba aterido y calado hasta los huesos. Había que ir a alguna parte, pero... ¿adónde? Volver a mi casa significaba correr el peligro de ver una vez más el ataúd, y semejante espectáculo era superior a mis fuerzas. Sin ver a mi lado un alma viva, sin oír una voz humana, solo con el ataúd en el cual yacía, quizás, un cadáver, podía volverme loco. Por otra parte, no podía seguir en la calle, bajo la lluvia torrencial y medio muerto de frío.

»Decidí ir a pasar la noche en casa de mi amigo Upokóiev[4], quien, como ustedes saben, más tarde se suicidó. Vivía en un apartamiento amueblado del mercader Chérepov[5], el de la callejuela de la Muerte.

Panijidin se secó el frío sudor del pálido rostro y, después de suspirar penosamente, continuó:

—No encontré a mi amigo en su casa. Llamé varias veces a la puerta, y convencido de que no estaba dentro, busqué a tientas la llave sobre el travesaño, abrí y entré. Arrojé al suelo mi empapado abrigo, busqué el diván en la oscuridad y me senté para descansar. Estaba completamente a oscuras... Por el ventanuco de la ventilación zumbaba tristemente el viento. En la estufa un grillo cantaba monótonamente su invariable canción. Repicaron en el Kremlin a maitines navideños. Me apresuré a encender una cerilla. Pero la luz no me libró de mi sombrío estado de ánimo, al contrario. Un terror espantoso, inex-

---

[4] Upokóiev, de *upokoi*, descanso (en sentido de «descanse en paz»).

[5] Chérepov, de *cherep*, cráneo, calavera.

presable, volvió a apoderarse de mí... Exhalé un grito, me tambaleé y sin saber lo que me hacía huí escapado de aquel lugar...

»En la habitación de mi camarada había visto lo mismo que en mi propia casa: ¡un ataúd!

»El ataúd de mi camarada era casi dos veces mayor que el mío y su tapizado, marrón, le daba un colorido especialmente tenebroso. ¿Cómo había podido llegar allí? Ya era imposible dudar de que se trataba de una ilusión óptica... ¡Cómo iba a haber un ataúd en cada habitación! Nada, aquello era una enfermedad de mis nervios, una alucinación. Adondequiera que fuese, vería ante mí la espantosa vivienda de la muerte. Así, pues, perdía la razón, había enfermado de algo así como «ataudomanía» y no hacía falta buscar mucho para dar con la causa de mi enajenación: bastaba recordar la sesión espiritista y las palabras de Spinoza...

»«¡Me volveré loco! —pensé, horrorizado, agarrándome la cabeza con las manos—. ¡Dios mío! ¿Qué hacer?»

»La cabeza se me hacía añicos, me fallaban las piernas... Llovía a cántaros, el viento me atravesaba de parte a parte, iba sin abrigo y sin sombrero. Volver por ellos a la habitación de mi amigo resultaba imposible, era superior a mis fuerzas... El miedo me apretaba fuertemente entre sus fríos brazos. Se me pusieron de punta los cabellos, me corría por la cara el sudor frío, a pesar de creer, yo, que lo ocurrido había sido una alucinación.

»¿Qué podía hacer? —continuó Panijidin—. Me volvía loco y corría el riesgo de pillar un terrible resfriado. Por suerte, recordé que no lejos del callejón de la Muerte vivía mi buen amigo, fenecido no hace mucho, el médico Pogóstov[6], quien aquella noche había estado conmigo en la sesión espiritista. Me dirigí apresuradamente a su casa... Entonces aún no se había casado con la hija de un rico mercader y vivía en el quinto piso de la casa del consejero del Estado Kladbíschenski[7].

»En casa de Pogóstov, mis nervios iban a verse aún sometidos a un nuevo tormento. Al llegar al quinto piso, oí un ruido espantoso. Arriba, alguien corría pisando fuerte y batiendo las puertas.

[6] Pogóstov, de *pogost*, camposanto.
[7] Kladbíschenski, de *kladbísche*, cementerio.

»—¡Socorro! —oí que gritaban con acento desgarrador—. ¡Socorro! ¡Portero!

»Un instante después bajaba por la escalera, a toda velocidad, hacia donde estaba yo, una figura sombría, con abrigo de pieles y sombrero de copa arrugado...

»—¡Pogóstov! —exclamé, al reconocer a mi amigo—. ¿Es usted? ¿Qué le sucede?

»Cuando llegó a mi lado, Pogóstov se detuvo y me agarró convulsivamente por la mano. Estaba pálido, respiraba penosamente, temblaba. Los ojos, de mirada extraviada, se le salían de las órbitas, se le elevaba el pecho...

—¿Es usted, Panijidin? —me preguntó con sorda voz—. ¿Es usted, de veras? Está usted pálido, como salido de la tumba... Bueno, basta, ¿no es usted una alucinación?... Dios mío... Da usted miedo...

»—¿Pero, qué le pasa? ¡Está desencajado!

»—Oh, déjeme recobrar el aliento, amigo mío... Estoy contento de verle, si es realmente usted y no una ilusión óptica. ¡Maldita, la sesión espiritista!... Me ha destemplado de tal modo los nervios que, figúrese, al regresar hace un momento a casa, he visto en mi habitación... ¡un ataúd!

»No daba crédito a mis oídos y pedí que repitiera lo que me decía.

»—¡Un ataúd, un verdadero ataúd! —me dijo el doctor, sentándose, exhausto, en un peldaño—. No soy un cobarde, pero el diablo mismo se asustaría si, después de una sesión de espiritismo, tropezara en la oscuridad con un ataúd.

»Embrollándome y tartamudeando, le expliqué al doctor lo de los dos ataúdes vistos por mí...

»Nos quedamos un minuto mirándonos, con los ojos salientes, abriendo, pasmados, la boca. Luego, para convencernos de que no veíamos visiones, empezamos a pellizcarnos el uno al otro.

»—A los dos nos duele —dijo el doctor—; esto quiere decir que ahora no dormimos y que nos estamos viendo sin soñar. Así, pues, los ataúdes, el mío y los dos de usted, no son una ilusión óptica, sino algo que existe. ¡Madre mía! ¿Y qué vamos a hacer ahora?

»Después de permanecer una hora entera en el frío

rellano, perdidos en conjeturas y suposiciones, quedamos espantosamente ateridos, y decidimos despojarnos del miedo pusilánime, despertar al criado de la casa y subir con él a la habitación del doctor. Así lo hicimos. Al entrar en la estancia, encendimos una vela y, en efecto, vimos un ataúd, revestido de glasé blanco, con franjas doradas y borlas. El criado se persignó devótamente.

»—Ahora podremos saber —dijo el doctor, temblando de pies a cabeza— si el ataúd está vacío o bien... habitado.

»Después de largas y comprensibles vacilaciones, el doctor se inclinó y apretando los dientes, de miedo y de expectación, levantó la tapa del ataúd. Miramos dentro y...

»El ataúd estaba vacío...

»No había en él ningún cadáver, pero encontramos una carta que decía:

»«¡Mi buen Pogóstov! Como sabes, los negocios de mi suegro van de mal en peor. Está de deudas que no puede más. Mañana o pasado se presentarán a embargarle los bienes, y esto arruinará definitivamente a su familia y a la mía, y será fatal para nuestro honor, que es, para mí, lo más estimado. Ayer, en consejo de familia, decidimos esconder lo más valioso. Y como todos los bienes de mi suegro son ataúdes (como sabes, es un artista en su construcción, el mejor de la ciudad), hemos decidido esconder los de más precio. Me dirijo a ti en calidad de amigo, ¡ayúdame, salva nuestra riqueza y nuestro honor! Con la esperanza de que nos ayudes a conservar los bienes, te envío, amigo del alma, un ataúd, y te suplico lo guardes hasta que pasemos a recogerlo. Sin la ayuda de los conocidos y amigos, estamos perdidos. Espero que no me negarás este favor, tanto menos cuanto que tendrás el ataúd en tu casa no más de una semana. He enviado un ataúd a todos aquellos a quienes considero como nuestros verdaderos amigos y confío en su magnanimidad y nobleza. Tu querido amigo Iván Chéliustin[8].»

»Después de lo sucedido, me pasé unos tres meses tratándome de los nervios; nuestro amigo, el yerno del constructor de ataúdes, salvó su honor y sus bienes; tiene un

[8] Chéliustin, de *chéliust*, mandíbula.

despacho de pompas fúnebres y comercia con monumentos y lápidas funerarias. Su negocio no marcha viento en popa, y ahora, cada tarde, al entrar en mi casa, temo ver junto a mi cama un blanco monumento de mármol o un catafalco.

DE MAL HUMOR

Semión Ilich Prachkin, comisario de policía rural, paseaba su habitación de un extremo a otro esforzándose por ahogar en sí un desagradable sentimiento. El día anterior había tenido que hacer una visita al comandante militar, se había puesto a jugar a cartas como quien dice por casualidad y había perdido ocho rublos. La cantidad era pequeña, insignificante, pero el diablo de la tacañería y de la codicia se le había metido en la oreja y le estaba reprochando su prodigalidad.

—¡Ocho rublos, vaya suma! —se decía Prachkin ahogando en su seno a ese diablillo—. Hay quien pierde mucho más y se queda tan campante. Aparte de que eso del dinero es cosa que tiene remedio... Me doy una vuelta por la fábrica o por la posada de Rílov y recupero los ocho rublos, si no me hago incluso con algo más.

—«Invierno... El campesino, triunfante...» —empolla monótonamente en la habitación contigua Vania, el hijo del comisario de policía rural—. «El campesino, triunfante... renueva el camino...»

—Además, es posible tomar el desquite... ¿Qué está diciendo ése de «triunfante»?

—«El campesino, triunfante, renueva el camino... renueva...»

—«Triunfante»... —sigue cavilando Prachkin—. Si le aplicaran una docena de palos bien dados no estaría tan triunfante. Mejor sería que pagara las contribuciones puntualmente y que se dejara de triunfar... Ocho rublos... ¡vaya importancia! No se trata de ocho mil, siempre cabe el desquite...

—«Su caballito, presintiendo la nieve... presintiendo la nieve, se lanza al trote como puede...»

—¡Sólo faltaría que se hubiera lanzado al galope!
¡Vaya trotón, el caballo ese! ¡No pasará de matalón, eso
es!... El *mujik*, borracho y de poca sesera, está contento
de poder arrear el caballo y luego, cuando se encuentra
en el fondo de una hoya o de un barranco, ¡hala!, ocú-
pate de él... ¡Venme a mí con galopar y voy a recetarte
tal jugo de vergajo que ni en cinco años se te olvida!
¿Pero cómo se me ocurrió salir con una carta tan pequeña? De haber tenido el as de bastos no me habría quedado sin el dos...

—«Y arrancando las glebas herbosas, vuela el osado
carricoche... arrancando las glebas herbosas...»

—«Arrancando... las glebas arrancando... las glebas...» ¡Bonita estupidez! ¡Vaya cosas que se escriben,
y se tolera! ¡Perdón, Señor! Y todo fue por el diez. ¡Qué
a destiempo lo sacó el diablo!

—«Corre un chico siervo... un chico siervo, puesto el
perrito en el trineo... puesto...»

—Si corre, y además se divierte, es que se habrá hartado... Y los padres tienen tan poca cabeza que ni piensan en poner a trabajar al muchacho. En vez de arrastrar un perro en un trineo, mejor sería que cortara leña
o que leyera las Sagradas Escrituras... ¡La de perros que
se crían!... No hay quien pase, ni a pie ni en coche. Mejor habría sido no haber tomado las cartas después de
cenar. Habría podido cenar y largarme...

—«Le duele y se ríe, y la madre le amenaza... y la
madre le amenaza desde la ventana...»

—Amenázale, sí, amenázale... Tienes pereza de salir
al patio y castigarle... Lo que tenía que hacer era levan-
tarle la pelliza y ¡zis-zas!, ¡zis-zas! A ver si no es mejor
esto que amenazar con el dedo... Que se descuide, y el
muchacho saldrá un perfecto borrachín... ¿Quién ha
escrito esto? —preguntó en voz alta Prachkin.

—Pushkin, padre.

—¿Pushkin? ¡Vaya!... Será algún tío estrambótico.
Escriben, escriben y ni ellos mismos entienden lo que escriben. ¡La cuestión es escribir, lo que sea!

—¡Padre, ha venido un *mujik* que trae harina! —gritó Vania.

—¡Que descargue!

Pero ni la harina puso de buen humor a Prachkin, a

quien, cuanto más procuraba consolarse, tanto más sensible le resultaba la pérdida. Le dolían tanto los ocho rublos, tanto, como si en efecto hubiera perdido ocho mil. Cuando Vania acabó de preparar la lección y se calló, Prachkin estaba de pie junto a la ventana y, malhumorado, dirigió su triste mirada hacia los montículos de nieve... Pero la vista de aquellos montículos no hizo sino lacerar la herida de su corazón. Le recordó el viaje que había hecho el día anterior para visitar al comandante militar. Se le revolvió la bilis, notó como un pinchazo en el alma... La necesidad de descargar en algo su amargura alcanzó un grado que no toleraba ninguna dilación. No lo soportó...

—¡Vania! —gritó—. ¡Ven acá, voy a darte unos azotes por el cristal que rompiste ayer!

RELATOS
(1885)

EL UNIFORME DE CAPITÁN

Eʟ sol saliente se enfurruñaba sobre la capital del distrito, los gallos aún no hacían más que estirarse, pero en la taberna del tío Rilkin ya había clientes. Eran tres: el sastre Merkúlov, el guardia municipal Zhratva y el registrador de hacienda Smejunov. Los tres estaban bebidos.

—¡Ni hablar! ¡Te digo que ni hablar! —argumentaba Merkúlov asiendo al guardia por un botón—. Para un sastre, un funcionario de la administración civil, si picamos un poco alto, siempre le secará las narices a un general. Tomemos ahora, digamos, un chambelán... ¿Qué clase de hombre es éste? ¿De qué posición? Pero tú calcula... Cuatro varas de paño de la mejor fábrica de Prundel e Hijos, los alamares, el cuello dorado, los pantalones blancos con banda de oro, todo el pecho cubierto de oro, ¡brillo en el cuello, en las mangas, en las tapas de los bolsillos! Ahora, si se trata de vestir a los señores mayordomos, caballerizos de campo, maestros de ceremonias y demás ministerios... ¿Qué te figuras? Recuerdo que una vez hacíamos un uniforme para el chambelán conde Andréi Semiónich Vonliariovski. ¡No te digo nada, qué uniforme! Al cogerlo con las manos, el pulso se hacía en las venas: ¡tsic! ¡tsic! A los verdaderos señores, cuando se hacen un traje, no te atrevas a incomodarlos. Toma la medida y cose, que eso de probar y repulir, ni lo sueñes. Si vales, como sastre, hazlo a la primera vez, por la medida... Es como saltar del campanario y dar con los pies en las botas, ¡eso! Cerca de nosotros, hermano mío, lo recuerdo como si fuera ahora, había un cuartel de gendarmes... Nuestro patrón, Osip Yáklich, elegía a los gendarmes apropiados, a los que por el cuerpo fueran parecidos a los clientes, para la prueba. Bien, pues eso mismo... elegimos, hermano, para el uniforme del conde, a un gendarme igualito. Le llamamos... ¡Ponte esto, carigordo, y a ver qué sientes!... ¡Para morirse! El tío se pone el uniforme, se mira al pecho ¡y qué te crees! Se quedó como viendo visiones, ¿sabes?, se puso a temblar, perdió el sentido...

—¿Y para los comisarios de policía, hacíais uniformes? —se informó Smejunov.

—¡Pues sí que son peces gordos ésos! En Petersburgo hay más comisarios de policía que perros sin degollar... Aquí ante ellos se quitan el gorro, pero allí, «¡apártate, por qué empujas!» Trabajábamos para los señores militares y para las personas de los cuatro primeros rangos[1]. Hay personas y personas... Si eres, digamos, del quinto rango, entonces, nada, una bagatela... Vente dentro de una semana y todo estará a punto, porque fuera del cuello y de los manguitos, nada... Pero si es uno del cuarto rango o del tercero o, digamos, del segundo, el patrón nos ponía a todos las orejas tiesas y corre al cuartel de gendarmes. Una vez, hermano mío, vestimos al cónsul de Persia. Le pusimos en pecho y espalda recamados de oro por mil quinientos rublos. Pensábamos que no los daría; pero sí, los pagó... En Petersburgo hasta entre los tártaros hay nobleza.

Merkúlov se pasó largo rato contando. Después de las ocho, bajo el peso de los recuerdos, se puso a llorar y empezó a quejarse amargamente del destino que lo había acorralado en una pequeña ciudad donde no había más que mercaderes y menestrales. El municipal ya había conducido a dos individuos a la policía, el registrador había ido ya dos veces a correos y a la delegación de hacienda y había vuelto otra vez a la taberna, pero el sastre seguía lamentándose. Al mediodía, estaba de pie ante el sacristán, se daba puñetazos en el pecho y rezongaba:

—¡No quiero vestir a los granujas! ¡No estoy de acuerdo! ¡En Petersburgo servía personalmente al barón Shput-

---

[1] Según la «tabla de rangos» establecida por Pedro I en 1722, todos los cargos oficiales, civiles y militares, se dividían en catorce clases; la primera (generales y Consejeros secretos) era la más elevada; la decimocuarta era la inferior.

sel y a los señores oficiales! ¡Apártate de mi lado, pegote de larga falda, y que no te vea más con mis propios ojos! ¡Apártate!

—¡Vaya manía de grandeza la tuya, Trifón Panteliéich! —aseguraba el sacristán al sastre—. Aunque sea usted un artista en su taller, no debe olvidarse de Dios ni de la religión. Arrio[2] soñó grandezas, por el estilo de usted, y murió de una muerte vergonzosa. ¡También usted morirá así!

—¡Y moriré! ¡Prefiero morir a cortar y coser balandranes!

—¿Está aquí mi maldición? —se oyó que preguntaba una voz femenina al otro lado de la puerta, y en la taberna entró la esposa de Merkúlov, Axinia, mujer entrada en años, con los brazos remangados y una barriga prominente—. ¿Dónde está ese hereje? —envolvió con una mirada de indignación a los clientes—. ¡Vete a casa, mal rayo te parta! Allí hay un oficial que pregunta por ti.

—¿Qué oficial? —preguntó Merkúlov asombrado.

—¡El diablo le conoce! Dice que ha venido a hacerte un encargo.

Merkúlov se rascó con todos los cinco dedos de la mano su gran nariz, cosa que hacía cada vez que quería expresar gran sorpresa, y balbuceó:

—Mi mujer se ha hartado de beleño... En quince años no he visto una cara noble y ahora, de pronto, en un día de ayuno, ¡un oficial con un encargo! ¡Hum!... Hay que ir a ver...

Merkúlov salió de la taberna y dando traspiés se fue a su casa... Su mujer no le había engañado. En el umbral de su isba vio al capitán Urcháev, secretario del comandante militar de la población.

—¿Por dónde andas haciendo el golfo? —le soltó el capitán—. Llevo una hora entera esperándote. ¿Puedes hacerme un uniforme?

—Vuecen... ¡Santo Dios! —balbuceó Merkúlov, turbándose y arrancándose de la cabeza el gorro junto con un mechón de cabellos—. ¡Vuecencia! ¿Es acaso la primera vez para mí que eso? ¡Ah, Santo Dios! Hice trajes

---

[2] Arrio: heresiarca, fundador del arrianismo (siglo IV).

para el barón Shputsel... Eduard Kárlich... El señor
suboficial Zembulátov aún me debe diez rublos. ¡Ah!
¡Pero, mujer, da una silla a Su Excelencia, que Dios me
castigue!... ¿Manda que le tome la medida o me permite
que le haga el uniforme a ojo?

—Bueno... Pondrás el paño y que esté terminado dentro de una semana... ¿Cuánto me pedirás?

—Por favor, Vuecencia... Qué dice —se sonrió Merkúlov—. Yo no soy un mercader cualquiera. Nosotros
sabemos lo que es tratar con señores... Cuando servimos
al cónsul de Persia, hasta sin palabras...

Después de tomar la medida al capitán y de haberse
despedido de él, Merkúlov permaneció una hora entera
de pie en medio de la isba mirando como atontado a su
mujer. No se lo podía creer...

—¡Una ocasión como ésta, ya ves! —refunfuñó al
fin—. ¿Pero de dónde saco el dinero para el paño? Axinia, ¡préstame, mujercita mía, el dinero que sacamos
por la vaca!

Axinia le hizo la higa y escupió. Poco después mane-
jaba el hurgón, rompía una jarra contra la cabeza del
marido, le arrastraba por la barba, corría a la calle y
gritaba: «¡Ayudadme, los que creéis en Dios! ¡Que me
mata!...», pero de nada le sirvieron sus protestas. A la
mañana siguiente, ella permanecía en la cama escon-
diendo de los aprendices sus cardenales, mientras que
Merkúlov iba por las tiendas y riñendo con los mercaderes elegía un paño que estuviera bien.

Para el sastre, comenzó una nueva era. Al despertarse
por la mañana y recorrer con sus turbios ojos su pequeño
mundo, ya no se ponía a escupir con furia... Y lo más
asombroso era que dejó de frecuentar la taberna y se puso
a trabajar. Rezaba en voz baja, se calaba las grandes gafas de acero, fruncía el ceño y, como si cumpliera un
rito sagrado, extendía el paño sobre la mesa.

Una semana después, el uniforme estaba preparado.
Merkúlov lo planchó, lo sacó a la calle, lo colgó de la
cerca y se puso a limpiarlo; saca una brizna de plumón,
se aparta unos dos pasos, entorna largo rato los ojos contemplando el uniforme y vuelve a quitar una brizna; así
durante unas dos horas.

—¡Es una calamidad tratar con estos señores! —decía

a los que pasaban por allí—. ¡Ya no puedo más, esto es un tormento! Instruidos, delicados, ¡dales con el gusto!

Al día siguiente, después de la limpieza, Merkúlov se untó la cabeza con aceite, se peinó, envolvió el uniforme en un nuevo pañuelo de percal y se encaminó a casa del capitán.

—¡No tengo tiempo de hablar contigo, bobo! —decía, parando a todas las personas con que se cruzaba—. ¿No ves que llevo el uniforme al capitán?

Media hora después estaba de vuelta.

—¡Le felicito por el cobro, Trifón Panteliéich! —le dijo al verle Axinia, con amplia sonrisa y algo avergonzada.

—¡Vaya boba! —le respondió el marido—. ¿Acaso pagan en seguida los verdaderos señores? ¡Éste no es un mercader cualquiera, que te suelta la mosca al instante! Boba...

Dos días se pasó Merkúlov tumbado sobre la estufa, sin beber, sin comer, abandonándose a un sentimiento de satisfacción, exactamente como Hércules después de haber cumplido sus trabajos. Al tercer día se dirigió a recibir su paga.

—¿Se ha levantado Vuecencia? —balbuceó entrando medrosamente en el vestíbulo y dirigiéndose al ordenanza.

Y habiendo recibido una respuesta negativa, se plantó como un poste junto a la puerta y se dispuso a esperar.

—¡Échale a pescozones! ¡Dile que el sábado! —después de una larga espera oyó que decía la voz ronca del capitán.

Lo mismo oyó el sábado, el otro sábado, luego el otro... Un mes entero fue a casa del capitán, estuvo largas horas esperando en el vestíbulo y en lugar de dinero recibía invitaciones a irse al diablo y a volver el sábado. Pero él no se descorazonaba, no refunfuñaba, a! contrario... Hasta engordó un poco. Le gustaba la larga espera en el vestíbulo, el «échale a pescozones» resonaba en sus oídos como dulce melodía.

—¡En seguida se reconoce al noble! —decía entusiasmado cada vez que regresaba de casa del capitán—. En Píter[3] todos los que teníamos eran así...

---

[3] *Píter:* nombre popular de Petersburgo.

Merkúlov habría estado dispuesto, hasta el fin de sus días, a ir a casa del capitán y esperar en el vestíbulo de no haber sido por Axinia, que reclamaba el dinero obtenido por la vaca.

—¿Traes el dinero? —le atacaba cada vez—. ¿No? ¿Qué estás haciendo conmigo, perro rabioso? ¿Eh?... Mitka, ¿dónde está el hurgón?

Una vez, al atardecer, Merkúlov volvía del mercado llevando un saco de carbón a la espalda. Le seguía, presurosa, Axinia.

—¡Vas a ver la que te espera en casa! ¡Ya verás! —balbuceaba ella, pensando en el dinero recibido por la vaca.

De pronto, Merkúlov se detuvo como clavado al suelo y lanzó un grito de júbilo. De la taberna «La alegría», por delante de la cual estaban pasando, salió precipitadamente cierto señor con sombrero de copa, cara roja y ojos de borracho. Tras él corría el capitán Ursháev, con un taco de billar en la mano, sin gorro, desaliñado y con el cabello en desorden. Su nuevo uniforme estaba sucio de tiza y una de las charreteras miraba de lado.

—¡Te obligaré a jugar, fullero! —gritaba el capitán blandiendo furiosamente el taco y secándose el sudor de la cara—. ¡Ya te enseñaré a jugar con las personas decentes, archibestia!

—¡Mira aquí, boba! —balbuceó Merkúlov, empujando a la mujer con el codo y riéndose disimuladamente—. En seguida se reconoce al noble. Si un mercader se hace un traje para su jeta de *mujik,* ya no se lo quita de encima, tiene traje por diez años, y ése ya ha echado a perder el uniforme. ¡Ya necesita otro nuevo!

—¡Acércate y pídele el dinero! —dijo Axinia—. ¡Hala!

—¡Qué dices, boba! ¿En la calle? Venga, venga...

Por más que se resistió, la mujer le obligó a acercarse al enfurecido capitán y hablarle del dinero.

—¡Largo de aquí! —le respondió el capitán—. ¡Me tienes harto!

—Yo, Vuecencia, comprendo... Yo, nada... pero mi mujer... es una criatura irrazonable... Usted mismo sabe qué cerebro tienen las mujeres en la cabeza...

—¡Me tienes harto, te digo! —bramó el capitán, mirándole con sus ojos ebrios, turbios, que le saltaban de las órbitas—. ¡Fuera de aquí!

—¡Comprendo, Vuecencia! Pero yo si me refiero a la mujer es porque, si tiene usted a bien saberlo, el dinero de la vaca... Vendimos la vaca al padre Judas...

—¡A-a-ah!... ¡Y sigues hablando, pulgón!

El capitán levantó el brazo y ¡zas! De la espalda de Merkúlov se desparramó el carbón; de los ojos saltaron chispas; de las manos se le cayó el gorro... Axinia se quedó de una pieza. Permaneció un minuto inmóvil, como la mujer de Lot, convertida en estatua de sal; luego avanzó un poco y miró tímidamente la cara del marido... Con gran asombro suyo, vio flotar una sonrisa de beatitud en el rostro de Merkúlov, en los ojos rientes le brillaban las lágrimas...

—¡En seguida se nota quiénes son verdaderos señores! —balbuceó—. Es gente delicada, instruida... Ocurrió exactamente lo mismo..., en este mismo lugar, cuando llevé la pelliza al barón Shputsel, Eduard Kárlich... Levantó el brazo y ¡zas! Y el señor suboficial Zembulátov... Fui a verle y saltó con todas sus fuerzas... ¡Eh, mujer! ¡Mi tiempo ha pasado ya! ¡No comprendes nada! ¡Mi tiempo ha pasado!

Merkúlov hizo un gesto con la mano y, recogido el carbón, se fue, arrastrando los pies, hacia su casa.

CON LA MARISCALA
DE LA NOBLEZA

E L primero de febrero de cada año, por San Trifón mártir, en la finca de la viuda de Trifón Lvóvich Zavziátov, ex mariscal de la nobleza del distrito, suele haber un inusitado movimiento. En este día la viuda del mariscal, Liubov Petrovna, por el santo del difunto, hace celebrar una misa y después un oficio divino de gracias al Señor Dios. A la misa de difuntos acude todo el distrito. Allí verán al actual mariscal de la nobleza, Jrumov; al presidente de la Junta provincial Marfutkin; al miembro permanente, Potrashkov; a los jueces de paz de las dos circunscripciones, al jefe de policía Krinolínov, a los dos comisarios de policía, al médico provincial Dvorniaguin, que huele a yodoformo, a todos los propietarios, grandes y pequeños, y demás. Se reúnen en total unas cincuenta personas.

A las doce del día en punto, los huéspedes, alargando las caras, afluyen desde todas las estancias a la sala: El suelo está alfombrado y los pasos no se oyen, pero la solemnidad de las circunstancias hace que todos, instintivamente, se pongan de puntillas y balanceen los brazos al caminar. En la sala ya está todo preparado. El padre Evmieni, vejete pequeño, con alto birrete desteñido, se pone una casulla negra. El diácono Konkórdiev, rojo como un cangrejo y ya ataviado, hojea silenciosamente el misal y pone en él unos papelitos. Junto a la puerta que conduce al vestíbulo, el sacristán Luká, hinchados los carrillos y salientes los ojos, aviva el incensario. La sala poco a poco se va llenando de un leve humo, azulino y transparente, y de olor a incienso. El maestro de escuela Guelikonski, joven de levita en exceso holgada y grandes barros en su asustado rostro, va distribuyendo velas de cera que lleva en una bandeja cuproniquelada. La dueña de la casa, Liubov Petrovna, está de pie delante, junto a una mesita con la *kutiá*[1] y de antemano se lleva el pañuelo al rostro. En torno, todo es silencio, que se rompe de vez en cuando por los suspiros. Todos tienen los rostros alargados, solemnes...

Comienza la misa de difuntos. Del incensario se eleva una azulina espiral de humo que juega con un oblicuo rayo de sol; las velas encendidas chisporrotean levemente. El canto, al principio estridente y ensordecedor, se va haciendo, poco a poco, suave y armonioso a medida que los cantores van adaptándose a las condiciones acústicas de la estancia... Las melodías son todas tristes, lúgubres... Los huéspedes van sintiéndose invadidos por la melancolía y cavilan. En sus cabezas se van deslizando pensamientos sobre la brevedad de la vida humana, sobre la caducidad y la vanidad del mundo... Se recuerda al difunto Zavziátov, fuerte, carirrojo, que se bebía de un tirón una botella de champaña y rompía un espejo con la frente. Y cuando cantan «En la santa paz» y se oyen los sollozos de la dueña de la casa, los huéspedes comienzan a apoyarse, compungidos, ora sobre un pie, ora sobre otro. Los más sensibles empiezan a sentir escozor en la garganta y bajo los párpados. El presidente de la Junta provincial, Marfutkin, deseando ahogar el desagradable sentimiento, se inclina al oído del jefe de policía y susurra:

—Ayer estuve en casa de Iván Fiódorich... Con Piotr Petróvich hicimos un gran capote sin triunfos... Se lo juro... Olga Andriéievna se puso tan furiosa que hasta se le cayó un diente postizo de la boca.

Pero he aquí que se canta la «Eterna memoria». Guelikonski recoge deferentemente las velas y la misa de difuntos se termina. A ello sigue un minuto de rumores, cambio de casulla y el *Te Deum*. Después del *Te Deum*, mientras el padre Evmieni se quita las vestiduras, los

---

[1] *Kutiá:* plato de papilla con miel o de arroz con pasas que se toma cuando se celebran unos funerales.

huéspedes se frotan las manos y tosen, y la dueña de la
casa habla de la bondad del difunto Trifón Lvóvich.

—¡Por favor, señores, a la mesa! —dice, suspirando, al
terminar su relato.

Los huéspedes, procurando no empujarse y no darse
pisotones, se apresuran a ir al comedor... Allí los espera
la comida. Es una comida tan espléndida que el diácono
Konkórdiev, todos los años, al echarle una mirada, entiende que es obligación suya abrir los brazos, menear con
asombro la cabeza y decir:

—¡Es sobrenatural! Esto, padre Evmieni, más que
comida para seres humanos parece una ofrenda a los
dioses.

El almuerzo es, realmente, extraordinario. Sobre la
mesa hay todo cuanto pueden dar la flora y la fauna, y
en todo caso, sólo puede parecer sobrenatural una cosa:
sobre la mesa hay de todo menos... bebidas alcohólicas.
Liubov Petrovna hizo voto de no tener en su casa ni cartas ni bebidas alcohólicas, las dos cosas que fueron la perdición de su marido. Y sobre la mesa no se ven más botellas que las del vinagre y del aceite, como por burla
y castigo de los comensales, todos ellos empedernidos bebedores y borrachines.

—¡Coman, señores! —invita la mariscala—. Sólo que,
perdónen, no hay vodka... No la tengo...

Los huéspedes se acercan a la mesa e, indecisos, atacan el pastel. Pero la comida no se anima. En el clavar
de los tenedores, en el cortar, en el masticar se nota cierta
pereza, apatía... Es evidente que algo falta.

—Siento como si hubiera perdido alguna cosa... —susurra un juez de paz al otro—. La misma sensación ex-
perimenté cuando se me escapó la mujer con el ingeniero... ¡No puedo comer!

Marfutkin, antes de empezar a comer, rebusca largo
rato en los bolsillos buscando el pañuelo para sonarse.

—¡Pero si tengo el pañuelo en la pelliza! Y yo lo estoy
buscando —recuerda en alta voz, y se dirige al vestíbulo, donde están colgados los abrigos.

Del vestíbulo vuelve con ojos encandilados y en seguida se lanza con apetito sobre el pastel.

—¡Qué! ¿Es desagradable hincar el diente en seco?
—susurra al oído del padre Evmieni—. Llégate al vestí-

bulo, reverendo, en mi pelliza hay una botella... ¡Sólo
que, cuidado, sé prudente, no hagas sonar la botella!

El padre Evmieni se acuerda de que ha de ordenar
algo a Luká y dirige sus cortitos pasos al vestíbulo.

—¡Reverendo! ¡Dos palabras... en secreto! —le dice
Dvórniaguin siguiéndole.

—¡No saben, señores, qué pelliza me he comprado!
¡De ocasión! —se jacta Jrumov—. Cuesta mil rublos, y
yo he dado... no lo creerán... ¡doscientos cincuenta!
¡Sólo!

En cualquier otro momento, los huéspedes habrían aco-
gido con indiferencia semejante noticia, pero ahora manifiestan sorpresa y no lo creen. Al fin, van todos en tropel al vestíbulo para contemplar la pelliza, y la contemplan hasta que el criado del doctor, Mikeshka, saca a
escondidas del vestíbulo cinco botellas vacías... Cuando
se sirve el esturión cocido, Marfutkin recuerda que se ha
olvidado la cigarrera en el trineo y va a la cuadra. Para
que no le resulte aburrido ir solo, se lleva consigo al diácono, quien, a propósito, necesita echar un vistazo al caballo...

Aquel mismo día, por la tarde, Liubov Petrovna está
sentada en su gabinete y escribe a una vieja amiga suya
de Petersburgo una carta:

«Hoy, como los años anteriores —escribe, entre otras
cosas—, en mi casa se ha celebrado una misa para el difunto. Han asistido a la ceremonia todos mis vecinos. Es
gente ruda, sencilla, ¡pero qué corazones! Los he tratado
a cuerpo de rey, pero, desde luego, como en los otros
años, ni una sola gota de bebidas alcohólicas. Desde que
él murió por abuso, me juré fomentar en nuestro distrito
la templanza, y de este modo expiar sus pecados. He empezado a preconizar la templanza desde mi propia casa.
El padre Evmieni está entusiasmado con mi tarea y me
ayuda de palabra y obra. ¡Ah, *ma chère*, si supieras cómo
me quieren mis osos! El presidente de la Junta provincial, Marfutkin, después de la comida, me ha cogido una
mano, la ha tenido largo rato pegada a sus labios y,
meneando cómicamente la cabeza, se ha puesto a llorar:
¡mucho sentimiento, pero sin palabras! El padre Evmieni, este maravilloso viejecito, se me ha sentado al
lado y, mirándome con las lágrimas en los ojos, ha es-

tado largo rato balbuceando no sé qué, como un niño.
No he comprendido sus palabras, pero sí sé comprender
el sentimiento sincero. El jefe de policía, el hombre guapo de quien te escribí, se me ha hincado de rodillas, quería leerme unos versos de su composición (es nuestro
poeta), pero... le han fallado las fuerzas... se ha tamba-
leado y se ha caído... El gigante ha tenido una crisis de
histerismo... ¡Puedes figurarte mi entusiasmo! No ha podido faltar, de todos modos, alguna contrariedad. El
pobre presidente del tribunal de conciliación, Alalikin,
hombre gordo y apoplético, se ha sentido mal y ha permanecido dos horas tumbado en el diván sin conocimiento. Ha sido preciso echarle agua... He de estar agradecida
al doctor Dvorniaguin: había traído en su botiquín una
botella de coñac y le ha humedecido las sienes, con lo
que aquél ha vuelto en sí y ha sido llevado fuera...»

CRONOLOGÍA VIVA

EL salón del Consejero de Estado Sharamikin está envuelto en una agradable penumbra. Una gran lámpara de bronce con una pantalla verde pone de este color, a la «noche ucraniana»[1], paredes, muebles, rostros... De vez en cuando, en la chimenea, donde el fuego se apaga, se inflama un tronco casi consumido y, por un instante, los rostros se iluminan como con el resplandor de un incendio; pero esto no rompe la general armonía del colorido. El tono del conjunto, como dicen los pintores, se mantiene.

Ante la chimenea, con la actitud del hombre que acaba de comer, está sentado en una butaca el propio Sharamikin, señor entrado en años, con canosas patillas de funcionario y dulces ojos azules. Por su rostro se ha vertido la ternura, tiene los labios arqueados en una triste sonrisa. A sus pies, con las piernas tendidas hacia la chimenea y estirándose perezosamente, está sentado en un banco el vicegobernador Lópnev, hombre valiente de unos cuarenta años. Cerca del piano, se entretienen los hijos de Sharamikin: Nina, Kolia, Nadia y Vania. Por la puerta, levemente entornada, que conduce al gabinete de la señora Sharamikina, se filtra tímidamente la luz. Allí, tras la puerta, ante la mesa de escribir, está sentada la esposa de Sharamikin, Anna Pávlovna, presidenta del comité de damas de la localidad, una damita viva y picante, de unos treinta años y pico. Los ojitos negros y vivarachos le corren a través de los lentes por las páginas

---

[1] Alusión al cuadro «Noche ucraniana», en el que predominan los tonos verdes, del pintor ruso A. I. Kuindzhi (1842-1910).

de una novela francesa. Debajo de la novela está el manoseado informe del comité sobre el año anterior.

—Antes, nuestra ciudad, en este sentido, era más feliz —dice Sharamikin, entornando sus dulces ojos cara a las brasas que se están consumiendo—. No pasaba un solo invierno sin que viniera alguna estrella. También venían famosos actores y cantantes, pero ahora... ¡el diablo sabe lo que pasa!, aparte de ilusionistas y organilleros, nadie pasa por aquí. Ningún goce estético... Vivimos como en la selva. Sí... Recuerda, Excelencia, aquel trágico italiano... ¿cómo se llamaba?... uno moreno, alto... Que Dios me dé memoria... ¡Ah, sí! Luigi Ernesto de Ruggiero... Era un gran talento... ¡Y qué fuerza! A veces bastaba que dijera una sola palabra para que todo el teatro se estremeciera. Mi Aniútochka se interesaba mucho por su talento. Le gestionó el teatro y le vendió los billetes de diez espectáculos... Por esto él le dio lecciones de declamación y mímica. ¡Era bueno como el pan! Vino aquí... no quisiera mentir... hará unos doce años... No, miento... Hace menos, unos diez años... Aniútochka, ¿cuántos años tiene nuestra Nina?

—¡Va para los diez años! —grita desde su gabinete Anna Pávlovna—. ¿Por qué?

—Nada, mamita, es un preguntar... Y venían buenos cantantes... ¿Recuerdan el *tenore di grazia* Prilipcin? ¡Qué hombre, bueno como el pan! ¡Qué presencia! Era rubio... tenía una cara muy expresiva, maneras parisienses... ¡Y qué voz, Excelencia! Un defecto tenía: cantaba algunas notas con el estómago y tomaba el «re» en falsete, pero fuera de esto, todo iba muy bien. Decía que había estudiado con Tamberlick[2]... Aniuta y yo le gestionamos una gala en el casino y como agradecimiento a veces cantaba en casa día y noche... A Aniútochka le dio clases de canto... Vino, me acuerdo como si fuera hoy, por Cuaresma hará unos... unos doce años. No, hace más... ¡Qué memoria la mía, Dios me perdone! Aniútochka, ¿cuántos años tiene nuestra Nádechka?

—¡Doce!

—Doce... si añadimos diez meses... Eso, sí... ¡trece! Antes, en nuestra ciudad, también había, en cierto modo,

[2] Enrico Tamberlick (1820-1889): famoso tenor italiano.

más vida... Tomemos, por ejemplo, sin ir más lejos, las
veladas de beneficencia. ¡Qué magníficas eran antes nuestras veladas! ¡Qué maravilla! Se cantaba, se tocaba, se
recitaba... Después de la guerra, lo recuerdo, cuando
había aquí prisioneros turcos, Aniútochka organizó una
velada a beneficio de los heridos. Recaudaron mil cien
rublos... Los oficiales turcos, lo recuerdo, se volvían locos
con la voz de Aniútochkina y siempre le besaban la mano.
Je, je... Aunque asiáticos, son gente agradecida. La velada tuvo tanto éxito que yo, créanme, lo anoté en mi
diario. Esto era, lo recuerdo como si fuera ahora, en...
en el setenta y seis... ¡No! En el setenta y siete... ¡No!
Permítanme, ¿cuándo estuvieron los turcos aquí? Aniútochka, ¿cuántos años tiene nuestro Kólechka?

—¡Yo, papá, tengo siete años! —dice Kolia, un chiquillo moreno, de rostro bronceado y cabellos negros como
el carbón.

—¡Sí, nos hemos hecho viejos y ya no hay aquella
energía!... —asiente Lópnev suspirando—. Ahí está la
causa... ¡La vejez, señor mío! No hay nuevas personas
con iniciativa, y las de antes han envejecido... Ya no hay
aquel fuego. A mí, cuando yo era más joven, no me gustaba que la gente se aburriera en sociedad... Yo era el
primer ayudante de su Anna Pávlovna... Si se trataba
de organizar una velada con fines benéficos, o una lote-
ría, o apoyar a una celebridad de paso por aquí, lo dejaba todo y comenzaba a hacer gestiones. Un invierno, lo
recuerdo, tantas gestiones hice y tanto corrí que hasta
me puse enfermo... ¡Jamás podré olvidar aquel invierno!... ¿Recuerda qué espectáculo organizamos su Anna
Pávlovna y yo en beneficio de los siniestrados?

—Sí, ¿y en qué año fue?

—No hace mucho... En el setenta y nueve... No, en el
ochenta, me parece. Permítame, ¿cuántos años tiene su
Vania?

—¡Cinco! —grita desde el gabinete Anna Pávlovna.

—Bien, así, pues, eso fue hace seis años... Sí, señor
mío, ¡qué cosas hubo! ¡Ahora no es lo mismo! ¡No hay
aquel fuego!

Lópnev y Sharamikin se quedan pensativos. El tronco
que se consume despide una llamarada por última vez y
se cubre con una fina capa de ceniza.

EN LA CASA DE BAÑOS

I

¡Eh, tú, personaje! —gritó un señor gordo, blanco de cuerpo, al vislumbrar entre el vapor a un hombre alto y flaco, de barbita rala y con una gran cruz de cobre sobre el pecho—. ¡Da más vapor!

—Señoría, no soy bañero, sino barbero. Lo de dar más vapor no es cosa mía. ¿No me manda ponerle ventosas?

El señor gordo se pasó las manos por los purpúreos muslos, reflexionó un poco y dijo:

—¿Ventosas? Bueno, pónmelas. No tengo prisa.

El barbero se fue presuroso al vestuario a buscar los instrumentos y unos cinco minutos más tarde, sobre el pecho y la espalda del señor gordo negreaban ya diez ventosas.

—Yo le recuerdo, Señoría —dijo el barbero aplicando la undécima ventosa—. El sábado pasado usted tuvo a bien lavarse aquí y entonces ya le corté yo los callos. Soy el barbero Mijailo... ¿Recuerda? Entonces hasta se dignó preguntarme qué tal de novias.

—¡Ah!... ¿Y qué?

—Nada... Ahora me preparo para comulgar y peco si digo mal del prójimo, Señoría, mas no puedo no hablarle como me dicta la conciencia. Que Dios me perdone por mis críticas, pero las novias de nuestro tiempo han salido todas ligeras de cascos y tontas... Antes, una novia deseaba casarse con un hombre formal, severo, con capital, con un hombre que pudiera juzgar todas las cosas y tuviera principios religiosos; pero la de hoy se pirra por la instrucción. Dale un hombre instruido; un señor funcionario o alguien del ramo del comercio, no se lo presentes, ¡se burlaría! Hay instrucción e instrucción... Hay persona instruida, naturalmente, que llega hasta los grados más altos de la carrera, y hay quien se pasa la vida de escribiente y no tiene dinero ni para pagarse el entierro. ¿Acaso hay pocos como éstos, hoy en día? Viene uno por aquí... instruido. Uno de telégrafos... Ha sobresalido en todo, es capaz de inventar comunicados, pero se lava sin jabón. ¡Da pena mirarle!

—¡Pobre, pero honrado! —se oyó que decía una ronca voz de bajo desde una litera superior—. De hombres así hay que sentirse orgulloso. La instrucción unida a la pobreza es un testimonio de altas cualidades del alma. ¡Mentecato!

Mijailo miró de soslayo la litera superior... Allí estaba sentado, golpeándose el vientre con un haz de ramitas, un individuo flaco, con salientes huesosos por todo el cuerpo, como formado sólo de piel y costillas. No se le veía el rostro porque lo tenía cubierto por los largos cabellos que le colgaban. Se le percibían sólo dos ojos llenos de rencor y de desprecio dirigidos hacia Mijailo.

—¡Es uno de ésos... de los de cabellos largos! —dijo Mijailo haciendo un guiño—. Con ideas... ¡Da miedo lo que se ha multiplicado ahora esta clase de gente! ¡No hay modo de atraparlos a todos!... ¡Ved, se ha dejado las melenas el esqueleto ese! Toda conversación cristiana le estomaga, como al Maligno el incienso. ¡Se ha puesto a defender la instrucción! ¿Ve? A éstos es a los que quieren las novias de hoy. ¡Precisamente a éstos, Señoría! ¿No da asco? En otoño me llama a su casa la hija de un sacerdote. Va y me dice: «encuéntrame, *Michel* (en las casas me llaman *Michel* porque ondulo los cabellos a las señoras), encuéntrame, *Michel* —me dice—, un novio que sea escritor». Por suerte para ella, tenía yo uno de ésos... Frecuentaba el establecimiento de Porfiri Emeliánich y no hacía más que meterle miedo amenazándole con ponerle en los periódicos. Se le acerca el camarero y le pide que le pague la vodka; el escritor en seguida le agarra por la oreja... «¿Cómo? ¿A mí me pedís dinero? ¿No sabes quién soy yo? ¿No sabes que puedo hacer publicar en los periódicos que has escabechado a una persona?» Era un encanijado e iba roto. Le enlabié hablándole del dinero

del pope, le enseñé el retrato de la señorita y le organicé
una entrevista. Le procuré un trajecito de alquiler... ¡No
gustó a la señorita! «Tiene poca melancolía en el rostro»,
dijo. ¡Y ni ella misma sabe qué demonio le hace falta!

—¡Esto es una calumnia contra la prensa! —suelta la
ronca voz de bajo desde la misma litera—. ¡Sucio!

—¡Yo, sucio! ¡Hum!... Tiene usted suerte, señor, de
que esta semana me preparo para la comunión, que si
no, por este «sucio» iba a decirle tales palabritas... ¿Así,
pues, usted también es de los que escriben?

—Aunque yo no sea escritor, no te atrevas a hablar de
lo que no entiendes. Escritores ha habido muchos en Rusia, y lo han sido para bien. Han instruido el país, y por
esto mismo hemos de tratarlos no con desprecio, sino con
mucha consideración. Hablo de los escritores tanto segla-
res como eclesiásticos.

—Los eclesiásticos no se ocupan de estos asuntos.

—Qué sabes tú, alcornoque. Dmitri Rostovski, Inno-
kenti Jersonski, Filaret Moskovski y otros prelados de la
Iglesia, con sus obras, han contribuido bastante a difun-
dir la instrucción.

Mijailo miró de reojo a su adversario, meneó la cabeza
y gruñó.

—Bueno, lo que con esto usted, señor..., lo que quiere
decir... —balbuceó, rascándose la nuca—. Será algo muy
rebuscado... No en vano lleva usted tales cabellos. ¡No
en vano! Todo esto lo comprendemos muy bien y ahora
le haremos ver qué clase de hombre es usted. Señoría, voy
a dejarle unos momentos con las ventosas puestas, ahora
mismo vuelvo... Salgo un instante.

Mijailo, ajustándose, en marcha, los mojados pantalones y sopeando ruidosamente con sus pies descalzos, se
dirigió al vestuario.

—Ahora saldrá del baño un individuo de cabellos largos —dijo a un mozo que estaba tras una ventanilla ven-
diendo jabón—; bueno, pues tú... vigílale. Está solivian-
tando a la gente... Es de ideas... Habría que echar una
carrerita y avisar a Nazar Zajárich...

—Díselo a los muchachos.

—Ahora saldrá aquí un individuo de cabellos largos
—balbuceó Mijailo dirigiéndose a los muchachos que estaban junto a la ropa—. Solivianta a la gente. Vigiladle

e id corriendo a avisar a la patrona para que mande a buscar a Nazar Zajárich, que levante atestado. Suelta muchas palabras... Con ideas...

—¿A qué individuo de cabellos largos te refieres? —preguntan los muchachos alarmados—. Aquí no se ha desnudado ningún individuo de éstos. En total se han desnudado seis. Aquí tienes dos tártaros, aquí se ha desnudado un señor; aquí, dos del ramo del comercio, aquí un diácono... y nadie más... ¿Habrás tomado al padre diácono por uno de esos que llevan los cabellos largos?

—¡Qué estás inventando, diablos! ¡Sé lo que me digo!

Mijailo examinó las ropas del diácono, tocó la sotana con la mano y se encogió de hombros... Se extendió por su rostro una expresión de suma perplejidad.

—¿Cómo es?

—Es delgaducho, de pelo blanco... Apenas tiene barba... Tose sin parar.

—¡Hum!... —musita Mijailo—. ¡Hum!... Así, pues, he gruñido a un sacerdote... ¡Yo sí que la he hecho buena! ¡Vaya pecado! ¡Vaya pecado! ¡Y me estoy preparando para comulgar, hermanitos! ¿Cómo voy a confesarme ahora, si he ofendido a un eclesiástico? ¡Perdóname, Señor! ¡Perdona a este pecador! ¡Voy a pedir perdón!...

Mijailo se rascó el pescuezo y poniendo cara contrita, se dirigió al baño. El padre diácono ya se había bajado de la litera alta. Estaba junto a los grifos y, manteniendo las piernas muy separadas, se llenaba un cubo de agua.

—¡Padre diácono! —le dijo Mijailo con voz llorosa—. ¡Perdóneme, por Jesucristo! ¡Perdone a este maldito!

—¿De qué he de perdonarte?

Mijailo suspiró hondamente y se inclinó haciendo una reverencia al diácono hasta rozar el suelo.

—¡De haber pensado que tenía usted ideas en la cabeza!

II

ME sorprende que su hija, con toda su hermosura y su intachable conducta, no se haya casado todavía —dijo Nikodim Egórich Potíchkin trepando a la litera superior.

Nikodim Egórich estaba desnudo como toda persona desnuda, pero se cubría la calva con una gorra. Temiendo que se le congestionara la cabeza y que pudiera sufrir un ataque de apoplejía, siempre tomaba el baño de vapor con gorra. Su compañero, Makar Tarásich Piéshkin, un vejete pequeño, de delgadas piernas azulinas, en respuesta a la pregunta del otro se encogió de hombros y dijo:

—Si no se ha casado ha sido porque Dios me ha dado a mí mal carácter. Yo soy muy pacífico y muy tímido, Nikodim Egórich, y hoy con timidez no se logra nada. Los novios de hoy son feroces y es necesario tratarlos como corresponde.

—¿Cómo dice usted? ¿Feroces? ¿En qué sentido?

—Los novios de hoy están muy mimados... ¿Que cómo se han de tratar? Hay que ser severo, Nikodim Egórich. Con ellos no es cuestión de andarse con cumplidos, Nikodim Egórich. Hay que llevarlos al juez de paz, hay que darles por los morros, hay que llamar al guardia, ¡así es como han de ser tratados! ¡Es gente canalla! ¡Es gente que no vale nada!

Los amigos se tendieron sobre la litera superior y empezaron a manejar las escobillas de ramas de abedul.

—No valen nada... —prosiguió Makar Tarásich—. ¡Lo que me han hecho sufrir esos canallas! Si tuviera yo un carácter un poco más firme, mi Dasha estaría casada hace mucho tiempo y ya tendría hijos... Sí... Si se juzga a conciencia, señor mío, las viejas solteronas forman ahora la mitad del género femenino, el cincuenta por ciento. Y observe, Nikodim Egórich, que cada una de esas solteronas ha tenido novios en su juventud. ¿Por qué, se pregunta uno, no se han casado? Pues porque los padres no han podido retener al novio, y le han dejado escapar.

—Esto es cierto.

—El hombre de hoy está consentido, es tonto y librepensador. Es amigo de tratar estas cosas a lo bribón y aun con granjería. Sin sacar tajada, no te da ni un paso. Tú le das una satisfacción y él te exige dinero. Y cuando se casa, no lo hace sin segundas. Me caso, piensa; bueno, pues haré dinero. Esto aún sería lo de menos, no importaría: come, hínchate, toma mi dinero, pero cásate con mi hija, hazme esta caridad; mas suele suceder que hasta con dinero te toca llorar y apurar las heces de la amar-

gura. Hay quien se promete, se promete, y cuando llega
la hora de la verdad, la hora de la boda, da media vuelta
y va a prometerse con otra. Ser novio es magnífico, es un
verdadero encanto. Le invitan a comer, a beber, le dan
dinero prestado, ¿no es ésta una bella vida? Bueno, pues
hay quien hace de novio hasta la vejez, hasta la hora de
la muerte, y no necesita casarse. Tiene ya la cabeza calva, el pelo blanco, se le doblan las rodillas, y aún sigue
siendo novio. También los hay que no se casan por estupidez... El hombre estúpido no sabe lo que necesita y se
pasa el tiempo eligiendo: esto no le parece bien, lo otro
no le gusta. Ronda, ronda, se promete, se promete, y luego, de pronto, sin más ni más: «No puedo —dice— y no
quiero». Sí, tomemos, por ejemplo, para no ir más lejos,
al señor Katavásov, el primer novio de Dasha. Profesor de
gimnasio, también consejero titular... Se ha aprendido
todas las ciencias, habla francés, alemán... matemáticas,
y al ser puesto a prueba ha resultado ser un mentecato,
un estúpido, nada más. ¿Duerme usted, Nikodim Egórich?

—No, ¿por qué? Es que he cerrado los ojos de placer...

—Pues sí... Empezó a rondar a mi Dasha. Y he de
decirle a usted que entonces Dasha aún no había cumplido los veinte años. Era una muchacha que, simplemente, despertaba la admiración de todo el mundo. ¡Un
pimpollo! Rellenita, con formalística en el cuerpo y demás. El consejero de Estado Tsitserínov-Graviánski (es
funcionario del ministerio de cultos) le pidió de rodillas
que fuera a su casa de institutriz y ella ¡no quiso! Empezó Katavásov a frecuentar nuestra casa. Venía todos
los días y se quedaba hasta medianoche hablando con
Dasha de diferentes ciencias y de física... Le llevaba li-
britos, escuchaba la música que ella tocaba... Cada vez
insistía más en los libros. Mi Dasha es instruidísima y no
necesita para nada de libros, aquello no era más que un
capricho, pero él dale que dale: lee esto, lee lo otro; la
tenía aburrida a más no poder. Él estaba enamorado, yo
lo veía. Pero ella, nada, era evidente. «No me gusta, papá
—decía—, porque no es militar.» Militar no era, pero con
todo, no estaba mal. Es hombre titulado, noble, come
bien, no se emborracha, ¿qué más quieres? Se prometie-
ron. Concedimos nuestra bendición... Por la dote ni siquiera preguntó. Ni oxte ni moxte... Como si no fuera

un ser de carne y huesos, sino un espíritu inmaterial que puede pasarse sin dote. Señalamos incluso el día de la boda. ¿Y qué se figura usted? ¿Eh? Tres días antes de la boda ese mismo Katavásov me viene a ver a la tienda. Tenía los ojos enrojecidos, la cara pálida, como si tuviera un gran susto metido en el cuerpo, temblaba de pies a cabeza. ¿Qué desea? «Perdone —dice—, Makar Tarásich, pero no puedo casarme con Daria Makárovna. Yo —dice— me he equivocado. Yo —dice—, viendo su floreciente juventud y su candor, creía encontrar en ella el terreno, por así decirlo, la frescura —dice— del alma, pero ella ya ha tenido tiempo de adquirir inclinaciones —dice—. Tiene inclinación —dice— al boato, no sabe lo que es trabajar, con la leche de la madre ha mamado...» No recuerdo lo que había mamado... Habla, y al mismo tiempo llora. ¿Qué hice yo? Yo, señor mío, sólo le dije cuatro cosas bien dichas y le solté. Ni fui a ver al juez de paz, ni me quejé a sus superiores ni le puse en vergüenza por la ciudad. Si hubiera ido al juez de paz, quizá él habría tenido miedo al baldón y se habría casado. Los superiores, supongo, no se habrían parado a mirar qué era lo que ella había mamado. Si has hecho proposiciones a una moza, cásate con ella. ¿Conoce a Kliakin, el tendero? Aunque *mujik*, sabe cómo hay que gastarlas... También con él el novio empezó a hacerse el remolón, pues observó algo en la dote que no le convencía; entonces, Kliakin le llevó a la despensa, cerró la puerta, sacó del bolsillo un gran revólver, sabe usted, bien cargado con sus balas y dice: «Jura —dice— ante la imagen sagrada que te vas a casar, y si no —le dice—, te mato ahora mismo, canalla, más que canalla. ¡Ahora mismo!» El guapo juró y se casó. Ya ve usted. Pero yo no sería capaz de hacerlo. Ni pegar siquiera... Vio a mi Dasha un empleado del consistorio, el ucraniano Briuzdenko. También del departamento de cultos. La vio y se enamoró. Iba tras ella rojo como un cangrejo, balbuceando palabras y más palabras, su boca despedía fuego. De día estaba en nuestra casa, de noche se paseaba al pie de las ventanas. Dasha también se enamoró de él. Sus ojos ucranianos le gustaron. En ellos, decía, veo fuego y la noche oscura. El ucraniano siguió viniendo y pidió la mano de la chica. Dasha, puede de-

cirse que entusiasmada y encantada, dio su consentimiento. «Comprendo —dice—, papaíto, que no es militar, pero
a pesar de todo es del departamento de cultos y esto es
como ser de intendencia y por esto le quiero mucho.»
Una mozuela, y ahí la tienes también con distingos: ¡de
intendencia! El ucraniano examinó la dote, regateó conmigo y sólo torció la nariz; estuvo de acuerdo en todo con
tal que la boda se celebrase cuanto antes; pero el mismo
día de los desposorios, mira a los invitados y se lleva las
manos a la cabeza. «¡Madre mía —dice—, cuánta parentela la suya! ¡No estoy de acuerdo! ¡No puedo! ¡No quiero!» Y dale que dale... Yo venga a hablarle de un modo,
de otro... Pero oye, le digo, Señoría, ¿se ha vuelto loco
o qué? ¡Si la parentela es mucha, el honor es mayor!
¡No se dejó convencer! Tomó el sombrero y si te he visto
no me acuerdo.

»Se ha dado también el siguiente caso. Pidió la mano
de mi Dasha el inspector forestal Alialiáiev. Se enamoró
de ella por su clara mente y su conducta... Y Dasha se
enamoró de él. Le gustaba el carácter positivo del pre-
tendiente. Era un hombre realmente bueno y noble. Pidió la mano de mi hija y todo lo hizo a conciencia. Examinó la dote hasta los más pequeños detalles, revolvió
todos los baúles, riñó a Matriona por no haber sabido
guardar de la polilla un abrigo. Y a mí me facilitó una
listita de sus bienes. Era un hombre noble, sería pecado
hablar mal de él. A mí me gustaba muchísimo, lo confieso. Estuvo regateando conmigo dos meses. Yo le doy
ocho mil rublos, y él me pide ocho mil quinientos. Regateamos, regateamos; a veces nos sentábamos a tomar el
té, nos bebíamos hasta quince vasos cada uno y seguía-
mos regateando. Añadí doscientos rublos, ¡no quiere!
Y quedamos sin ponernos de acuerdo por trescientos rublos. Se fue, el pobre, llorando... ¡Amaba a Dasha locamente! Ahora, pecador de mí, me arrepiento, digo la
pura verdad. Tenía que haberle dado los trescientos rublos o haberle asustado amenazándole con ponerle en
vergüenza ante toda la ciudad o bien haberle llevado a
una habitación oscura y darle en los morros. Erré el cálculo, ahora veo que erré el cálculo, fui un imbécil. ¡Qué
le vamos a hacer, Nikodim Egórich! ¡Soy blando de carácter!

—Sí, muy pacífico. Esto es verdad. Bueno, me voy, ya es hora... La cabeza se me ha puesto pesada...

Nikodim Egórich se da el último golpe con la escobita de ramas y baja. Makar Tarásich susipra y agita la suya aún con mayor afán.

GENTECILLA

«¡MUY señor mío, padre y bienhechor! —escribía el funcionario Nevirazímov, redactando una carta de felicitación—. Hago votos para que pase este día luminoso y muchos días futuros con salud y prosperidad. Y también a su familia des...»

La lámpara, cuyo petróleo se estaba ya terminando, humeaba y olía a quemado. Por la mesa, cerca de la mano con que escribía Nevirazímov, corría, inquieta, una cucaracha despistada. Dos habitaciones más allá de la de guardia, el conserje Paramón se limpiaba por tercera vez las botas de las fiestas con tanta energía que el ruido de sus esputos y el del cepillo se oían en todas las estancias.

«¿Qué más se le podría escribir aún a ese canalla?», pensó Nevirazímov levantando los ojos al techo ahumado.

En el techo vio un círculo oscuro, la sombra de la pantalla. Más abajo había las cornisas polvorientas, y más abajo aún, las paredes, pintadas en otro tiempo de color pardo azulino. Y el cuarto de guardia le pareció tan desierto que sintió lástima no ya de sí mismo, sino incluso de la cucaracha...

«Al fin y al cabo yo terminaré mi servicio de guardia y saldré de aquí, pero ella se pasará de guardia en este lugar toda su vida cucarachil —pensó, estirándose—. ¡Qué aburrimiento! ¿Y si me limpio las botas?»

Estirándose una vez más, Nevirazímov se fue a la portería, arrastrando perezosamente los pies. Paramón había dejado de limpiar las botas... Con el cepillo en una mano y persignándose con la otra, estaba de pie, escuchando ante el respiradero abierto de la ventana...

—¡Tocan las campanas! —balbuceó dirigiéndose a Nevirazímov, mirándole con los ojos fijos, muy abiertos—. ¡Ya tocan!

Nevirazímov aplicó la oreja al respiradero y se puso a escuchar. Junto con el aire fresco y primaveral, penetraba el repiqueteo de Pascua. El son de las campanas se mezclaba con el ruido de los coches y de aquel caos de sonidos se destacaba sólo el vivo repique atenorado de la iglesia más cercana, aparte de una risa fuerte y chillona.

—¡Cuánta gente! —suspiró Nevirazímov mirando hacia abajo, a la calle, donde cerca de los farolillos encendidos pasaban, una tras otra, sombras humanas—. Todos corren a los maitines... Seguro que los nuestros ahora ya han bebido y estarán dando vueltas por la ciudad. ¡Cómo se reirán y charlarán! Sólo yo, infeliz, he de quedarme aquí, clavado, en un día como hoy. ¡Y cada año me toca a mí!

—¿Quién le manda contratarse? A usted hoy no le tocaba estar de guardia, pero le ha contratado Zastúpov para que le sustituya. Cuando tocan a divertirse, usted hace sustituciones... ¡La codicia!

—¿Qué codicia ni qué diablos? No hay de qué sentirse codicioso: en total, dos rublos y una corbata por añadidura... ¡La necesidad, que no la codicia! Qué estupendo, sabes, ir ahora en compañía a los maitines y luego romper el ayuno de cuaresma... Beber como Dios manda, tomar un piscolabis y echarse a dormir... Estás sentado a la mesa, con la mona de Pascua bendita encima, silba el samovar y al lado alguna damiselita... Te zampas una copita, le tocas la barbilla, eso es una delicia... te sientes un hombre... E-e-eh... ¡maldita vida! Los granujas paseando por ahí en coche y tú aquí, clavado, a cavilar.

—A cada uno lo suyo, Iván Danílich. Si Dios quiere, también usted hará carrera y viajará en coche.

—Quién, ¿yo? Ca, hombre, tú bromeas. Yo no pasaré de Consejero honorario, por más que me desriñone... Soy un hombre sin instrucción.

—Tampoco tiene instrucción nuestro general, sin embargo...

—Bueno, pero el general, antes de llegar a este punto,

robó cien mil rublos. Y su porte, hermano, es muy distinto del mío... ¡Con mi porte no se llega muy lejos! Y hasta el apellido lo tengo de lo peorcito: ¡Nevirazímov[1]! En una palabra, hermano, mi situación no tiene salida. Si quieres, vive así; si no, ahórcate...

Nevirazímov se apartó del ventanillo y, lleno de melancolía, se puso a caminar por las estancias. El sonido de las campanas cada vez se hacía más y más fuerte... Para oírlo, ya no hacía falta pararse junto a la ventana. Y cuanto más claro se hacía el repiqueteo, cuanto más alto era el ruido de los coches, más oscuras parecían las paredes azulinas y las cornisas ahumadas, tanto más intensamente humeaba la lámpara.

«¿Y si mandara a la porra a la guardia?», pensó Nevirazímov.

Pero una huida semejante no prometía nada bueno... Si abandonaba la oficina y daba unas vueltas por la ciudad, Nevirazímov se iría luego a su casa y la habitación que él ocupaba era aún más gris y peor que el cuarto de guardia... Admitamos que pasara bien este día, con toda comodidad, pero ¿y luego? Las mismas paredes grises, las mismas guardias en sustitución de otros, las mismas cartas de felicitación...

Nevirazímov se detuvo en medio del cuarto de guardia y se quedó pensativo.

La necesidad de una vida nueva y mejor le oprimía dolorosamente el corazón. Experimentó un deseo inmenso de encontrarse de golpe en la calle, de fundirse con la muchedumbre viva, de participar en la solemnidad por la que sonaban todas aquellas campanas y retumbaban los coches. Experimentó el deseo de lo que había vivido en otro tiempo, en la infancia: el círculo familiar, las caras solemnes de las personas allegadas, el mantel blanco, luz, calor... Recordó el coche en que acababa de pasar una señora, el abrigo que lucía el ujier, la cadena de oro que adornaba el pecho del secretario... Pensó en una cama tibia, en la orden de San Estanislao, en unas botas nuevas, en un frac de uniforme sin los codos gastados... Todo esto le vino a la memoria porque todo esto le faltaba...

---

[1] *Nevirazímov:* lit., «inexpresable».

«¿Robar, acaso? —pensó—. Robar, digamos, no es difícil, pero esconderlo luego, ya es harina de otro costal... Dicen que con lo robado hay quien se escapa a América, ¡pero el diablo sabe dónde se encuentra la América esa! Para robar, también hace falta tener instrucción.»

El repiqueteo cesó. Se percibía únicamente el ruido lejano de los coches y la tos de Paramón, pero la tristeza y la rabia de Nevirazímov cada vez se hacían más fuertes, más insoportables. En el reloj de la oficina sonaron las doce y media.

«¿Y si escribo una denuncia? Proshkin denunció y subió como la espuma...»

Nevirazímov se sentó a la mesa y se puso a reflexionar. La lámpara, cuyo petróleo se había ya consumido por completo, humeaba mucho y amenazaba apagarse. La cucaracha despistada seguía yendo y viniendo por la mesa sin haber encontrado un refugio...

«Una denuncia se puede hacer, pero ¡cómo la redactas! Hay que hacerlo con ambigüedades e insinuaciones, como Proshkin... ¡Pero cómo me las arreglo yo para hacerlo! La voy a redactar de tal modo que luego se me va a caer el pelo. ¡No sirvo para nada, mal rayo me parta!»

Y Nevirazímov, rompiéndose la cabeza pensando en los medios que le podrían permitir escapar de su situación sin salida, clavó la vista en el borrador de la carta que había escrito. La carta iba dirigida a un hombre al que él odiaba con toda el alma, a quien temía y de quien procuraba obtener, hacía ya diez años, el traslado de un puesto de dieciséis rublos mensuales a otro de dieciocho...

—¡Ah... corres por aquí, diablo! —y golpeó rabiosamente con la palma de la mano la cucaracha que había tenido la desgracia de ponérsele bajo la mirada—. ¡Una porquería como ésta!

La cucaracha cayó de espalda y se puso a agitar desesperadamente las patas... Nevirazímov la agarró por una de ellas y la soltó por el tubo del quinqué. En el tubo se alzó una llamarada y se produjo una crepitación...

Y Nevirazímov se sintió aliviado.

RETAHÍLA

En el coro está de pie el sacristán Otlukavin, quien sostiene, entre sus rollizos dedos estirados, una pluma de ganso roída. Su pequeña frente se ha cubierto de arrugas, en su nariz se combinan manchas de todos los colores, empezando por el rosa y acabando con el azul oscuro. Ante él, sobre la roja encuadernación del Libro antifonal[1], hay dos papelitos. En uno se ha escrito «por la salud», en el otro, «por la paz», y debajo de ambos títulos, sendas listas de nombres... Cerca del coro se encuentra una pequeña viejecita con cara de preocupación y una barjuleta a la espalda. La viejecita reflexiona.

—¿A quién más? —pregunta el sacristán, rascándose perezosamente tras la oreja—. Date prisa, mendicante, piensa, no puedo perder el tiempo. En seguida voy a leer las horas.

—Ahora mismo, señor... Bueno, escribe... Por la salud de los siervos de Dios: Andriéi y Daria con sus hijos... Mitri, otra vez Andriéi, Antip, María...

—Espera, no corras... No persigues a una liebre, tienes tiempo.

—¿Has escrito María? Bueno, ahora escribe Kiril, Gordiéi, el pequeño Guerásim, finado hace poco, Panteliéi... ¿Has escrito al difunto Panteliéi?

—Espera... ¿Panteliéi ha muerto?

—Ha muerto... —suspira la vieja.

[1] *Tsvetnaia triod:* libro de cánticos y rezos de la iglesia ortodoxa, formado en el transcurso de varios siglos (v-xiv), que se usa en los oficios divinos durante la Pascua y la semana siguiente.

—¿Entonces por qué me lo haces escribir por la salud? —se disgusta el sacristán, tachando a Panteliéi y pasándolo al otro papel—. Parece mentira... Explícate bien y no confundas. ¿A quién más por la paz?

—¿Por la paz? En seguida... espera... Bueno, escribe... Iván, Avdotia, otra vez Daria, Egor... Escribe... el soldado Zajar... Desde que fue al servicio hace más de tres años que no se ha vuelto a oír nada de él...

—¿Ha muerto, pues?

—¡Quién sabe! Quizá ha muerto y quizá esté vivo... Tú escribe...

—¿Pero dónde lo inscribo? Si ha muerto, supongamos, entonces en la lista de por la paz; si vive, en por la salud. ¡A ver quién os entiende!

—¡Hum!... Escríbelo en las dos listitas, querido, y allí ya se verá. Y para él, da lo mismo donde lo escribas: es un hombre que no sirve para nada..., un perdido... ¿Lo has escrito? Ahora, por la paz, escribe a Mark, Levonti, Arina... y también a Kuzmá con Anna... a la enferma Fedosia...

—¿A Fedosia, enferma, en la lista por la paz? ¡Vaya!

—¡Cómo! ¿A mí, por la paz? ¿Es que te has vuelto loco?

—¡Uf! ¡Me has hecho confundir, cabezota! Si todavía no ha muerto, pues dilo que no ha muerto, y nada de meterla en la lista de los difuntos. ¡Todo lo confundes! Ahora, tacha aquí a Fedosia y escríbela en otro lugar... ¡he ensuciado todo el papel! Ea, escucha, te lo voy a leer... Por la salud, a Andriéi, a Daria, con sus hijos, ítem Andriéi, Antip, María, Kiril, el pequeño Guerásim, finado hace po... Espera, ¿cómo ha caído aquí este Guerásim? ¡Finado hace poco y hételo aquí en por la salud! ¡Sí, me has confundido, mendicante! ¡Dios te valga, me lo has embrollado todo!

El sacristán menea la cabeza, tacha a Guerásim y lo traslada a la sección de los difuntos.

—¡Escucha! Por la salud: María, Kiril, el soldado Zajar... ¿a quién más?

—¿A Avdotia la has apuntado?

—¿A Avdotia? Hum... Avdotia... Evdokia... —dice el sacristán volviendo a examinar los dos papeles—. Recuerdo que la he escrito, pero ahora, el diablo sabe... no

hay modo de encontrarla... ¡Aquí está! ¡Está escrita por
la paz!

—¿A Avdotia por la paz? —se sorprende la vieja—.
¡Aún no hace un año que se ha casado y ya llamas a la
muerte sobre su cabeza!... Tú mismo te confundes, señor, y luego la tomas conmigo. Escribe con una plegaria
en el corazón, que si en él tienes rencor, se alegrará el
demonio. Es el demonio el que te lleva y te confunde...

—Espera, no me estorbes...

El sacristán frunce el ceño y, después de meditar un
rato, tacha lentamente a Avdotia en la hoja de los difuntos. Sobre la letra «d» la pluma rechina y suelta una
gran mancha. El sacristán se turba y se rasca el pescuezo.

—A Avdotia, pues, hay que quitarla de aquí... —balbucea turbado— y anotarla allí... ¿Es así? Espera... Si
la escribo ahí, será por la salud, pero si aquí, será por la
paz... ¡Todo me lo ha confundido esa mujer! Además,
este soldado de Zajar, que se me ha entrometido... Lo
ha traído el demonio... ¡No entiendo nada! Hay que
empezar de nuevo...

El sacristán rebusca en un armario y saca de allí una
cuartilla de papel limpio.

—Quita a Zajar, si es así... —dice la vieja—. Que
Dios le valga, quítale...

—¡Cállate!

El sacristán moja despacito la pluma y copia los nombres de los dos papelitos en la nueva hoja.

—Los escribo todos en montón —dice— y tú los llevas
al padre diácono... Que descifre el diácono quién está
vivo y quién está muerto; él ha estudiado en el seminario, pero yo, en estas cosas... aunque me mates, no entiendo nada.

La vieja toma el papel, entrega al sacristán una vieja
moneda de *kopek* y medio y se encamina, con pasos me-
nuditos, al altar.

LA ÚLTIMA MOHICANA

Una espléndida mañana de primavera, yo el propietario Dokukin, capitán de caballería retirado de quien fui huésped, estábamos sentados en las butacas de su abuela y mirábamos perezosamente por la ventana. El tedio era espantoso.

—¡Uf! —balbuceaba Dokukin—. ¡Qué aburrimiento! ¡Te alegrarías hasta de que se presentara un ujier de los tribunales!

«¿Será cuestión de echarse a dormir?», pensé.

Y estuvimos pensando largo rato, mucho, sobre el tema del aburrimiento, hasta que, a través de los cristales de las ventanas, no lavados desde hacía mucho tiempo, y que despedían reflejos iridiscentes, observamos un pequeño cambio acaecido en la rotación del universo: el gallo que estaba junto al portón, sobre una pila de hojarasca del año pasado, y que levantaba ora una pata ora otra (tenía ganas de levantar las dos patas al mismo tiempo), se estremeció de súbito y, como si le hubieran clavado un aguijón, se apartó hacia un lado.

—Alguien viene, a pie o en coche... —se sonrió Dokukin—. Podría traernos visita, aunque fuera el Patillas. Por lo menos sería más divertido...

El gallo no nos engañó. En el portón apareció, primero, una cabeza de caballo con un arco verde encima, luego un caballo entero y, finalmente, una carretela, oscura y pesada, con grandes y deformes aletas, que recordaban las alas de un escarabajo a punto de levantar el vuelo. La carretela entró en el patio, dobló torpemente hacia la izquierda y con chirridos y estrépito se dirigió a la cuadra. En el carruaje iban sentadas dos figuras humanas: una de mujer y otra, algo más pequeña, de hombre.

—Diablo... —susurró Dokukin mirándome con ojos asustados y rascándose la sien—. Estábamos demasiado tranquilos para que no viniera el demonio a menear la cola. No en vano he visto hoy, en sueños, una estufa.

—¿Por qué? ¿Quién ha llegado?

—Mi hermanita con su marido, mal rayo...

Dokukin se levantó y se puso a recorrer nerviosamente la estancia.

—Hasta me ha dado un escalofrío bajo el corazón... —refunfuñó—. Es un pecado no sentir por la propia hermana un afecto fraternal, pero, ¿me creerá usted?, preferiría encontrarme en el bosque con un atamán de bandidos antes que encontrarme con ella. ¿Si nos escondiésemos? Timoshka puede contarles una mentira y decir que hemos ido a la sesión.

Dokukin empezó a llamar en voz alta a Timoshka. Pero ya era tarde para mentir y esconderse. Un minuto después se oyó un cuchicheo en el vestíbulo: una voz de bajo femenina hablaba quedamente con una voz atenorada de hombre.

—¡Ponme bien el bajo de la falda! —decía la voz femenina—. ¿Te has vuelto a poner unos pantalones por otros?

—Los azules los dio usted al tío Vasili Antípich, y los jaspeados me ha mandado usted retirarlos hasta el invierno —se justificaba el tenorcito—. ¿He de llevarle el chal o manda que lo deje aquí?

Por fin se abrió la puerta y en la estancia entró una dama de unos cuarenta años, alta, corpulenta, fofa, con un vestido de seda azul. En su cara, de encarnadas y pecosas mejillas, se le veía pintada tanta obtusa gravedad, que en seguida me pareció comprender por qué Dokukin la detestaba de aquel modo. Detrás de la corpulenta señora andaba con pasitos cortos un hombre pequeño, enteco, con una levita muy vistosa, pantalones anchos y un chaleco de terciopelo, un hombre estrecho de hombros, rasurado, con la naricita roja. Sobre su chaleco oscilaba una cadena de oro, parecida a la cadena de una lámpara. En su vestido, en sus movimientos, en su naricita, en toda su desgarbada figura, se transparentaba algo servilmente humilde, menospreciado... La señora entró y, como si no advirtiera nuestra presencia, se dirigió hacia los iconos y comenzó a persignarse.

—¡Santíguate! —ordenó a su marido, volviéndose hacia él.

El hombre de naricita roja se estremeció y empezó a santiguarse.

—¡Buenos días, hermana! —dijo Dokukin dirigiéndose a la dama, cuando ésta hubo terminado de rezar, y suspiró.

La dama se sonrió gravemente y aplicó sus labios a los labios de Dokukin.

El hombrecito también se llegó a dar un beso.

—Permítanme que los presente... Mi hermana Olimpiada Egórovna Jlíkina... Su marido, Dosifiéi Andriéich. Y éste es un buen amigo mío...

—Tanto gusto —dijo Olimpiada alargando las palabras y sin tenderme la mano—. Tanto gusto...

Nos sentamos y permanecimos callados un minuto.

—¿Verdad que no esperabas visitas? —empezó Olimpiada Egórovna dirigiéndose a Dokukin—. Tampoco yo pensaba venir aquí, hermanito, pero como voy a ver al mariscal de la nobleza, de paso...

—¿Y por qué vas a ver al mariscal de la nobleza? —preguntó Dokukin.

—¿Por qué? ¡Pues mira, porque quiero quejarme de él! —y la dama señaló a su marido con un gesto de cabeza.

Dosifiéi Andriéich bajó los ojitos, encogió las piernas bajo la silla y, confuso, tosió llevándose el puño a la boca.

—¿Y qué queja tienes de él?

Olimpiada Egórovna suspiró.

—¡Se olvida de su rango! —contestó—. ¿Qué quieres? Me he quejado a ti, hermanito, y a sus padres, le he llevado al reverendo Grigori para que éste le sermonee, yo misma he tomado toda clase de providencias, ¡todo ha sido inútil! Contra mi propia voluntad, no tengo más remedio que molestar al señor mariscal de la nobleza...

—Pero, ¿qué ha hecho?

—No ha hecho nada, ¡pero se olvida de su rango! Es un hombre, digamos, que no bebe, pacífico, respetuoso, pero ¡de qué sirve todo esto si no recuerda su rango! Mírale, aquí lo tienes, encorvado en la silla como un soli-

citante cualquiera o un burguesote intelectual. ¿Acaso un
noble se sienta de este modo? ¡Siéntate como es debido!
¿Oyes?

Dosifiéi Andriéich alargó el cuello, levantó el mentón,
probablemente para sentarse como es debido, y miró a
su mujer medrosamente, de reojo. Así miran los niños
pequeños cuando se sienten culpables. Viendo que la conversación tomaba un carácter íntimo, familiar, me levanté para salir. Jlíkina se dio cuenta de mi movimiento.

—¡No importa, quédese! —me detuvo—. A los jóvenes les conviene escuchar estas cosas. Aunque no somos
gente instruida, hemos vivido más que usted. Que Dios
conceda a todos vivir como hemos vivido nosotros...
Y ya que estamos aquí, hermanito, comeremos con vosotros —prosiguió Jlíkina, volviéndose hacia su hermano—. Pero a lo mejor hoy habéis preparado comida con
carne. Seguramente ni recuerdas que hoy es miércoles...
—Ella suspiró—. Para nosotros manda preparar comida
de vigilia. Comida con carne no la vamos a probar, te
guste o no te guste, hermanito.

Dokukin llamó a Timoshka y mandó preparar comida
de vigilia.

—Comeremos y luego iremos a ver al mariscal de la
nobleza... —continuó Jlíkina—. Le suplicaré que preste
atención. Es cosa suya mirar que los nobles no se des-
víen.

—¿Pero es que Dosifiéi se ha desviado? —preguntó
Dokukin.

—¡Como si lo oyeras decir por primera vez! —replicó
Jlíkina, frunciendo el ceño—. Aunque a ti poco te importa nada, ésta es la verdad. Ni tú mismo te acuerdas
mucho de tu rango... Verás, se lo preguntaremos a este
joven señor. Joven —se volvió hacia mí—, ¿le parece a
usted bien que un hombre noble alterne con la purriela?

—Hay que ver de quién se trata... —respondí, confuso.

—Tome aunque sea el mercader Gúsev. A ese Gúsev
no le permito yo ni que se acerque a la puerta, y mi marido juega con él a las damas y va a su casa a tomar bocadillos. ¿Es muy digno, para él, ir de caza con un escribano? ¿De qué puede hablar con un escribano? ¡Un
escribano, ante él, no debería atreverse no ya a hablar,

sino ni siquiera a piar, si lo quiere usted saber, señor mío!

—Soy débil de carácter... —balbuceó Dosifiéi Andriéich.

—¡Pues ya te haré ver yo el carácter! —le amenazó su mujer, golpeando enojada con la sortija contra el respaldo de la silla—. ¡No te permitiré que pongas en entredicho nuestro apellido! ¡Aunque eres mi marido, te avergonzaré! ¡Has de comprender! ¡Yo te he abierto el camino de la buena sociedad! Su linaje, señor, el de los Jlíkin, es un linaje venido a menos, y si yo, nacida Dokukina, me casé con él, es cosa que él debe apreciar y tener en cuenta. ¡No es poco lo que me cuesta, señor, si lo quiere usted saber! ¡Lo que me costó hacerle entrar en el escalafón! ¡Pregúnteselo a él! ¡Si lo quiere usted saber, sólo el examen para el primer grado civil me costó trescientos rublos! ¿Y por qué me doy tanto trabajo? ¿Crees, murciélago, que si me doy tanta pena es por ti? ¡No lo creas! ¡A mí lo que me importa es el nombre de nuestro linaje! ¡Si no fuera por el nombre, haría tiempo que te me estarías pudriendo en la cocina, si quieres saberlo!

El pobre Dosifiéi Andriéich escuchaba, callaba y sólo se encogía, no sé de qué, si de miedo o de vergüenza. Ni durante la comida le dejó en paz la severa esposa. No apartaba de él los ojos y observaba cada uno de sus movimientos.

—¡Ponte sal en la sopa! ¡No cojas la cuchara así! ¡Aparta de tu lado la ensaladera, que la vas a tirar con la manga! ¡No guiñes los ojos!

Y él comía presuroso y se acurrucaba bajo la mirada de su esposa como un conejo bajo la mirada de una boa. Comió, como su mujer, de vigilia, y estuvo todo el tiempo echando ávidas miradas a nuestras chuletitas.

—¡Reza! —le dijo la mujer después de la comida—. Da las gracias a mi hermano.

Después de haber comido, Jlíkina se fue al dormitorio a descansar. Cuando ella hubo salido, Dokukin se llevó las manos a la cabeza y se puso a recorrer la estancia.

—Pues sí, ¡y qué desgraciado eres, hermano! —dijo a Dosifiéi respirando penosamente—. Yo he estado una hora con ella y no puedo más; ¡qué debe ser para ti estar

con ella de día y de noche… ah! ¡Eres un mártir, un desdichado mártir! ¡Pequeño betlemita, muerto por He-
rodes!

Dosiféi se puso a parpadear y dijo:

—La señora es severa, cierto, pero he de rogar por ella
a Dios día y noche, porque de ella no recibo más que
beneficios y amor.

—¡Eres un hombre perdido! —exclamó Dokukin haciendo un gesto indefinido con la mano—. ¡Y en otro
tiempo, pronunciaba discursos en la asamblea, inventó
una nueva sembradora! ¡Ha deslomado al hombre, la
bruja! ¡E-e-eh!

—¡Dosiféi! —gritó la voz de bajo femenina—. ¿Pero
dónde estás? ¡Ven aquí, espántame las moscas!

Dosiféi se estremeció y corrió de puntillas al dormitorio…

—¡Uf! —exclamó Dokukin, escupiendo tras él.

CUARTOS DE HOTEL

¡OIGA, simpatiquísimo! —profirió la rubicunda e impetuosa inquilina de la habitación 47, coronela Nashatirina, dirigiéndose al dueño—. ¡O me da usted otra habitación o de sus malditas habitaciones me marcho para no volver jamás! ¡Esto es una cloaca! ¡Por favor! ¡Ya tengo hijas mayores, y aquí no se oyen más que porquerías, día y noche! ¿Habráse visto? ¡Día y noche! ¡A veces ese tío suelta tal barbaridad, que da asco! ¡Como un carretero! Menos mal que mis pobres nenas no comprenden nada, que si no, sería cuestión de salir escapando a la calle... ¡También ahora está diciendo algo! ¡Escuche!

—Yo, chico, aún conozco un caso mejor —se oyó que decía una ronca voz de bajo en la habitación vecina—. ¿Te acuerdas del teniente Druzhkov? Pues ese Druzhkov una vez quiso hacer carambola en un ángulo y, como tiene por costumbre, ya sabes, levantó una pierna muy alto... De pronto, algo hizo: ¡trrr! Primero pensamos que había rajado el paño del billar, pero chico, cuando miramos, se le habían descosido los «Estados Unidos» por todas las costuras. El bestia levantó tanto la pierna que no le quedó una costura sana... Ja, ja, ja. Y en ese momento estaban allí presentes unas damas... entre otras, la mujer de ese baboso, del suboficial Okurin... Okurin se puso hecho un basilisco... ¿Qué se habría figurado, el otro, y cómo se atrevía a comportarse incorrectamente en presencia de su mujer? De una palabra a la otra... ¡tú ya conoces a nuestra gente!... Okurin manda padrinos a Druzhkov, pero Druzhkov, que no tiene un pelo de tonto, les dice... ja, ja, ja... les dice: «No es a mí a quien ha de mandar padrinos, sino al sastre que me hizo· esos pantalones. ¡Es él el·culpable!» ¡Ja, ja, ja!... ¡Ja, ja, ja!

Lilia y Mila, las hijas de la coronela, que estaban sentadas ante la ventana con los puños en los mofletes, bajaron sus ojitos, que nadaban entre grasa, y se pusieron como amapolas.

—¿Lo ha oído usted ahora? —prosiguió Nashatirina dirigiéndose al dueño—. ¿Y esto, según usted, no es nada? ¡Yo, señor mío, soy coronela! ¡Y no permito que en presencia mía un carretero cualquiera diga tales obscenidades!

—No es un carretero, señora, sino el capitán segundo Nikin... De la nobleza.

—¡Si ha olvidado su nobleza hasta el punto de expresarse como un carretero, aún se hace merecedor de un mayor desprecio! En una palabra, nada de razonamientos, ¡haga el favor de tomar medidas!

—¿Pero qué puedo hacer yo, señora? No es usted la única en quejarse, se quejan todos, además, ¿qué puedo hacer con él? Me presento en su habitación y comienzo a sacarle los colores: «¡Aníbal Ivánich!! ¡Tenga un poco de temor de Dios! ¡Es una vergüenza!», y él en seguida me planta los puños en la cara y me suelta palabrotas: «Vete a la porra» y demás. ¡Es un escándalo! Se despierta por la mañana y venga a pasear por el pasillo, perdone la expresión, en paños menores. O bien, cuando está borracho, coge el revólver y hala, a clavar balas en la pared. De día, a trincar se ha dicho; de noche juega a las cartas... Y después de las cartas, pelea... ¡Me da vergüenza por los inquilinos!

—¿Por qué no despide a este canalla?

—¿Pero, quién se echa de encima a uno así? Ya me debe tres meses, y no le pido que me pague, sino que se marche, nada más, que me haga este favor... El juez de paz le ha condenado a dejar libre el cuarto, pero él ha recurrido en apelación y en casación, y así va tirando... ¡Es una calamidad, nada más! Sin embargo, ¡lo que vale, Dios mío, como hombre! Es joven, guapo, inteligente... Cuando no está bebido, no hay persona mejor. Un día que no se emborrachó se lo pasó entero escribiendo cartas a sus padres.

—¡Pobres padres! —suspiró la coronela.

—¡Claro, pobres! ¿Acaso es agradable tener un haragán así? Le insultan, le echan de los hoteles, y no pasa día sin que no deba presentarse a la autoridad por haber escandalizado. ¡Es una desgracia!

—¡Pobre e infeliz mujer! —suspiró la coronela.

—No está casado, señora. ¡Sí que está para eso! Con mantener a flote la propia cabeza ya puede dar gracias a Dios...

La coronela se paseó de un extremo a otro de la habitación y reflexionó un poco.

—¡Hum!... No está casado... —dijo, cavilosa—. ¡Hum!... Lilia y Mila, no os quedéis sentadas junto a la ventana, hay corriente. ¡Qué pena! ¡Tan joven y abandonarse de este modo! ¿Y todo por qué? ¡Porque le falta algún influjo beneficioso! No tiene la madre que podría... ¿No está casado? Ya ve... eso es... Por favor, tenga la bondad —prosiguió la coronela con dulzura, después de reflexionar un poco—, entre en su habitación y pídale de mi parte que... se abstenga de usar ciertas expresiones... Dígale que lo ha pedido la coronela Nashatirina... La que vive con sus hijas, dígale, en la habitación cuarenta y siete... que ha venido de su finca...

—Sí, señora.

—Dígaselo así: la coronela con sus hijas. Por lo menos que venga a disculparse... Después de la comida, siempre estamos en casa. ¡Ah, Mila, cierra la ventana!

—¿Y qué necesidad tiene, mamá, de ese... crápula? —preguntó Lilia lentamente cuando el dueño se hubo marchado—. ¡Pues sí que ha encontrado a quién invitar! ¡A un borrachín, a un camorrista, a un harapiento!

—Ah, no digas, *ma chère!*... Siempre decís lo mismo, y bueno, ya veis... ¡aquí estáis, sentaditas! ¿Qué le vas a hacer? Comoquiera que sea, no hay por qué despreciarle... No hay hierba que no pueda ser de provecho. ¿Quién sabe? —suspiró la coronela mirando, solícita, a sus hijas—. Es posible que aquí se decida vuestro futuro. Vestíos, pues, por si acaso...

¡ABOLIDOS!

No hace mucho tiempo, durante la época de la crecida de los ríos, el terrateniente Vívertov, alférez retirado, invitó a comer al agrimensor Katavásov, que había ido a verle. Bebían, comían y hablaban de las novedades. Katavásov, como habitante de la ciudad, estaba informado de todo: del cólera, de la guerra y hasta de la subida de los impuestos sobre las bebidas alcohólicas, a tenor de un *kopek* por grado. Él hablaba y Vívertov escuchaba, soltando a cada momento «ohs» y «ahs» y acogiendo cada novedad con las exclamaciones: «¡Qué me dice! ¡Vaya, hombre! ¡A-a-ah!...»

—¿Y por qué ahora va sin charreteritas, Semión Antípich? —preguntó, de paso, con curiosidad.

El agrimensor no respondió en seguida. Permaneció unos momentos callado, se echó un vasito de vodka entre pecho y espalda, hizo un gesto con la mano y sólo entonces dijo:

—¡Las han abolido!

—¡Vaya! ¡A-a-ah!... No leo periódicos y no estoy enterado. ¿Así, pues, ahora los funcionarios civiles ya no llevan charreteras? ¡Qué me dice! Pues esto, sabe usted, en parte está bien: así los soldaditos no los tomarán por señores oficiales y no les harán el saludo militar. Pero en parte, hay que reconocerlo, no está bien. Ya no tienen ustedes el mismo aspecto, el mismo aire de gravedad, el noble porte.

—¡Sí, pero qué! —dijo el agrimensor, haciendo un gesto con la mano—. El aspecto externo no es una cosa importante. Qué más da que lleves charreteras o no las lleves si se te conserva el grado. Nosotros no nos sentimos molestos en lo más mínimo. En cambio, ¡a usted sí que le han molestado, Pável Ignátich! Puedo compadecerle.

—¿A qué se refiere? —preguntó Vívertov—. ¿Quién puede haberme ofendido?

—Me refiero a que los han abolido a ustedes. El alférez, aunque oficial de pequeña graduación, aun sin ser ni carne ni pescado, no deja de ser un servidor de la patria, un oficial... ha vertido su sangre. ¿Por qué abolirlo?

—Cómo es esto... perdón, no llego a comprenderle... —balbuceó Vívertov palideciendo y abriendo los ojos desmesuradamente—. ¿Pero quién me ha abolido a mí?

—¿Acaso no lo ha oído decir? Ha habido un decreto en el que se dice que no habrá más alféreces. ¡Ni un solo alférez! ¡Que no quede ni su olor! ¿No lo ha oído decir? Se ha ordenado promover a subtenientes a todos los alféreces en activo, y ustedes, los que están retirados, pueden hacer lo que quieran. Si lo desean, serán subtenientes, y si no lo desean, ni falta que hace.

—Hum... ¿Qué soy yo, pues, ahora?

—Esto lo sabrá Dios. ¡Usted ahora no es nada, es una confusión, es éter! Ahora ni usted mismo saca en claro lo que es.

Vívertov quiso preguntar algo, pero no pudo. Experimentó una sensación de frío en la boca del estómago, se le doblaron las rodillas, la lengua no se le movía. Estaba masticando un trozo de salchicha y se le quedó en la boca, sin acabar de masticar.

—¡No se han portado bien con ustedes, es innegable! —dijo el agrimensor, suspirando—. Estará todo bien, pero esta medida no puedo aprobarla. ¡Habría que ver ahora los periódicos extranjeros! ¿Eh?

—De todos modos, no lo comprendo... —articuló Vívertov—. Si ahora no soy alférez, ¿qué soy? ¿Nada? ¿Un cero? ¿Así, pues, si le entiendo bien a usted, ahora cualquiera puede faltarme al respeto y tratarme de tú?

—Esto yo no lo sé. ¡Pero a nosotros, ahora, se nos toma por revisores! Hace unos días, el jefe de expedición del ferrocarril de la localidad, iba, sabe usted, con su capote de ingeniero tal como ahora se manda, sin charreteras, y un general le gritó: «Revisor, ¿saldrá pronto el tren?» Tuvieron una agarrada. ¡Un escándalo! De es-

tas cosas, los periódicos no pueden escribir nada, pero…
¡todo el mundo se entera! ¡A ver el guapo que lo evita!

Vívertov, aturdido por la noticia, ya no bebió ni comió más. Una vez intentó beber *kvas*[1] frío, para recobrar el ánimo, pero la bebida se le atravesó en la garganta, ¡y atrás!

Después de haber despedido al agrimensor, el alférez abolido recorrió todas sus estancias y se puso a meditar. Meditó, meditó y no resolvió nada. Por la noche, acostado en la cama, suspiraba y seguía meditando.

—¡A ver si dejas de mayar! —le dijo su esposa, Arina Matviéievna, dándole un codazo—. ¡Gime como si quisiera parir! A lo mejor, eso ni es verdad. Mañana vete a ver a alguien y pregunta. ¡Trapo!

—Que te quedes sin grado ni título y entonces dirás trapo. Te has acomodado aquí, como una ballena, y hala, ¡trapo! ¡No has sido tú, me figuro, la que ha derramado sangre!

Al día siguiente, por la mañana, después de haberse pasado la noche entera sin dormir, Vívertov enganchó su rosillo al birlocho y se fue en busca de información. Decidió pasar a ver a alguno de sus vecinos y, si fuera necesario, llegarse hasta casa del mismísimo mariscal de la nobleza. Al cruzar Ipátevo se encontró con el arcipreste Pafnuti Amalikitianski. El padre arcipreste regresaba de la iglesia, camino de su casa, y agitando enojado el báculo, se volvía a cada instante hacia el sacristán, que iba tras él, y balbuceaba: «¡La verdad, eres estúpido, hermanito! ¡Qué estúpido!»

Vívertov bajó del birlocho y se acercó al arcipreste para recibir la bendición.

—¡Que tenga buenas fiestas, padre arcipreste! —le saludó, besándole la mano—. ¿Ha celebrado la misa?

—Sí, la misa.

—Ya… ¡Cada uno tiene sus ocupaciones! Usted pace el rebaño espiritual, nosotros abonamos la tierra en la medida de nuestras fuerzas… ¿Y por qué va usted hoy sin condecoraciones?

El reverendo, por toda respuesta, frunció el ceño, hizo un gesto con la mano y prosiguió su camino.

---

[1] *Kvas:* bebida rusa preparada a base de malta, agua y pan.

—¡Se lo han prohibido! —explicó el sacristán en voz baja.

Vívertov acompañó con la mirada al arcipreste, que caminaba irritado, y el corazón se le contrajo con un amargo presentimiento: ¡la noticia que le había dado el agrimensor le pareció más próxima a la verdad!

Ante todo se dirigió a casa de su vecino Izhitsa, mayor, y cuando su birlocho entró en el patio de la casa vio el siguiente cuadro: Izhitsa, en bata y fez turco, estaba de pie en medio del patio, daba patadas en el suelo y agitaba los brazos airadamente. Delante de él, el cochero Filka hacía ir y venir un caballo cojo.

—¡Miserable! —soltaba el mayor, enviscado—. ¡Bribón! ¡Canalla! ¡Ahorcarte es poco, maldito! ¡Afgano! ¡Ah, mis respetos! —dijo, al ver a Vívertov—. Me alegro mucho de verle. ¿Qué le parece? ¡Hace ya una semana que ha desollado el pie al caballo y el bribón se calla! ¡Ni una palabra! ¡Si no lo veo yo, adiós, pezuña! ¿Eh? ¿Qué me dice de esta gentecilla? ¿No es para pegarle y romperle los morros? ¿No es para pegarle? ¿No es para pegarle, pregunto yo?

—El caballo es magnífico —dijo Vívertov, acercándose a Izhitsa—. ¡Lástima! Usted, mayor, debería mandar a buscar al albéitar. En mi aldea, mayor, hay un albéitar excelente.

—Mayor... —refunfuñó Izhitsa, sonriendo desdeñosamente—. ¡Mayor!... ¡No estoy para bromas! Se me ha puesto enfermo un caballo y usted me viene con ¡mayor! y ¡mayor! Como un grajo: ¡krr!... ¡krr!

—No le comprendo, mayor. ¿Acaso está bien comparar a un hombre de la nobleza con un grajo?

—¿Pero qué mayor soy yo? ¿Acaso soy mayor?

—¿Pues qué es usted?

—¡El diablo sabe lo que yo soy! —dijo Izhitsa—. Hace ya más de un año que no hay mayores. Pero, ¿por qué me viene usted con esto? ¿Acaba usted de nacer, por ventura?

Vívertov miró horrorizado a Izhitsa y comenzó a secarse el sudor de la cara, presintiendo algo muy malo.

—De todos modos, permítame... —dijo—. La verdad es que no llego a comprenderle... ¡La graduación de mayor es elevada!

—¡ Eso !

—¿ Entonces ? Y usted... ¿ nada ?

El mayor sólo hizo un gesto de hastío con la mano y empezó a contarle cómo el bribón de Filka había lastimado la pezuña del caballo; se lo contó minuciosamente, y al final le acercó hasta el rostro la pezuña enferma con una desolladura purulenta, cubierta con un emplasto de estiércol, pero Vívertov no comprendía, estaba insensible y lo miraba todo como a través de una reja. Se despidió inconscientemente, subió a su birlocho y gritó con desesperación:

—¡A casa del mariscal de la nobleza! ¡Vivo! ¡Arrea con el látigo!

El mariscal de la nobleza, Yágodishev, Consejero de Estado efectivo, no vivía lejos. Una horita más tarde, Vívertov entraba ya en su gabinete y le saludaba con una reverencia. El mariscal de la nobleza estaba sentado en un diván leyendo *Tiempos Nuevos*. Al ver al recién llegado, le saludó con un movimiento de cabeza y le señaló una butaca.

—Yo, Excelencia —comenzó a decir Vívertov—, primero tenía que haberme hecho presentar a usted, pero hallándome en una ignorancia absoluta acerca de mi graduación, me atrevo a recurrir a Su Excelencia para que me aclare...

—Permítame, respetabilísimo —le interrumpió el mariscal de la nobleza—. Ante todo, no me llame Excelencia. ¡Se lo ruego!

—Qué dice... Nosotros somos gente menuda...

—¡No se trata de esto! Escriben aquí... —el mariscal de la nobleza golpeó con el dedo una página de *Tiempos Nuevos* y la atravesó—, escriben aquí que nosotros, los Consejeros de Estado efectivos, ya no seremos más Excelencias. ¡Lo dan como noticia cierta! ¿Pues qué? ¡Ni falta que hace, muy señor mío! ¡No hace falta! ¡No nos llaméis! ¡Ni es necesario!

Yágosdishev se levantó y se paseó orgullosamente por el gabinete... Vívertov exhaló un suspiro y dejó caer la gorra al suelo.

«Si han llegado hasta ellos —pensó— no hay por qué preguntar sobre los alféreces y mayores —pensó—. Mejor será que me vaya...»

Vívertov balbuceó unas palabras y salió olvidando el gorro en el despacho del mariscal de la nobleza. Dos horas más tarde llegaba a su casa, pálido, sin gorro, con una obtusa expresión de terror en la cara. Al descender del birlocho, miró tímidamente al cielo: ¿no habrían abolido también el sol? Su mujer, impresionada por su aspecto, le acosó a preguntas, pero a todas respondía él haciendo un gesto con la mano...

Durante una semana no bebió ni comió ni durmió; vagaba de un rincón a otro, como un chiflado, y meditaba. Se le hundieron las mejillas, se le apagó la mirada... No hablaba con nadie, no se dirigía a nadie para nada, y cuando Arina Matviéievna le asediaba a preguntas, él se defendía sólo con un gesto de la mano, pero sin articular sonido... ¡Lo que no hicieron con él para que volviera en sí! Le dieron de beber agua de saúco, le prepararon «para uso interno» aceite de las lámparas de los iconos, le hicieron sentar sobre ladrillos calientes, pero todo era inútil: él se consumía y se desentendía de todo con un gesto de la mano. Para hacerle entrar en razón llamaron, finalmente, al padre Pafnuti. El arcipreste se pasó medio día esforzándose para explicarle que ahora todo lleva no a la humillación, sino a la elevación, pero su buena semilla cayó sobre terreno estéril. Tomó cinco rublos por sus fatigas y se fue sin haber conseguido nada.

Después de una semana de silencio, Vívertov pareció que volvía a romper a hablar.

—¿Por qué te callas, mala cara? —soltó de pronto al criadito Iliushka—. ¡Insúltame! ¡Búrlate! ¡Señala con el dedo a este hombre aniquilado! ¡Triunfa!

Después de haber dicho estas palabras, se puso a llorar y volvió a permanecer callado una semana. Arina Matviéievna decidió hacerle practicar una sangría. Vino el practicante, le sacó dos platos de sangre, y esto pareció aliviarle. Al día siguiente del derramamiento de sangre, Vívertov se acercó a la cama en que su mujer estaba acostada y dijo:

—Arina, esto yo no lo dejo así. Ahora estoy decidido a todo... La graduación me la he ganado, y nadie tiene derecho a tocármela. Verás lo que he pensado: escribiré una solicitud a algún alto personaje y firmaré alférez

fulano de tal, al-fé-rez... ¿Comprendes? ¡Que rabien!
Al-fé-rez... ¡No importa! ¡Que rabien!

Y esta idea le gustó tanto, que Vívertov se puso radiante y hasta pidió de comer. Ahora, iluminado por su
nueva resolución, recorre las habitaciones sonriendo sar-
cásticamente y sueña:

—Al-fé-rez... ¡Que rabien!

EL CUERVO

No eran más de las seis de la tarde cuando el teniente Strekachov, que deambulaba por la ciudad, al pasar por delante de una gran casa de dos pisos, lanzó casualmente una mirada a los rosados visillos del piso principal.

—Aquí vive *madame* Dudu... —recordó—. Hace tiempo que no voy a verla. ¿Y si entrara?

Pero antes de resolver este problema, Strekachov sacó del bolsillo el portamonedas y se lo miró con cierta timidez. Halló en él un rublo arrugado, que olía a petróleo, un botón, dos *kopeks* y nada más.

—Poca cosa... Bueno, no importa —decidió—, será cuestión de entrar y salir, de pasar sólo un ratito ahí.

Un minuto después, Strekachov estaba ya en el vestíbulo y respiraba a pleno pulmón el denso olor de los perfumes y del jabón de glicerina. Olía aún a algo más que no es posible describir, pero que se puede olfatear en cualquier piso de mujer considerada sola: una mezcla de pachulí femenino y de cigarro masculino. Colgaban de la percha varios abrigos, impermeables, y un sombrero de copa reluciente. Al entrar en el salón, el oficial vio lo mismo que había visto el año pasado: un piano con un libro de música roto, un vaso con flores marchitas, una mancha en el suelo de licor vertido... Una puerta llevaba al recibidor; otra, a la habitación en que *madame* Dudu dormía o jugaba a los cientos con el maestro de baile Brondi, vejete que se parecía mucho a Offenbach. Si se echaba una ojeada al recibidor se veía, enfrente, una puerta por la que se vislumbraba el borde de una cama con una colgadura de muselina rosa. Allí vivían las «educandas» de *madame* Dudu, Barbe y Blanche.

En el salón no había nadie. El teniente se dirigió al recibidor y allí vio a un ser humano. Tras una mesa redonda, repantigado en un diván, había un joven de erizados cabellos y turbios ojos azules, con un sudor frío en la frente y tal expresión como si acabara de salir de una profunda cavidad oscura y pavorosa. Vestía con elegancia, llevaba un terno nuevo de buen paño en el que se percibían aún las huellas del acabado de la plancha; sobre el pecho le oscilaba un dije; calzaba botines de charol con hebillas y medias rojas. El joven apoyaba sus mofletudas mejillas en los puños y miraba con ojos apagados la botella de agua de seltz que tenía delante. Sobre otra mesa, al lado, había varias botellas y un plato de naranjas.

Después de dirigir la mirada al teniente recién llegado, el petimetre desencajó los ojos y abrió la boca. Strekachov, sorprendido, dio un paso atrás... En el petimetre reconoció, no sin dificultad, al escribiente Filiónkov, a quien aquel mismo día, por la mañana, había reprendido duramente en la oficina por haber hecho faltas de ortografía en un documento, por haber escrito «kapusta»[1] con dos eses: «kapussta».

Filiónkov se levantó con mucha calma y apoyó las manos en la mesa. Durante un minuto no bajó los ojos del rostro del teniente y hasta se volvió lívido por la tensión interna.

—¿Cómo has venido a parar aquí? —le preguntó severamente Strekachov.

—Yo, Señoría —balbuceó el escribiente bajando la mirada—, en el día del cumpleaños... Con el servicio militar obligatorio que ha nivelado a todos los que...

—Te pregunto cómo has venido a parar aquí —levantó la voz el teniente—. ¿Y qué traje es éste?

—Yo, Señoría, comprendo mi culpa, pero... si se tiene en cuenta que la obligatoriedad... que el servicio militar obligatorio ha nivelado a todos, y si se añade a esto que yo, de todos modos, soy un hombre instruido, no puedo asistir al cumpleaños de *mamzel* Barbe vistiendo el uniforme de un bajo funcionario, y me he puesto este traje que corresponde a mi condición doméstica, dado

---

[1] «kapusta»: col.

que yo soy, eso es, un ciudadano de honor hereditario.

Viendo que los ojos del teniente cada vez se volvían más airados, Filiónkov enmudeció e inclinó la cabeza como si esperara que de un momento a otro le dieran un coscorrón. El teniente abrió la boca para articular «¡ Fuera de aquí !», pero en ese instante entró en el recibidor una rubia de cejas enarcadas con una bata de rabioso color amarillo. Al reconocer al teniente, dio un chillido y se precipitó hacia él.

—¡ Vasia ! ¡ ¡ Oficial ! !

Al ver que Barbe (era una de las educandas de *madame* Dudu) tenía confianza con el oficial, el escribiente se recobró y se animó. Extendiendo los dedos, saltó de detrás de la mesa y empezó a agitar los brazos.

—¡ Señoría ! —se apresuraba a decir, atragantándose—. ¡ Tengo el honor de felicitar a mi amada con motivo de su cumpleaños ! ¡ Ni en París encontraría una como ella ! ¡ Se lo juro ! ¡ Es fuego ! ¡ No me han dolido trescientos rublos para mandar hacer esta bata con motivo del cumpleaños de mi amada ! ¡ Champaña, Señoría ! ¡ Por la salud de la que festeja su cumpleaños !

—¿ Dónde está Blanche ? —preguntó el oficial.

—¡ En seguida vendrá, Señoría ! —respondió el escribiente, pese a que la pregunta no iba dirigida a él, sino a Barbe—. ¡ Es cuestión de un momento ! ¡ Es una muchacha *à la comprené, arevuar, consomé* ! El otro día vino un negociante de Kostromá y le soltó quinientos rublos... ¡ Se dice pronto quinientos ! Yo daría mil, sólo que, ¡ primero respeta mi carácter ! ¿ No está bien razonado ? ¡ Señoría, haga el favor !

El escribiente alargó al oficial y a Barbe una copa de champaña a cada uno y él se echó al coleto un vasito de vodka. El teniente bebió, pero recapacitó en seguida.

—Veo que te pasas algo de la raya —dijo—. Vete de aquí y preséntate a Demiánov, que te arreste por veinticuatro horas.

—Señoría, ¿ piensa usted, quizá, que yo soy un cerdo cualquiera ? ¿ Lo cree usted ? ¡ Señor ! ¡ Pero si mi papá es ciudadano de honor hereditario, caballero de varias órdenes ! Mi padrino de pila, si quiere usted saberlo, fue un general. ¿ Se figura usted que porque soy escribiente ya he de ser un cerdo ?... Haga el favor, otra copita...

del espumoso… ¡Barbe, trinca! No tengas reparos, puedo pagarlo todo. La instrucción moderna nos ha nivelado a todos. El hijo de general o de mercader, cumple su servicio militar como el *mujik*. Yo, Señoría, estuve en el gimnasio, en la escuela técnica y en la de comercio… ¡De todas partes me expulsaron! ¡Barbe, trinca! ¡Toma este billetito de cien y manda por una docena de botellas! ¡Señoría, un vaso!

Entró *madame* Dudu, una señora alta, gruesa, con cara de gavilán. Tras ella andaba a pasitos cortos Brondi, parecido a Offenbach. Poco después entró también Blanche, una morenita pequeña, de unos veinte años, de rostro severo y nariz griega, por lo visto judía. El escribiente echó aún otro billetito de cien.

—¡A todo vapor! ¡Fuego y llama! ¡Permítanme romper este florero! ¡De emoción!

Madame Dudu empezó a contar que ahora toda muchacha honrada podía hallar un buen partido, que a las muchachas no les está bien beber, y que si ella permite beber a las suyas es sólo porque confía que los presentes son hombres serios, que si fueran otros, ni les habría permitido sentarse.

Por el vino y la proximidad de Blanche, al teniente empezó a darle vueltas la cabeza y el hombre se olvidó del funcionario.

—¡Música! —gritaba con desgarrada voz el escribiente—. ¡Venga, música! ¡Por la orden ciento veinte, les invito a bailar! ¡Más ba-a-jo! —continuó diciendo a voz en grito el escribiente, creyendo que no era él quien gritaba, sino otro—. ¡Más bajo! ¡Quiero que bailen! ¡Tienen que respetar mi carácter! ¡La *Cachucha*! ¡La *Cachucha*!

Barbe y Blanche consultaron a *madame* Dudu, el viejo Brondi se sentó al piano. Comenzó el baile. Filiónkov, pataleando al compás de la música, observaba los movimientos de las cuatro piernas de mujer y relinchaba de satisfacción.

—¡Rompe! ¡Muy bien! ¡Con sentimiento! ¡Arranca, estupendo!

Poco después, todo el grupo se fue en coche al «Arcadia». Filiónkov iba con Barbe; el teniente, con Blanche, y Brondi, con *madame* Dudu. En el «Arcadia» ocuparon una mesa y pidieron cena. Allí Filiónkov se emborrachó hasta tal punto que perdió la capacidad de mover los brazos. Estaba sombrío y decía, pestañeando, como si se dispusiera a llorar:

—¿Quién soy yo? ¿Acaso soy un hombre? ¡Yo soy un cuervo! Ciudadano de honor hereditario... —dijo, parodiándose a sí mismo—. ¡Un cuervo eres, y no un ciu... un ciudadano!

El teniente, nublada la cabeza por el vino, casi no se daba cuenta de su presencia. Sólo una vez, viendo en la niebla su cara de borracho, frunció las cejas y dijo:

—Ya veo que te permites muchas...

Pero en seguida perdió la capacidad de coordinar las ideas y chocó su vaso con el del escribiente.

Del «Arcadia» se dirigieron al jardín de Krestovski. Allí, *madame* Dudu se despidió de los jóvenes, después de decir que tenía plena confianza en la corrección de los hombres, y se fue con Brondi. Después, para refrescar, pidieron café con coñac y licores. Después, *kvas* y vodka y caviar granuloso. El escribiente se embadurnó la cara con caviar y dijo:

—Ahora soy un árabe o algo así como un espíritu del mal.

Al día siguiente, por la mañana, el oficial, con la cabeza como el plomo y la boca ardiente y seca, se dirigió a su oficina. Filiónkov estaba sentado en su puesto, con su uniforme de escribiente, cosiendo unos papeles con temblorosa mano. Tenía hosco el semblante, rugoso, como un guijo; sus híspidos cabellos miraban en todas direcciones y los ojos se le cerraban... Al ver al teniente, se levantó con pesados movimientos, suspiró y se puso firmes. El teniente, rabioso y sin haberse librado aún de los efectos de la borrachera, le volvió la espalda y se ocupó de su tarea. El silencio se prolongó unos diez minutos, pero he aquí que sus ojos se encontraron con los ojos turbios del escribiente y en aquellos ojos lo leyó todo: las cortinitas rosas, la excitante danza, el «Arcadia», la silueta de Blanche...

—Con el servicio militar obligatorio... —balbuceó Filiónkov—, cuando incluso... los profesores hacen su servicio militar como soldados... cuando a todos han igualado... y hasta la libertad de palabra...

El teniente quiso echarle una bronca, mandarlo a Demiánov, pero hizo un gesto de fastidio con la mano y dijo
en voz baja:

—¡ Vete al diablo !

Y salió de la oficina.

LAS BOTAS

El afinador de pianos Murkin, un hombre de cara amarillenta, sin bigote ni barba, de nariz tabacosa y guata en las orejas, salió de su cuarto de hotel y, con voz cascada, se puso a gritar en el pasillo:

—¡Semión! ¡Mozo!

Quien viera su rostro asustado habría podido creer que a aquel hombre se le había caído el estuco encima o que acababa de aparecérsele un fantasma en el cuarto.

—¡Por favor, Semión! —gritó al ver al mozo que se le acercaba corriendo—. ¿Cómo es posible? Tengo reuma, estoy enfermo, ¡y tú me obligas a salir descalzo! ¿Por qué no me has traído aún las botas? ¿Dónde están?

Semión entró en la habitación de Murkin, miró el lugar donde tenía la costumbre de poner las botas después de limpiarlas y se rascó el pescuezo: no había botas.

—¿Dónde pueden haber ido a parar, malditas? —articuló Semión—. Ayer, me parece, les saqué brillo y las puse aquí... ¡Hum!... Ayer, lo confieso, estaba un poco bebido... Seguramente las metí en otro cuarto. ¡Sí, eso es, Afanasi Egórich, en otro cuarto! Botas hay muchas y el diablo las distingue cuando está uno bebido y no se da cuenta ni de sí mismo... Seguramente las puse donde la señora, la que vive al lado... la artista...

—¡Bien, hombre! ¡Y ahora, por tu culpa, he de ir a molestar a la señora! ¡Por una pequeñez he de ir a despertar a una mujer honrada!

Suspirando y tosiendo, Murkin se acercó a la puerta de la habitación vecina y llamó discretamente.

—¿Quién es? —se oyó que preguntaba una voz de mujer, pasados unos momentos.

—¡Soy yo! —respondió con voz compungida Murkin, adoptando la pose del caballero que habla con una dama del gran mundo—. Perdone la molestia, señora, estoy enfermo, tengo reuma... Los doctores, señora, me han ordenado tener los pies calientes, tanto más que ahora he de ir a afinar un piano a casa de la generala Shevelitsina. ¡No puedo presentarme allí descalzo!

—Pero, ¿qué quiere usted? ¿De qué piano se trata?

—¡No se trata del piano, señora, sino de las botas! El burro de Semión me limpió las botas y por error las puso en el cuarto de usted. ¡Tenga la amabilidad, señora, de darme las botas!

Se oyó un confuso frufrú, un salto de la cama y un rumor de zapatillas, después de lo cual la puerta se entreabrió y una rolliza mano de mujer echó a los pies de Murkin un par de botas. El afinador dio las gracias y volvió a su habitación.

—Qué extraño... —balbuceó poniéndose las botas—. Parece que ésta no es la bota derecha. ¡Pero si las dos son del pie izquierdo! ¡Las dos del izquierdo! ¡Escucha, Semión, éstas no son mis botas! ¡Las mías tienen tirillas rojas y están sin remiendos, mientras que éstas son unas botas estropeadas, sin tirillas!

Semión levantó las botas, les dio varias vueltas ante sus ojos y frunció el ceño.

—Son las botas de Pável Alexándrich... —refunfuñó, mirando de soslayo.

Era bizco del ojo izquierdo.

—Del actor... Viene aquí todos los martes... Se ve que en vez de ponerse las suyas, se ha puesto las botas de usted... Así resulta que en el cuarto de la actriz puse los dos pares, las botas de él y las de usted. ¡Vaya pastel!

—¡Pues vete y cámbialas!

—¡Se dice pronto! —se sonrió Semión—. Vete y cámbialas... ¿Y dónde le encuentro ahora? Hace una hora ha salido... ¡Vete a buscar una aguja en un pajar!

—¿Dónde vive?

—¡Qué sé yo! Viene aquí los martes, pero dónde vive no lo sabemos. Viene, pasa la noche, y a esperar hasta el otro martes...

—¡Ya ves, cerdo, la que has armado! ¿Qué hago yo

ahora? He de ir a casa de la generala Shevelitsina, no puedo esperar más, ¡maldita sea tu estampa! ¡Y tengo los pies helados!

—Para cambiar las botas no ha de esperar mucho. Se pone éstas, las lleva hasta la tarde, y por la tarde se va al teatro... Allí pregunta por el actor Blistánov... Si no quiere ir al teatro, tendrá que esperar hasta el otro martes. Aquí sólo viene los martes...

—Pero ¿por qué las dos botas son del pie izquierdo? —preguntó el afinador tomando con aprensivo gesto las botas.

—Las lleva tal como Dios se las manda. Por pobreza... ¿De dónde va a tener dinero un actor?... «¡Vaya botas que lleva usted —le digo—, Pável Alexándrich! ¡Es una vergüenza!» Y él que me dice: «¡Calla! —dice y palidece—. ¡Con estas mismas botas —me dice— he representado a condes y príncipes!» ¡Es gente estrambótica! En una palabra, un artista. Si yo fuera gobernador o alguna persona con mando, metería en cintura a todos estos artistas y los mandaría a presidio.

Gimiendo y contrayendo el rostro sin cesar, Murkin se calzó las dos botas del pie izquierdo y, cojeando, se dirigió a casa de la generala Shevelitsina. Tuvo que caminar todo el día por la ciudad, afinando pianos, y todo el día tuvo la impresión de que la gente le miraba los pies y se fijaba en las botas con remiendos y tacones torcidos. Aparte de las torturas morales, tuvo que sufrir torturas físicas: se le hizo un callo.

Por la tarde fue al teatro. Representaban *Barba Azul*[1]. Sólo antes de que empezara el último acto y aún gracias a la protección de un flautista que le conocía, le dejaron pasar entre bastidores. Cuando entró en el camerino de los hombres, encontró allí a todo el personal masculino. Unos se estaban cambiando de ropa, otros se maquillaban, los terceros fumaban. Barba Azul estaba de pie al lado del rey Bobesco y le mostraba un revólver.

—¡Cómpralo! —decía Barba Azul—. Yo mismo lo compré de ocasión, en Kursk, por ocho rublos, pero a ti te lo daré por seis... ¡Tiene un disparo excelente!

—Ojo... ¡Está cargado!

---

[1] *Barba Azul*, opereta de Offenbach (1819-1880).

—¿Podría ver al señor Blistánov? —preguntó el afinador, entrando.

—¡Soy yo! —dijo Barba Azul volviéndose hacia él—. ¿Qué desea usted?

—Perdone, señor, por la molestia —comenzó a decir el afinador con voz suplicante—, pero créame... estoy enfermo, tengo reuma... Los doctores me han mandado tener los pies calientes...

—Bien, pero ¿qué es lo que quiere usted de mí?

—Verá... —continuó el afinador, dirigiéndose a Barba Azul—. Eso es... esta noche usted ha tenido a bien estar en la hospedería del mercader Bujiéiev... en la habitación número sesenta y cuatro...

—¡Eh, no venga con cuentos! —se sonrió el rey Bobesco—. ¡En la habitación sesenta y cuatro vive mi mujer!

—¿Su mujer? Tanto gusto... —Murkin se sonrió—. Pues ella misma, su señora, me ha dado las botas del señor... Cuando el señor —el afinador señaló a Blistánov— ya había salido de la habitación, me di cuenta de que me faltaban las botas... grito, sabe usted, al mozo y el mozo me dice: «¡Es que yo, señor, he metido sus botas en la habitación contigua!» Por error, ya que estaba borracho, el mozo puso mis botas en la habitación sesenta y cuatro y también las suyas —Murkin se volvió hacia Blistánov— y usted, al salir de donde estaba la señora, se puso las mías...

—¿Pero qué lío se está usted armando? —dijo Blistánov frunciendo el entrecejo—. ¿Ha venido usted aquí a contar chismes, eh?

—¡De ningún modo! ¡Dios me libre! Usted no me ha comprendido... ¿A qué he venido yo? ¡A lo de las botas! ¿No es verdad que usted ha tenido a bien pasar la noche en la habitación sesenta y cuatro?

—¿Cuándo?

—Esta noche.

—¿Me ha visto usted allí?

—No, no le he visto —respondió Murkin, presa de gran confusión, sentándose y sacándose rápidamente las botas—. Pero sus botas me las ha echado la esposa del señor... En vez de las mías.

—Pero ¿qué derecho tiene usted, señor mío, a afirmar semejantes cosas? ¡No hablo de mí mismo, pero usted ofende a una mujer y, además, en presencia de su marido!

Entre bastidores se levantó un ruido espantoso. El rey Bobesco, el marido afrentado, se puso de súbito como la púrpura y dio, con todas sus fuerzas, tal puñetazo sobre la mesa, que en el camerino inmediato se desmayaron dos actrices.

—¿Y tú le crees? —le gritó Barba Azul—. ¿Crees a este miserable? ¡O-oh! ¿Quieres que le mate como a un perro? ¿Lo quieres? ¡Le hago picadillo! ¡Lo trituro!

Y todos cuantos aquella tarde paseaban por el jardín municipal, cerca del teatro de verano, cuentan que vieron cómo, antes de que se representara el cuarto acto, salió del teatro y se lanzó a todo correr por la avenida principal, un hombre descalzo, lívido, con los ojos llenos de horror. Tras él corría un hombre vestido de Barba Azul con un revólver en la mano. Lo que sucedió luego nadie lo vio. Se sabe únicamente que luego, Murkin, después de haber conocido a Blistánov, estuvo dos semanas enfermo guardando cama y a las palabras: «Estoy enfermo, tengo reuma», empezó a añadir, además: «Estoy herido»...

LOS NERVIOS

Dmitri Osipovich Vaxin, arquitecto, había vuelto de la ciudad a su casa de veraneo impresionado por la sesión espiritista a la que acababa de asistir. Al desnudarse y acostarse en su cama solitaria (la señora Vaxina se había ido a la fiesta de la Santa Trinidad), Vaxin empezó a recordar involuntariamente todo lo visto y oído. A decir verdad, no había habido una auténtica sesión, pero la velada había transcurrido entre espeluznantes conversaciones. Cierta señorita, sin más ni más, se puso a hablar de la adivinación de los pensamientos. De los pensamientos pasaron, sin darse cuenta, a los espíritus; de los espíritus a los fantasmas, y de los fantamas a los sepultados vivos... Un señor leyó un relato espantoso sobre un muerto que había dado media vuelta en su ataúd. El propio Vaxin había pedido un platito y había mostrado a las señoritas cómo se conversa con los espíritus. Había evocado, entre otros, a su tío Klavdi Mirónovich y le había preguntado mentalmente: «¿No es hora ya de que ponga la casa a nombre de mi mujer?», a lo que el tío había contestado: «Está bien todo lo que se hace a su debido tiempo».

«Hay muchas cosas misteriosas y... terribles en la naturaleza... —pensaba Vaxin metiéndose bajo la manta—. Lo terrible no son los muertos, sino estas incertidumbres...»

Dio la una de la noche. Vaxin se volvió sobre el otro costado y por debajo de la manta miró la luz azulina de la mariposa. La llama oscilaba y apenas iluminaba el icono y el gran retrato del tío Klavdi Mirónovich, frente a la cama.

«¿Y si en esta penumbra apareciera ahora la sombra

del tío? —centelleó en la cabeza de Vaxin—. ¡No, no es posible!»

Los fantasmas son un prejuicio, fruto de mentes inmaturas; no obstante, Vaxin se cubrió la cabeza con la manta y cerró con más fuerza los ojos. En su imaginación pasó por un instante el cadáver que se revolvía en su ataúd, afloraron las imágenes de la suegra difunta, de un camarada que se había ahorcado, de una joven ahogada... Vaxin quiso echar de su cabeza los sombríos pensamientos, pero cuanto mayor era la energía que aplicaba para echarlos, tanto más claras se hacían las imágenes y tanto más espantosos los pensamientos. Empezó a sentirse angustiado.

«El diablo lo entiende... Tienes miedo como si fueras un niño... ¡Es estúpido!»

«Tic... tac... tic», sonaba el reloj al otro lado de la pared. En la iglesia del pueblo, junto al cementerio, el guarda se puso a tocar la campana. El tañido era lento, triste; se llevaba el alma... Vaxin sintió correr unos escalofríos por la nuca y la espalda. Tenía la impresión de que alguien respiraba penosamente encima de su cabeza, como si el tío hubiera salido del marco y se inclinara sobre el sobrino... Experimentó un pavor insoportable. Apretó los dientes de miedo y contuvo la respiración. Por fin, cuando por la ventana abierta entró volando un abejorro y se puso a zumbar por encima de la cama, Vaxin no pudo resistir más y tiró desesperadamente de la campanilla.

—Demetri Osipich, *was wollen Sie?*[1] —se oyó que decía un minuto después, tras de la puerta, la voz de la institutriz.

—Ah, ¿es usted, Rosalía Kárlovna? —se alegró Vaxin—. ¿Por qué se molesta usted? Habría podido venir Gavrila...

—A Gavrila usted mismo le ha dado permiso para ir a la ciudad, y Glafira se fue ayer, no sé adónde... En casa no hay nadie... *Was wollen Sie doch?*[2].

—Pues verá, lo que yo quería decir... Eso... ¡Pero entre, no tenga reparos! Estoy a oscuras...

---

[1] *Was wollen Sie?* (alem.): ¿Qué quiere usted?
[2] *Was wollen Sie doch?:* ¿Pero qué quiere usted?

Entró en el dormitorio la gorda y rubicunda Rosalía Kárlovna y se detuvo en actitud de espera.

—Pero, siéntese, mujer... Verá usted de qué se trata —«¿Qué podría preguntarle?», pensó Vaxin echando una mirada de reojo al retrato del tío y sintiendo que poco a poco el alma se le tranquilizaba—. Pues yo, en realidad, verá lo que le quería preguntar... Cuando mañana el mozo vaya a la ciudad, no se olvide de mandarle que... eso... que pase a comprar cartuchos... ¡Pero siéntese!

—¿Cartuchos? ¡Está bien! *Was wollen Sie noch?*[3]

—*Ich will*[4]... Yo no *will* nada, pero... ¡Pero siéntese ya! Aún se me ocurrirá alguna otra cosa...

—No está bien que una doncella esté en la habitación de un hombre... Usted, Demetri Osipich, es un pícaro, ya lo veo... un burlón... Yo comprender... Por cartuchos no se despierta a una persona... Yo comprender...

Rosalía Kárlovna dio media vuelta y salió. Vaxin, algo sosegado por la conversación sostenida con ella y avergonzándose de su pusilanimidad, se cubrió la cabeza con la manta y cerró los ojos. Durante unos diez minutos su estado de ánimo fue soportable, pero luego le volvieron a la cabeza las mismas tonterías... Escupió, buscó las cerillas a tientas y, sin abrir los ojos, encendió la vela. Pero tampoco la luz le sirvió de nada. A la asustada imaginación de Vaxin le parecía que desde un rincón alguien le estaba mirando y que su tío abría y cerraba los ojos.

—La llamaré otra vez, el diablo se la lleve... —decidió—. Le diré que estoy enfermo... Le pediré unas gotas.

Vaxin llamó. No hubo respuesta. Llamó otra vez, y como en respuesta a su llamada, tocaron las campanas en el cementerio. Lleno de terror, helado, se lanzó precipitadamente fuera del dormitorio y, persignándose, imprecándose a sí mismo por sus pocos ánimos, voló descalzo y en paños menores a la habitación de la institutriz.

—¡Rosalía Kárlovna! —se puso a decir con temblorosa voz, llamando a la puerta—. ¡Rosalía Kárlovna! Usted... ¿duerme? Yo... eso... enfermo... ¡Gotas!

---

[3] *Was wollen Sie noch?*: ¿Qué más quiere usted?
[4] *Ich will*: Quiero.

No hubo respuesta. En torno, todo era silencio…

—Se lo ruego… ¿comprende? ¡Se lo ruego! Y a qué viene esta… susceptibilidad, no lo comprendo, sobre todo si un hombre… está enfermo. Y se pone usted muy… la verdad, *zirlich-manirlich*. A sus años…

—Yo a su mujer hablaré… No deja en paz a unas honestas muchachas… Cuando vivía en casa del barón Anzig y el barón quiso venir donde yo a buscar cerillas, yo comprender… yo en seguida comprender, qué cerillas, y dije a la baronesa… Yo soy una muchacha honrada…

—¡Ah!, ¿para qué diablos me hace falta su honradez? Yo estoy enfermo… y pido gotas. ¿Comprende? ¡Estoy enfermo!

—Su mujer es una mujer honrada, buena, y usted debe amarla. *Ja!*[5] ¡Ella es noble! ¡Yo no querer ser su enemigo!

—Lo que es usted es una estúpida, ¡eso es! ¿Comprende? ¡Una estúpida!

Vaxin se apoyó contra el marco de la puerta, cruzó los brazos y se puso a esperar que el miedo le pasara. No tenía fuerzas para volver a su habitación donde la llamita de la luz oscilaba y el tío miraba desde el marco; pero permanecer de pie junto a la puerta de la institutriz, sin llevar más ropa que la interior, resultaba incómodo desde todos los puntos de vista. ¿Qué podía hacer? Dieron las dos, y el pavor aún no había pasado ni remitía. El pasillo estaba sumido en tinieblas y de cada rincón miraba algo oscuro. Vaxin se volvió de cara al marco de la puerta, pero en seguida tuvo la impresión de que alguien le tiraba levemente de la camisa, desde atrás, y le tocaba el hombro…

—Mil pares de demonios… ¡Rosalía Kárlovna!

No hubo respuesta. Vaxin, indeciso, abrió la puerta y miró en la habitación. La virtuosa alemana dormía plácidamente. Un pequeño velador alumbraba los relieves de su cuerpo macizo, que despedía salud. Vaxin entró en la habitación y se sentó en un baúl de mimbre cerca de la puerta. En presencia de un ser durmiente, pero vivo, se sintió aliviado.

[5] *Ja* (alem.): Sí.

«Que duerma, la teutona... —pensó—. Me quedaré aquí sentado y cuando amanezca, me iré... Ahora amanece temprano.»

En espera del alba, Vaxin se acurrucó sobre el baúl, cruzó los brazos bajo la cabeza y empezó a reflexionar.

«¡Hay que ver lo que son los nervios! Soy un hombre instruido, que razona, y, sin embargo... ¡el diablo lo entiende!, hasta me da vergüenza...»

Pronto, con el oído puesto en la respiración suave y acompasada de Rosalía Kárlovna, se tranquilizó por completo...

A las seis de la mañana, la mujer de Vaxin, de regreso ya de la fiesta de la Santa Trinidad, al no encontrar a su marido en el dormitorio, se fue a ver a la institutriz para pedirle suelto con que arreglar las cuentas con el cochero. Al entrar en la habitación de la alemana, se le ofreció el siguiente cuadro: sobre la cama, toda desabrigada por el calor, dormía Rosalía Kárlovna, y a dos pasos de ella, sobre el baúl de mimbre, hecho un ovillo, roncaba, con el sueño de los justos, su marido. Él estaba descalzo y no llevaba más que la ropa interior. Dejo para que otros describan lo que dijo la mujer y cuál fue la expresión de la fisonomía del marido al despertarse. Yo, incapaz de hacerlo, rindo las armas.

VERANEANTES

Por el andén de una colonia de veraneo se estaba paseando una pareja de recién casados. Él tenía enlazada a su esposa por el talle, ella se apretaba contra él y ambos eran felices. Por entre unos jirones de nube, la luna los miraba y se enfurruñaba: probablemente sentía envidia y pena por su aburrida e inútil virginidad. El aire inmóvil se hallaba densamente impregnado de aromas de lila y cerezo silvestre. Por el otro lado de los rieles, gritaba el rascón...

—¡Qué agradable, Sasha, qué agradable! —decía la esposa—. La verdad, todo parece un sueño. ¡Mira qué acogedor y dulce se muestra este bosquecillo! ¡Qué encanto tienen esos firmes y silenciosos postes telegráficos! Dan vida al paisaje, Sasha, y nos dicen que allí, en otro lugar, hay gente... civilización... ¿Acaso no te gusta que el viento haga llegar débilmente hasta tus oídos el ruido de un tren en marcha?

—Sí... ¡Pero qué calientes tienes las manos! Esto es porque te emocionas, Varia... ¿Qué tenemos hoy para cenar?

—*Okroshka*[1] y pollo... Para nosotros dos un pollo basta. De la ciudad han traído para ti sardinas y lomo de esturión cecinado.

La luna se escondió tras la nube, como si hubiera olfateado rapé. La felicidad humana le hizo recordar su soledad, su cama solitaria más allá de bosques y valles...

—¡Viene un tren! —dijo Varia—. ¡Qué agradable!

A lo lejos aparecieron tres ojos luminosos. Salió al

---

[1] *Okroshka:* especie de gazpacho.

andén el jefe del apeadero. Entre los rieles comenzaron a refulgir, aquí y allí, las luces de señales.

—Cuando el tren haya pasado, nos iremos a casa —dijo Sasha, bostezando—. ¡Qué felices somos, tú y yo, Varia! ¡Tan felices, que hasta parece increíble!

El oscuro espantajo se arrastró silenciosamente hasta el andén y se detuvo. Por las ventanillas semialumbradas de los vagones comenzaron a verse rostros soñolientos, sombreros, hombros...

—¡Viva! ¡Viva! —se oyó que exclamaban en un vagón—. ¡Varia y su marido han venido a esperarnos! ¡Ahí están! ¡Várienka!... ¡Várienka! ¡Ah!

Del vagón saltaron dos niñas, que se colgaron del cuello de Varia. Tras ellas fueron apareciendo una dama gorda, entrada en años, y un señor alto, delgado, de patillas canosas; luego dos colegiales cargados de bagajes; tras los colegiales, la institutriz; tras la institutriz, la abuela.

—¡Aquí nos tienes, aquí nos tienes, amigo! —comenzó a decir el señor de las patillas, estrechando la mano a Sasha—. ¡Estarías cansado de esperar ya, seguro! ¡A lo mejor has estado poniendo bueno a tu tío porque no venía! ¡Kolia, Kostia, Nina, Fifa... hijos! ¡Dad un beso al primo Sasha! Venimos a verte, con toda la pollada, por tres o cuatro días. Espero que no estorbaremos, ¿eh? Ya sabes, sin cumplidos, ¿eh? Te lo suplico.

Al ver al tío con toda la familia, los esposos se horrorizaron. Mientras el tío hablaba y los besaba, en la imaginación de Sasha se dibujó el cuadro: él y su mujer cederían a los huéspedes sus tres habitaciones, las almohadas y las mantas; el lomo de esturión cecinado, las sardinas y la *okroshka* se comerían en un segundo; los primos arrancan las flores, vierten la tinta, vociferan, la tía pasa días enteros hablando de sus enfermedades (solitaria y dolor en la boca del estómago) y de que es de nacimiento baronesa de von-Fintich...

Y Sasha mira ya con odio a su joven esposa y le dice al oído:

—¡Es a ti a quien han venido a ver... mal rayo los parta!

—No, ¡a ti! —respondió ella, pálida, también con odio y con rabia—. ¡Éstos no son mis parientes, son los tuyos!

Y volviéndose hacia los recién llegados, dijo con amable sonrisa:

—¡ Bien venidos!

Por detrás de la nube otra vez se asomó, flotando, la luna. Parecía que se estaba sonriendo; parecía que estaba contenta de no tener parientes. Sasha volvió la cabeza para esconder de los huéspedes su rostro enojado, desesperado, y dijo, esforzándose por dar a su voz una inflexión alegre y cordial:

—¡ Bien venidos! ¡ Bien venidos, queridos huéspedes!

LOS SIMULADORES

La generala Marfa Petrovna Pechónkina o, como la llaman los hombres, Pechónjija, que lleva ya diez años dedicándose a la homeopatía, un martes de mayo recibe en su gabinete a los enfermos. Ante ella, sobre la mesa, hay una farmacia homeopática, un vademécum de medicina y el recetario de la farmacia. De la pared cuelgan, con marco dorado y bajo cristal, cartas de un homeópata petersburgués, en opinión de Marfa Petrovna muy famoso e incluso gran médico, y el retrato del padre Aristarco, a quien la generala debe su salvación: la renuncia a la perniciosa alopatía y el conocimiento de la verdad. En la antesala, los pacientes, en su mayor parte *mujiks*. Todos ellos, excepto dos o tres, van descalzos, pues la generala les manda dejar en el patio las malolientes botas.

Marfa Petrovna ha visitado ya diez personas y llama a la undécima:

—¡Gavrila Gruzd!

La puerta se abre, y en vez de Gavrila Gruzd entra en el gabinete Zamujrishin, vecino de la generala, propietario de los venidos a menos, pequeño vejete de avinagrados ojos, con la gorra de noble bajo el brazo. Pone el bastón en un ángulo, se acerca a la generala y, en silencio, hinca a sus pies una rodilla.

—¡Qué hace! ¡Qué hace, Kuzmá Kuzmich! —se horroriza la generala, poniéndose como una amapola—. ¡Por el amor de Dios!

—¡No me levantaré mientras viva! —dice Zamujrishin, apretando los labios contra la mano de ella—. ¡Que todo el mundo vea mi genuflexión, ángel nuestro de la guarda, bienhechora del género humano! ¡Que la vea! ¡Ante el hada bienhechora que me ha dado la vida, que

me ha señalado el camino verdadero y ha iluminado mi
mente escéptica, ante esta hada, medicina nuestra mila-
grosa, madre de huérfanos y viudas, estoy dispuesto no
ya a permanecer arrodillado, sino a arrojarme al fuego!
¡Me he curado! ¡He renacido, hechicera!

—Estoy... muy contenta... —balbucea la generala, poniéndose roja de satisfacción—. Es tan agradable oírlo...
¡Siéntese, por favor! ¡Sí, el otro martes estaba usted tan
gravemente enfermo!

—¡Y tanto! ¡Me da miedo recordarlo! —dice Zamujrishin sentándose—. Tenía reuma en todos los miembros
y en todos los órganos. He estado ocho años sufriendo,
sin saber lo que era reposo... ¡Ni de día ni de noche, bienhechora mía! Me hice reconocer por doctores, fui a los
profesores de Kazán, probé barros diferentes, bebí aguas,
¡qué no había probado! Todo lo que tenía lo he gastado
en medicarme, bella señora mía. Todos esos doctores, si
no ha sido para mal, no me han servido para nada. Me
hundían la enfermedad hacia dentro. Hacia dentro sí
la hundían, pero su ciencia no llegaba a echarla fuera...
Sólo les gusta tomar dinero, los bandidos, pero del bien de
la humanidad poco se preocupan. Te receta uno alguna
quiromancia y tú bebe. Son unos asesinos, en una palabra. ¡De no haber sido por usted, ángel mío, ya estaría
en la tumba! Llego a casa, el otro martes, después de
haber estado aquí, miro los granitos que usted me dio
entonces y pienso: «¿De qué pueden servir? ¿Es posible
que estos granitos de arena, casi invisibles, puedan curar
mi enorme y ya vieja enfermedad?» Eso pienso, incrédulo, y me sonrío, pero tan pronto como tomé un granito, ¡instantáneamente!, fue como si no estuviera enfermo o como si todo se me hubiera pasado, sin dejar
rastro. Mi mujer se me queda mirando con los ojos bien
abiertos y no cree lo que ve: «¿Eres tú, Kolia?» «Soy
yo», digo. Nos pusimos los dos de rodillas ante el icono
y no nos cansábamos de rogar por nuestro ángel: «¡Mán-
dale, Señor, todo cuanto nosotros sentimos!»

Zamujrishin se seca los ojos con la manga, se levanta
de la silla y manifiesta la intención de hincar otra vez
una rodilla al suelo, pero la generala le detiene y le hace
sentar.

—¡No me lo agradezca a mí! —dice, roja de emoción

y contemplando, admirada, el retrato del padre Aristarco—. ¡A mí, no! ¡Aquí yo no soy más que un instrumento dócil!... ¡Realmente es un milagro! ¡Un reumatismo de ocho años curado con un granito de escrofuloso!

—Usted tuvo a bien darme tres granitos. De ellos tomé
uno a la comida ¡y el efecto fue instantáneo! Tomé el
otro por la noche, y el tercero al día siguiente; desde
entonces, no he notado nada más. ¡Lo que se dice ni
una punzada! ¡Y pensar que ya me disponía a morir y
había escrito a mi hijo, en Moscú, para que viniera!
¡Dios le ha dado luces, curadora nuestra! Ahora, ya ve,
camino y es como si estuviera en el paraíso... Aquel martes, cuando vine a verla, iba cojo, y ahora estoy dispuesto a correr aunque sea tras una liebre... Podría vivir aunque fueran cien años. Sólo tenemos una desgracia: las
privaciones. Estoy sano, mas ¿de qué me sirve la salud
si no tengo con qué vivir? La necesidad me ha hecho
más daño que la enfermedad... Vaya como ejemplo aunque sea lo que le voy a decir... Ahora es el tiempo de
sembrar la avena, pero ¿cómo sembrarla, si falta la si-
miente? Habría que comprarla, pero el dinero... Ya se
sabe cómo estamos de dinero.

—Yo le daré avena, Kuzmá Kuzmich... ¡Quédese
sentado, quédese sentado! ¡Me ha dado una alegría tan
grande, me ha procurado tanta satisfacción, que no es
usted quien ha de darme las gracias a mí, sino yo a usted!

—¡Es usted nuestra alegría! ¡Pero cuánta bondad crea
Dios! ¡Alégrese, señora mía, contemplando sus buenas
obras! Nosotros, pecadores, no tenemos de qué alegrar-
nos... Somos gente pequeña, apocada, inútil... morralla...
Nobles, lo somos sólo de nombre, porque en el aspecto
material somos como los *mujiks*, hasta peor... Vivimos en
casas de obra de albañilería[1], pero esto no es más que
un espejismo, porque el tejado tiene goteras... No hay
con qué comprar tablones.

—Le daré tablones, Kuzmá Kuzmich.

Zamujrishin le saca aún una vaca, una carta de recomendación para su hija, a la que tiene la intención de

---

[1] Durante siglos, en los pueblos de Rusia las casas se construían
de madera; los edificios construidos con materiales de albañilería,
generalmente de ladrillo, se denominaban «kamennie» (lit.: «de
piedra»).

llevar a un colegio, y... conmovido por la magnanimidad
de la generala, son tantos los sentimientos que le embar-
gan, que empieza a lloriquear, tuerce la boca y saca el
pañuelo del bolsillo... La generala ve cómo, junto con
el pañuelo, le sale del bolsillo un papelito rojo, que cae
silenciosamente al suelo.

—No lo olvidaré por los siglos de los siglos... —balbucea—. Encargaré a mis hijos que no lo olviden, y a
mis nietos... de generación en generación... Ésta es, hijos, la que me ha salvado de la tumba, la que...

Después de haberse despedido de su paciente, la generala permanece unos momentos, con los ojos llenos de
lágrimas, mirando al padre Aristarco; después, abarca
con mirada acariciadora y llena de veneración la pequeña farmacia, el vademécum de medicina, el recetario,
el sillón en que hace sólo unos instantes estaba sentado el
hombre al que ella había salvado de la muerte, y su mirada cae sobre el papelito que se había caído al paciente.
La generala recoge el papel, lo despliega y ve en él tres
granitos, los mismos tres granitos que ella había dado a
Zamujrishin el martes último.

—Son los mismos... —dice perpleja—. Hasta el papel
es el mismo... ¡Ni siquiera lo ha desplegado! ¿Qué ha
tomado, pues? ¡Qué extraño!... ¡No habrá pretendido
engañarme!

En el alma de la generala, por primera vez en diez
años, brota la duda... La generala llama a los enfermos
siguientes y, al hablar con ellos de sus enfermedades,
nota lo que antes pasaba imperceptiblemente por sus
oídos. Los enfermos, sin excepción, como si se hubiesen
puesto de acuerdo, al principio la alaban por su mila-
grosa manera de curar, se entusiasman por su sabiduría
médica, ponen de vuelta y media a los doctores alópa-
tas, y luego, cuando ella está roja de emoción, comienzan a exponer sus necesidades. Uno le pide un pequeño
trozo de tierra para arar; otro, algo de leña; el tercero,
permiso para cazar en sus bosques, y así por el estilo.
Ella mira la abierta y bondadosa fisonomía del padre
Aristarco, que le ha descubierto la verdad, y una nueva
verdad empieza a desazonarle el alma. Una verdad mala,
penosa...

¡Qué ladino es el hombre!

LA LOTA[1]

Mañana de estío. El aire está en calma; sólo canta el grillo en la ribera y en algún lugar ronronea tímidamente un aguilucho. En el cielo permanecen inmóviles unos cirros semejantes a nieve esparcida... Cerca del baño que se estaba construyendo en el río, bajo las verdes ramas de una mimbrera, se revuelve en el agua el carpintero Guerásim, un *mujik* alto, delgado, con una pelirroja cabeza rizada y el rostro cubierto de espesura. Resuella, jadea y, haciendo muchos guiños con los ojos, se esfuerza por sacar algo de debajo de las raíces de la mimbrera. Tiene el rostro cubierto de sudor. A cuatro o cinco pasos de Guerásim, con agua hasta el cuello, está el carpintero Liubim, un joven *mujik* cheposo, de rostro triangular y ojos rasgados, a lo chino. Tanto Guerásim como Liubim van en camisa y pantalones. Ambos están amoratados de frío, pues llevan en el agua más de una hora...

—¿Qué haces con tanto meter y meter el brazo? —grita el giboso Liubim, temblando como si tuviera calenturas—. ¡Cabezota! Tú agárrala, agárrala, que si no, se te escapará, ¡maldita sea! ¡Agárrala te digo!

—No se escapará... ¿Cómo quieres que escape? Se ha colado entre las raíces... —dice Guerásim con voz de bajo ronca, sorda, que le salía no de la garganta, sino del fondo del vientre—. Es resbaladiza, diablo, y no hay por dónde agarrarla.

—Cógela por las agallas, ¡por las agallas!

—No le veo las agallas... Espera, la he cogido por alguna parte... Por un labio... ¡Muerde, demonio!

[1] El título original es «*nalim*», pez de la especie *Lota lota*, propia de los ríos de Europa, pero que no se ha hallado en España.

—No tires del labio, no tires, ¡se te suelta! ¡Agárrala por las agallas, agárrala por las agallas! ¡Otra vez empiezas a meter y meter el brazo! ¡Eres un *mujik* sin nada en la mollera, y que me perdone la Reina de los Cielos! ¡Agárrala!

—«Agárrala»... —le remeda Guerásim—. Vaya jefe que nos ha salido... Ven y agárrala tú mismo, demonio de giboso... ¿Qué haces, parado?

—La agarraría si fuera posible... Pero ¿cómo quieres que me meta ahí, junto a la orilla, con mi poca estatura? ¡Está *prafundo*!

—No importa que esté *prafundo*... Nada...

El giboso agita los brazos, llega nadando hasta donde está Guerásim y se agarra a las ramas. Al primer intento de hacer pie, se hunde, cabeza y todo, bajo el agua y suelta burbujas.

—¡Ya te lo decía que es *prafundo*! —dice, haciendo girar, irritado, el blanco de los ojos—. Qué quieres, ¿que me siente sobre tu cuello?

—Ponte sobre las raíces... Hay muchas raíces, como una escalera...

El giboso tienta con el talón las raíces y, agarrándose fuertemente de varias ramas a la vez, se pone encima... Encontrado el equilibrio y habiéndose asegurado en su nueva posición, se encoge y, esforzándose para evitar que el agua le entre en la boca, empieza a hurgar entre las raíces con la mano derecha. Enredándose con las algas, resbalando por el musgo que cubre las raíces, la mano le tropieza con las tenazas punzantes de un cangrejo...

—¡Sólo nos faltabas tú aquí, demonio! —dice Liubim y arroja, furioso, el cangrejo a la orilla.

Por fin su mano tienta el brazo de Guerásim y descendiendo por él llega hasta algo viscoso y frío.

—¡Aquí-í está!... —se sonríe Liubim—. Es grue-e-sa la bandida... Suelta un poco los dedos, yo ahora... por las agallas... Espera, no me empujes con el codo... la cojo ahora... ahora, deja sólo que la agarre bien... Qué adentro se ha metido bajo las raíces, demonio, y no hay por dónde agarrarla... No hay manera de llegarle hasta la cabeza... No encuentras más que vientre... Mátame el mosquito que tengo en el cuello, ¡me abrasa! Ahora la agarro… por las agallas… Atácala por el costado, empújala, empuja. ¡Pínchala con el dedo!

El giboso, hinchadas las mejillas y conteniendo la respiración, abre enormemente los ojos y, por lo visto, ya se desliza con los dedos «por las agallas», pero en ese momento, las ramas en que tiene aferrada su mano izquierda se rompen y el hombre, perdido el equilibrio, ¡paf, al agua! Huyen de la orilla, como asustados, círculos formando ondas, y en el lugar de la caída saltan unas burbujas. El giboso emerge y, resoplando, se agarra a las ramas.

—¡Acabarás ahogándote, demonio, y aún tendré que responder por ti!… —grita, ronco, Guerásim—. ¡Sal del agua y vete al diablo! ¡Yo mismo la sacaré!

Tienen una pelotera… Y el sol va calentando cada vez más. Las sombras se hacen más cortas y se entran en sí mismas como los cuernos de un burgado… La alta hierba, recalentada por el sol, comienza a despedir un olor espeso, melosamente dulzón. Pronto será mediodía, pero Guerásim y Liubim siguen revolviéndose debajo de la mimbrera. La ronca voz de bajo y la aterida y chillona voz de tenor rompen sin tregua la quietud del día estival.

—¡Sácala por las agallas, sácala! ¡Espera, la voy a pinchar! ¡Pero dónde te metes con todo tu puño cerrado! ¡Con el dedo y no con el puño, cara de cerdo! ¡Acércate por el costado! ¡Por la izquierda has de acercarte, por la izquierda, por la derecha hay un hondón! ¡Vas a servir de cena al demonio! ¡Tira del labio!

Se oye el restallar de un látigo… Por la suave pendiente va arrastrándose hacia el abrevadero un rebaño conducido por el pastor Efim. El pastor, un viejo decrépito, tuerto y con la boca torcida, camina con la cabeza baja, mirando a sus pies. Primero se acercan al agua las ovejas; después de ellas, los caballos; tras los caballos, las vacas.

—¡Atízale tú desde abajo! —oye que dice la voz de Liubim—. ¡Mete el dedo! ¿Es que estás sordo, dia-blo? ¿Eh? ¡Fu!

—¿Qué pescáis, hermanitos? —grita Efim.

—¡Una lota! ¡No somos quién a sacarla! ¡Se ha metido entre las raíces! ¡Acércate por el otro lado! ¡Acércate, acércate!

Efim se queda por unos momentos con los ojos entornados mirando a los pescadores, luego se quita las abarcas, se suelta el zurrón de la espalda y se saca la camisa. Le falta paciencia para quitarse los pantalones, y santiguándose, balanceando los delgados y oscuros brazos, entra en pantalones en el agua... Avanza unos cincuenta pasos por el fondo de limo, pero luego se pone a nadar.

—¡Esperad, muchachos! —grita—. ¡Esperad! Cuidado al sacarla, se os escapará. ¡Hay que saber hacerlo!...

Efim se une a los carpinteros, y los tres, empujándose unos a otros con los codos y las rodillas, resoplando y echando pestes, se agitan en el mismo lugar... El giboso Liubim traga agua: resuena por el aire una tos seca y convulsiva.

—¿Dónde está el pastor? —se oye que gritan desde la orilla—. ¡Efi-im! ¡Pastor! ¿Dónde estás? ¡El rebaño se ha metido en el jardín! ¡Corre a sacarlo del jardín! ¡Corre! Pero ¿dónde estás, viejo bandido?

Se oyen voces de hombre, luego una de mujer... Por detrás de la reja del jardín señorial aparece el propietario, Andriéi Andriéich, con un batín hecho de un chal persa y un periódico en la mano... Mira interrogativamente en la dirección de los gritos que llegan del río y luego, con pasos cortos y rápidos, se dirige hacia el lugar del baño...

—¿Qué pasa aquí? ¿Quién vocifera? —pregunta, severo, al ver entre las ramas de las mimbreras las tres cabezas mojadas de los pescadores—. ¿Qué estáis buscando aquí?

—Pescamos... un pe... un pez... —balbucea Efim con la cabeza baja.

—¡Verás tú qué pez te voy a dar yo! ¡El ganado se ha metido en el jardín, y tú pescando!... Pero ¿cuándo estará el baño terminado, demonios? Lleváis dos días trabajando, y ¿dónde está lo que habéis hecho?

—Estará... estará preparado... —balbucea Guerásim—. El verano es largo, aún tendrás tiempo, Señoría, de lavarte... Pfrrr... De ningún modo podemos hacernos con la lota... Se ha metido debajo de las raíces, y como si estuviera en una cueva: ni hacia un lado ni hacia otro...

—¿Una lota? —pregunta el señor, y los ojos se le iluminan—. ¡Pues sacadla pronto!

—Ya nos darás una moneda de cincuenta *kopeks*... Si te hacemos este servicio... Es una lota fenomenal, ni tu señora se le puede comparar... Bien vale, Señoría, cincuenta *kopeks*... por el trabajo... ¡No la manosees, Liubim, no la manosees, que la vas a estropear! ¡Empuja por abajo! A ver, levanta un poco las raíces hacia arriba, buen hombre... ¿cómo te llamas? ¡Hacia arriba y no hacia abajo, demonio! ¡No movéis las piernas!

Pasan cinco minutos, diez... El señor comienza a perder la paciencia.

—¡Vasili! —grita volviéndose hacia la finca—. ¡Vaska! ¡Llamadme a Vasili! ¡Que venga!

Viene corriendo el cochero Vasili. Está masticando algo y respira fatigosamente.

—Entra en el agua —le manda el señor—, ayúdales a sacar la lota... ¡No pueden!

Vasili se desnuda rápidamente y entra en el agua.

—Ahora mismo... —balbucea—. ¿Dónde está la lota? Ahora mismo... ¡Esto es cuestión de un momento! ¡Y tú, Efim, sal del agua, hombre! ¡Ya eres viejo, eso no es para ti! ¿A ver de qué lota se trata? Ahora mismo... ¡Aquí está! ¡Fuera las manos!

—¿Por qué fuera las manos? Que hay que sacar las manos ya lo sabemos. ¡Pero saca la lota!

—¿Es que se puede sacar así? Hay que agarrarla por la cabeza.

—¡Y la cabeza la tiene bajo las raíces! ¡Lo sabíamos, burro!

—Bueno, nada de ladrar, que si no, te la ganas. ¡Canalla!

—Decir tales palabras en presencia del señor... —balbucea Efim—. ¡No la vais a sacar, hermanos! ¡Se ha escondido con mucho arte ahí dentro!

—Esperad, voy yo... —dice el señor y comienza a desnudarse apresuradamente—. ¡Sois cuatro bobos, no os dais maña para sacar una lota!

Después de desnudarse, Andriéi Andriéich deja que se le pase un poco el calor y entra en el agua. Pero su intervención tampoco conduce a ningún resultado positivo.

—Hay que talar las raíces —decide, finalmente, Liubim—. ¡Guerásim, vete a buscar el hacha! ¡Venga un hacha!

—¡Cuidado, no os cortéis los dedos! —dice el señor cuando se oyen bajo el agua los golpes del hacha contra las raíces—. ¡Efim, apártate de aquí! Esperad, yo sacaré la lota... Vosotros no, eso...

Las raíces están casi cortadas. Acaban de romperlas con facilidad y Andriéi Andriéich nota, con gran satisfacción, que coge la lota por las agallas.

—¡La saco, hermanos! No os apiñéis... esperad... ¡tiro!

Aparece en la superficie una gran cabeza de lota y tras ella un cuerpo largo de más de dos varas. La lota remueve pesadamente la cola y procura desprenderse.

—Remolona... Se acabó, hermana. ¿Has caído, eh? ¡A-ah!

Por todos los rostros se difunde una melosa sonrisa. Pasa un minuto en silenciosa contemplación.

—¡Es una señora lota! —balbucea Efim, rascándose bajo las clavículas—. Por lo menos pesa diez libras...

—Ya... —asiente el señor—. Cómo le palpita el hígado... Parece que le quiere salir de dentro. ¡A... ah!

La lota, de súbito, da un brusco coletazo hacia arriba y los pescadores oyen un fuerte ¡zas!... Todos se apresuran a alargar las manos, pero ya es tarde: ¡adiós lota!

EL APELLIDO CABALLUNO

Al general mayor retirado Buldiéiev le dolían las muelas. El general se enjuagaba la boca con vodka, con coñac; se había aplicado a la muela enferma hollín de tabaco, opio, trementina y petróleo; se había pintado la mejilla con yodo, se había puesto en las orejas algodón empapado en alcohol, pero todo esto o no le había servido para nada o le había provocado náuseas. Vino el doctor. Le hurgó la muela, le recetó quina, pero tampoco esto dio resultado. A la propuesta de arrancar la muela enferma, el general respondió con una negativa. Toda la gente de la casa —la esposa, los hijos, los criados, hasta el pinche de cocina Pietka— propuso, cada uno, su remedio. Entre otros, también el intendente de Buldiéiev, Iván Evsiéich, vino a verle y le aconsejó curarse con unas palabras mágicas.

—Aquí, en nuestro distrito, Excelencia —dijo—, prestaba sus servicios, hará unos diez años, el recaudador de impuestos Yákov Vasílich. Para conjurar el dolor de muelas no había otro como él. A veces se volvía hacia la ventana, balbuceaba un poco, escupía, y se iba el mal como por encantamiento. Era un poder que se le había conferido...

—¿Y dónde está ahora?

—Después de que le despidieron de la recaudación de impuestos, vive en Sarátov, en casa de su suegra. Ahora sólo de las muelas vive. Si uno tiene dolor de muelas, va a verle, eso ayuda... En su propia casa recibe a la gente de Sarátov mismo, pero a los que son de otras ciudades los atiende por telégrafo. Mándele, Excelencia, un des-

pacho, que esto y eso... al siervo de Dios Alexiéi le due-
len las muelas, ruego le sane. Y el dinero por la cura, lo
manda por correo.

—¡Es absurdo! ¡Charlatanería!

—Pero usted haga la prueba, Excelencia. Es un hombre aficionadillo a la vodka; no vive con su mujer, sino
con una alemana; es un blasfemo, pero ¡puede decirse
que hace milagros!

—¡Pruébalo, Aliosha! —suplicó la generala—. Ya sé,
tú no crees en las palabras mágicas, pero yo he hecho la
experiencia conmigo misma. Y aunque no creas, ¿por
qué no hacer la prueba? No se te van a caer las manos
por ello.

—Bueno, está bien —accedió Buldiéiev—. Para acabar con esto, mandas un despacho no ya a un recaudador de impuestos, sino al mismísimo diablo... ¡Oh! ¡No
puedo más! Bueno, ¿dónde vive tu recaudador? ¿Cómo
se le escribe?

El general se sentó a la mesa y tomó la pluma.

—En Sarátov hasta los perros le conocen —dijo el
intendente—. Sírvase escribir, Excelencia, a la ciudad
de Sarátov, así, pues... A Su Señoría Yákov Vasílich...
Vasílich...

—¿Qué más?

—Vasílich... A Yákov Vasílich... y de apellido... ¡Pues
se me ha olvidado el apellido!... Vasílich... Diablo...
Pero ¿cómo es el apellido? Hace unos momentos, cuando venía hacia acá, me acordé... Permítame...

Iván Evsiéich levantó los ojos al techo y movió los
labios. Buldiéiev y la generala esperaban con impaciencia.

—Bueno, ¿qué más? ¡Date prisa, piensa!

—En seguida... Vasílich... Yákov Vasílich... ¡Se me
ha olvidado! Es un apellido tan fácil... como si se refi-
riera al caballo... ¿Caballero? No, no es Caballero. Espere... ¿Garañón, quizá? No, tampoco es Garañón. Recuerdo que se trata de un apellido caballuno, pero cuál
es, se me ha ido de la memoria...

—¿Garañonski?

—De ningún modo. Espere... Caballero... Caballerins-
ki... Cadillo...

—Esto ya es nombre de perro y no de caballo. ¿Garañónov?

—No, tampoco es Garañónov... Yegüero... Yegüeronski... Garañonovski... ¡No es nada de esto!

—Entonces, ¿cómo le voy a escribir? ¡ Piensa!

—Ahora mismo. Yegüerov... Garañónov... Limonero...

—¿Limoneronski? —preguntó la generala.

—De ningún modo. Pericón... ¡No, no es esto! ¡Lo he olvidado!

—¿A qué diablos vienes, pues, con consejos, maldita sea, si te has olvidado? —se enojó el general—. ¡Fuera de aquí!

Iván Evsiéich se fue lentamente, mientras que el general, sosteniéndose la mejilla, se puso a recorrer las habitaciones.

—¡Oh, Santos del cielo! —gemía—. ¡Oh, Santas del paraíso! ¡Oh, no veo de dolor!

El intendente salió al jardín y, levantando los ojos al cielo, comenzó a hacer memoria para recordar el apellido del recaudador:

—Garañonski... Garañovchikov... Garañenko... ¡No, no es esto! Caballerovski... Caballevich... Garañevich... Yegüelianski...

Poco después le llamaron para que se presentara a los señores.

—¿Te has acordado? —preguntó el general.

—De ningún modo, Excelencia.

—¿Quizá Korcelski? ¿Kaballchikov? ¿No?

Y en la casa empezaron a inventar, a porfía, apellidos. Pasaron revista a todas las edades, a los sexos y razas de caballos, recordaron la crin, las pezuñas, las guarniciones... En la casa, en el jardín, en el cuarto de servidumbre, todo el mundo iba de un ángulo a otro y, rascándose la frente, buscaban el apellido...

Al intendente le hacían entrar a cada momento en la casa.

—¿Kaballádov? —le preguntaban—. ¿Pezuñín? ¿Garañobovski?

—Nada de eso —respondía Iván Evsiéich, y, levantando los ojos hacia arriba, continuaba pensando en voz alta—: · Korcelenko... Korcelchenko... Garañebiéiev... Kaballiéiev...

—¡Papá! —gritaban desde el cuarto de los niños—. ¡Troikin! ¡Brídechkin!

Toda la finca iba de cabeza. El impaciente y atormentado general prometió cinco rublos al que recordara el verdadero apellido y a Iván Evsiéich comenzaron a seguirle en tropel...

—¡Bayov! —le decían—. ¡Trotónov! ¡Kaballitski!

Pero cayó la tarde y el apellido aún no había sido hallado. Así se fueron a dormir sin haber mandado el telegrama.

El general no durmió en toda la noche, iba de un ángulo a otro y gemía... Entre dos y tres de la madrugada, salió de su casa y llamó a la ventana del intendente.

—¿No será Kastrádov? —preguntó con voz compungida..

—No, no es Kastrádov, Excelencia —respondió Iván y suspiró con aire de culpabilidad.

—¡A lo mejor, el apellido no es caballuno, sino de alguna otra clase!

—Es la pura verdad, Excelencia, caballuno... Esto lo recuerdo perfectísimamente.

—Qué desmemoriado eres, hermano... Para mí, ahora, este apellido es más caro, me parece, que todo lo del mundo. ¡No puedo más!

Por la mañana el general mandó otra vez a buscar al doctor.

—¡Que la arranque! —decidió—. No tengo fuerzas para resistir más...

Vino el doctor y arrancó la muela enferma. El dolor se calmó en seguida y el general recobró el sosiego. Cumplida la operación y después de recibir lo que por su trabajo le correspondía, el doctor subió a su birlocho y se dirigió hacia su casa. Fuera del portalón, en el campo, encontró a Iván Evsiéich... El intendente, de pie al borde del camino, baja la vista, estaba cavilando, muy absorto. A juzgar por las arrugas que le surcaban la frente y por la expresión de los ojos, sus pensamientos le provocaban una gran tensión, le torturaban...

—Sabinov... Cinchov... —balbuceaba—. Barbadonin... Cavallski...

—¡Iván Evsiéich! —le dijo el doctor—. ¿No podría comprarle, amigo mío, unas cinco cuarteras de avena? Nuestros *mujiks* me la venden, pero es muy mala...

Iván Evsiéich miró con aire alelado al doctor, se sonrió de muy extraña manera y sin responder una sola palabra juntó las manos con asombro y echó a correr hacia la finca tan rápidamente como si le estuviera persiguiendo un can rabioso.

—¡Lo he encontrado, Excelencia! —gritó lleno de alegría, con la voz alterada, penetrando como una tromba en el gabinete del general—. ¡Lo he encontrado, dé Dios mucha salud al doctor! ¡Avenov! ¡Es Avenov el apellido del recaudador de impuestos! ¡Es Avenov, Excelencia! ¡Mande un despacho a Avenov!

—¡Mira, para ti! —dijo el general con desprecio, haciéndole la higa con las dos manos ante el mismísimo rostro—. ¡Ahora no necesito para nada tu apellido caballuno! ¡Mira, para ti!

EXTRAVIADOS

COLONIA de veraneo, envuelta en las tinieblas de la noche. En el campanario da la una. Los abogados Koziavkin y Láiev, los dos de inmejorable buen humor y tambaleándose ligeramente, salen del bosque y se dirigen a las casas de la colonia.

—Bueno, gracias al Creador, hemos llegado... —dice Koziavkin, tomando aliento—. En nuestra situación, recorrer a pie las cinco verstas desde el apeadero es una hazaña. ¡Me he fatigado espantosamente! Como hecho adrede, no hemos encontrado ni un carretero...

—Amigo Pietia... ¡no puedo más! Si dentro de cinco minutos no estoy en la cama, creo que me moriré...

—¿En la ca-ma? ¡Tú bromeas, hermano! Primero cenaremos, beberemos del rosado y después sí, a la cama. Ni Viera ni yo te dejaremos dormir... ¡Es una buena cosa, hermanito mío, estar cansado! ¡Tú esto no lo comprendes, ánima reseca! Llego yo ahora a casa fatigado, extenuado... me espera mi amorosa mujer, me sirve el té, me da de comer, y en señal de agradecimiento por mi trabajo, por mi amor, me mira con sus negros ojitos tan dulce y cariñosamente que se me olvida, hermano mío, la fatiga, el robo con fractura, el palacio de la justicia y la sala de casación... ¡Está requetebién!

—Pero... Tengo las piernas como rotas... Apenas puedo caminar... Y la sed me mata...

—Bueno, ya estamos en casa.

Los dos amigos se acercan a una de las casas y se detienen ante la ventana del extremo.

—Esta casita de veraneo es magnífica —dice Koziav-

kin—. ¡Mañana verás qué vistas tiene! Las ventanas
están oscuras. Esto significa que Viérochka ya se ha
acostado, no ha querido esperar. Estará acostada muy
inquieta, seguramente, porque aún no he llegado yo...
(Empuja con el bastón la ventana, que se abre.) ¡Qué
calor! Ea, vamos a cantar una serenata, la haremos reír...
(Canta.) «Flota la luna por los cielos nocturnos... El ventecillo apenas respira... El ventecillo apenas oscila»...
¡Canta, Aliosha! Viérochka, ¿te cantamos una serenata
de Schubert? (Canta.) «Mi-i-i can-ción... vuela con una
plega-a-ria-a-a...» (La voz queda rota por una tos seca.)
¡Fu! Viérochka, ¡di a Axinia que nos abra el portillo!
(Pausa.) ¡Viérochka! No seas perezosa, ¡levántate, querida! (Se sube a una piedra y mira por la ventana.) Vié-
runchik, alma mía, Viereviunchik... angelito, esposa mía
incomparable, ¡levántate y di a Axinia que nos abra el
portillo! ¡Si tú no estás durmiendo! Alma mía, te lo
juro, nos sentimos tan fatigados y sin fuerzas, que no
estamos para bromas ni mucho menos. ¡Hemos venido
a pie desde la estación! ¿Me oyes o no? ¡Ah, maldita
sea! (Intenta trepar por la ventana y cae.) ¡Es posible
que al invitado no le gusten estas bromas! Ya veo, Viera, que sigues siendo una colegiala, como antes, siempre
con ganas de hacer travesuras...

—¡A lo mejor Viera Stepánovna duerme! —dice Láiev.

—¡No duerme! ¡Por lo visto lo que quiere es que
haga ruido y despierte a todos los vecinos! ¡Ya comienzo a enfadarme, Viera! ¡Ah, maldita sea! ¡Ayúdame a
subir, Aliosha, entraré! ¡Eres una chiquilla, una niña
de escuela y nada más!... ¡Ayúdame a subir!

Láiev, resollando, ayuda a subir a Koziavkin, quien
entra por la ventana y desaparece en las tinieblas de la
habitación.

—¡Vierka! —oye Láiev un minuto después—. ¿Dónde estás? ¡Dia-a-blo!... ¡Fu, con alguna cosa me he ensuciado las manos! ¡Fu!

Se oye un rumor, batir de alas y el grito desesperado
de una gallina.

—¡Vaya, hombre! —oye Láiev—. Viera, ¿de dónde
han salido estas gallinas? ¡Diablos, pero si hay muchas!
Una cesta con una pava... ¡Hiere con el pico, canalla!

Por la ventana salen volando estrepitosamente dos gallinas y cacareando con gran escándalo echan a correr por la calle.

—¡Aliosha, nos hemos equivocado de sitio! —dice Koziavkin con voz compungida—. Aquí hay gallinas... Seguramente me he extraviado... Al diablo vosotras, ¡cómo se han echado a volar las malditas!

—¡Entonces sal, date prisa! ¿Comprendes? ¡Me muero de sed!

—Ahora... Deja que encuentre el impermeable y la cartera...

—¡Enciende una cerilla!

—Tengo las cerillas en el impermeable... ¡Bonita ocurrencia la mía, esa de meterme aquí! Todas las casitas son iguales, ni el mismísimo diablo las distingue a oscuras. ¡Ay, la pava me ha picado en el cuello! Canalla...

—Sal pronto, si no van a pensar que robamos las gallinas...

—Ahora... No encuentro el impermeable. Por el suelo hay muchos trapos y no hay manera de entender dónde está. ¡Échame unas cerillas!

—¡No tengo!

—Bonita situación, ¡vaya! ¿Qué hacer? No puedo irme sin el impermeable y la cartera. He de encontrarlos.

—No comprendo cómo es posible no reconocer la propia casita —se subleva Láiev—. Borrachín... De haberme figurado una historia semejante, por nada del mundo habría venido contigo. Ahora estaría en casa, dormiría tranquilamente, y en vez de esto, aquí, hala, sufre... Estoy espantosamente fatigado, tengo sed... ¡La cabeza me da vueltas!

—Ahora, ahora... no te vas a morir...

Por encima de la cabeza de Láiev pasa volando y gritando un gallo grande. Láiev suspira profundamente y con un gesto de desesperanza, se sienta sobre una piedra. El alma le arde de sed, los ojos se le cierran, la cabeza se le inclina hacia abajo... Pasan unos cinco minutos, diez, finalmente veinte, pero Koziavkin sigue enfrascado con las gallinas.

—Piotr, ¿terminas pronto?

—Ahora. Ya había encontrado la cartera, pero la he perdido otra vez.

Láiev apoya la cabeza en los puños y cierra los ojos. El alboroto de las gallinas se hace cada vez mayor. Los moradores de la casita sin gente salen volando por la ventana y a él le parece que unas lechuzas revolotean en las tinieblas por encima de su cabeza. El alboroto le deja como un sonido continuado en los oídos y le llena el ánimo de terror.

«¡A-a-nimal!... —piensa—. Me ha invitado a su casa, me ha prometido obsequiarme con vino y leche cuajada y en vez de esto me ha hecho venir andando desde la estación para escuchar estas gallinas...»

Indignado, Láiev hunde el mentón en el cuello, apoya la cabeza sobre su cartera y poco a poco se va calmando. La fatiga reclama lo suyo y comienza a dormirse.

—¡He encontrado la cartera! —oye el grito triunfal de Koziavkin—. Ahora encontraré el impermeable y basta, ¡nos iremos!

Entre sueños, Láiev oye el ladrido de un perro. Al principio ladra un solo perro, luego ladra otro, un tercero... y el ladrar de los perros, mezclándose con el cacarear de las gallinas, forma una especie de música salvaje. Alguien se le acerca y le pregunta alguna cosa.

Después, Láiev oye que, por encima de su cabeza, suben a la ventana, golpean, gritan... Una mujer con un delantal rojo y un farol en la mano está a su lado, y le pregunta algo.

—¡Usted no tiene derecho a decir esto! —oye que dice la voz de Koziavkin—. Soy el abogado Koziavkin, diplomado en jurisprudencia. ¡Aquí tiene mi tarjeta de visita!

—¡Para qué quiero yo su tarjeta de visita! —dice alguien, con ronca voz de bajo—. ¡Me ha dispersado todas las gallinas, me ha aplastado los huevos! ¡Mire lo que ha hecho! De hoy a mañana tenían que nacer los pavitos y usted los ha aplastado. ¿De qué me va a servir, señor mío, su tarjeta de visita?

—¡No se atreva usted a retenerme! ¡No, señor! ¡No se lo toleraré!

«Quisiera beber...», piensa Láiev, esforzándose por abrir los ojos y notando que por encima de su cabeza alguien salta por la ventana.

—¡Yo soy Koziavkin! ¡Aquí está mi casita, y todo el mundo me conoce!

—¡Nosotros no conocemos a ningún Koziavkin!

—¿Qué me estás contando? ¡Llamen al *stárosta*[1]! ¡Él me conoce!

—No se sulfure, ahora llegará el cabo de policía... Conocemos a todos los veraneantes de aquí, pero a usted no le hemos visto en la vida.

—¡Es ya el quinto año que veraneo en Gnilie Víselki!

—¡Vaya! ¿Acaso es esto Víselki? Esto es Jílovo, y Gnilie Víselki está más a la derecha, al otro lado de la fábrica de cerillas. A unas cuatro verstas de aquí.

—¡El diablo me lleve! ¡Así, pues, no he tomado el camino que debía!

Los gritos de los hombres y de las aves se mezclan con el ladrido de los perros, y del caos de sonidos sobresale la voz de Koziavkin:

—¡No se atreva! ¡Pagaré! ¡Ya sabrá usted con quién trata!

Finalmente, las voces, poco a poco se calman. Láiev nota que le sacuden por el hombro.

---

[1] *Stárosta:* persona elegida o nombrada para ejercer funciones de dirección o mando de pequeñas colectividades.

EL CAZADOR

MEDIODÍA caluroso y sofocante. En el cielo, ni una nubecita... La hierba, requemada por el sol, tiene un aspecto desolado, sin esperanza: aunque llueva, ya no podrá reverdecer... El bosque permanece silencioso, inmóvil, como si escrutara algo con sus cimas o esperase alguna cosa.

Por el borde de una franja de bosque talado camina perezosamente, con desgana, un *mujik* alto, estrecho de hombros, de unos cuarenta años; lleva camisa roja, pantalones de señor remendados y grandes botas altas. Arrastra los pies por el sendero. A la derecha, verdea la franja talada; a la izquierda, hasta el horizonte mismo, se extiende un mar dorado de centeno maduro... El hombre está rojo, suda. Sobre su hermosa y rubia cabeza lleva puesta, a lo valiente, una gorra blanca, de recta visera, como la de un *jockey*, por lo visto regalo de algún señorito en un momento de generosidad. Del hombro le cuelga, cruzándole el pecho, el zurrón en el que ha metido, doblándolo, un urogallo. Lleva en la mano una escopeta de dos cañones con los martillos alzados, y aguza la vista mirando a su viejo y flaco perro, que corre delante olisqueando las matas. En torno, todo es silencio, no se oye ni un ruido... Todo cuanto tiene vida se ha escondido huyendo del calor.

—Egor Vlásich —oye el cazador que le llama, de pronto, una voz dulce.

El hombre se estremece y, después de haber mirado alrededor, frunce las cejas. A su lado, como si hubiera surgido de bajo tierra, ve a una mujer de unos treinta años, de rostro pálido, con una hoz en la mano. La mujer se esfuerza por mirarle a él a la cara y se sonríe tímidamente.

—¡Ah, eres tú, Pelaguiéia! —dice el cazador deteniéndose y bajando con cuidado los martillos—. ¡Hum!... ¿Cómo has venido por aquí?

—Aquí trabajan unas mujeres de nuestra aldea, yo estoy con ellas... De jornaleras, Egor Vlásich.

—Ya... —muge Egor Vlásich, y sigue caminando lentamente.

Pelaguiéia tras él. Recorren callados unos veinte pasos.

—Hace tiempo que no le veía, Egor Vlásich... —dice Pelaguiéia, mirando tiernamente los hombros y los omoplatos del cazador—. Desde que, por Pascua, vino a nuestra isba a beber agua, no le había visto más... Por Pascua entró por un minuto, y sabe Dios cómo... borracho... Me gritó, me pegó y se fue... Yo le he esperado, le he esperado... me he cansado de mirar, esperándole... ¡Ah, Egor Vlásich, Egor Vlásich! ¡Si por lo menos se hubiera dado una vueltecita por casa!

—¿Y qué quieres que haga en tu casa?

—Nada, claro, pero pasar... de todos modos es su casa... Mirar cómo van las cosas... Usted es el dueño... ¡Ea, ha matado un urogallo, Egor Vlásich! Podría sentarse un poco, descansar...

Al hablar así, Pelaguiéia se ríe, como una tontuela, y mira arriba, hacia la cara de Egor... Y todo el rostro de ella respira felicidad...

—¿Sentarme un rato? Bueno... —dice en tono indiferente Egor, y elige un pequeño sitio entre dos abetos jóvenes—. ¿Por qué estás de pie? ¡Siéntate tú, también!

Pelaguiéia se sienta un poco apartada, en pleno sol, y avergonzada de su alegría, se cubre con el brazo la boca sonriente. Transcurren unos dos minutos en silencio.

—Por lo menos podía haberse dado una vueltecita por casa —dice suavemente Pelaguiéia.

—¿Para qué? —suspira Egor, quitándose la gorrita y secándose con la manga la roja frente—. No hay ninguna necesidad. Pasar por una horita o dos no es más que un trastorno, sólo sirve para perturbarte, y vivir siempre en la aldea no me lo resiste el alma... Ya sabes, soy un hombre mimado... A mí, que no me falte cama, que el té sea del bueno, la conversación, delicada... todo ha de ser de lo bueno, y donde estás tú, en la aldea, lo que hay es pobreza, hollín... No resistiría ni veinticuatro horas. Si saliera, digamos, un ucase mandándome vivir sin falta contigo, yo o pegaba fuego a la isba o me mataba con mis propias manos. Desde niño que tengo metidos en el cuerpo estos mimos, no hay nada que hacer.

—¿Dónde vive ahora?

—En casa del señor Dmitri Ivánich, de cazador. Le surto de caza para la mesa, pero sobre todo me tiene... pues porque sí, por gusto.

—No es seria su ocupación, Egor Vlásich... Para la gente es una diversión, y para usted parece que se trata de un oficio... una faena de verdad...

—Tú no lo comprendes, tonta —dice Egor, mirando, soñador, al cielo—. No has comprendido nunca qué hombre yo soy ni lo comprenderás en tu vida... Para ti, soy un hombre con los tornillos flojos, un extraviado, pero para quien tiene entendederas soy el mejor tirador del distrito. Los señores lo notan y hasta en los diarios han escrito de mí. Nadie se puede comparar conmigo en lo de la caza... Y si hago ascos de vuestras ocupaciones aldeanas no es por comodidad ni por orgullo. Desde que iba en pañales, sabes, no he conocido otra ocupación que la del fusil y los perros. Me quitan el fusil, echo mano al anzuelo; me quitan el anzuelo, me apaño con las manos. Bueno, también he sido chalán de caballos, me he dedicado a recorrer las ferias cuando ha habido dinerito, y tú misma sabes que si un *mujik* se apunta a cazador o a chalán, adiós arado. Cuando un hombre le ha cogido el gusto a la vida libre, no hay modo de arrancárselo de dentro. Lo mismo pasa si un señor se mete a hacer teatro o se dedica a alguna otra cosa artística: que no esperen que se haga funcionario o propietario. Tú eres una mujer y no lo comprendes, y esto es una cosa que se ha de comprender.

—Lo comprendo, Egor Vlásich.

—Te digo que no comprendes, ya que te dispones a llorar...

—Yo... yo no lloro... —dice Pelaguiéia, volviendo la cara hacia otra parte—. ¡Es un pecado lo que hace, Egor Vlásich! ¡Podía haber vivido conmigo por lo menos un día enterito, desgraciada de mí! Hace ya doce años que me casé con usted y... ¡y entre nosotros no ha habido amor ni una sola vez!... Yo... yo no lloro...

—Amor... —balbucea Egor, rascándose el brazo—. No puede haber ningún amor. No tenemos más que el nombre de marido y mujer, pero ¿es que lo somos, acaso? Para ti yo soy un salvaje; para mí, tú eres una mujer simple, que no entiende nada. ¿Acaso hacemos pareja? Yo soy libre, comodón, vagabundo; tú eres trabajadora, calzas abarcas de corteza, vives entre suciedad, siempre con la cintura doblada. De mí mismo yo entiendo que soy el primero en la caza, y tú me miras con compasión... ¿Dónde está aquí la pareja?

—¡Pero estamos casados, Egor Vlásich! —solloza Pelaguiéia.

—No por voluntad... ¿Lo has olvidado? Da las gracias al conde Serguiéi Pávlich... y a ti misma. El conde, por envidia de que yo disparaba mejor que él, me estuvo emborrachando durante todo un mes, y a un borracho no sólo le casas, sino que hasta le puedes convertir a otra fe. Me cogió y, borracho, me casó contigo por venganza... ¡A un cazador con una corralera! Tú veías que yo estaba borracho, ¿por qué te casaste? ¡No eres una sierva, podías haberte resistido! Claro, para una corralera es una felicidad casarse con un cazador, pero hay que tener seso. Bueno, y ahora atorméntate, llora. El conde se ríe, pero tú lloras... rómpete la cabeza contra la pared...

Se hace un silencio. Por encima de la franja talada pasan volando tres patos silvestres. Egor los mira y los sigue con la mirada hasta que las aves, convertidas en tres puntos casi invisibles, bajan muy lejos, tras el bosque.

—¿De qué vives? —pregunta él volviendo los ojos de los patos a Pelaguiéia.

—Ahora trabajo a jornal, y en invierno tomo en casa a una criatura del asilo, le doy el biberón. Me pagan rublo y medio al mes.

—Ya...

Otra vez silencio. Desde la parte segada llega una suave canción que se corta bruscamente en su comienzo. Hace calor para cantar...

—Dicen que a Akulina le ha levantado usted una isba nueva —comenta Pelaguiéia.

Egor calla.

—Eso quiere decir que a usted le gusta...

—¡Se ve que éste es tu destino! —dice el cazador estirándose—. Paciencia, huerfanita. Bueno, adiós, ya me he entretenido demasiado charlando... Al caer la tarde he de estar en Boltovo...

Egor se levanta, se estira, se echa la escopeta al hombro. Pelaguiéia se levanta.

—¿Y cuándo irá por la aldea? —pregunta ella suavemente.

—No hay para qué. Con la cabeza clara no iré nunca, y de un borracho sacas poco provecho. Cuando estoy bebido me pongo furioso... ¡Adiós!

—Adiós, Egor Vlásich...

Egor se pone la gorra sobre la coronilla y, llamando al perro con un chasquido de labios, prosigue su camino. Pelaguiéia se queda de pie en el sitio y le mira alejarse... Ve movérsele las espaldas, la nuca valentona, el paso tardo y descuidado, y los ojos se le llenan de tristeza y de ternura... Su mirada corre por la figura flaca y alta del marido y la acaricia amorosamente... Él parece sentir esa mirada, se detiene y vuelve la cabeza... Calla, mas por su cara, por el modo como él encoge los hombros, Pelaguiéia ve que él quiere decirle alguna cosa. Ella se le acerca tímidamente y lo mira con ojos suplicantes.

—¡Toma! —le dice él volviéndose.

Le da un rublo arrugado y se aleja a toda prisa.

—¡Adiós, Egor Vlásich! —dice ella, aceptando maquinalmente el rublo.

Él camina por el sendero largo, recto, como una correa tendida... Ella, pálida, inmóvil como una estatua, caza con la mirada cada uno de sus pasos. Pero he aquí que el rojo color de su camisa se confunde con el color oscuro de los pantalones, los pasos se hacen invisibles, el perro no se distingue de las botas. No se ve más que la gorrita, pero... de pronto Egor se vuelve a la derecha, hacia la franja talada, y la gorrita desaparece entre el follaje.

—¡Adiós, Egor Vlásich! —balbucea Pelaguiéia y se levanta de puntillas para ver por lo menos una vez más la gorrita blanca.

EL MALHECHOR

Ante el juez de instrucción se encuentra un pequeño *mujik* extremadamente flaco, con una camisa de lienzo y unos pantalones remendados. Su cara peluda, picada por la viruela, y sus ojos casi invisibles bajo las espesas y colgantes cejas tienen una expresión de sombría dureza. Sobre la cabeza, una mata entera de pelos enmarañados, sin peinar desde hace mucho tiempo, le dan un aspecto todavía más hosco, como de araña. Va descalzo.

—¡Denís Grigóriev! —comienza el juez de instrucción—. Acércate un poco más y responde a mis preguntas. El día siete del corriente mes de julio, el guardavía Semiónov Akínfov, al recorrer la línea por la mañana, te encontró en la versta ciento cuarenta y una desatornillando una tuerca de las que sujetan los rieles a las traviesas. ¡Mírala, aquí está la tuerca!... Tú la tenías cuando te prendió. ¿Fue así?

—¿Qué?

—¿Fue todo así, como explica Akínfov?

—Ya se sabe, así.

—Está bien; bueno, ¿por qué desatornillabas la tuerca?

—¿Qué?

—Déjate de «qués» y respóndeme a la pregunta: ¿por qué desatornillabas la tuerca?

—De no haberla necesitado no la habría desatornillado —responde Denís con voz ronca, mirando de reojo al techo.

—Pero ¿para qué necesitabas esa tuerca?

—¿La tuerca? Con las tuercas nosotros hacemos plomos para pescar...

—¿Quiénes sois «nosotros»?

—Nosotros, la gente... Los *mujiks* de Klímovo, eso es.

—Escucha, hermano, no te me hagas el idiota y habla claro. ¡No me vengas con mentiras sobre plomos de pescar!

—No he dicho una mentira desde que nací y ahora resulta que miento... —balbucea Denís, parpadeando—. Pero ¿cree Su Señoría que se puede, sin plomos? Si metes un pececito o un gusano en el anzuelo, ¿acaso se hundirá sin plomo? Miento... —se sonríe Denís—. ¡Al diablo con él, con el pececito, si va a nadar por la superficie! La perca, el sollo, la lota siempre van por el fondo, y si el cebo flota por la superficie, a lo más podrá servir para coger el muble, y aún raras veces... En nuestro río el muble no se da... Éste es un pez que necesita espacio.

—¿A qué me vienes con esos cuentos del muble?

—¿Qué? ¡Vaya gracia! ¡Si usted mismo me lo ha pedido! En nuestra aldea, hasta los señores pescan así. El último de los chavales no se va a pescar sin plomo. Claro, el que no entiende, ése se irá a pescar también sin plomo. La ley no se escribe para los tontos...

—¿Así tú dices que has desatornillado esta tuerca para hacer con ella un plomo?

—¿Pues para qué? ¡No iba a ser para jugar a la taba!

—Mas para hacer un plomo podías haber tomado otro metal, una bala, un clavo cualquiera...

—El metal no se encuentra por la carretera, hay que comprarlo, y los clavos no sirven. No hay nada mejor que una tuerca... Es pesada y tiene agujero.

—¡Vaya manera de hacerse el tonto! Como si hubiera nacido ayer o se hubiera caído del cielo. Pero ¿no comprendes, cabeza de mula, lo que sucede desatornillando tuercas? Si el guardavía no te ve, el tren podía haber salido de los rieles; ¡muertos habría habido! ¡Tú habrías matado a la gente!

—¡Dios nos libre, Señoría! ¿Para qué matar? ¿Somos herejes o malhechores, acaso? Gracias a Dios, mi buen señor, tengo ya muchos años y no sólo no he matado a nadie, ni pensamientos he tenido de hacerlo... Sálvanos y ten piedad de nosotros, Reina de los Cielos... ¡Qué cosas dice usted!

—¿Y a qué crees tú que se deben, pues, los descarrilamientos? ¡Desatornilla dos o tres tuercas y ya tienes un descarrilamiento!

Denís se sonríe y mira, incrédulo, al juez entornando
los ojos.

—¡Eso! Cuántos años hace que toda la aldea desatornilla tuercas y Dios nos ha guardado de todo mal, y ahora, que si descarrilamientos... que si matar a la gente...
Si me hubiese llevado un carril o, supongamos, si hubiese
puesto un tronco atravesado en la vía, entonces, bueno,
habría hecho saltar el tren, pero eso... ¡uf! ¡Una tuerca!

—Pero comprende, ¡con las tuercas se sujetan los ca-
rriles a las traviesas!

—Esto ya lo comprendemos... No las desatornillamos
todas... dejamos algunas... no lo hacemos sin tino... comprendemos...

Denís bosteza y hace el signo de la cruz sobre la boca.

—El año pasado, aquí, un tren se salió de la vía —dice
el juez—. Ahora se comprende por qué...

—¿Cómo, Señoría?

—Ahora, digo, se comprende por qué el año pasado
el tren se salió de la vía... ¡Lo comprendo!

—Por esto tienen instrucción, para comprender, bien-
hechores nuestros... El Señor sabe a quién da cabeza...
Su Señoría ha comprendido el cómo y el porqué, pero
el guardavía, que es un *mujik* como yo, te agarra por el
cuello ¡y hala, sigue! Primero discurre y luego hazme
seguir... Escriba también, Señoría, que me pegó dos veces en la cara y en el pecho.

—Cuando te registraron la casa, aún te encontraron
otra tuerca... ¿En qué sitio la desatornillaste y cuándo?

—¿Habla de la tuerca que estaba debajo del baúl
rojo?

—No sé dónde la tenías, pero te la encontraron. ¿Cuándo la desatornillaste?

—No la desatornillé yo, me la dio Ignashka, el hijo
de Semión, el tuerto. Hablo de la que estaba debajo del
baúl, pero la del patio, la del trineo, la desatornillamos
juntos Mitrofán y yo.

—¿Qué Mitrofán?

—Mitrofán Petrov... ¿No ha oído hablar de él? Hace
redes y las vende a los señores. Necesita muchas tuercas

de ésas. Puede calcular que unas diez piezas por cada red..

—Escucha... El artículo 1.081 del código penal dice que por cada desperfecto causado con premeditación a la vía férrea, si puede poner en peligro al transporte que por dicha vía férrea pasa, y el culpable sabía que la consecuencia de su acto tenía que haber sido una desgracia... ¿comprendes?, «¡sabía!» Y tú no podías no saber a qué conduce ese desatornillar... se le condena al destierro y a trabajos forzados.

—Claro, usted lo sabe mejor.... Nosotros somos gente ignorante... ¿qué podemos entender, nosotros?

—¡Tú lo entiendes todo! ¡Lo que haces tú es mentir, simular que no entiendes!

—¿Por qué mentir? Si no me cree, pregunte en la aldea... Sin plomo sólo se pesca el albur, que es peor que el gobio, y ni ése pescas sin plomo.

—¡Venme otra vez con tu canción del muble! —se sonríe el juez de instrucción.

—El muble no se cría en nuestro río... Echamos el sedal sin plomo a la mariposa por la superficie del agua y pica el mújol, pero poco.

—Ea, cállate...

Se hace el silencio. Denís carga el peso del cuerpo ora sobre un pie ora sobre otro, mira la mesa del tapete verde y parpadea fuertemente, como si tuviera delante no el tapete, sino el sol. El juez de instrucción escribe con rapidez.

—¿Me puedo ir? —pregunta Denís después de unos momentos de silencio.

—No. He de prenderte y mandarte a la cárcel.

Denís deja de parpadear y, levantando un poco sus pobladas cejas, mira interrogativamente al funcionario.

—¿Cómo? ¿Ha dicho a la cárcel? ¡Señoría! No tengo tiempo, he de ir a la feria; he de cobrar tres rublos de tocino a Egor...

—Cállate, no molestes.

—A la cárcel... Si hubiera motivo, iría, pero así... sin más ni más... ¿Por qué? No he robado, tampoco me he peleado, creo... Y si tiene dudas en lo de los atrasos, señoría, no crea al *stárosta*... Pregunte al señor miembro permanente... El *stárosta* ese es un hombre sin conciencia...

—¡Cállate!

—Si estoy callado... —balbucea Denís—. Y que el *stárosta* no ha puesto la verdad en la relación, estoy dispuesto hasta a jurarlo... Somos tres hermanos: Kuzmá Grigóriev, además Egor Grigóriev y yo, Denís Grigóriev...

—Me estás molestando... ¡Eh, Semión! —grita el juez—. ¡Llévatelo!

—Somos tres hermanos —balbucea Denís, cuando dos robustos soldados lo prenden y se lo llevan del local—. Un hermano no responde por el otro... Kuzmá no paga y tú, Denís, responde por él... ¡Vaya jueces! Si nuestro amo, el difunto general, que Dios tenga en la gloria, no hubiera muerto, ya os enseñaría a vosotros, jueces... Hay que juzgar con seso y no de cualquier modo... Manda azotar si quieres, pero que sea por algo, porque te lo dicte la conciencia..

EL PENSADOR

Tórrido mediodía. En el aire, ni sonidos ni movimientos... La naturaleza toda parece una finca muy grande olvidada de Dios y de los hombres. Bajo el follaje marchito de un viejo tilo que se levanta junto a la vivienda del celador de prisiones Yashkin, están sentados en torno a una pequeña mesa que tiene una pata rota, el propio Yashkin y su huésped, el inspector titular de la escuela del distrito, Pimfov. Van los dos sin levita; llevan los chalecos desabotonados; tienen las caras sudorosas, rojas, inmóviles; su capacidad para expresar alguna cosa está paralizada por el calor... A Pimfov, el rostro se le ha avinagrado por completo y se le ha cubierto de indolencia, los ojos se le han puesto turbios, el labio inferior le cuelga. En cambio, en los ojos y en la frente de Yashkin aún se percibe cierta actividad; por lo visto, Yashkin está pensando en alguna cosa... Los dos se miran uno a otro, callan y manifiestan sus tormentos resoplando y dando palmadas contra las moscas. Sobre la mesa, una botella de vodka, carne de vaca hervida, fibrosa, y una lata de sardinas con sal gris. Están bebidas ya la primera copita, la segunda, la tercera...

—¡Sí! —prorrumpe, de súbito, Yashkin, tan inesperadamente que un perro, medio dormido no lejos de la mesa, se sobresalta y, recogiendo la cola, se aparta corriendo—. ¡Sí! ¡Diga lo que quiera, Filip Maxímich, pero en la lengua rusa hay muchos signos de puntuación superfluos!

—Bueno, pero ¿por qué? —pregunta modestamente Pimfov, sacando de la copa una alita de mosca—. Aunque hay muchos signos, cada uno tiene su significado y su lugar.

—¡No me diga usted eso! Sus signos no tienen ningún significado. Cosas de sabihondo, nada más... Uno mete diez signos de puntuación en una línea y ya se figura ser inteligente. Por ejemplo, el viceprocurador Merínov mete una coma después de cada palabra. ¿Para qué? Muy señor mío, coma, visitando la cárcel tal día noté, coma, que los detenidos, coma..., ¡fu! ¡Se me nubla la vista! Y en los libros, lo mismo... Punto y coma, dos puntos, y toda clase de comillas. Hasta repugna leer. Hay petimetres a los que un punto les parece poco y te plantan una fila entera... ¿Para qué todo eso?

—Lo exige la ciencia... —suspira Pimfov.

—La ciencia... La demencia, y no la ciencia... La han inventado para hacerse los interesantes... para deslumbrar... Por ejemplo, en ninguna lengua extranjera hay la *yat*[1], pero en Rusia la hay... ¿Para qué, pregunto yo? Escribe *jlieb*[2] con *yat* o sin *yat* ¿no da lo mismo?

—¡Por Dios qué cosas dice, Iliá Martínich! —se pica Pimfov—. ¿Cómo cree usted que puede escribirse *jlieb* con la *e*? Se dicen tales cosas que hasta resulta desagradable oírlas.

Pimfov apura una copita y batiendo, enojado, los párpados, vuelve el rostro hacia un lado.

—¡La de azotes que me costó esta *yat*! —continúa Yashkin—. Recuerdo que, una vez, el maestro me llama a la pizarra y me dicta: *Liékar uiéjal v gorod*[3]. Escribí *liékar* con *e*. Me zurró. Una semana después, otra vez al encerado y otra vez escribe: *Liékar uiéjal v górod*. Escribo esta vez con *yat*. Otra vez me zurra. «Pero ¿por qué, Iván Fómich? ¡Dispense, pero usted mismo dijo que aquí hace falta poner *yat*!» «Entonces —dice— me equivoqué, pero después de haber leído ayer la obra de un académico sobre el uso de la *yat* en la palabra *liékar*, estoy de acuerdo con la Academia de las Ciencias. Si te zurro es por el deber del juramento...» Y me azotó. También mi Vasiutka tiene siempre la oreja hinchada debido a esta *yat*... Si yo fuera ministro os prohibiría a todos marear a la gente con la *yat*.

[1] *Yat*. Véase nota de la pág. 700.
[2] *Jlieb:* pan.
[3] *Liékar uiéjal v gorod:* «El médico se ha ido a la ciudad».

—Adiós —suspira Pimfov pestañeando y poniéndose la levita—. No puedo oír que de la ciencia...

—Bueno, bueno, bueno... ¡se ha ofendido! —dice Yashkin, agarrando a Pimfov por la manga—. Si se lo he dicho así, por decir... ¡Ea, sentémonos a beber!

El ofendido Pimfov se sienta, bebe y vuelve la cara hacia un lado. Se hace el silencio. Por delante de los bebedores pasa la cocinera Feona llevando un lebrillo con lavazas. Se oye el chapoteo de las lavazas y el grito de un perro remojado. La cara sin vida de Pimfov aún se avinagra más; parece que de un momento a otro va a derretirse de calor y a resbalar hacia el chaleco. En la frente de Yashkin se reúnen unas arruguitas. Yashkin mira, reconcentrado, la fibrosa carne de vaca y medita... Se acerca a la mesa un inválido, echa una sombría mirada de reojo a la botella y al verla vacía trae otra ración...

Siguen bebiendo.

—¡Sí! —dice, de pronto, Yashkin.

Pimfov se estremece y mira asustado a Yashkin. Espera de él nuevas herejías.

—¡Sí! —repite Yashkin, mirando pensativamente la botella—. ¡En mi opinión, también hay muchas ciencias que son superfluas!

—Bueno, pero ¿cómo es esto? —pregunta suavemente Pimfov—. ¿Qué ciencias son las que encuentra usted superfluas?

—Todas... Cuantas más ciencias conoce el hombre, tanto más piensa en sí mismo. Tanto más orgullo tiene... A esas ciencias, yo las colgaría todas... Bueno, bueno... ¡y se ha ofendido! ¡Qué pronto se ofende, como hay Dios! ¡No se puede decir una palabra! ¡Sentémonos, bebamos!

Se acerca Feona, y alargando enojada sus rollizos brazos, coloca ante los amigos una escudilla de sopa de coles. Empiezan las chupadas y los sorbos ruidosos. Surgen, como de bajo tierra, tres perros y un gato. De pie, ante la mesa, contemplan enternecedoramente las masticantes bocas. A la sopa de coles sigue la papilla de leche; Feona la pone con tanta rabia, que vuelan de la mesa cucharas y cortezas de pan. Antes de tomar la papilla, los amigos beben en silencio.

—¡Todo en este mundo es superfluo! —observa de súbito Yashkin.

Pimfov deja caer la cuchara sobre las rodillas, mira asustado a Yashkin, quiere protestar, pero la lengua, debilitada por la bebida, se le enreda en la densa papilla... En lugar del habitual «bueno, pero ¿cómo es esto?» no suelta más que un gruñido.

—Todo es superfluo... —continúa Yashkin—. Las ciencias, los hombres... las instituciones carcelarias, las moscas... y la papilla... Y usted también es superfluo... Aunque es una buena persona y cree en Dios, también usted es superfluo...

—¡Adiós, Iliá Martínich! —balbucea Pimfov, esforzándose por ponerse la levita sin dar de ningún modo en la manga.

—Ahora, eso, nos hemos hartado, nos hemos hinchado, ¿y para qué? Eso... Todo esto es superfluo... Comemos y nosotros mismos no sabemos para qué... Bueno, bueno, ¡se ha ofendido! ¡Si esto lo digo así... por hablar! ¿Adónde tiene usted que ir? ¡Pasemos un rato sentados, charlemos un poco... bebamos!

Se hace el silencio, sólo de vez en vez interrumpido por el tintineo de las copitas y también por unos guturales ruidos de borracho... El sol empieza ya a inclinarse hacia el occidente, y la sombra del tilo se va alargando, alargando. Se acerca Feona; resopla, agita bruscamente los brazos y extiende una alfombrilla cerca de la mesa. Los amigos, en silencio, se echan al coleto un último vaso cada uno, se acomodan sobre la alfombrilla y, volviéndose uno a otro la espalda, comienzan a quedarse dormidos...

«A Dios gracias —piensa Pimfov—, hoy no ha llegado hasta la creación del mundo y la jerarquía, que si no, los pelos se me ponen de punta; es como para echar a correr...»

EL PADRE DE FAMILIA

Esto suele ocurrir después de una fuerte pérdida en el juego o después de una borrachera; cuando se pilla un catarro. Stepán Stepánich Zhilin se despierta con un estado de ánimo insólitamente sombrío. Se le ve avinagrado, arrugado, el cabello revuelto; en su rostro grisáceo, una expresión de descontento: o el hombre está ofendido o siente repugnancia por algo. Se viste despacito, toma despacito su agua de Vichy y empieza a recorrer todas las estancias.

—Quisiera saber quién es el anima-a-al que pasa por ahí y no cierra las puertas —balbucea irritado, arrebujándose en el batín y escupiendo ruidosamente—. ¡Recoged este papel! ¿Por qué está tirado aquí? Tenemos veinte criados y hay menos orden en casa que en un hostal. ¿Quién ha llamado? ¿Quién ha venido?

—Es la abuela Anfisa, la que hizo de comadrona cuando nació nuestro Fiedia —responde la esposa.

—Zanganean por aquí... ¡gorrones!

—No hay quien te entienda, Stepán Stepánich. Tú mismo la has invitado y ahora riñes.

—No riño, hablo. ¡Mejor sería que te ocupases de alguna cosa, mamita, en vez de estarte sentada con los brazos cruzados y metiéndote en las discusiones! ¡No comprendo a estas mujeres, lo juro por mi honor! ¡No lo com-pren-do! ¿Cómo pueden pasarse los días enteros sin hacer nada? El marido trabaja, se rompe el pecho, como un buey, como un anima-a-al, pero la mujer, la compañera de la vida, se queda sentada como una muñequita, no hace nada y espera sólo la ocasión de matar el aburrimiento regañando un poco con el marido. ¡Ya es hora, mamita, de dejar estas costumbres de colegiala! ¡Ya no eres una colegiala, una señorita, sino una madre, una esposa! ¿Te vuelves de espalda? ¡Ah, ya! ¿Es desagradable escuchar verdades amargas?

—Es extraño que sólo digas verdades amargas cuando te duele el hígado.

—Eso, empieza las escenas, empieza...

—¿Estuviste en la ciudad, ayer? ¿O estuviste jugando en casa de alguien?

—¿Y si fuera así? ¿Qué le importa a nadie? ¿Estoy obligado, acaso, a rendir cuentas a alguien? Si pierdo dinero, ¿no es el mío? Lo que gasto yo y lo que se gasta en esta casa, me pertenece a mí. ¿Lo oís? ¡A mí!

Y así sucesivamente, todo por el estilo. Pero en ningún otro tiempo Stepán Stepánich suele ser tan juicioso, tan bondadoso, tan severo y justo como durante la comida, cuando en torno suyo está sentada toda la gente de la casa. Se suele empezar con la sopa. Engullida la primera cucharada, Zhilin, de pronto, frunce el ceño y deja de comer.

—El demonio sabe qué es esto... —balbucea—. Está visto que me tocará comer en la fonda.

—¿Qué pasa? —se alarma la esposa—. ¿Acaso no es buena la sopa?

—¡No sé qué gusto de cerdo se ha de tener para comer esta bazofia! Está salada, huele a trapos... tiene chinches en vez de cebolla... ¡Es, sencillamente, indignante, Anfisa Ivánovna! —se vuelve hacia la abuela invitada—. Cada día se da un saco de dinero para la compra... uno se priva de todo ¡y aquí tienes la comida que te dan! Lo que desean, seguramente, es que yo deje la oficina y me vaya a la cocina a ocuparme de los guisos.

—La sopa hoy está buena... —observa tímidamente la institutriz.

—¿Sí? ¿Le parece a usted? —dice Zhilin, mirándola con los ojos entornados, irritado—. Aunque cada uno tiene sus gustos. Se ha de reconocer que, en general, usted y yo, Varvara Vasílievna, tenemos gustos muy distintos. A usted, por ejemplo, le gusta la conducta de este muchacho (Zhilin, con gesto trágico, señala a su hijo

Fiedia), usted está entusiasmada con él, pero yo... yo
me indigno. ¡Sí!

Fiedia, un muchacho de siete años, de cara pálida y
enfermiza, deja de comer y baja los ojos. El rostro se
le pone aún más pálido.

—Sí, usted está entusiasmada, pero yo me indigno...
No sé quién de los dos tiene razón, pero me atrevo a
pensar que yo, como padre, conozco a mi propio hijo
mejor que usted. ¡Mire, cómo está sentado! ¿Acaso están sentados de este modo los niños bien educados?
¡Siéntate bien!

Fiedia levanta la barbilla, estira el cuello, y tiene la
impresión de que está mejor sentado. Las lágrimas le
brotan en los ojos.

—¡Come! ¡Coge bien la cuchara! ¡Espera, vas a ver
cómo te meto yo en cintura, mamarracho! ¡No te atrevas a llorar! ¡Mírame a la cara!

Fiedia se esfuerza por mirar a la cara, pero la cara
le tiembla y los ojos se le llenan de lágrimas.

—¡A-a-ah!... ¿Lloras? ¿La culpa es tuya, y lloras?
¡Hala, ponte en un rincón, animal!

—Pero... ¡déjale comer primero! —intercede la mujer.

—¡Sin comer! ¡Semejantes cana... semejantes golfi-
llos no tienen derecho a comer!

Fiedia, torciendo la cara y con movimientos convul-
sivos en todo el cuerpo, se desliza de la silla y se dirige
a un rincón.

—¡Ya verás lo que te espera! —continúa el progeni-
tor—. Si nadie desea ocuparse de tu educación, que no
se ocupen, empezaré yo... ¡A mí, hermano, no me haces
una travesura ni vas a llorar a la hora de comer! ¡Bobo!
¡Hay que hacer algo! ¿Comprendes? ¡Hacer algo! Tu
padre trabaja, ¡trabaja tú también! ¡Nadie debe comer
el pan en vano! ¡Hay que ser un hombre! ¡Un hom-bre!

—¡Basta, por el amor de Dios! —ruega la esposa en
francés—. Por lo menos ante los extraños no nos comas... La vieja lo oye todo, y ahora, gracias a ella, se
enterará toda la ciudad...

—No tengo miedo a los extraños —responde Zhilin en
ruso—. Anfisia Ivánovna ve que yo hablo con razón.
Pues qué, ¿te parece que he de estar contento con este
pillete? ¿Sabes cuánto me cuesta? ¿Sabes, abominable pi-

llete, cuánto me cuestas? ¿Crees que me fabrico el dinero o que me lo dan gratis? ¡No llores! ¡A callar! ¿Es que quieres que te azote, bribón del diablo?

Fiedia se pone a chillar y a llorar a grito pelado.

—¡Esto ya es insoportable! —dice su madre, levantándose de la mesa y arrojando la servilleta—. ¡Nunca nos dejas comer en paz! ¡Mira dónde tengo yo tu pan!

Se señala el occipucio y, llevándose el pañuelo a los ojos, sale del comedor.

—Se ha ofendido... —rezonga Zhilin, sonriendo a la fuerza—. Ha sido educada con guante blanco... Ya ve, Anfisa Ivánovna, hoy no gusta escuchar las verdades... ¡Y los culpables aún somos nosotros!

Transcurren unos minutos en silencio. Zhilin recorre los platos con la vista y, observando que aún nadie ha tocado la sopa, suspira profundamente y mira con insistencia la cara de la institutriz, colorada y llena de inquietud.

—¿Por qué no come, Varvara Vasílievna? —pregunta—. ¿Así, pues, se ha ofendido? Ya... La verdad no gusta. Bueno, perdone, soy así, no puedo hacer el hipócrita... Siempre digo las cosas claras. (Suspiro.) Sin embargo, observo que mi presencia resulta desagradable. Delante de mí no pueden hablar ni comer... ¿Qué quiere que le haga?... Si me lo hubieran dicho me habría ido... Y me iré.

Zhilin se levanta y, lleno de dignidad, se dirige a la puerta. Al pasar por delante de Fiedia, que está llorando, se detiene.

—¡Después de todo lo que aquí ha ocurrido, está usted li-i-bre! —dice a Fiedia, levantando dignamente la cabeza hacia atrás—. No me mezclo más en su educación. ¡Me lavo las manos! Le pido mil perdones si, sinceramente, como padre, deseándole el bien, le he incomodado a usted y a sus directoras. Al mismo tiempo, de una vez para siempre declino toda responsabilidad por su suerte...

Fiedia chilla y llora aún con más fuerza. Zhilin se vuelve con dignidad hacia la puerta y se retira a su dormitorio.

Deshilvanado un sueño después de la comida, Zhilin comienza a sentir remordimientos de conciencia. Tiene vergüenza por la mujer, por el hijo, por Anfisa Ivánovna e incluso se le hace insoportablemente penoso recordar lo sucedido a la hora de comer, pero el amor propio es demasiado grande, falta valentía para ser sincero y Zhilin sigue poniendo cara fosca y refunfuña…

Al día siguiente, cuando se despierta por la mañana, se encuentra de muy buen humor y silba alegremente mientras se lava. Cuando entra en el comedor a tomar café, encuentra allí a Fiedia, quien, al ver a su padre, se levanta y se le queda mirando, desconcertado.

—¿Qué tal, jovencito? —pregunta alegre Zhilin, sentándose a la mesa—. ¿Qué hay de nuevo, jovencito? ¿Vamos tirando? A ver, pequeñín, acércate y da un beso a tu papá.

Fiedia, pálido, con la cara seria, se acerca a su padre y con temblorosos labios le roza la mejilla; luego se aparta y, en silencio, se sienta en su lugar.

EL CADÁVER

Tranquila noche de agosto. Del campo se alza lentamente la niebla y extiende un velo opaco sobre todo cuanto es accesible a los ojos. Iluminada por la luna, esa niebla da la impresión, ya de un mar en calma y sin fin, ya de un enorme muro blanco. El aire es húmedo y frío. La mañana está lejos todavía. A un paso del camino vecinal que va por la linde del bosque, brilla una lucecita. Ahí, bajo una joven encina, yace un cadáver, cubierto de la cabeza a los pies con un nuevo lienzo blanco. Sobre el pecho, un gran icono de madera. Junto al cadáver, casi en el camino mismo, está sentada una «tanda»: dos *mujiks* que cumplen una de las cargas más penosas y desagradables de los campesinos. Uno, un mozo alto, de bigotes casi imperceptibles, de negras y espesas cejas, con zamarra rota y abarcas de corteza de árbol, está sentado sobre la hierba mojada, y se esfuerza por hacerse el tiempo más breve trabajando. Ha inclinado su largo cuello y, bufando ruidosamente, labra una cuchara de un gran pedazo de madera angulosa. El otro, un *mujik* pequeño con cara de viejo, flaco, picado de viruelas, con ralos bigotes y barba de chivo, deja colgar los brazos sobre las rodillas e, inmóvil, mira indiferente el fuego. Entre los dos se está acabando de consumir, sin prisas, una pequeña hoguera que les ilumina la cara con una luz roja. Silencio. Sólo se oye el rechinar de la madera bajo el cuchillo y el crepitar de los tronquitos verdes en el fuego.

—No te duermas, Sioma... —dice el joven.

—Yo... no duermo... —tartamudea la barba de chivo.

—Ya-ya... Estar solo espanta, da miedo. ¡Deberías contar alguna cosa, Sioma!

—No... no sé...

—¡Qué tío más raro eres, Siómushka! La otra gente se ríe, cuenta algún bulo y canta alguna canción, pero tú, sólo Dios sabe cómo eres. Estás sentado como un espantapájaros en el huerto, con los ojos muy abiertos, mirando el fuego. No sabes decir una palabra bien dicha... Hablas y parece que tienes miedo. Seguro que por lo menos has llegado a los cincuenta años y tienes menos sesos que un crío... ¿No te da pena ser tan tonto?

—Me da pena... —responde sombrío la barba de chivo.

—¿Y es que no nos da pena a nosotros ver tu tontería? Eres un *mujik* bueno, no bebes, no tienes más que una cruz: te falta seso en la cabeza. Pero si el Señor te ha dejado de la mano y no te ha dado luces, deberías de haberte hecho con pesquis tú mismo... Haz un esfuerzo, Sioma... Donde digan algo que valga la pena, tú profundiza, ata cabos, y piensa siempre, piensa... Si no comprendes alguna palabra, haz un esfuerzo y reflexiona en qué sentido se emplea esa palabra. ¿Has comprendido? ¡Haz un esfuerzo! Y si tú mismo no llegas a hacerte el pesquis, morirás hecho un tonto, como el más desgraciado de los hombres.

De pronto, resuena en el bosque un prolongado y lastimero sonido. Alguna cosa, como si se desprendiera de la misma cima de un árbol, agita el follaje y cae al suelo. El eco lo repite todo sordamente. El joven se estremece y mira, interrogador, a su camarada.

—Es una lechuza que va a la caza de pajaritos —dice sombríamente Sioma.

—Bueno, Sioma, ya es tiempo de que los pájaros vuelen hacia las tierras cálidas.

—Ya lo sé, es tiempo.

—Las madrugadas se han puesto frescas. ¡Qué frí-í-o! La cigüeña es un animal friolero, delicado. Para ella un frío así, es la muerte. Ya ves, yo no soy una cigüeña y estoy helado... ¡Echa un poco de leña!

Sioma se levanta y desaparece en el bosque oscuro. Mientras él se afana entre los arbustos y rompe ramas secas, su camarada se cubre los ojos con las manos y se estremece cada vez que se produce un ruido. Sioma trae una brazada de leña y la pone en la hoguera. El fuego lame indeciso con sus lengüitas las negras ramas; luego,

de súbito, como a una voz de mando, se apodera de ellas
e ilumina con purpúrea luz los rostros, el camino, la tela
blanca con sus prominencias debidas a las manos y a los
pies del cadáver, el icono... La «tanda» se calla. El joven inclina aún más el cuello y se aplica aún más nerviosamente en su trabajo. El barbita de chivo está sentado, como antes, inmóvil y no aparta los ojos del fuego...

—«Vosotros, los que odiáis a Sión... seréis cubiertos
de oprobio por el Señor...» —se oye, de pronto, que
canta una voz de falsete en el silencio de la noche; después, resuenan unos pasos lentos, y en el camino, entre
los rayos purpúreos de la hoguera, surge una sombría
figura humana con cortos hábitos monacales, un sombrero de anchas alas y una barjuleta en la espalda.

—¡Señor, hágase tu voluntad!... ¡Madre purísima!
—dice esta figura con ronca voz de soprano—. He visto
el fuego en esta negra noche y se me ha alegrado el
alma... Al principio he pensado: será una hoguera de
pastores, pero luego pienso: ¿qué pastores puede haber
si no se ven caballos paciendo? ¿No serán ladrones, no
serán bandidos al acecho del rico Lázaro? ¿No serán gitanos que sacrifican víctimas a los ídolos? Y se me ha
alegrado el alma... ¡Ve, me digo, Feodosi, siervo de Dios,
y coge la corona del martirio! Y me he sentido llevado
hacia el fuego como una mariposa de leves alas. Ahora
estoy delante de vosotros y por vuestras fisonomías juzgo
de las almas vuestras: no sois ni ladrones ni idólatras.
¡Que la paz sea con vosotros!

—Buenas.

—Hermanos ortodoxos, ¿no sabéis por dónde se va
a la fábrica de ladrillos de Markújino?

—Está cerca. Mire, siga derecho por el camino; an-
dará unas dos verstas, allí estará Anánovo, nuestra aldea.
Desde la aldea, padre, tomas por la derecha, siguiendo
la orilla, y llegarás hasta los hornos. Desde Anánovo habrá unas tres verstas.

—Que Dios os dé salud. ¿Y qué hacéis aquí vosotros?

—Hacemos de testigos. Mira, un muerto...

—¿Qué? ¿Un muerto? ¡Madre purísima!

El peregrino ve el lienzo blanco con el icono y tiene
tal sobresalto que las piernas le dan un pequeño brinco.
Ese inesperado espectáculo le causa una impresión de-

primente. Se encoge todo y, abierta la boca, con los ojos
saliéndole de las órbitas, se queda como clavado al suelo... Guarda silencio durante unos tres minutos, como
si no creyera a sus propios ojos; luego comienza a balbucear:

—¡Señor! ¡Madre purísima! Hacía mi camino, no
me metía con nadie, y de pronto semejante castigo...

—¿Ha recibido órdenes, usted? —pregunta el mozo—.
¿Es clérigo?

—No... no... Yo voy por los monasterios... ¿Conoces a Mi... Mijaíl Polikárpich, el director de los hornos?
Bueno, pues yo soy sobrino suyo... ¡Señor, hágase tu
voluntad! Pero ¿por qué estáis aquí?

—Estamos de custodia... Nos lo han mandado.

—Ya, ya... —balbucea el de los hábitos, pasándose
la mano por los ojos—. ¿Y de dónde es el difunto?

—Iba de paso por aquí.

—¡Qué vida la nuestra! Pero yo, hermanos, pues eso...
me voy... Me entra el pasmo. Temo a los muertos más
que a todo, hijos míos... ¡lo que son las cosas! Mientras
este hombre vivió, no nos fijamos en él, pero ahora que
está muerto y se torna otra vez polvo, temblamos ante él
como ante un caudillo famoso o un eminentísimo prelado... ¡Qué vida la nuestra! Y qué, ¿le han matado, quizá?

—¡Cristo lo sabe! Quizá le han matado, quizá ha
muerto él mismo.

—Ya, ya... Quién sabe, hermanos, ¡quizá ahora su
alma saborea las dulzuras del paraíso!

—Su alma aún da vueltas aquí alrededor de su cuerpo... —dice el mozo—. Durante tres días no se aparta
del cuerpo.

—Ya... ¡Qué frío hace hoy! Estoy dando diente con
diente... Así, pues, hay que ir siempre derecho...

—Hasta que encuentres la aldea, y allí, tomas a la
derecha, por la orilla.

—Por la orilla... Ya... Pero ¿qué hago aquí, parado?
He de irme... ¡Adiós, hermanos!

El hombre de los hábitos da unos cinco pasos por el
camino y se detiene.

—Se me ha olvidado poner un *kopek* para el entierro
—dice—. Hermanos ortodoxos, ¿se puede poner una
monedita?

—Esto lo sabrás mejor tú, que vas por los monasterios. Si ha muerto de muerte natural, irá en provecho
de su alma; si se ha suicidado, se peca.

—Justo... ¡Quizá sí es un suicida! Entonces, mejor
será que me guarde la monedita. ¡Oh, los pecados, los
pecados! Ni que me dieras mil rublos estaría dispuesto
a quedarme aquí... ¡Adiós, hermanos!

El hombre de los hábitos se aparta lentamente y vuelve a pararse.

—No sé qué hacer... —balbucea—. Quedarme aquí,
junto al fuego, esperando el alba... es terrible. Caminar
también es terrible. Por todo el camino, en las tinieblas,
me parecerá ver al muerto... ¡Buen castigo me ha mandado el Señor! He recorrido quinientas verstas a pie y
no me ha pasado nada, y cuando estoy acercándome a
casa, la desdicha... ¡No puedo caminar!

—Cierto, es espantoso...

—No tengo miedo de los lobos ni de los ladrones ni
de la oscuridad, pero a los muertos los temo. ¡Los temo
y se acabó! ¡Hermanos ortodoxos, se lo pido de rodillas,
acompañadme hasta la aldea!

—Nos han mandado no apartarnos del cadáver.

—¡No lo verá nadie, hermanos! ¡Seguro. sí, seguro,
no lo verá nadie! ¡El Señor os lo recompensará al ciento
por uno! ¡Barba, acompáñame, por favor! ¡Barba! ¿Por
qué estás siempre callado?

—Es el tonto de aquí... —dice el mozo.

—¡Acompáñame, amigo! ¡Te daré una moneda de
cinco *kopeks*!

—Por una moneda de cinco *kopeks* se podría —dice
el mozo, rascándose la coronilla—, pero nos han mandado... Si éste, Sioma, el tonto, se queda aquí solo, entonces te acompañaré. Sioma, ¿te quedarás aquí, solo?

—Me quedaré... —accede el tonto.

—Bueno, pues, de acuerdo. ¡Vámonos!

El mozo se levanta y acompaña al de los hábitos. Un
minuto después, sus pasos y sus palabras se apagan. Sioma cierra los ojos y dormita dulcemente. La hoguera
comienza a apagarse y sobre el cadáver se extiende una
larga sombra negra...

LA DICHA DE SER MUJER

S E hacían las exequias del teniente general Zapupirin.
Hacia la casa del finado, donde se tocaba la marcha fúnebre y resonaban voces de mando, corría gente de todas partes deseosa de ver sacar el féretro. En uno de los grupos que acudían presurosos para ver la salida, se encontraban los funcionarios Probkin y Svistkov. Los dos iban con sus esposas.

—¡No se puede! —los detuvo el ayudante del comisario de policía, con su rostro bondadoso y simpático, cuando se acercaron al cordón de los guardias—. ¡No se pue-e-ede! ¡Retírense un poco, se lo ruego! ¡Compréndanlo, señores, esto no depende de nosotros! ¡Atrás, se lo ruego! Aunque, sea, las damas pueden pasar... por favor, *mesdames,* pero... ustedes, señores, por Dios...

Las esposas de Probkin y Svistkov se ruborizaron ante la inesperada amabilidad del ayudante del comisario de policía y se deslizaron a través del cordón, mientras que sus maridos permanecieron al otro lado del muro viviente y se dedicaron a contemplar las espaldas de los custodios de a pie y a caballo.

—¡Han pasado! —dijo Probkin mirando con envidia y casi con odio a las damas que se alejaban—. ¡Tienen suerte, como hay Dios, estas moños! El sexo masculino no tendrá nunca tales privilegios como el suyo, el de las damas. Ahí tienes, ¿qué hay de extraordinario en éstas? Son mujeres, por así decirlo, de lo más corriente, con prejuicios, y las han dejado pasar; pero ni a ti ni a mí, aunque fuésemos consejeros de Estado, nos dejarían pasar por nada del mundo.

—¡Razonan ustedes de una manera muy extraña, señores! —dijo el ayudante del comisario de policía lanzando una mirada de reprobación a Probkin—. Si les dejaran pasar a ustedes, en seguida empezarían a empujar y a alborotar; en cambio, una dama, por delicadeza, ¡nunca se permitirá nada semejante!

—¡No nos venga con historias, por favor! —replicó Probkin mosqueado—. Una dama, en la muchedumbre, siempre es la primera en empujar. El hombre se planta en un sitio y mira, mientras que una dama alza los codos y empuja para que no le arruguen el vestido. ¡Esto, ni se puede discutir! El sexo femenino tiene suerte en todo. Las mujeres no entran en quintas, no han de pagar en los bailes, están libres de los castigos corporales... ¿Y todo esto por qué méritos, se pregunta uno? Una joven deja caer el pañuelo, recógeselo; ella entra, tú levántate y cédele tu asiento; sale, tú acompáñala... ¡Y no hablemos de los títulos! Para llegar a ser, supongamos, consejeros de Estado, tú y yo hemos de sudar la gota gorda toda la vida, mientras que una joven en menos de media hora se casa con un consejero de Estado y ya la tienes hecha una personalidad. Para que yo pueda convertirme en un príncipe o en un conde, he de conquistar el mundo entero, he de tomar Chipka[1], he de haber sido ministro; pero una Várenka o una Kátenka cualquiera, dicho sea con perdón de Dios, sin que se le haya secado aún la leche en los labios, da cuatro vueltas a la cola de su vestido ante un conde, entorna un poquitín los ojos y ya la tenemos convertida en Su Alteza... Tú eres ahora secretario provincial... Este título te lo has ganado, podemos decir, con tu sudor y tu sangre; ¿y tu María Fómishna? ¿A qué debe el ser secretaria provincial? De hija de pope ha pasado directamente a funcionaria. ¡Bonita funcionaria! Ponla tú en nuestro puesto y te anota las entradas en el capítulo de las salidas.

—En cambio, pare los hijos con dolor —observa Svistkov.

—¡Vaya cosa! Si tuviera que permanecer plantada ante el jefe cuando te está metiendo el frío en el cuer-

---

[1] *Chipka:* ciudad de la Turquía europea, teatro de importantes batallas entre rusos y turcos en la guerra de 1887.

po, esos mismos hijos le parecerían un placer. ¡En todo
y por todo los privilegios son para ellas! Una joven o
una señora cualquiera de nuestro medio puede soltar tal
andanada a un general como no te atreverías tú a soltár-
sela ni a un ujier. Sí... Tu María Fómishna puede con
toda tranquilidad tomar del brazo a un consejero de Estado, y tú, a ver, ¡toma del brazo a un consejero de Estado! ¡Pruébalo, a ver! En nuestra casa, hermano, precisamente debajo de nuestro piso, vive cierto profesor con su
mujer... Es un general, ¿comprendes?, tiene la Orden de
Santa Anna de primer grado y constantemente oyes a su
mujer que le ensalza diciéndole: «¡Estúpido!, ¡estúpido!,
¡estúpido!» Y eso que es una mujer sencilla, de familia
burguesa. Con todo, se trata de la mujer legítima, y eso
ya es natural... desde que el mundo es mundo se da por
descontado que las legítimas insultan, ¡pero toma tú
las ilegítimas! ¡Lo que éstas se permiten! En mi vida se
me borrará de la memoria un caso. Por poco me hundo
y puedo decir que me salvé gracias a las plegarias de mis
padres. El año pasado, ¿recuerdas?, cuando nuestro
general se fue de permiso a su casa, en la aldea, me
llevó consigo para que me encargara de la correspondencia... Se trataba de poca cosa, una hora de trabajo.
Acabada la tarea, lo mismo podía irme a pasear por el
bosque que a escuchar las romanzas en la estancia de la
servidumbre. Nuestro general es un hombre soltero, tiene
la casa llena de todo; por todas partes había criados,
como si fueran perros, pero no había esposa, no había
quien llevara el gobierno de la casa. La gente era remolona e indisciplinada... mandaba sobre todos una mujer, el ama de llaves Viera Nikítishna. Ella servía el té,
mandaba preparar la comida y gritaba a los lacayos...
Era una mujer, hermano mío, mala, venenosa, de la piel
del diablo. Era gorda, roja, chillona... Cuando empezaba a gritar a alguien, cuando se ponía a chillar, ya
podías acudir a todos los santos. No eran tanto las palabrotas lo que te sacaba de quicio, cuanto los chillidos.
¡Oh, Señor! A su lado nadie vivía en paz. Aquella bestia mortificaba no sólo a la servidumbre, sino que me
mortificaba incluso a mí mismo... Bueno, pienso, me las
vas a pagar; ya encontraré yo el momento de contarlo
todo al general. Él está sumido en las cosas de su trabajo,

pensaba yo, y no ve cómo le estás robando y cómo muerdes a la gente, pero espera, ya le abriré los ojos. Y le abrí los ojos, hermano, se los abrí tanto, que por poco se me cierran a mí para siempre, y hasta ahora, cuando lo recuerdo, me tiemblan las carnes. Una vez, iba yo por un pasillo y de·pronto oigo chillidos. Al principio creí que estaban matando un cerdo, pero luego agucé las orejas y me di cuenta de que era Viera Nikítishna, la había tomado con alguien: «¡Animal! ¡Puerco, más que puerco! ¡Satanás!» «¿A quién lo dirá?», pienso. Y de pronto, hermano mío, se abre una puerta y por ella sale de estampía nuestro general, con la cara roja, los ojos desencajados y los cabellos como si el diablo en persona se los hubiera soplado. Y ella, dale que dale: «¡Puerco! ¡Satanás!»

—¡Mientes!

—Palabra de honor. Se me subió la sangre a la cabeza, ¿sabes? Nuestro general huyó corriendo a su cuarto y yo me quedé en el pasillo, como lelo, sin comprender nada. ¡Una mujer simple, inculta, una cocinera, una villana y se permitía hablar y obrar de aquel modo! Eso significa, pienso, que el general ha querido cantarle las cuarenta y ella, aprovechándose de que no había testigos, le ha puesto de vuelta y media. ¡De todos modos, pienso, a lo que ha llegado! Me indigné... Entro en la habitación de ella y le digo: «¿Cómo te has atrevido, inútil, a decir tales palabras a una persona de tanta categoría? ¿Crees tú que él, por ser un viejo débil, ya no tiene quién le defienda?» Y zis-zas, le santigüé un par de veces los gordos mofletes. ¡Cómo se puso a chillar, hermano mío del alma, qué manera de ulular! ¡Ni que se hundiera el mundo, maldita sea tres veces! Me tapé las orejas y me fui al bosque. Dos horitas más tarde, viene corriendo a mi encuentro un muchacho. «Haga el favor, el señor le llama.» Voy. Entro. Él está sentado, fosca la cara, como un pavo, y no me mira.

«¿Qué libertades son éstas —me dice— que se está usted tomando en mi casa?» «¿Cómo? —digo—; si se refiere —digo—, Excelencia, a lo de Nikítishna, lo que he hecho ha sido ponerme de su parte.» «¡No es cosa suya —dice— mezclarse en los asuntos de familia de otros!» ¿Comprendes? ¡Asuntos de familia! Y cómo empezó,

hermano, a meterse conmigo y a freírme! ¡Por poco me
muero! Habló, habló; regañó, regañó y, de pronto, hermano, sin más ni más, suelta una carcajada. «¿Cómo
—dice— ha podido usted hacerlo?... ¿Cómo ha tenido
usted suficiente valor? ¡Es sorprendente! De todos modos, amigo mío, espero que todo esto quede entre nosotros. Comprendo su celo, pero reconozca que su ulterior
permanencia en mi casa resulta imposible...» ¡Ya lo ves,
hermano! A él hasta le sorprendía que yo hubiera podido
plantar los dedos en la cara de una pava tan principal.
¡Le tenía cegado aquella mujer! Un consejero privado,
con la insignia del Águila Blanca, sin superiores a quien
tener que rendir cuentas, y se había sometido a una
vulgar mujer... ¡Son muy gra-a-andes, hermano, los privilegios del sexo femenino! ¡Pero... quítate el gorro!
Sacan al general... ¡Cuántas condecoraciones, santos y
santas del cielo! Pero, como hay Dios, ¿por qué habrán
dejado pasar a las damas? ¿Acaso entienden ellas alguna
cosa de condecoraciones?

Empezó a sonar la música.

LA COCINERA SE CASA

Grisha, un arrapiezo de siete años, estaba junto a la puerta de la cocina escuchando y mirando por el ojo de la cerradura. A su juicio, en la cocina estaba ocurriendo algo extraordinario, nunca visto hasta entonces. Ante la mesa de la cocina, donde solían cortar la carne y picar la cebolla, estaba sentado un *mujik* grande, robusto, con caftán de cochero, pelirrojo, barbudo, con una gran gota de sudor en la nariz. Con los cinco dedos de la mano derecha, sostenía un platito y bebía té, y era tanto el ruido que hacía al morder el azúcar[1], que Grisha notaba escalofríos en la espalda. Frente a él, sobre un taburete sucio, estaba sentada la vieja aya Axinia Stepánovna, y también bebía té. El rostro del aya se veía serio, pero al mismo tiempo reflejaba cierto entusiasmo. La cocinera Pelaguiéia se afanaba junto a la estufa y por lo visto procuraba esconder la cara lo más lejos posible. Y en la cara, Grisha le veía toda una iluminación: la tenía ardiente y se le cubría con todos los colores, comenzando con el rojo-púrpura y acabando con el pálido mortal. La mujer, sin cesar, cogía con manos temblorosas cuchillos, tenedores, leña, trapos, se movía, rezongaba, daba algún golpe, pero en realidad no hacía nada. Ni una sola vez dirigió la mirada a la mesa donde se tomaba té, y a las preguntas que le hacía el aya, respondía con palabras entrecortadas, seria, sin volver la cabeza.

[1] Era corriente en Rusia (y aún hoy no se ha extinguido esta costumbre) tomar el té sin endulzar; se mordían los terrones de azúcar a medida que se bebía el té; a menudo, en vez de azúcar se tomaba confitura.

—¡Beba, Danilo Semiónich! —invitaba el aya al cochero—. ¿Por qué siempre bebe té y sólo té? ¡Tome un poco de vodka!

Y el aya acercaba al invitado una botellita y un vaso, a la vez que el rostro le adquiría una expresión maliciosísima.

—No la tomo... no... —rehusaba el cochero—. No me obligue, Axinia Stepánovna.

—Qué hombre es usted... Cochero, y no bebe... Es imposible que un soltero no beba. ¡Beba!

El cochero miraba de reojo la vodka, luego miraba el malicioso rostro del aya y su propia cara tomaba una expresión no menos maliciosa: ¡es inútil, parecía decir, no me cazas, vieja bruja!

—No bebo, dispense... En nuestra ocupación esta debilidad no conviene. Un artesano puede beber, porque está sentado en un mismo sitio, pero nosotros estamos siempre a la vista, en público. ¿No es así? Te metes en la taberna, y el caballo se te va; si te emborrachas, aún es peor: cuando menos lo esperas te duermes o te caes del pescante. Ésta es la cosa.

—¿Y cuánto se gana usted al día, Danilo Semiónich?

—Depende del día. Hay días que sales por uno de los verdes[2] y otros te vuelves a casa sin nada. Los días suelen ser diferentes. Hoy, nuestra ocupación no vale absolutamente nada. Cocheros, ya lo sabe usted, los hay a patadas, el heno es caro y el cliente escaso, la gente procura tomar el tranvía tirado por caballos. A pesar de todo, gracias a Dios, no puedo quejarme. Se come, se viste y... hasta se puede hacer feliz a alguien más (el cochero echó una mirada a Pelaguiéia)... si es de su gusto.

Lo que siguieron hablando, Grisha no lo oyó. Se acercó la mamá a la puerta y le mandó a estudiar al cuarto de los niños.

—Vete a estudiar. ¡No es cosa tuya estar aquí escuchando!

Ya en el cuarto de los niños, Grisha se puso delante la *Rodnóie slovo*[3], pero no había modo de leer. Todo lo

---

[2] Billete de tres rublos.

[3] *Rodnóie slovo*. Primera antología de lecturas escolares.

que acababa de ver y de oír hacía surgir en su cabeza
una gran cantidad de preguntas.

«La cocinera se casa... —pensaba—. Qué extraño. No
lo comprendo, ¿para qué eso de casarse? Mamá se casó
con papá, la prima Viérochka con Andriéich. Con papá
y con Pável Andriéich, bueno, es posible casarse: tienen
cadenas de oro, buenos vestidos, siempre llevan los zapatos limpios; pero casarse con este horrible cochero de
nariz roja, con botas de fieltro... ¡uf! ¿Y por qué el aya
quiere que la pobre Pelaguiéia se case?»

Cuando el huésped hubo salido de la cocina, Pelaguiéia
se fue a las habitaciones a ocuparse de la limpieza. La
agitación aún no la había abandonado. Tenía la cara
roja y como asustada. Apenas rozaba el suelo con la escoba y barrió por cinco veces cada rincón. Tardaba mucho en salir del cuarto en que estaba mamá. Era evidente que la soledad le pesaba y la mujer quería hablar,
tenía ganas de contar sus impresiones a alguien, de
desahogarse.

—¡Se ha ido! —balbuceó, viendo que mamá no decía
nada.

—Se ve que es una buena persona —comentó mamá,
sin apartar los ojos de la labor de bordado—. No bebe,
es serio.

—¡Le juro, señora, que no me casaré con él! —gritó,
de súbito, Pelaguiéia, poniéndose como la grana—. ¡Se
lo juro, no me casaré!

—Déjate de tonterías, ya no eres una niña. Éste es un
paso serio, hay que meditarlo bien, y no tienes que gritar así, sin más ni más. ¿Te gusta, a ti?

—¡Qué ocurrencia, señora! —contestó Pelaguiéia vergonzosa—. Dice cada cosa que... se lo juro...

«Haber contestado: ¡no me gusta!», pensó Grisha.

—Vaya, qué melindrosa eres... ¿Te gusta?

—¡Pero si es viejo, señora! ¡E-eh!

—¡A ver qué más se te ocurre! —arremetió contra
Pelaguiéia el aya desde otra habitación—. Aún no ha
cumplido cuarenta años. ¿Y para qué quieres tú un
joven? La cara no es lo que cuenta, boba... ¡Cásate, y
eso es todo!

—¡Juro que no me casaré con él! —chilló Pelaguiéia.

—¡Eres tonta! ¿Qué demonio quieres? Otra se incli-

naría hasta tocar al suelo, y tú, ¡no me casaré con él!
¡Lo que quisieras tú es seguir haciéndote guiños con los
carteros y con los *lepetidores*! ¡Al *lepetidor* que viene por
Grisha, señora, lo tiene ya harto! ¡Ah, desvergonzada!

—¿Ya lo habías visto antes a ese Danilo? —preguntó
la señora a Pelaguiéia.

—¿Dónde podía haberlo visto? Le he visto hoy por
primera vez, Axinia lo ha traído no sé de dónde... a
este maldito diablo... ¡cómo se me habrá caído encima
esta desgracia!

Durante la comida, mientras Pelaguiéia servía a la
mesa, todos los presentes la miraban y la provocaban
hablándole del cochero. Ella se ponía enormemente en-
carnada y se reía con forzada risa.

«Debe ser muy vergonzoso casarse... —pensaba Grisha—. ¡Enormemente vergonzoso!»

Todos los platos estaban salados, de los pollos a medio asar rezumaba sangre y, para colmo, durante la comida, a Pelaguiéia se le caían de las manos platos y cuchillos como de una alacena ruinosa, pero nadie le
dirigía ni un reproche, pues todos comprendían su estado
de ánimo. Sólo una vez el papá tiró irritado la servilleta
y dijo a mamá:

—¡Qué manía la tuya de buscar a todos mujer o marido! ¿A ti qué te importa? Déjalos que se casen como
quieran.

Después de la comida, comenzaron a pasar por la
cocina las cocineras y las doncellas de las casas vecinas,
y hasta el atardecer se oyeron cuchicheos. De dónde
habían olido que se hablaba de casorio es cosa que sólo
Dios lo sabe. Habiéndose despertado a medianoche,
Grisha oyó cómo en el cuarto de los niños, tras la cortina, estaban cuchicheando el aya y la cocinera. El aya
procuraba convencer, mientras que la cocinera tan pronto lloraba como reía. Cuando, después, Grisha se durmió, vio en sueños el rapto de Pelaguiéia por Chernomor[4]
y una bruja...

A partir del día siguiente, volvió la calma. La vida
cocineril siguió su curso como si el cochero no existie-
ra en el mundo. Sólo de vez en cuando el aya se ponía

---

[4] *Chernomor:* Mago del poema de Pushkin *Ruslan y Liudmila.*

el nuevo chal, adoptaba un aire solemne y grave y se
iba a alguna parte por un par de horas, evidentemente
para parlamentar... Pelaguiéia no se veía con el cochero, y cuando se lo recordaban, ella se ruborizaba y gritaba:

—¡Que sea tres veces maldito, si pienso yo en él! ¡Fu!

Una tarde, mientras Pelaguiéia y el aya se ocupaban
con mucha atención en cortar una tela, entró mamá en
la cocina y dijo:

—Puedes casarte con él, desde luego, eso es cosa tuya,
pero has de saber, Pelaguiéia, que no puede vivir aquí...
Ya sabes, no me gusta que haya otra gente en la cocina.
Piénsalo pues, recuerda lo que te digo... Y a ti no te
dejaré pasar las noches fuera.

—¡Por Dios, señora, qué cosas se le ocurren! —chilló
la cocinera—. ¿Por qué me hace reproches, por él? ¡Por
mí que se vuelva rabioso! ¡Vaya lo que se me ha venido
encima! Así se...

Al echar un vistazo a la cocina, un domingo por la
mañana, Grisha se quedó helado de sorpresa. La cocina
estaba repleta de gente, a más no poder. Estaban allí
las cocineras de todo el patio, el portero, dos guardias
municipales, un suboficial con galones, el muchacho Filka... Ese Filka solía rondar cerca del lavadero y jugar
con los perros, pero entonces iba bien peinado, lavado
y sostenía un icono con revestimiento de una finísima
hoja de metal. En medio de la cocina estaba, de pie, Pelaguiéia con un nuevo vestido de percal y una flor en la
cabeza. A su lado, el cochero. Los dos novios estaban co-
lorados, sudorosos y parpadeaban fuertemente.

—Bueno... parece que ya es hora... —empezó el suboficial después de un largo silencio.

Pelaguiéia contrajo todo el rostro y prorrumpió a llorar... El suboficial tomó de la mesa un pan grande, se
puso al lado del aya y comenzó a echar la bendición. El
cochero se acercó al suboficial, le hizo una brusca reverencia y le dio un ruidoso beso en la mano. Lo mismo hizo
ante Axinia. Pelaguiéia le seguía maquinalmente y también hacía bruscas reverencias. Por fin se abrió la puerta
exterior, la cocina se llenó de una olorosa nube blanca y
todos salieron ruidosamente al patio.

«¡Pobrecita, pobrecita! —pensaba Grisha, escuchando

los sollozos de la cocinera—. ¿Adónde la llevan? ¿Por qué papá y mamá no la defienden?»

Después de la boda, hasta la tarde, en el lavadero cantaron y tocaron el acordeón. Mamá se enfadaba porque el aya olía a vodka y a causa de esa boda no había nadie que preparara el samovar. Cuando Grisha se acostó a dormir, Pelaguiéia aún no había vuelto.

«¡Pobrecita, ahora estará llorando en algún lugar oscuro! —pensaba él—. Y el cochero, venga decirle: ¡chis!, ¡chis!»

Al día siguiente, por la mañana, la cocinera estaba ya en la cocina. Entró por unos momentos el cochero. Dio las gracias a mamá y mirando severamente a Pelaguiéia dijo:

—Usted, señora, vele por ella. Hágale de padre y de madre. Y usted también, Axinia Stepanna, no la deje, vigile, que todo vaya noblemente... sin travesuras... Y también, señora, permítame que le pida unos cinco rublitos a cuenta del sueldo de ella. He de comprar una collera nueva.

Otro problema para Grisha: Pelaguiéia vivía libre, como quería, sin rendir cuentas a nadie, y de pronto, sin más ni más, se ha presentado una persona extraña quien ha recibido, no se sabe de dónde, derecho sobre su conducta y sobre lo que es de ella. Grisha se sintió amargado. Tenía unos deseos enormes, hasta llorar, de decir unas palabras cariñosas a aquella víctima, creía él, de la violencia de los hombres. Después de elegir, en la despensa, la mayor de las manzanas, se acercó sigilosamente a la cocina, puso la fruta en la mano de Pelaguiéia y se volvió corriendo precipitadamente.

EL SUBOFICIAL PRISHIBIÉIEV

¡Suboficial Prishibiéiev! Es usted acusado de haber ofendido, el día tres de septiembre del presente año, de palabra y obra, al cabo de policía rural Zhuguin, al síndico del Concejo, Aliapov, al alguacil Efímov, a los testigos Ivanov y Gavrílov y además a seis campesinos, con el agravante de que a los tres primeros los ofendió usted cuando ellos cumplían sus obligaciones de servicio. ¿Se reconoce usted culpable?

Prishibiéiev, un suboficial de cara angulosa, llena de arrugas, se pone firme y contesta con voz ronca y estrangulada, recalcando cada palabra, como si estuviera dando órdenes:

—¡Excelencia, señor juez de paz! Resulta que según todos los artículos de la ley hay motivo para atestar todas las circunstancias en sentido inverso. El culpable no soy yo, sino todos los otros. Todo el asunto vino por el cadáver, sea de él el reino de los cielos, de un muerto. Iba yo ese día tres con mi mujer Anfisa paseando despacio, con toda dignidad y vi en la orilla a un grupo de gente de toda clase. ¿Con qué derecho se ha reunido aquí la gente?, pregunto. ¿Para qué? ¿Es que se dice en la ley que la gente vaya como una manada de caballos? Grito: ¡Circulen! Me puse a empujar a la gente para que todos se fueran a sus casas, ordené al alguacil que los echara a pescozones...

—Permítame, usted no es el cabo de policía ni el *stárosta* ¿acaso es cosa suya hacer circular a la gente?

—¡No! ¡No! —se oye que exclaman unas voces desde distintos ángulos de la sala—. ¡No deja en paz a nadie, Vuecencia! ¡Llevamos quince años soportándolo! Desde que volvió del servicio, no se puede vivir en el pueblo. ¡Nos ha atormentado a todos!

—¡Así es, Vuecencia! —dice el *stárosta*, en calidad de testigo—. Todo el pueblo se queja. ¡No es posible vivir con él! Si vamos con las imágenes sagradas, si celebramos una boda o, supongamos, un caso cualquiera, en todas partes grita, alborota y siempre quiere poner orden. Tira de las orejas a los muchachos, vigila a las mujeres, por si acaso, como si fuera su suegro... El otro día se metió por las isbas y ordenó que no se cantaran canciones ni se encendieran luces. No hay ninguna ley, dice, que permita cantar canciones.

—Espere, aún tendrá tiempo de hacer su declaración —dice el juez de paz—. ¡Continúe, Prishibiéiev!

—¡A sus órdenes! —grita con voz ronca el suboficial—. Vuecencia, ha tenido a bien decir que no es cosa mía hacer circular a la gente... Está bien... ¿Y si hay desórdenes? ¿Es que se puede permitir que el pueblo escandalice? ¿En qué ley está escrito que se pueda dar rienda suelta al pueblo? Yo no lo puedo permitir. Si yo no los hago circular y no los castigo, ¿quién lo hará? Nadie conoce los verdaderos reglamentos, puede decirse, Vuecencia, que en todo el pueblo sólo yo sé cómo hay que tratar a la gente de la clase baja, y yo, Vuecencia, puedo comprenderlo todo. Yo no soy un *mujik*, soy un suboficial, un guardalmacén retirado, presté servicio en Varsovia, en el Estado Mayor, y después de esto, si tiene usted a bien saberlo, tan pronto como tomé el retiro, fui bombero, y después de esto, por haber quedado débil de una enfermedad, salí de los bomberos y serví dos años de portero en un progimnasio clásico masculino... Conozco todos los reglamentos. Pero el *mujik* es un hombre simple, no comprende nada y debe obedecerme, porque es por su bien. Tenemos aunque sea este asunto como ejemplo... Hago circular a la gente y en la orilla, sobre la arena, veo el cadáver de un hombre muerto ahogado. ¿A base de qué fundamento, pregunto, está aquí? ¿Qué orden es éste? ¿Qué hace el cabo? ¿Por qué tú, cabo, le digo, no das cuenta a la superioridad? Quizá este difunto ahogado, se ha ahogado él mismo, pero quizá esto huele a Siberia. Quizá se trata de un asesinato criminal... Pero el cabo Zhiguin,

como quien oye llover, no hace otra cosa que fumarse
un pitillo. «¿Qué mandamás —dice— tenéis aquí? ¿De
dónde —dice— os ha salido? ¿Acaso sin él —dice— no
sabemos lo que hemos de hacer?» Se ve, digo, imbécil y
más que imbécil, que no lo sabes, si te estás aquí sin hacer
nada. «Yo —dice—, ya ayer di parte al comisario de policía rural.» ¿Y por qué, pregunto, al comisario rural?
¿En qué artículo del código legal te basas? ¿Acaso en estos casos de ahogados o estrangulados y así por el estilo,
acaso en estos casos tiene poder el comisario rural? Aquí,
digo, se trata de un caso criminal, civil... Aquí, digo,
hace falta mandar cuanto antes una estafeta al señor
juez de instrucción y a los otros jueces. Y lo primero
de lo primero que debes hacer, le digo, es levantar expediente y mandarlo al señor juez de paz. Pero él, el
cabo, no hace más que escuchar y reírse. Y los *mujiks*
también. Todos se reían, Vuecencia. Puedo declararlo
bajo juramento. Éste se reía, y ése, y Zhiguin se reía.
¿Por qué, digo, enseñáis los dientes? Pero el cabo dice:
«Al juez de paz —dice— estas cosas no le competen».
Cuando oí estas palabras, la sangre se me subió a la cabeza. Cabo, ¿no es cierto que dijiste eso? —se vuelve el
suboficial al cabo Zhiguin.
—Lo dije.
—Todos te oyeron decirlo ante el pueblo simple: «Al
juez de paz, estas cosas no le competen». Todos lo oyeron
como tú eso... A mí, Vuecencia, la sangre se me subió
a la cabeza, hasta me acobardé. ¡Repite, digo, repite, tal
y cual, lo que acabas de decir! Y él que me suelta las
mismas palabras... Me le acerco. ¿Cómo, digo, puedes
expresarte de este modo sobre el señor juez de paz? ¿Tú,
cabo de policía, y vas contra la autoridad? ¿Eh? ¿Y tú,
digo, sabes que el señor juez de paz, si quiere, puede
mandarte por estas palabras a la dirección provincial de
seguridad por conducta sospechosa? ¿Tú sabes, digo,
adónde te puede mandar, por estas palabras políticas, el
señor juez de paz? Y el síndico dice: «El juez de paz no
puede intervenir más allá de sus límites. Sólo las causas pequeñas son de su jurisdicción». Así lo dijo, todos
lo oyeron... ¿Cómo, digo, te atreves a rebajar la autoridad? Bueno, digo, conmigo no se gastan bromas, si
no, hermano, irán mal dadas. A veces, en Varsovia, o

cuando era portero en el gimnasio clásico masculino, no
bien oía palabras inconvenientes, miraba a la calle por
si se veía algún gendarme: «Ven acá —le decía—, caballero», y todo se lo declaraba. Pero aquí, en el pueblo,
¿a quién se lo cuentas?... Me dio rabia. Me disgustó
que la gente de hoy se deje llevar de esta manera por
su indisciplina y su desobediencia, levanté el brazo y...
naturalmente, no muy fuerte, sino así, como se ha de
hacer, ligerito, para que no se atreva a decir de Vuecencia tales palabras... El cabo sale en defensa del síndico. Y entonces yo, también al cabo... Y se lió... Me
acaloré, Vuecencia, bueno, pero sin esto no es posible
pegar. Si no pegas al estúpido, cargas con un pecado de
tu propia conciencia. Sobre todo si es por alguna razón...
si hay desórdenes...

—¡Permítame! Para evitar los desórdenes ya hay quien
vigila. Ésta es la misión del cabo de policía, del *stárosta,*
del alguacil...

—El cabo no puede estar en todo, y además, el cabo
no comprende lo que comprendo yo...

—¡Pero entienda que esto no es cosa suya!

—¿Qué? ¿Dice que no es cosa mía? Tiene gracia...
¡La gente escandaliza, y no es cosa mía! Entonces qué,
¿he de aplaudir? Ellos se quejan de que les prohíbo cantar
canciones... ¿Y qué hay de bueno en las canciones? En
vez de ocuparse de alguna cosa seria, se ponen a cantar... Y ahora también han inventado la moda de pasar
las veladas con la luz encendida. En vez de acostarse a
dormir, todo son charlas y risas. ¡Yo ya he tomado nota!

—¿De qué ha tomado nota usted?

—De los que están con la luz encendida.

Prishibiéiev se saca del bolsillo un papel manchado
de grasa, se cala unas gafas y lee:

—«Campesinos que tienen la luz encendida: Iván
Prójorov, Savva, Mikíforov, Piotr Petrov. La Shústrova,
viuda de un soldado, vive en libertina ilegalidad con
Semión Kislov. Ignat Sverchok se dedica a la magia, y
su mujer, Mavra, es una bruja que va de noche a orde-
ñar las vacas de los otros.»

—¡Basta! —dice el juez y comienza a interrogar a los
testigos.

El suboficial Prishibiéiev se levanta las gafas hasta la

frente y mira sorprendido al juez de paz que, evidentemente, no está de su parte. Le brillan los ojos salientes,
la nariz se le tiñe de un color rojo vivo. Mira al juez de
paz, a los testigos y no puede comprender por qué el
juez está tan agitado ni por qué desde todos los rincones
de la sala se oye un murmullo o risas contenidas. Tampoco comprende la sentencia: ¡un mes de arresto!

—¿Por qué? —dice, abriendo, perplejo, los brazos—.
¿En qué ley se basa?

Para él es evidente que el mundo ha cambiado y que
ya no es posible vivir en la tierra. Sombríos y tristes pensamientos se apoderan de él. Pero al salir del local y ver
a los campesinos que forman un grupo y hablan de no
sabe qué, movido por una costumbre a la que ya no
puede vencer, se cuadra y grita con voz ronca e irritada:

—¡Cir-r-culen! ¡Fuera grupos! ¡A casa!

EN TIERRA EXTRANJERA

Mediodía de domingo. El terrateniente Kamishov está sentado en el comedor de su casa ante una mesa lujosamente servida y almuerza sin prisas. Comparte con él la mesa un viejecito francés, *monsieur* Shampuñ, hombre pulcro, cuidadosamente rasurado. Este Shampuñ estuvo hace tiempo de preceptor en casa de Kamishov, a cuyos hijos enseñó urbanidad, buena pronunciación y baile, pero después, cuando los hijos de Kamishov crecieron y llegaron a ser tenientes, Shampuñ se quedó en la casa como una especie de aya del sexo masculino. Las obligaciones del ex preceptor no son complicadas. Ha de vestir con distinción, ha de oler a perfumes, ha de escuchar la ociosa plática de Kamishov, ha de comer, beber, dormir y, según parece, nada más. A cambio, tenía plato en la mesa, alojamiento y un sueldo indefinido.

Kamishov come y, según su costumbre, suelta la tarabilla.

—¡Es de abrigo! —dice, secándose las lágrimas que le han brotado después de engullir un trozo de jamón generosamente untado con mostaza—. ¡Concho! Me ha dado un trallazo en la cabeza y en todas las junturas. Con su mostaza francesa, esto no ocurre, aunque te comas un tarro entero.

—A unos les gusta la francesa y a otros la rusa... —declara tímidamente Shampuñ.

—A nadie gusta la francesa, si no es a los franceses. Pero un francés come todo lo que se le da: ranas, ratas, cucarachas... ¡brr! A usted, por ejemplo, este jamón no le gusta porque es ruso; pero si le sirven cristal asado y le dicen que es francés, usted se lo come y se relame... Según usted, todo lo ruso es malo.

—Yo esto no lo digo.

—Todo lo ruso es malo, pero lo francés, *oh, se tré joli!*[1]. Según usted, no hay mejor país que Francia, pero a mi modo de ver... bueno, ¿qué es Francia, hablando en conciencia? ¡Un pedacito de tierra! Manda allí a nuestro comisario de policía y al mes ya te pedirá el traslado: ¡no hay sitio ni para volverse! A su Francia se la puede recorrer de punta a punta en un día; en cambio, aquí, sales del portalón ¡y no ves el fin de la comarca! Viajas, viajas...

—Sí, *monsieur*, Rusia es un país inmenso.

—¡Eso, eso, así es! Según usted, no hay gente mejor que los franceses. ¡Es un pueblo instruido, inteligente! ¡Civilización! De acuerdo, los franceses son todos instruidos, bien educados... esto es verdad... Un francés nunca se permitirá una descortesía: sabrá ofrecer en el momento oportuno una silla a una dama, no se pondrá a comer los cangrejos con tenedor, no escupirá al suelo, pero... ¡no tiene ese espíritu! ¡El espíritu ese es lo que no tiene! Sólo que no puedo explicárselo, pero, cómo expresarme, al francés le falta algo así como (el hablante mueve los dedos)... algo... jurídico. Recuerdo haber leído, no sé dónde, que en todos ustedes el talento es adquirido de los libros, mientras que en nosotros el talento es innato. Si a un ruso se le enseñan las ciencias como es debido, ninguno de los profesores de ustedes podrá compararse con él.

—Es posible... —dice Shampuñ, como de mala gana.

—Nada de es posible, ¡seguro! No hay por qué arrugar la cara, ¡digo la verdad! ¡El talento ruso es un talento de inventiva! Sólo que, desde luego, no se le dan facilidades y tampoco sabe hacerse valer... Inventa alguna cosa y luego la rompe o la da a los niños para que jueguen con ella, mientras que si uno de sus franceses inventa alguna niñería, lo grita por todo el mundo. Hace unos días, Iona, el cochero, fabricó un hombrecillo de madera: tiras de un hilo y el hombrecillo hace una indecencia. Pero Iona no se alaba. En general... ¡no me gustan los franceses! No hablo de usted, sino en general... ¡Es un pueblo falto de moralidad! Por su aspecto,

---

[1] *C'est très joli!:* «es muy hermoso».

diríase que son como las otras personas, pero viven como
los perros... Tomemos, por ejemplo, el matrimonio.
Aquí, si te casas, pégate a la mujer, y a callar se ha
dicho, pero en su país, el diablo sabe lo que ocurre. El
marido se pasa todo el día en el café y la mujer llena
la casa de franceses y venga, ¡a bailar el cancán con
ellos!

—¡No es verdad! —suelta Shampuñ sin poderse contener, ruborizándose—. ¡En Francia, el principio de la
familia ocupa un lugar muy alto!

—¡Ya lo conocemos este principio! Y es vergonzoso
que usted lo defienda. Hay que ser imparcial: si son
cerdos, pues son cerdos... Gracias sean dadas a los ale-
manes por haberlos batido... Sí, gracias. Que Dios les
conserve la salud...

—En este caso, *monsieur*, no lo entiendo —dice el
francés levantándose y echando chispas por los ojos—,
si odia usted a los franceses, ¿por qué me tiene aquí?

—¿Dónde quiere que le meta?

—¡Déjeme marchar, me iré a Francia!

—¿Qué-é-é? ¿Es que le van a dejar entrar, ahora, en
Francia? ¡Usted es un traidor a su patria! Según usted,
tan pronto es un gran hombre Napoleón como lo es Gam-
betta... ¡ni el mismísimo diablo le entiende!

—*Monsieur* —dice en francés Shampuñ, espurreando
saliva y arrugando la servilleta con las manos—. ¡La
ofensa con que acaba usted de herir mis sentimientos
no la habría podido imaginar ni siquiera un enemigo
mío! ¡Todo ha terminado!

Y, después de hacer un trágico gesto con la mano, el
francés arroja con gracia la servilleta a la mesa y sale
con mucha dignidad.

Unas tres horas después se cambia el servicio de la
mesa y una doméstica trae la comida. Kamishov se sienta a comer solo. Después de la copita inicial, le entran
ganas de soltar la sin hueso. Desea hablar, pero le falta
quien le escuche...

—¿Qué hace Alfons Liudovíkovich? —pregunta al
lacayo.

—Está preparando la maleta.

—¡Qué estupidez-z, Dios me perdone!... —dice Kamishov, y se va a ver al francés.

Shampuñ, sentado en el suelo en medio de la habitación, va colocando en la maleta, con temblorosas manos, ropa interior, frasquitos de perfume, libros de rezos, tirantes, corbatas... Toda su decorosa figura, la maleta, la cama y la mesa respiran elegancia y feminidad. De sus grandes ojos azules van cayendo a la maleta gruesas lágrimas.

—Pero ¿adónde quiere ir? —pregunta Kamishov, después de unos momentos de estar allí, de pie.

El francés calla.

—¿Quiere partir? —continúa Kamishov—. Bueno, haga lo que le parezca... No me atrevo a retenerle... Sólo que una cosa es extraña: ¿cómo se arreglará para viajar sin pasaporte? ¡Me sorprende! Ya sabe usted que he perdido su pasaporte. Lo metí no sé dónde entre otros papeles y se ha perdido... Y con eso de los pasaportes, aquí son rigurosos. No habrá recorrido usted cinco verstas cuando ya le echarán el guante.

Shampuñ levanta la cabeza y mira desconfiado a Kamishov.

—Sí... ¡Ya lo verá! Le notarán por la cara que viaja usted sin pasaporte y en seguida: ¿Quién es usted? ¡Alfons Shampuñ! ¡Ya conocemos a esos Alfonsos Shampuñs! ¿No le gustaría ir por etapas hasta un lugar no muy lejano?[2]

—¿Está usted bromeando?

—¡No sé por qué he de bromear! ¡Como si me hiciera mucha falta! Pero tenga en cuenta una cosa, se lo advierto: no me venga luego con lamentos y escribiendo cartas. ¡No moveré ni un dedo, cuando le hagan pasar por delante con grilletes en los pies!

Shampuñ se levanta rápidamente, y pálido, con los ojos muy abiertos, comienza a pasear por la habitación.

—¿Qué hace usted conmigo? —dice, llevándose, desesperado, las manos a la cabeza—. ¡Dios mío! ¡Oh, maldita sea la hora en que me vino a la cabeza la funesta idea de abandonar mi patria!

—Bueno, bueno, bueno... ¡he bromeado! —dice Ka-

[2] *V ne stol otdalionnie* («hasta un lugar no muy lejano»). Con esta expresión se indicaba el confín de la Rusia europea.

mishov, bajando el tono—. ¡Qué hombre, no comprende las bromas! ¡No se puede decir una palabra!

—¡Querido! —chilla Shampuñ, tranquilizado por el tono de Kamishov—. Le juro que me siento unido a Rusia, a usted, a sus hijos... ¡Para mí, dejarlos es tan duro como morir! ¡Pero cada una de sus palabras me desgarra el corazón!

—¡Ah, qué hombre! Si yo digo mal de los franceses, ¿por qué se ofende usted? ¡Como si dijéramos mal de poca gente! ¿Todos deberían de ofenderse? ¡Qué hombre, la verdad! Tome ejemplo, digamos, de Lazar Isákich, el arrendatario... Le trato de tal y cual, le llamo judío y sarna y con el faldón le hago una oreja de cerdo y le tiro de los mechones de la sien... ¡y no se ofende!

—¡Pero él es un esclavo! ¡Por un *kopek* está dispuesto a cualquier vileza!

—Bueno, bueno, bueno... ¡basta! ¡Vamos a comer! ¡Paz y concordia!

Shampuñ se empolva la llorosa cara y va con Kamishov al comedor. El primer plato se come en silencio; después del segundo, recomienza la misma historia y de este modo, los sufrimientos de Shampuñ no se acaban nunca.

SOPORÍFERO ATONTAMIENTO

En la sala del juzgado de distrito se está viendo una causa. En el banquillo de los acusados se sienta un señor de mediana edad, de cara macilenta, acusado de malversación de fondos y de falsificación. El secretario, un hombre flaco, de pecho hundido, lee con débil voz atenorada el acta de acusación. Nada le importan los puntos y las comas, y su monótona lectura se parece al zumbido de las abejas o al murmullo de un arroyuelo. Durante una lectura semejante, es agradable soñar, recordar, dormir... A jueces, jurados y público, el aburrimiento les hacía poner mala cara... Silencio. Sólo de vez en cuando llega del pasillo el ruido de unos pasos mesurados o tose con cautela, sobre el puño, algún jurado que bosteza...

El defensor ha apoyado en el puño su rizada cabeza y dormita. Sus pensamientos, bajo el influjo del susurro del secretario, han perdido todo ordenado enlace y vagan sin rumbo.

«Qué nariz más larga, sin embargo, la de este ujier —piensa, moviendo los pesados párpados—. ¡Qué necesidad tenía la naturaleza de afear de este modo un rostro inteligente! Si los hombres tuviesen la nariz más larga, de cinco o seis varas, habría poco sitio para vivir y habría que hacer las casas más espaciosas...»

El defensor sacude la cabeza como un caballo picado por un tábano y sigue pensando:

«¿Qué estarán haciendo en casa? A esta hora suelen estar todos: la mujer, la suegra, los hijos... Los pequeños, Kolka y Zinka, probablemente ahora están en mi gabinete... Kolka estará de pie en el sillón, tendrá el pecho apoyado contra el borde de la mesa y dibujará alguna

cosa en mis papeles. Ya habrá dibujado un caballo con
el hocico puntiagudo y un punto en vez del ojo, un hombre con el brazo extendido y una casita inclinada; Zina
debe de estar allí también, de pie, junto a la mesa, esti-
rando el cuello para ver lo que ha dibujado el hermanito...

»—¡ Dibuja a papá! —pide ella.

»Kolka se pone a dibujarme a mí. Ya tiene un hombrecito, falta sólo añadirle una barba negra y ya está
dibujado papá. Luego Kolka se pone a buscar ilustra-
ciones en el código y Zina se ocupa de la mesa. Cae
bajo su mirada una campanilla: la tocan; ven un tintero:
hay que mojar un dedo; si el cajón de la mesa no está
cerrado, es preciso hurgar dentro. Finalmente, a los dos
los ilumina la idea de que son indios y de que bajo mi
mesa pueden esconderse de sus enemigos a las mil maravillas. Se meten bajo la mesa, gritan, chillan y se revuelven allí hasta que de la mesa cae la lámpara o un jarri-
to... ¡Oh! Y en el salón, ahora, seguro que se pasea gravemente la nodriza con la tercera obra... La obra berrea,
berrea... ¡berrea sin parar !»

—«Según las cuentas corrientes de Kopiélov —zumba
el secretario—, de Achkásov, de Zimakovski y de Chikina,
los intereses no fueron abonados, y en cuanto a la suma
de mil cuatrocientos veinticinco rublos con cuarenta y un
kopeks fue incluida al remanente del año mil ochocientos ochenta y tres...»

«¡ Quizá, en casa, ya están comiendo! —piensa el defensor en el flotar de sus ideas—. A la mesa están sentados
mi suegra, mi mujer Nadia, el hermano de mi mujer,
Vasia, los chiquillos... Como de costumbre, mi suegra
tendrá en la cara un aire de obtusa preocupación y una
expresión de dignidad. Nadia, delgada, ya marchita, pero
con un rostro de epidermis todavía idealmente blanca y
diáfana, se sienta a la mesa con tal expresión como si la
hicieran sentar a la fuerza; no come nada y hace ver que
está enferma. Por su cara, lo mismo que por la de la
suegra, se extiende una sombra de preocupación. ¡ Cómo
no! ¡ Tiene en sus manos los hijos, la cocina, la ropa del
marido, los huéspedes, la polilla de los abrigos, la recepción de los invitados, el piano! ¡ Cuántas obligaciones y
qué poco trabajo! Nadia y su madre no hacen absoluta-

mente nada. Si, por aburrimiento, riegan las flores y riñen con la cocinera, se pasan luego dos días gimiendo de fatigas y hablan de trabajos forzados... El hermano de mi mujer, Vasia, mastica despacio y calla con la cara fosca, pues hoy ha tenido un uno en latín. Es un jovencito tranquilo, servicial, agradecido, pero destroza tal cantidad de botas, pantalones y libros, que es sencillamente un desastre... Los pequeñuelos, naturalmente, son caprichosos. Quieren el vinagre y la pimienta, se quejan el uno del otro, a cada momento dejan caer las cucharas al suelo. ¡Me basta recordarlo para que la cabeza me dé vueltas! Mi mujer y mi suegra velan atentamente para que se observe el buen tono... Dios te libre de poner el codo sobre la mesa, agarrar el cuchillo con todo el puño, o comer con el cuchillo, o, al servir la comida, acercarte por la derecha y no por la izquierda. Todo el yantar, hasta el jamón con guisantes, huele a polvo y a caramelos. Nada tiene buen sabor, todo resulta empalagoso, mísero... Ni sombra de la buena sopa de coles, ni de la papilla que comía cuando era soltero. La suegra y la esposa siempre hablan en francés, pero cuando la conversación recae sobre mí, la suegra se pone a hablar en ruso, pues un individuo tan insensible, tan duro de corazón, tan desvergonzado y tosco como yo, no es digno de que se hable de él empleando la tierna lengua francesa...

»—El pobre Miguel, seguramente, estará hambriento —dice mi mujer—. Esta mañana ha tomado sólo un vaso de té, sin pan, y se ha ido corriendo a la audiencia...

»—¡No te preocupes, hija! —se regocija la suegra—. ¡Ése no pasa hambre! A lo mejor ha corrido ya cinco veces al ambigú. Han montado un ambigú en la audiencia y cada cinco minutos piden permiso al presidente para hacer un descanso.

»Después de la comida, la suegra y la mujer hablan de la reducción de gastos... Cuentan, anotan y al final encuentran que los gastos son escandalosamente grandes. Llaman a la cocinera, empiezan a pasar cuentas juntas, la reprenden, se arma un escándalo por cinco *kopeks*... Lágrimas, palabras venenosas... Después, arreglo de las habitaciones, cambio de sitio de los muebles, y todo por no tener qué hacer.»

—«El asesor colegiado Cherepkov ha declarado —zumba el secretario—, que si bien se le mandó el recibo número ochocientos once, no recibió los cuarenta y seis rublos con dos *kopeks* que se le debían, de lo que dio conocimiento ya entonces...»

«Cuando piensas, reflexionas y ponderas todas las circunstancias —sigue por sus adentros el defensor—, la verdad, es como para no preocuparse de nada y mandarlo todo al diablo... Cuando te sientes agotado, atontado, asfixiado después de pasar todo el día en esta atmósfera de aburrimiento y vulgaridad, pese a ti mismo, quieres dar al alma aunque sólo sea un minuto luminoso de descanso. Te vas a ver a Natasha o, cuando hay dinero, te llegas hasta donde los gitanos y lo olvidas todo... palabra de honor, ¡lo olvidas todo! El diablo sabe dónde, lejos de la ciudad, en un gabinete particular, te tumbas sobre un sofá; los asiáticos cantan, saltan, dan voces, y sientes cómo te revuelve el alma entera la voz de esta fascinadora, de esa terrible, de esa loca gitana Glasha... ¡Glasha! ¡Simpática, graciosa, maravillosa Glasha! ¡Qué dientes, qué ojos... qué espalda!»

Pero el secretario ronronea, ronronea, ronronea... A los ojos del defensor todo comienza a confundirse y a saltar. Los jueces y los jurados se sumen en sí mismos, el público oscila, el techo ora baja ora sube... Los pensamientos también saltan, y al fin, se rompen... Nadia, la suegra, la larga nariz del ujier, el encartado, Glasha, todo ello salta, gira y se va lejos, lejos, lejos...

—Qué bien... —murmura quedamente el defensor, quedándose dormido—. Qué bien... Estás echado en el sofá y en torno todo es acogedor... no hace frío... Glasha canta...

—¡Señor defensor! —llaman con voz destemplada.

«Qué bien... no hace frío... no está la suegra ni la nodriza... ni hay sopa que huela a polvos... Glasha buena, hermosa...»

—¡Señor defensor! —resuena la misma voz destemplada.

El defensor se estremece y abre los ojos. Le están mirando fijamente, junto a su mismo rostro, los negros ojos de la gitana Glasha, se sonríen los jugosos labios, está radiante la cara morena, hermosa. Estupefacto, sin haberse despertado aún por completo, suponiendo que se trata

de un sueño o de una visión, el defensor se alza lentamente y, con la boca abierta, mira a la gitana.

—Señor defensor, ¿no desea interrogar a la testigo?
—pregunta el presidente.

—¡Ah... sí! Es una testigo... No, no... deseo. No tengo nada que interrogar.

El defensor sacude la cabeza y se despierta definitivamente. Ahora comprende que, en efecto, ahí está la gitana Glasha, que ha sido llamada en calidad de testigo.

—Aunque, perdón, tengo algo que preguntarle —dice
en alta voz—. Testigo —se dirige a Glasha—, usted forma parte del coro gitano de Kuzmichov; dígame, ¿con
qué frecuencia estaba de francachela en su restaurante
el acusado? Ya... ¿Y no recuerda si cada vez pagaba él
lo suyo o bien ocurría que otros pagaban por él? Gracias... basta.

Se bebe dos vasos de agua y el soporífero atontamiento
le pasa del todo.

REMEDIO CONTRA LA EMBRIAGUEZ

En un compartimiento reservado de primera clase, llegó a la ciudad de D., para dar algunas representaciones, el célebre recitador y cómico señor Féniksov-Dikobrázov 2.º Todos los que le esperaban en la estación sabían que el billete de primera clase había sido comprado en la estación precedente «para dar el golpe» y que, hasta allí, la celebridad había viajado en tercera; todos veían que, a pesar del frío tiempo otoñal, la celebridad no llevaba más abrigo que un ligero gabán de verano y un viejo gorro de piel de nutria; sin embargo, cuando apareció por el vagón la faz azulina y soñolienta de Dikobrázov 2.º, todos experimentaron cierta emoción y un vivo deseo de trabar conocimiento con él. El empresario Pochechúev, según la costumbre rusa, besó por tres veces al viajero y se lo llevó a su propia casa.

La celebridad debía comenzar las representaciones unos dos días después de su llegada, pero los hados decidieron que fuera de otro modo; un día antes del espectáculo, el empresario, pálido, con el cabello revuelto, se dirigió precipitadamente a la caja del teatro y comunicó que Dikobrázov 2.º no podía actuar.

—¡No puede! —declaró Pochechúev, tirándose de los cabellos—. ¿Qué les parece? Durante un mes, un mes entero, hemos estado publicando con grandes letras de molde que tendríamos entre nosotros a Dikobrázov, nos hemos vanagloriado de ello, nos hemos hecho los interesantes, hemos cobrado el dinero de los abonos, ¡y de pronto, esta canallada! ¿Eh? ¡Ahorcarlo, sería poco!

—Pero ¿de qué se trata? ¿Qué ha ocurrido?

—¡Se ha emborrachado, el maldito!

—¡Vaya cosa! Dormirá la mona y listo.

—¡Antes reventará que hacerse pasar la mona durmiendo! Le conozco ya de Moscú: cuando empieza a tragar vodka, se pasa luego unos dos meses sin despertar. ¡Es un acceso de borrachera! ¡Un acceso de borrachera! ¡Nada, mi fortuna es así! ¡Por qué seré yo tan desafortunado! ¡De quién habré heredado yo, maldito de mí, tanta desventura! ¿Por qué... por qué toda la vida cuelga sobre mi cabeza la maldición del cielo? (Pochechúev es un trágico por profesión y por naturaleza: las fuertes expresiones, acompañadas de puñetazos al pecho, le cuadran muy bien.) ¡Qué innoble, qué vil y despreciable soy, al colocar servilmente la cabeza bajo los golpes del destino! ¿No sería más digno acabar de una vez para siempre con el vergonzoso papel de Makar, sobre quien caen todas las tejas, y alojarme una bala en la frente? ¿Qué espero, pues? Dios, ¿qué espero?

Pochechúev se cubrió el rostro con las manos y se volvió hacia la ventana. En la caja, además del cajero, había muchos actores y aficionados al teatro, de modo que no fueron consejos lo que faltaron, ni palabras de consuelo y de aliento; pero todo esto tenía un carácter filosófico o profético; nadie fue más allá de «vanidad de vanidades», «no se lo tome tan a pecho» y «quién sabe». Sólo el cajero, un hombre gordito e hidrópico, tomó el asunto con más seriedad.

—Lo que ha de hacer usted, Prokl Lvóvich —le dijo—, es intentar curarle.

—¡Un acceso de borrachera no hay diablo que pueda curarlo!

—No lo diga. Nuestro peluquero cura magníficamente los accesos de borrachera. Toda la ciudad se cura con él.

Pochechúev se alegró de poderse agarrar aunque fuera a un clavo ardiendo y no habían transcurrido cinco minutos cuando ante él se encontraba ya el peluquero del teatro, Fiódor Grebeshkov. Imagínense una figura alta y huesuda, con los ojos hundidos, una larga barba rala y unas manos oscuras; añadan a ello una sorprendente semejanza con un esqueleto al que hicieran moverse con tornillos y resortes, vistan dicha figura con un traje negro usado más allá de lo verosímil y tendrán ustedes el retrato de Grebeshkov.

—¡Salud, Fiedia! —se dirigió hacia él Pochechúev—. He oído decir, amigo, que tú, eso... que curas los accesos de borrachera. Hazme el favor, te lo pido como amigo, ¡cura a Dikobrázov! Ya sabes, ¡se ha emborrachado!

—Que Dios le valga —exclamó, desalentado, Grebeshkov con voz de bajo—. A los actores de menos rango, a los mercaderes y funcionarios, los curo, en efecto, pero ¡éste es una celebridad en toda Rusia!

—Bueno, ¿y qué?

—Para echar de él el acceso de borrachera es necesario hacer una revolución en todos los órganos y junturas del cuerpo. Yo le provoco esta revolución, él sanará y picado en su amor propio... «¿Cómo te has atrevido —dirá— a ponerme las manos en la cara, perro?» ¡Ya las conocemos a estas celebridades!

—No-no... ¡no te escabulles, hermano! ¡Te has hecho de miel, que las moscas te papen! ¡Ponte el gorro, vamos!

Cuando, un cuarto de hora más tarde, Grebeshkov entró en la habitación de Dikobrázov, la celebridad yacía en la cama y miraba con ira la lámpara colgante. La lámpara pendía inmóvil, pero Dikobrázov 2.º no apartaba de ella los ojos y balbuceaba:

—¿Me vas a dar vueltas? ¡Ya te enseñaré, maldita, cómo darlas! He roto la jarra y te voy a romper a ti también, ¡ya verás! A-a-ah, también el techo da vueltas... Ya comprendo: ¡es un complot! ¡Pero la lámpara, la lámpara! ¡Eres la más pequeña y la que más vueltas das! Vas a ver...

El cómico se levantó y, arrastrando la sábana, derribando los vasos de la mesita, tambaleándose, se dirigió hacia la lámpara, pero a medio camino se topó con una cosa alta, huesuda...

—¿Qué es esto? —bramó, haciendo girar sus ojos saltones—. ¿Quién eres? ¿De dónde vienes? ¿Eh?

—Ahora vas a ver quién soy yo... ¡Vete a la cama!

Y, sin esperar a que el cómico le obedeciera, Grebeshkov levantó el brazo y le pegó tal puñetazo en la nuca que lo mandó al lecho rodando como un trompo. Al cómico, probablemente, no le habían pegado nunca, porque, pese a su fuerte borrachera, el hombre miró a Grebeshkov sorprendido y hasta con curiosidad.

—Tú... ¿tú me has pegado? Es...pera, ¿tú me has pegado?

—Te he pegado. ¿Quieres más?

Y el peluquero pegó a Dikobrázov, otra vez, en los dientes. No sé qué hizo efecto en este caso, si los fuertes golpes o la novedad de la sensación, pero el hecho es que al cómico los ojos le cesaron de saltar y brilló en ellos algo de racional. Dikobrázov se levantó de un salto y con más curiosidad que ira se puso a examinar el pálido rostro y la sucia casaca de Grebeshkov.

—¿Te... te bates? —balbuceó—. ¿Te... te atreves?

—¡A callar!

Y otro golpe a la cara. El cómico, atontado, quiso defenderse, pero una mano de Grebeshkov le aplastó el pecho mientras la otra le repasaba la fisonomía.

—¡No tan fuerte! ¡No tan fuerte! —se oyó que exclamaba, en la estancia inmediata, la voz de Pochechúev—. ¡No tan fuerte, Fiédeñka!

—¡No es nada, Prokl Lvóvich! ¡Él mismo me lo agradecerá después!

—¡De todos modos, no pegues tan fuerte! —articuló con voz compungida Pochechúev, asomándose a la habitación del cómico—. A ti te da lo mismo, claro, pero a mí se me pone la piel de gallina. Reflexiona un poco: en pleno día se pega a un hombre mayor de edad, intelectual, famoso, y en el propio domicilio... ¡ah!

—Yo, Prokl Lvóvich, no le pego a él, sino al diablo que tiene en el cuerpo. Salga, hágame el favor, y no se inquiete. ¡Échate, demonio! —Fiódor se abalanzó sobre el cómico—. ¡No te muevas! ¿Qué-e-é?

El espanto se apoderó de Dikobrázov. Al cómico empezó a parecerle que todo cuanto antes daba vueltas y había sido roto por él, se había conjurado y unánimemente se le echaba encima de la cabeza.

—¡Socorro! —se puso a gritar—. ¡Salvadme! ¡Socorro!

—¡Grita, grita, brujo! Esto no son más que las florecitas, espera, ¡ya vendrán los frutos! Ahora escucha: si vuelves a decir aunque no sea más que una palabra o te mueves, ¡te mato! ¡Te mato sin compasión! ¡No hay nadie, hermano, que pueda defenderte! No vendrá nadie, aunque dispares cañonazos. Pero si te calmas y callas, te daré un poco de vodka. ¡Mírala, la vodka!

Grebeshkov se sacó del bolsillo una media botella de vodka y la hizo brillar ante los ojos del cómico. El borracho, a la vista del objeto de su pasión, se olvidó de los golpes y hasta se puso a relinchar de alegría. Grebeshkov tomó de un bolsillo del chaleco un trocito de jabón sucio y lo metió en la botellita. Cuando la vodka se puso espumosa y turbia, empezó a mezclarle toda clase de porquerías. Introdujo en la media botella salitre, amoníaco, alumbre, sal de Glauber, azufre, colofonia y otras «especies» que se vendían en las droguerías. Como final, el peluquero quemó un pedazo de trapo, puso la ceniza en la vodka, agitó la botella y se acercó a la cama.

—¡Bebe! —dijo, llenando hasta la mitad un vaso de té—. ¡De una vez!

El cómico bebió con deleite, articuló un sonido ronco, pero al instante desencajó los ojos. De súbito, la cara se le puso pálida y el sudor le perló la frente.

—¡Bebe más! —le instó Grebeshkov.

—No... ¡no quiero! Es... espera...

—¡Bebe, mal rayo!... ¡Bebe! ¡Te mato!

Dikobrázov bebió y, gimiendo, se dejó caer sobre la almohada. Un minuto después se incorporó y Fiódor pudo convencerse de que su específico actuaba.

—¡Bebe más! Deja que todas tus entrañas se revuelvan, esto es bueno. ¡Bebe!

Y para el cómico llegó la hora del martirio. Las entrañas, literalmente, se revolvían. Saltaba, se agitaba en el lecho y observaba horrorizado los pequeños movimientos de su enemigo despiadado e infatigable, quien no se apartaba de él un instante y le pegaba obstinadamente cuando él se negaba a tomar el específico. Los golpes se alternaban con el específico, el específico, con los golpes. Nunca, hasta entonces, el cuerpo de Féniksov-Dikobrázov 2.º había sufrido semejantes ultrajes y humillaciones ni nunca la celebridad se había encontrado tan débil e indefensa como entonces. Al principio, el cómico gritaba e insultaba; luego empezó a suplicar; finalmente, convencido de que las protestas llevaban a los golpes, se puso a llorar. Pochechúev, que estaba escuchando tras la puer-

ta, no pudo resistir más y se precipitó en la habitación
del cómico.

—¡Vete al diablo! —exclamó, agitando los brazos—.
¡Que se pierda el dinero de los abonos, que beba vodka,
pero no le martirices, por caridad! ¡Se te va a quedar
en las manos, que el diablo te lleve! Mira: ¡parece
muerto! De haberlo sabido, te lo juro, no me habría metido en este lío...

—No es nada... Aún me lo agradecerá, verá usted...
Bueno, ¿qué más? —Grebeshkov se volvió hacia el cómico—. ¡Te voy a dar!

Estuvo ocupado con el cómico hasta la tarde. Él estaba cansado y al otro le dejó molido. Al fin, el cómico
se debilitó terriblemente, perdió la capacidad hasta de
gemir y quedó como petrificado con una expresión de
horror en la cara. A ese estado de petrificación sucedió
algo así como el sueño.

Al día siguiente, el cómico, con gran asombro de Pochechúev, se despertó: así, pues, no había muerto. Al
despertarse, miró torpemente a su alrededor, recorrió la
habitación con una mirada vaga y empezó a recordar.

—¿Por qué me duele todo? —se preguntó, perplejo—. Es como si un tren me hubiera pasado por encima.
¿Y si bebiese vodka? ¿Quién hay ahí? ¡Vodka!

En ese momento estaban, detrás de la puerta, Pochechúev y Grebeshkov.

—Pide vodka, ¡eso quiere decir que no está curado!
—exclamó horrorizado Pochechúev.

—¡Qué dice, Prokl Lvóvich! —se sorprendió el peluquero—. ¿Acaso se puede curar en un día? Quiera Dios
que se cure en una semana, que no en un día. Al que
está flacucho lo curas hasta en cinco días, pero éste, por
su complexión, es como un mercader. No es tan fácil hacerle efecto.

—¿Por qué no me lo dijiste antes, maldito? —se la-
mentó Pochechúev—. ¡De quién habré heredado yo tanta desventura! ¡Y qué espero aún, maldito, que soy, del
destino? ¿No sería más sensato acabar de una vez, me-
tiéndome una bala en la frente?, etc., etc.

Por sombrío que Pochechúev viese su destino, una semana más tarde Dikobrázov 2.º ya actuaba y no hubo
necesidad de devolver el dinero de los abonos. Grebesh-

kov maquilló al cómico y, al hacerlo, le tocaba la cabeza con tanto respeto, que no habrían reconocido ustedes, en él, al flagelador de la otra vez.

—¡Qué resistencia la de este hombre! —se sorprendía Pochechúev—. Yo, por poco me muero al ver sus tormentos y él, como nada, y aún da las gracias a este diablo de Fiodka y se lo quiere llevar consigo a Moscú. ¡Milagros, eso es, y nada más!

UN PERRO CARO

El teniente Dúbov, ya veterano en el ejército, y el voluntario Knaps estaban sentados, bebiendo.

—¡Es un magnífico perro! —exclamó Dúbov mostrando su perro *Milka* a Knaps—. ¡Es un perro ma-ra-vi-llo-so! ¡Fíjese en el hocico! ¡Lo que vale, sólo el hocico! ¡Das con un aficionado y nada más que por el hocico te suelta doscientos rublos! ¿No lo cree? En este caso, no entiende usted nada...

—Entiendo, pero...

—Es un *setter*, ¡es un *setter* inglés de pura sangre! Tiene una muestra asombrosa, y el olfato... ¡qué olfato! ¡Dios, qué olfato! ¿Sabe cuánto di por *Milka*, cuando aún era un cachorro? ¡Cien rublos! ¡Es un perro admirable! ¡Gra-a-nuja, *Milka*! ¡Bo-o-bo, *Milka*! ¡Ven aquí, ven aquí... perrito, cachorrito mío...!

Dúbov atrajo hacia sí a *Milka* y lo besó entre las orejas. Las lágrimas se le asomaron a los ojos.

—No te daré a nadie... hermosura mía... bandido, más que bandido. Porque tú me quieres, ¿eh, *Milka*? ¿Me quieres?... Bueno, ¡fuera! —gritó de pronto el teniente—. ¡Con las patas sucias y me las pones sobre el uniforme! ¡Sí, Knaps, ciento cincuenta rublos di por él cuando era un cachorro! Esto quiere decir que había motivos para darlos. Sólo una cosa me disgusta: ¡no tengo tiempo de ir de caza! Sin hacer nada, el perro se estropea, pierde su talento... Por esto lo vendo. ¡Cómprelo, Knaps! ¡Me lo agradecerá toda la vida! Bueno, si tiene usted poco dinero, permítame. se lo dejaré por la mitad... ¡Tómelo por cincuenta rublos! ¡Explóieme!

—No, amigo... —suspiró Knaps—. Si su *Milka* fuera

del sexo masculino, aún quizá se lo compraría, pero así...

—¿Que *Milka* no es del sexo masculino? —se asombró el teniente—. Knaps, ¿qué le pasa? ¿Que *Milka* no es del sexo... masculino? ¡Ja-ja! Entonces ¿qué cree usted que es? ¿Una perra? Ja-ja... ¡Vaya el mozo! ¡Aún no sabe distinguir un can de una perra!

—Usted me habla como si yo estuviera ciego o fuese un niño... —se picó Knaps—. ¡Naturalmente, es perra!

—Por favor, ¡aún va a decir usted que yo soy una dama! ¡Ah, Knaps, Knaps! ¡Y decir que ha terminado una carrera técnica! No, mi buen amigo, ¡éste es un perro macho verdadero, de pura sangre! Es más, a cualquier perro macho le dará diez puntos de ventaja, y usted... ¡que no es del sexo masculino! Ja-ja...

—Perdón, Mijaíl Ivánovich, pero usted... sencillamente, me toma por un tonto... Hasta me ofende...

—Bah, no hace falta, váyase usted al diablo... No lo compre... ¡Es inútil querérselo hacer comprender! Usted, pronto va a decir que esto no es la cola, sino la pata... No hace falta. Lo que yo quería era hacerle un favor. Vajramiéiev, ¡coñac!

El ordenanza sirvió más coñac. Los dos amigos se llenaron un vaso cada uno y se quedaron cavilosos. Transcurrió media hora en silencio.

—Y aunque fuera del sexo femenino... —interrumpió el silencio el teniente, mirando con el ceño fruncido la botella—. ¡Pues sí que es una maravilla! Para usted todavía mejor. Le traerá cachorritos, y cada cachorro son veinticinco rublos... Todo el mundo se los comprará de buena gana. ¡No sé por qué le gustan tanto los perros machos! Las perras son mil veces mejores. El sexo femenino es más agradecido y más cariñoso... Bueno, si tanto miedo tiene al sexo femenino, haga el favor, tómelo por veinticinco rublos.

—No, amigo mío... No doy ni un *kopek*. En primer lugar, no necesito el perro; en segundo lugar, no tengo dinero.

—¡Haberlo dicho antes! ¡*Milka*, fuera de aquí!

El ordenanza sirvió unos huevos fritos. Los amigos se pusieron a comerlos y en silencio limpiaron la sartén.

—Es usted una buena persona, Knaps, honrada... —dijo el teniente, secándose los labios—. Me disgusta

dejarle marchar así, diablos... ¿Sabe qué? ¡Tome el perro gratis!

—¿Y dónde lo voy a meter, amigo mío? —dijo
Knaps y suspiró—. ¿Quién se va a ocupar de él?

—Bueno, no hace falta, no hace falta... ¡El diablo le
lleve! ¿No quiere? Ni falta que hace... Pero ¿adónde
va usted? ¡Siéntese!

Knaps, estirándose, se levantó y tomó el gorro.

—Ya es hora de que me vaya, adiós... —dijo, bostezando.

—Bueno, espere, le acompañaré.

Dúbov y Knaps se pusieron el abrigo y salieron a la
calle. Los primeros cien pasos los hicieron sin decir nada.

—¿No sabe usted a quién podría dar el perro? —empezó el teniente—. ¿No tiene usted conocidos, de ésos?
El perro, usted lo ha visto, es bueno, de raza, pero...
¡no lo necesito absolutamente para nada!

—No sé, amigo mío... ¿Qué conocidos tengo yo aquí?

Hasta llegar a la misma casa de Knaps, los amigos no
dijeron ni una palabra más. Sólo cuando Knaps estrechó la mano del teniente y abrió el portillo del patio de
su casa, Dúbov tosió y articuló, vacilante:

—¿Sabe usted si los desolladores de aquí admiten perros o no?

—Supongo que los admiten... Con exactitud no se lo
puedo decir.

—Lo mandaré mañana con Vajramiéiev... Al diablo el
perro, que le arranquen la piel... ¡Perro odioso! ¡Repugnante! No bastaba habérseme ensuciado por todas las
habitaciones, ayer, además, se comió toda la carne de
la cocina, in-fa-me... Del mal el menos si fuera de buena raza, pero el diablo sabe, quizá es una mezcla de mas-
tín con cerdo. ¡Buenas noches!

—¡Adiós! —dijo Knaps.

La portezuela se cerró de golpe y el teniente se quedó
solo.

EL ESCRITOR

En una estancia contigua al almacén de té del mercader Ershakov, tras un alto pupitre, estaba sentado
el propio Ershakov, hombre joven, vestido a la moda,
pero de rostro marchito; por lo visto, había llevado una
vida borrascosa. A juzgar por su amplio carácter de letra, recargado de perfiles, su peinado *à la Capoul* y el
fino aroma de su cigarro, no era hombre extraño a la
civilización europea. Pero de él se desprendió todavía
un mayor aire de cultura cuando entró un muchacho del
almacén y anunció:

—¡Ha venido el escritor!

—¡Ah!... Que pase aquí. Y dile que deje los chanclos
en el almacén.

Un minuto después entró en la estancia un viejo canoso, calvo, con un abrigo deslucido, usado, con la cara
roja y aterida, con la expresión de debilidad e insegu-
ridad que suele darse en las personas que beben constantemente, aunque sea poco.

—Ah, mis respetos... —dijo Ershakov, sin mirar al recién llegado—. ¿Qué cuenta de bueno, señor Gueinim?

Ershakov confundía la palabra «gueni» y «Gueine»[1],
que se le fundían en una sola: «Gueinim», como llamaba siempre al viejo.

—Pues ya ve, he traído el encarguito —respondió
Gueinim—. Ya está preparado...

—¿Tan pronto?

—En tres días, Zajar Semiónich, se puede componer
no ya un anuncio, sino una novela entera. Para un anuncio basta una hora.

---

[1] *«Gueni»*: genio; *«Gueine»*: Heine.

—¿No más? Y siempre regateas como si tomaras trabajo para un año. A ver, muéstrame lo que has compuesto.

Gueinim sacó del bolsillo algunos papeles arrugados, escritos a lápiz, y se acercó al pupitre.

—Esto es sólo un borrador, hecho en líneas generales... —dijo—. Se lo voy a leer, usted fíjese y si encuentra alguna falta, me lo dice. Equivocarse es fácil, Zajar Semiónich... ¿Lo creerá usted? He redactado anuncios para tres almacenes a la vez... Con esto, hasta a Shakespeare le habría dado vueltas la cabeza.

Gueinim se caló las gafas, enarcó las cejas y comenzó a leer con voz triste, como si declamara:

—«Temporada del año mil ochocientos ochenta y cinco-ochenta y seis. Proveedor de té chino en todas las ciudades de la Rusia Europea y Asiática y en el extranjero, Z. S. Ershakov. La firma existe desde mil ochocientos catorce.» Todo este preámbulo, ¿comprende?, irá adornado, entre escudos. He redactado un anuncio para un comerciante y éste le ha puesto escudos de varias ciudades. Lo mismo puede hacer usted, y le he ideado, Zajar Semiónich, el adorno siguiente: un león con una lira entre los dientes. Ahora, sigamos: «Dos palabras a nuestros compradores: ¡Muy señores nuestros! Ni los acontecimientos políticos del último tiempo, ni la fría indiferencia que cada vez penetra más en todas las capas de nuestra sociedad, ni la pérdida de profundidad del Volga, a la que hacía referencia poco tiempo atrás la mejor parte de nuestra prensa, nada nos turba. Los muchos años de existencia de nuestra firma y las simpatías que hemos logrado granjearnos, nos dan la posibilidad de mantenernos firmemente en el terreno que pisamos y no modificar el sistema establecido de una vez para siempre tanto en lo referente a nuestras relaciones con los dueños de las. plantaciones de té como en lo tocante al concienzudo cumplimiento de los pedidos. Nuestra divisa es suficientemente conocida. Se expresa en muy pocas palabras, pero significativas: ¡calidad, baratura y rapidez!»

—¡Bien! ¡Muy bien! —le interrumpió Ershakov, moviéndose en la silla—. No esperaba que redactase así. ¡Es muy ingenioso! Sólo que, verá, mi querido amigo... aquí no hay más remedio que poner algunas sombras al cuadro, envolverlo de niebla, combinar las cosas, ¿sabe?, hacer así como una especie de truco... Decimos que la firma acaba de recibir una partida de té fresco de la cosecha de primavera de la temporada de mil ochocientos ochenta y cinco... ¿No es así? Pero, además de esto, es necesario mostrar que ese té que acabamos de recibir está en nuestros almacenes hace ya tres años, aunque, a pesar de todo, es como si lo acabáramos de recibir de China la semana pasada.

—Comprendo... El público ni se dará cuenta de la contradicción. Al comienzo de la nota escribiremos que acabamos de recibir el té, mientras que al final diremos: «Disponiendo de grandes reservas de té para las que pagamos los viejos impuestos arancelarios, sin perjuicio de nuestros propios intereses, podemos vender el recibido según la lista de precios de los años anteriores...», y así sucesivamente. Bueno, en la otra página estará la lista de precios. Ahí otra vez habrá escudos y adornos... Debajo, en grandes caracteres: «Lista de precios de los selectos tés aromáticos de Fuchan, Kiajtin y Baijo, de la primera cosecha de primavera, recibidos de nuestras plantaciones de reciente adquisición»... Más adelante: «Llamamos la atención a los verdaderos amantes de los tés de Liansin, entre los que goza de mayores y merecidas preferencias el "Emblema chino o Envidia de los competidores", tres rublos cincuenta *kopeks*. Entre los tés con aroma de rosa, recomendamos especialmente "La rosa del Mikado", dos rublos, y "Los ojos de la mujer china", un rublo ochenta *kopeks*». Después de los precios irá una nota en letra pequeña sobre la venta de paquetitos y sobre las remesas del té. Y ahí mismo se hablará de los descuentos y de los premios: «La mayoría de nuestros competidores, deseando atraerse a los compradores, lanzan el anzuelo en forma de premios. Nosotros, por nuestra parte, protestamos contra ese indignante proceder y ofrecemos a nuestros clientes no como premios, sino gratuitamente, todos los incentivos con que los competidores agasajan a sus víctimas. Todo aquel que nos compre té por una cantidad no inferior a cincuenta rublos, puede elegir y recibir gratuitamente uno de los cinco objetos siguientes: una tetera de metal británico, cien tarjetas de visita, un plano de la ciudad de Moscú, una cajita de té en forma de mujer china desnuda y o el libro *El Novio sorprendido o la Novia bajo el dornajo*, cuento del Divertido Juguetón».

Terminada la lectura y después de haber hecho algunas correcciones, Gueinim copió rápidamente en limpio el texto del anuncio y lo entregó a Ershakov. Después, se hizo un silencio... Los dos experimentaban una sensación algo embarazosa, como si hubieran cometido alguna villanía.

—¿El dinero por el trabajo, me manda que lo perciba ahora o más tarde? —preguntó Gueinim, indeciso.

—Cuando quiera, aunque sea ahora mismo... —respondió desdeñosamente Ershakov—. Pasa al almacén y toma lo que quieras por cinco rublos y medio.

—Preferiría que me pagara en dinero, Zajar Semiónich.

—No tengo por costumbre pagar en dinero. A todos pago con té y azúcar: a usted, a los cantores de donde yo soy el administrador y a los porteros. Así hay menos borracheras.

—Pero, Zajar Semiónich, ¿acaso se puede comparar mi trabajo con el de los porteros y de los cantores? El mío es un trabajo intelectual.

—¡Vaya trabajo! Te sientas, escribes, ya está. La escritura no es una cosa que se coma ni que se beba... ¡no cuesta nada! No vale ni un rublo.

—Hum... Qué modo tiene usted de razonar acerca de la escritura —se ofendió Gueinim—. No se come, no se bebe. ¿No comprende usted que yo, al redactar este anuncio, quizá sufría, y que el alma me dolía? Escribes y sientes que engañas a toda Rusia. ¡Deme el dinero, Zajar Semiónich!

—Me fastidias, hermano. No está bien insistir tanto.

—Bueno, está bien. Entonces, tomaré azúcar en polvo. Sus mismos mozos me lo tomarán otra vez a ocho *kopeks* la libra. Pierdo en esta operación unos cuarenta *kopeks*, pero ¡qué le voy a hacer! ¡Esté usted bueno!

Gueinim se volvió para salir, pero, deteniéndose en el umbral de la puerta, suspiró y dijo sombríamente:

—¡Engaño a Rusia! ¡A toda Rusia! ¡A la patria engaño, por un pedazo de pan! ¡Oh!

Y salió. Ershakov encendió un habano y en su estancia se hizo aún más fuerte el aroma a hombre culto.

EXAGERÓ LA NOTA

EL agrimensor Gleb Gavrílovich Smirnov llegó a la estación de «Gnilushki». Hasta la finca a la que había sido llamado para el deslinde había que recorrer aún, a caballo, unas treinta o cuarenta verstas. (Si el cochero no está borracho y los caballos no son unos pencos, no habrá ni siquiera treinta verstas, mas si el cochero va chispo y los caballos están molidos, se llega hasta las cincuenta.)

—Dígame, por favor, ¿dónde puedo encontrar caballos de posta? —preguntó el agrimensor al gendarme de la estación.

—¿Qué caballos? ¿De posta? Aquí, en cien verstas a la redonda, no se encuentra un perro aceptable, no ya caballos de posta... pero, ¿adónde ha de ir usted?

—A Diévkino, a la finca del general Jojotov.

—Bueno —bostezó el gendarme—. Vaya detrás de la estación; allí, en el patio, a veces hay *mujiks* que llevan a los pasajeros.

El agrimensor suspiró y se fue con paso lento al otro lado de la estación. Allí, después de largas búsquedas, conversaciones y vacilaciones, encontró a un robustísimo *mujik*, huraño, picado de viruelas, que llevaba un roto caftán de burdo paño y abarcas de corteza de árbol.

—¡Diablo, qué carro el tuyo! —dijo frunciendo el ceño el agrimensor al subir en él—. No hay quien entienda dónde está la parte trasera y dónde la delantera...

—¿Qué es lo que no se entiende aquí? Donde está la cola del caballo, allí tiene lo de delante, y donde va sentada su gracia, lo de detrás...

El caballejo era joven, pero flaco, abierto de patas y de orejas roídas. Cuando el conductor se alzó levemente y lo azotó con la tralla, el animal sólo sacudió la cabeza; cuando soltó una blasfemia y lo azotó por segunda vez, el carro rechinó y se puso a temblar como si tuviera fiebre. Después del tercer golpe, el carro dio una sacudida, pero, después del cuarto, se puso en marcha.

—¿Iremos así todo el camino? —preguntó el agrimensor, sintiendo una fuerte sacudida y sorprendiéndose de la capacidad de los conductores rusos para combinar la andadura lenta, de tortuga, con unas sacudidas que le revuelven a uno el alma.

—¡Lle-ga-re-mos! —le tranquilizó el conductor—. La yegüita es joven, vivaracha... Si dejas que tome carrera, luego ya no hay quien la pare... ¡E-e-eh, maldi...ta!

Cuando el carro partió de la estación, oscurecía. A la derecha del agrimensor se extendía una planicie oscura, helada, sin fin ni límite... Te metes por ella y llegas, sin duda alguna, donde el diablo perdió el poncho. En el horizonte, donde la planicie se esfumaba y se fundía con el cielo, se estaba extinguiendo perezosamente el frío crepúsculo otoñal... A la izquierda del camino, en el aire que se iba volviendo oscuro, se erguían unas prominencias que tanto podían ser almiares del año anterior como caseríos. Lo que había por delante, el agrimensor no lo veía, pues, por aquella parte, todo el campo visual quedaba cubierto por la ancha y pesada espalda del conductor. Había calma, pero hacía frío, helaba.

«¡Qué lugar más solitario éste! —pensaba el agrimensor, procurando cubrirse las orejas con el cuello del capote—. Ni un árbol, ni una casa. Si, de pronto, te atacan y te desvalijan, no se entera nadie, aunque dispares cañonazos... Y el conductor tampoco es de fiar... ¡Vaya espaldita la suya! ¡Si un hijo de la naturaleza como éste te toca con un dedo, se te va el alma! Hasta el hocico tiene fiero y sospechoso.

—¡Eh, amigo! —preguntó el agrimensor—. ¿Cómo te llamas?

—¿Yo? Klim.

—Qué, Klim, ¿qué tal por aquí? ¿No hay peligro? ¿No hacen trastadas?

—Nada, Dios vela por nosotros... ¿Quién quiere que haga trastadas?

—Está bien que no hagan trastadas... Pero, por si

acaso, me he traído tres revólveres —mintió el agrimensor—. Y con un revólver, sabes, no hay bromas que valgan. Puede uno plantar cara a diez bandidos...

Oscurecía. El carro, de pronto, crujió, rechinó, tembló y, como de mala gana, torció a la izquierda.

«Pero ¿ adónde me lleva éste? —pensó el agrimensor—. Ha ido siempre en línea recta y de pronto, a la izquierda. Es capaz, el canalla, de conducirme a alguna cueva de bandidos y... y... ¡Casos así ocurren!»

—Escucha —se dirigió al conductor—. ¿Así, dices que aquí no hay peligro? Es una pena... A mí me gusta pelearme con los bandidos... De aspecto, soy flaco, enfermizo, pero tengo fuerza como un toro... Una vez me atacaron tres bandidos... ¿Y qué te crees? A uno le sacudí tal golpe que... que, comprendes, entregó el alma a Dios, y los otros acabaron en Siberia, a trabajos forzados. De dónde saco yo la fuerza, ni lo sé... Tomo con una mano a un hombrón cualquiera, a uno, así, como tú... y lo tumbo.

Klim se volvió para mirar al agrimensor, frunció todo el rostro y azotó al caballejo.

—Sí, hermano... —prosiguió el agrimensor—. No quiera Dios que alguien se meta conmigo. No se trata sólo de que el bandido se quedará sin brazos y sin piernas, sino que, además, tendrá que responder ante el tribunal... Yo conozco a todos los jueces y comisarios de policía. Soy un personaje del Estado, un hombre necesario... Mira, yo viajo y la superioridad lo sabe... y vigilan para que nadie me haga ningún mal. En todas partes, a lo largo del camino, tras los arbustos, se han metido cabos de policía y alguaciles... ¡Pa... pa... para! —gritó de pronto el agrimensor—. Pero ¿adónde vas? ¿Adónde me llevas?

—¿Acaso no lo ve? ¡Es un bosque!

«Efectivamente, es un bosque... —pensó el agrimensor—. ¡Y yo me había asustado! Sin embargo, no he de dejar ver mi inquietud... Él ya ha notado que tengo miedo. ¿Por qué ha comenzado a volverse con tanta frecuencia hacia mí y a mirarme? Probablemente estará maquinando alguna cosa... Primero apenas se movía del sitio, un paso tras otro, y ahora, ¡hay que ver, cómo corre!»

—Escucha, Klim, ¿por qué arreas tanto al caballo?

—No lo arreo. Se ha puesto a correr él mismo… Cuando se echa a correr, ya no hay manera de detenerlo… Ni él está contento de tener unas patas semejantes.

—¡Mientes, hermano! ¡Veo que mientes! Sólo que no te aconsejo correr tanto. Sujeta un poco al caballo… ¿Lo oyes? ¡Sujétalo!

—¿Por qué?

—Pues porque… porque cuatro de mis camaradas han de salir de la estación detrás de mí. Tienen que alcanzarnos… Me han prometido darme alcance en este bosque… Con ellos, el viaje será más alegre… Es gente sana y robusta… cada uno con su pistola… ¿Por qué estás volviendo la cabeza continuamente y te mueves como si tuvieras agujas en el asiento? ¿Eh? Yo, hermano, eso… hermano… A mí no tienes por qué mirarme… en mí no hay nada interesante… Como no sean los revólveres… Eso, si quieres los saco, te los enseñaré… Eso…

El agrimensor hizo como si buscara en los bolsillos y en el mismo momento ocurrió lo que ni con todo su miedo podía esperar. Klim, de pronto, se tiró del carro y se precipitó a cuatro patas hacia la espesura.

—¡Socorro! —se puso a gritar—. ¡Socorro! ¡Llévate, maldito, caballo y carro, pero no me condenes el alma! ¡Socorro!

Se oyeron pasos rápidos, que se alejaban, crujidos de ramas, y todo cesó… El agrimensor, que no esperaba semejante reprimenda, lo primero que hizo fue detener el caballo, luego se sentó más cómodamente en el carro y comenzó a pensar.

«Ha huido… se ha asustado, el tonto… Bueno, ¿qué hago ahora? No puedo continuar el camino solo, porque no sé por dónde se pasa, y además, podrían pensar que he robado el caballo… ¿Qué hacer?»

—¡Klim! ¡Klim!

—¡Klim!… —respondió el eco.

Al pensar que debería pasarse la noche entera en medio de un bosque oscuro, al frío, oyendo sólo los lobos, el eco y los relinchos de la flaca yegüita, el agrimensor sintió que se le contraía el espinazo como si le pasaran un frío raspador.

—¡Klímushka! —se puso a gritar—. ¡Amigo mío! ¿Dónde estás, Klímushka?

Unas dos horas estuvo gritando el agrimensor, y sólo después de haberse quedado ronco y de haberse resignado ya a pasar la noche en el bosque, un débil vientecillo llevó hasta él el gemido de alguna persona.

—¡Klim! ¿Eres tú, hermano? ¡Vámonos!

—¡Me... me matarás!

—¡Pero si he estado bromeando, hombre! ¡Que Dios me castigue, he estado bromeando! ¡Si no tengo ningún revólver! ¡He mentido por miedo! ¡Por favor, vámonos! ¡me hielo!

Klim, comprendiendo, probablemente, que un verdadero bandido habría desaparecido haría ya mucho rato con caballería y carro, salió del bosque y se acercó indeciso a su pasajero.

—Vaya, pero ¿de qué te has asustado, tonto? Yo... yo bromeaba y tú te has asustado... ¡Sube!

—Dios te valga, señor —refunfuñó Klim, montando en el carro—. Si lo hubiera sabido, ni por cien rublos de plata te habría llevado. Por poco me muero de miedo...

Klim azotó al caballejo. El carro se puso a temblar. Klim volvió a azotar y el carro dio una sacudida. Después del cuarto golpe, cuando el carro se puso en marcha, el agrimensor se cubrió las orejas con el cuello y se puso a reflexionar. Ni el camino ni Klim le parecían ya peligrosos.

VEJEZ

El arquitecto y consejero de Estado Uzelkov llegó a su ciudad natal, a la que había sido llamado para restaurar la iglesia del cementerio. En esa ciudad había nacido, había estudiado, había crecido y se había casado, pero, cuando hubo salido del vagón, apenas la reconoció. Todo había cambiado... Dieciocho años antes, cuando él se estableció en Píter, en el sitio, por ejemplo, en que ahora se levanta la estación, los chiquillos cazaban ratas de trigo; ahora, a la entrada de la calle principal, se alza el «Hotel de Viena», de cuatro plantas, mientras que entonces, en este lugar, se levantaba una horrorosa valla gris. Pero ni las vallas ni las casas habían cambiado tanto como las personas. Al interrogar al criado del hotel, Uzelkov se enteró de que más de la mitad de las personas que él recordaba habían fallecido, habían caído en la miseria o estaban olvidadas.

—Y a Uzelkov, ¿le recuerdas? —preguntó por sí mismo al viejo criado—. A Uzelkov, el arquitecto, el que se divorció de su mujer... Tenía una casa en la calle de Svirebiéievskaia... ¡Probablemente te acuerdas!

—No recuerdo, señor...

—¡Cómo no lo recuerdas! Fue un caso muy sonado, hasta los cocheros se enteraron, todos. ¡Haz memoria, a ver! Lo divorció de la mujer el abogado Shapkin, un granuja... un tramposo conocido, aquel a quien azotaron en el club...

—¿Iván Nikoláich?

—El mismo, sí, sí... Qué, ¿aún vive? ¿Ha muerto?

—Vive, a Dios gracias. Ahora es notario, tiene despacho abierto. Vive bien. Tiene dos casas en la calle Kirpíchnaia. No hace mucho que ha casado a una hija...

Uzelkov se paseó de un ángulo a otro, reflexionó y

decidió, para matar el aburrimiento, hacer una visita a Shapkin. Cuando salió del hotel y se encaminó con paso lento hacia la calle Kirpíchnaia, era mediodía. A Shapkin le encontró en su despacho y apenas le reconoció. El esbelto y ágil abogado de antaño, con una fisonomía vivaracha, descarada, de borrachín empedernido, se había convertido en un vejete modesto, achacoso, de cabello blanco.

—Usted no me reconoce, se ha olvidado de mí... —empezó Uzelkov—. Soy un viejo cliente suyo, Uzelkov...

—¿Uzelkov? ¿Qué Uzelkov? ¡Ah!

Shapkin se acordó, le reconoció y se quedó estupefacto. Llovieron las exclamaciones, las preguntas, los recuerdos.

—¡Esto no me lo esperaba! ¡Esto no me lo habría figurado! —cloqueaba Shapkin—. ¿Qué me permite que le ofrezca? ¿Desea champaña? ¿Quizá ostras? ¡Mi buen amigo! Fueron tantos los dineritos que le hice saltar en aquel tiempo, que ni encuentro con qué invitarle...

—Por favor, no se moleste —dijo Uzelkov—. No tengo tiempo. Ahora he de ir al cementerio a reconocer la iglesia. Me he hecho cargo de las obras.

—¡Magnífico! Tomamos algo, bebemos y vamos juntos. ¡Tengo excelentes caballos! Le llevo a usted y le presento al mayordomo... lo arreglaré todo... Pero, ángel mío, parece que me rehúye, ¿tiene miedo? ¡Siéntese más cerca! Ahora ya no hay que temer nada... Je-je... Antes sí, era un mozo de cuidado, un pícaro de siete suelas... que nadie se acercara mucho, pero ahora soy más quieto que el agua, más humilde que la hierbecita; me he hecho viejo, me he convertido en padre de familia... tengo hijos. ¡Ya es hora de morir!

Los amigos comieron, bebieron y en un trineo de dos caballos se dirigieron al cementerio, fuera de la ciudad.

—¡Sí, qué tiempecitos aquéllos! —recordaba Shapkin tomando asiento en el trineo—. Lo recuerdas y, sencillamente, no lo crees. ¿Se acuerda cómo se divorció usted de su mujer? Han transcurrido ya casi veinte años y a lo mejor usted ya lo ha olvidado todo, pero yo lo recuerdo, es como si le hubiera divorciado ayer. ¡Señor, cómo me quemé la sangre entonces! Entonces yo era un mozo de cuidado, casuista, lioso, un cabeza loca... ¡Cómo me lanzaba, entonces, sobre cualquier caso, por complicado que fuera, sobre todo si los honorarios eran buenos, como, por ejemplo, en el proceso de usted! ¿Cuánto me pagó usted entonces? ¡Cinco o seis mil rublos! Bueno, ¿cómo no requemarse la sangre en estos casos? Usted entonces se fue a Petersburgo y me puso todo el asunto en mis manos: ¡arréglatelas como sepas! Y su difunta esposa, Sofía Mijáilovna, aunque de una familia de mercaderes, era una mujer orgullosa y llena de amor propio. Sobornarla para que tomara la culpa sobre sí era difícil... ¡terriblemente difícil! A veces me presentaba para tratar del asunto y al verme gritaba a la doncella: «Masha, ¡pero si te he ordenado no recibir a los canallas!» Yo buscaba por un lado, por otro... le escribía cartas, me hacía el encontradizo con ella, ¡no picaba! No hubo más remedio que actuar a través de una tercera persona. Tuve que volver a la carga muchas veces, y sólo cuando usted accedió a darle diez mil rublos, comenzó a ceder... Ante diez mil rublos, no pudo resistir, no se mantuvo firme... Se puso a llorar, me escupió a la cara, ¡pero accedió, se declaró culpable!

—Me parece que me sacó quince mil rublos, no diez —dijo Uzelkov.

—Sí, sí... ¡quince, me había equivocado! —repuso Shapkin, confuso—. Aunque, es agua pasada, no hay por qué esconder el pecado. A ella le di diez mil, y los otros cinco mil los regateé para mí. Los engañé a los dos... Es agua pasada, no hay por qué avergonzarse... Además, ¿de quién iba a sacar, Borís Petróvich? Juzgue usted mismo... Usted era un hombre rico, saciado... Se había casado usted por un capricho y por un capricho se divorciaba. Amasaba usted el dinero a espuertas... Recuerdo que en una sola obra se hizo usted con veinte mil rublos. ¿A quién, pues, sacárselo si no a usted? Además, se lo confieso, me atormentaba la envidia... Usted se lo embolsaba a puñados, pero todo el mundo se quitaba el sombrero para saludarle; en cambio, a mí, a veces, por un rublo me azotaban, y en el club me abofetearon... ¡Bah, para qué recordar! Ya es la hora del olvido.

—Dígame, por favor, ¿cómo vivió entonces Sofía Mijáilovna?

—¿Con los diez mil rublos? Muy mal... Dios sabe lo que le pasó, si la desesperación se apoderó de ella, si la conciencia y el orgullo comenzaron a torturarla por haverse vendido por dinero, o quizá porque le amaba a usted, el caso es que, ¿sabe?, se dio a la bebida... Recibió el dinero y venga a pasear en *troika* con oficiales. Borracheras, juergas, libertinaje... Se metía con los oficiales en una taberna y no para beber vino o algo más ligero, sino que pedía coñac para que le quemase y la aturdiera.

—Sí, era excéntrica... ¡Lo que me hizo pasar a mí! A veces se ofendía por cualquier cosa y empezaba a ponerse nerviosa... ¿Y que sucedió después?

—Pasa una semana, otra... Estaba yo en casa escribiendo o no sé qué. De pronto, se abre la puerta y entra ella... borracha. «Aquí tiene —me dice— su maldito dinero», y me arroja un paquete a la cara. ¡No había resistido, pues! Recogí el dinero, lo conté... Faltaban quinientos rublos. Sólo había tenido tiempo de malgastar quinientos rublos.

—¿Y qué hizo usted con el dinero?

—Es agua pasada... no hay por qué ocultarlo... ¡Desde luego, me lo quedé! ¿Por qué me mira usted de este modo? Espere, verá lo que sigue... ¡Es toda una novela, psiquiatría! Unos dos meses más tarde, volví una noche a casa borracho, malo... Encendí la luz, miré, y Sofía Mijáilovna estaba sentada en mi diván, también borracha, con los sentimientos trastornados, furiosa, como si se hubiera escapado de Bedlam[1]... «Devuélvame —dice— mi dinero, he cambiado de opinión. ¡De caer, que sea como hace falta, como una piedra! ¡Pero muévase, canalla, venga el dinero!» ¡Un escándalo!

—Y usted... ¿se lo dio?

—Le di, recuerdo, diez rublos...

—¡Ah! ¿Pero es posible? —Uzelkov frunció el ceño—. Si usted mismo no podía o no quería dárselo, podía haberme escrito a mí, ¿no?... ¡Y yo no lo sabía! ¿Eh? ¡Y yo no lo sabía!

—Amigo mío, ¿cómo quería que le escribiera, si ella misma le escribió a usted cuando, luego, estuvo en el hospital?

—De todos modos, estaba entonces tan ocupado con

---

[1] *Bedlam:* antiguo manicomio cerca de Londres.

mi nuevo matrimonio, daba tantas vueltas, que no tenía
yo la cabeza para cartas... Pero usted no era un hombre
comprometido, usted no experimentaba antipatía por
ella... ¿Por qué no le tendió la mano?

—No podemos medir con la vara de hoy, Borís Petróvich. Ahora pensamos de este modo, pero entonces pensábamos de manera completamente distinta... Ahora,
quizás, hasta mil rublos le daría, pero entonces ni aquellos diez... se los di gratis. ¡Es una mala historia! Hay
que olvidar... Bueno, ya hemos llegado...

El trineo se detuvo ante el portalón del cementerio.
Uzelkov y Shapkin bajaron del vehículo, entraron y se
pusieron a caminar por una larga y ancha avenida. Los
desnudos guindos y acacias, las grises cruces y los monumentos, quedaban plateados por la escarcha. En cada
copo de nieve se reflejaba el claro día de sol. Olía como
huele, en general, en todos los cementerios: a incienso y
a tierra recién cavada...

—Tenemos un hermoso cementerio —dijo Uzelkov—.
¡Parece un jardín!

—Sí, pero es una pena que los ladrones saqueen las
tumbas... Mire, detrás de ese monumento de hierro colado, el de la derecha, está enterrada Sofía Mijáilovna.
¿Quiere ir a ver?

Los amigos torcieron a la derecha y pasando por la
profunda nieve se dirigieron al monumento de hierro colado.

—Mire, aquí... —dijo Shapkin, señalando un pequeño monumento de mármol blanco—. No sé qué alférez le
hizo poner un monumento en la tumba.

Uzelkov se quitó el gorro lentamente y mostró su calva
al sol. Shapkin, al verlo, también se quitó el gorro, y otra
calva brilló al sol. El silencio, en torno, era sepulcral,
como si hasta el aire estuviese muerto. Los amigos miraban el monumento, callaban y pensaban.

—¡Duerme en paz! —dijo Shapkin, interrumpiendo
el silencio—. Y poca es su pena por haber tomado sobre
sí la culpa y por haber bebido coñac. ¡Reconózcalo, Borís Petróvich!

—¿Qué? —preguntó sombrío Uzelkov.

—Pues que... Por desagradable que sea el pasado, era
mejor que esto.

Y Shapkin señaló sus propias canas.

—Antes, ni pensaba en la hora final... Si me hubiese encontrado con la muerte, me parece que le habría dado diez puntos de ventaja, pero ahora... ¡Bueno, pero qué!

La tristeza se apoderó de Uzelkov. De pronto, éste experimentó deseos de llorar, de llorar apasionadamente, como en otro tiempo deseaba amar... Y notó que ese llanto le sería agradable, reparador. La humedad le afloró a los ojos, y ya se le hacía un nudo en la garganta, pero... al lado se hallaba Shapkin, y Uzelkov se avergonzó de mostrarse poco fuerte ante un testigo. Se volvió bruscamente y se dirigió a la iglesia.

Sólo unas dos horas más tarde, después de haber hablado con el mayordomo y de haber reconocido la iglesia, aprovechó un momento en que Shapkin se había enfrascado en una conversación con el sacerdote, para correr a llorar... Se acercó al monumento furtivamente, como un ladrón, mirando a cada instante en torno suyo. El pequeño y blanco monumento le miraba vaciloso, triste y tan inocentemente como si debajo yaciese una muchacha y no una esposa depravada, divorciada.

«¡Tengo que llorar, tengo que llorar!», pensaba Uzelkov.

Sin embargo, el momento para el llanto ya había pasado. Por más que parpadeaba el viejo, por más que inclinase a ello el ánimo, las lágrimas no brotaban y el nudo no subía a la garganta... Después de haber permanecido allí unos diez minutos, Uzelkov hizo un gesto con la mano y se fue en busca de Shapkin.

LA DESVENTURA

El tornero Grigori Petrov, conocido desde hace mucho tiempo como un excelente operario y a la vez como el *mujik* más golfo de todo el término municipal de Gálchina, lleva a su vieja mujer enferma al hospital de la provincia. Ha de recorrer unas treinta verstas, pero el camino es tan horrible, que no podría con él ni el postillón del gobierno, no ya un holgazán de siete suelas como el tornero. Sopla de cara un viento cortante, frío. En el aire, por dondequiera que se mire, se arremolinan nubes enteras de copos de nieve, no hay modo de distinguir si ésta cae del cielo o se levanta de la tierra. Tras la neblina nevosa, no se ven ni los campos ni los postes de telégrafo ni el bosque, y cuando se lanza sobre Grigori una ráfaga de viento singularmente fuerte, entonces no suele verse ni el arco del trineo. Su vieja y flaca yegua apenas si es capaz de arrastrar las piernas. Toda su energía se va en sacarlas de la profunda nieve y sacudir la cabeza. El tornero tiene prisa. Brinca, inquieto, en el pescante y a cada momento suelta latigazos sobre la espalda del animal.

—No llores, Matriona... —balbucea—. Ten un poco de paciencia. Al hospital, Dios mediante, llegaremos, y en un santiamén eso a ti... Pável Ivánich te dará unas gotas, o mandará hacerte una sangría, o quizá, el señor tendrá a bien hacerte fricciones con algún espíritu y entonces ya está... se te irá el dolor del costado. Pável Ivánich hará todo lo que pueda... Gritará un poco, pataleará, pero hará todo lo que pueda, eso sí... Es un señor bueno, amable, que Dios le dé mucha salud... Cuando lleguemos, lo primero que hará será salir de su alojamiento y mandarnos a todos al diablo. «¿Cómo? ¿Por qué así? —gritará—. ¿Por qué no has venido cuando era hora? ¿Es que soy un perro cualquiera, para tener que pasarme todo el santo día atendiéndoos a vosotros, demonios? ¿Por qué no habéis venido por la mañana? ¡Fuera! ¡Que no te vea ni en pintura! ¡Vente mañana!» Y yo le diré: «¡Señor doctor! ¡Pável Ivánich! ¡Vuestra Señoría!» ¡Pero camina ya, mal rayo te parta! ¡Arre!

El tornero azota el caballejo y, sin mirar a su vieja, sigue musitando entre dientes:

—«¡Vuestra Señoría! Es cierto como ante Dios... mire, hago el signo de la cruz, he salido de casa tan pronto como ha amanecido. Pero ¿cómo llegar a tiempo si el Señor... Madre de Dios... se ha irritado y ha mandado una ventisca como ésta? Usted mismo tenga a bien verlo... Otro caballo, aun el mejor, no habría partido, y el mío, usted mismo tenga a bien verlo, no es un caballo, sino una vergüenza.» Mas Pável Ivánich pone cara fosca y se mete a gritar: «¡Ya os conocemos a vosotros! ¡Siempre encontráis una excusa! ¡Sobre todo tú, Grishka! ¡Hace tiempo que te conozco! ¡Me figuro que te habrás parado unas cinco veces en la taberna!» Y yo a él: «¡Vuestra Señoría! ¿Soy yo acaso algún malhechor o algún hereje? ¡Mi vieja está para dar el alma a Dios, se está muriendo, y yo voy a entrar en las tabernas! ¡Cómo dice usted, por favor! ¡Que el diablo se las lleve las tabernas esas!» Entonces, Pável Ivánich mandará conducirte al hospital. Y yo me echaré a sus pies... «¡Pável Ivánich, Vuestra Señoría! ¡Le damos las gracias con toda humildad! ¡Perdónenos, que somos unos tontos, unos excomulgados, discúlpenos a los *mujiks*! ¡Habría que echarnos a empujones y usted se digna molestarse, mancharse los pies en la nieve!» Y Pável Ivánich me echará una mirada como si quisiera darme un golpe y dirá: «En vez de arrojarte a mis pies, mejor sería, imbécil, que no te hincharas de vodka y que tuvieras compasión de la vieja. ¡Azotes habría que darte!» «Es verdad, azotes, Pável Ivánich, que Dios me castigue, ¡azotes! Pero ¿cómo no vamos a echarnos a sus pies, si es usted nuestro bienhechor, nuestro verdadero padre? ¡Vuestra Señoría! Mi palabra... como ante Dios... escúpame a la cara si le engaño: ¡tan pronto como mi Matriona, eso es, esté curada, y vuelva a su punto verdadero, todo lo que tenga usted a bien mandarme, todo, lo haré por su gracia! Una pitillera, si lo desea, de abedul 'de Carelia... bolas para el croquet, puedo tornearle bolos como los del extranjero... ¡lo haré todo para usted! ¡Y no le tomaré ni un *kopek*! En Moscú, por una pitillera semejante le pedirían cuatro rublos, y yo, ni un *kopek*». El doctor se echará a reír y dirá: «Bueno, está bien, está bien... ¡Comprendo! ¡Sólo es una pena que seas un borrachín!...» Yo, mi vieja, sé cómo hay que tratar a los señores. No hay un señor con quien no sepa yo hablar. Dios quiera, sólo, que no nos equivoquemos de camino. ¡Vaya tormenta! Tengo todos los ojos completamente tapados.

Y el tornero balbucea sin fin. Mueve la lengua maquinalmente, aunque sólo sea para ahogar un poco su penoso sentimiento. Palabras en la lengua tiene muchas, pero aún son más los pensamientos y las preguntas que tiene en la cabeza. La desventura ha pillado al tornero desprevenido, de la noche a la mañana, y ahora no puede de ningún modo despertarse, recobrarse, reflexionar. Había vivido hasta entonces tranquilamente, como en una semiinconsciencia de borracho, sin conocer penas ni alegrías, y de pronto siente en el alma un dolor atroz. El despreocupado holgazán y bebedor se ha encontrado sin más ni más en la situación de un hombre que tiene algo que hacer, preocupado, que tiene prisa e incluso que lucha con la naturaleza.

El tornero se acuerda de que su tormento comenzó el día anterior. Cuando, llegada la noche, volvió a su casa, como de costumbre, un poco achispado y, por un inveterado hábito, comenzó a injuriar y agitar los puños, la vieja miró a su escandaloso como nunca le había mirado antes. Generalmente, la expresión de sus viejos ojos era dolorosa, sumisa, como la de los perros a los que pegan mucho y dan poco de comer, pero entonces le miraba severamente y con los ojos fijos, como miran los santos en los iconos a los moribundos. Con aquellos ojos extraños y nada buenos, empezó el tormento. El anonadado tornero pidió el caballejo a un vecino y ahora conduce a su vieja al hospital con la esperanza de que Pável Ivánich, con polvos y ungüentos, le devuelva su antigua mirada.

—Ahora que tú, Matriona, eso... —balbucea—. Si Pá-

vel Ivánich te pregunta si te he pegado o no, contesta:
¡de ningún modo! Y yo no volveré a pegarte más. Mira,
hago la señal de la cruz. Además, ¿es que te pegaba,
acaso, con malicia? Te pegaba así, por nada. Te tengo
compasión. Otro, poco se preocuparía, pero yo, ya ves,
te llevo... me esfuerzo. ¡Qué ventisca, qué ventisca! ¡Señor, hágase tu voluntad! Quiera Dios, sólo, que no nos
apartemos del camino... Qué, ¿te duele el costado? Matriona, ¿por qué callas? Te pregunto si te duele el costado.

Le parece extraño que la nieve no se derrita en la cara
de la vieja, extraño que el rostro mismo parece haberse
alargado de manera rara, haber adquirido un tono
gris pálido, un color de cera sucia y haberse vuelto grave,
serio.

—¡Pues, eres tonta! —balbucea el tornero—. Te hablo
con el corazón en la mano, como ante Dios... y tú, eso...
¡Pues, eres tonta! ¡A ver si me planto y no te llevo a Pável Ivánich!

El tornero afloja las riendas y reflexiona. No se atreve
a volverse para mirar a la vieja: ¡le da miedo! Hacerle
una pregunta y no recibir respuesta, también da miedo.
Finalmente, para salir de aquella incertidumbre, sin mirar a la vieja, le tienta la fría mano. La mano levantada
cae como un zurriago.

—Ha muerto, pues. ¡Vaya historia!

Y el tornero llora. No tanto de dolor, como de despecho. Piensa: ¡qué aprisa pasa todo en este mundo! Su
dolor no había comenzado aún, y ya estaba preparado
el desenlace. No había tenido tiempo aún de vivir con
su vieja, de decírselo todo, de compadecerla, y ésta ya
había muerto. Había vivido con ella cuarenta años, pero
esos cuarenta años habían transcurrido como en medio
de la niebla. Entre las borracheras, las peleas y las necesidades, la vida pasaba por alto. Y, como hecho adrede,
la vieja había muerto precisamente en el momento en
que él había sentido que la compadecía, que no podía
vivir sin ella, que era terriblemente culpable ante ella.

—¡Y pensar que iba a pedir limosna! —recuerda él—.
Yo mismo la mandaba a mendigar pan a la gente, ¡qué
historia! Habría tenido que vivir otros diez años, la tonta; a lo mejor piensa que yo soy de verdad así. Madre

Santísima, ¿pero a qué voy a ir donde ese brujo? Ahora ya no hay que curarla, sino enterrarla. ¡Da la vuelta!

El tornero da la vuelta y golpea con todas sus fuerzas al caballo. A cada hora, el camino se va haciendo peor. El arco ya no se ve en absoluto. De vez en cuando, el trineo choca contra un abeto joven, un objeto oscuro araña las manos del tornero, pasa por un momento ante sus ojos, y el campo visual de nuevo vuelve a hacerse blanco y atorbellinado.

«Volver a vivir de nuevo...», piensa el tornero.

Recuerda que Matriona, unos cuarenta años atrás, era joven, hermosa, alegre, de casa rica. Se la dieron en matrimonio porque les sedujo su habilidad como operario. Se daban todas las condiciones para llevar una vida hermosa, pero la desgracia había sido que se emborrachó después de la boda, se echó a dormir sobre la estufa y era como si no se hubiera despertado hasta este momento. De la boda se acuerda, pero lo que sucedió después no puede recordarlo aunque lo maten, excepción hecha, quizá, de que bebía, dormía y se peleaba. Así había perdido los cuarenta años.

Las blancas nubes de nieve empiezan a ponerse grises, poco a poco. Llega el crepúsculo.

—Pero ¿adónde voy? —se pregunta, de pronto, sobresaltado, el tornero—. Hay que enterrarla y yo me dirijo al hospital... ¡Estoy como embobado!

El tornero se vuelve otra vez hacia atrás y de nuevo fustiga al caballejo. La yegüita saca todas sus fuerzas y, relinchando, corre con un breve trote. El tornero le azota las costillas una y otra vez... Detrás resuenan unos golpes y él, aun sin volverse, sabe que es de la cabeza de la difunta, que golpea contra el trineo. Mientras tanto, el aire se va haciendo más oscuro, más oscuro, el viento se vuelve más frío y más cortante...

«De nuevo volver a vivir... —piensa el tornero—. Adquirir nuevos instrumentos, tomar encargos... entregar el dinero a la vieja... ¡sí!»

Y he aquí que deja caer las riendas. Las busca, quiere levantarlas, pero no lo logra; las manos no le obedecen...

«Da lo mismo... —piensa—, el caballo llegará por sí mismo, conoce el camino. Si pudiera descabezar un sueño ahora... Mientras allí la enterremos o le hagamos los funerales, podría tumbarme un poco.»

El tornero cierra los ojos y se adormece. Un poco después, nota que el caballo se detiene. Abre los ojos y ve ante sí algo oscuro, semejante a una isba o a un pajar...

Debería bajar del trineo y ver de qué se trata, pero experimenta en todo el cuerpo tanta pereza, que es preferible helarse a moverse... Y se queda plácidamente dormido.

Se despierta en una gran habitación de paredes pintadas. Por la ventana entra a raudales la clara luz del sol. El tornero ve gente ante sí y lo que primero desea es mostrarse grave y juicioso.

—Quisiera, hermanos, una misa por mi vieja —dice—. Habría que llamar al sacerdote...

—¡Está bien, bueno, bueno! ¡Échate! —le interrumpe una voz.

—¡Madre mía! ¡Pável Ivánich! —se sorprende el tornero, al ver ante sí al doctor—. ¡Vueseñoría! ¡Bienhechor!

Quiere brincar y echarse de rodillas a los pies del médico, pero nota que las manos y los pies no le obedecen.

—¡Vuestra señoría! ¿Dónde tengo los pies? ¿Dónde las manos?

—Despídete de manos y pies... ¡Se te han helado! Bueno, bueno... ¿por qué lloras? ¡Has vivido, da gracias a Dios! Unos sesenta años los has vivido, según me parece, ¡te basta!

—¡Qué desgracia!... ¡Vueseñoría, es una desgracia! ¡Perdóneme generosamente! Todavía unos cinco o seis añitos...

—¿Para qué?

—El caballo no es mío, hay que devolverlo... Hay que enterrar a la vieja... ¡Y qué aprisa pasa todo en este mundo! ¡Vuestra señoría! ¡Pável Ivánich! ¡Una pitillera de abedul de Carelia, el mejor! Le tornearé un pequeño juego de croquet...

El doctor hace un gesto con la mano y sale de la estancia. Para el tornero, ¡amén!

¡AH, EL PÚBLICO!

¡Se acabó, no beberé más!... ¡Por... por nada del mundo! Ya es hora de sentar la cabeza. Es necesario trabajar, esforzarse... Si quieres percibir tu salario, trabaja honestamente, con celo, a conciencia, desdeñando el reposo y el sueño. Fuera toda molicie... Te has acostumbrado, hermano, a cobrar tu sueldo sin hacer nada, y eso no está bien... no está bien.

Después de haberse hecho varios sermones de este género, el revisor jefe Podtiaguin comienza a experimentar un irresistible impulso hacia el trabajo. Es ya la una y pico de la noche, mas, a pesar de ello, despierta a los revisores y con ellos pasa por los vagones a comprobar los billetes.

—Señores... ¡los billetes! —grita, haciendo repiquetear alegremente las tenacillas.

Las soñolientas figuras, envueltas en la penumbra de los vagones, se estremecen, sacuden la cabeza y presentan sus billetes.

—Señores... ¡los billetes! —se dirige Podtiaguin a un pasajero de segunda clase, un hombre flaco, con las venas a flor de piel, arrebujado con un abrigo de pieles y una manta, rodeado de almohadas—. Señores... ¡los billetes!

El hombre con las venas a flor de piel no responde. Está sumergido en el sueño. El revisor en jefe le toca la espalda y repite impaciente:

—Señores... ¡los billetes!

El viajero se sobresalta, abre los ojos y mira horrorizado a Podtiaguin.

—¿Qué? ¿Quién? ¿Eh?

—¡Le están pidiendo con educación su... billete! ¡Te-e-en-ga la bondad!

—¡Dios mío! —gime el hombre de las venas a flor de piel, poniendo cara compungida—. ¡Oh, Señor, Dios mío! Sufro de reumatismo..., llevo tres noches sin dormir, he tomado morfina expresamente para conciliar el sueño y usted... ¡me viene con el billete! ¡Esto es cruel, inhumano! Si supiera usted lo que me cuesta dormirme, no me habría incomodado por una pequeñez como ésta... ¡Es cruel, es absurdo! ¿Y qué necesidad tiene de mi billete? ¡Hasta es estúpido!

Podtiaguin piensa si debe ofenderse o no y decide ofenderse.

—¡Aquí, haga el favor de no gritar! ¡Esto no es una taberna! —dice.

—Hasta en la taberna la gente es más humana... —tose el pasajero—. ¡A ver cómo me las arreglo yo para dormirme ahora por segunda vez! Es sorprendente: he recorrido todo el extranjero y allí nadie me ha pedido el billete, pero aquí, es como si el diablo les diera de codazos, ¡siempre lo mismo, siempre lo mismo!...

—¡Bueno, pues viaje por el extranjero, si allí se encuentra bien!

—¡Eso es estúpido, señor! ¡Sí! No basta matar a los pasajeros con el humo, con el tufo y las corrientes de aire, aún quieren, ¡demonio!, rematarlo con formalismos. ¡Le ha hecho falta mi billete! ¡Figúrense, cuánto celo! Si se hiciera para controlar podría perdonarse, pero ¡la mitad del tren viaja sin billete!

—¡Escuche, señor! —se irrita Podtiaguin—. ¡Si no deja usted de gritar y de incomodar al público, me veré obligado a hacerle bajar en la primera estación y a levantar acta de lo ocurrido!

—¡Esto es indignante! —protesta el público—. ¡La toma con un enfermo! Escuche, ¡tenga un poco de consideración!

—¡Pero si ha sido el mismo señor quien ha empezado a insultar! —se acoquina Podtiaguin—. Está bien, no tomaré el billete... Como quieran... Sólo que, ustedes mismos lo saben, mi servicio lo exige así... Si no se tratara del servicio, entonces, desde luego... Pueden preguntarlo incluso al jefe de la estación... Pregunten a quien quieran...

Podtiaguin se encoge de hombros y se aparta del enfermo. Al principio, se siente ofendido y un poco tratado con desprecio, pero luego, después de haber recorrido dos o tres vagones, comienza a experimentar en su pecho de revisor en jefe cierta inquietud, algo así como remordimiento de conciencia.

«En efecto, no había que despertar a un enfermo —piensa—. De todos modos, yo no tengo la culpa... Ésos creen que si lo hago es por capricho, por no tener qué hacer, y no saben que esto lo exige el servicio... Si no lo creen, puedo presentarles al jefe de la estación.»

Una estación. El tren para cinco minutos. Antes de que den la tercera señal, en el descrito vagón de segunda clase entra Podtiaguin. Tras él avanza el jefe de la estación con su gorra roja.

—Mire, este señor —empieza Podtiaguin— dice que no tengo derecho a pedirle el billete y... y se ofende. Le ruego, señor jefe de la estación, le explique si yo pido el billete por exigencias del servicio o porque sí. Señor —se dirige Podtiaguin al de las venas a flor de piel—. ¡Señor! Mire, puede preguntar al jefe de la estación, si no me cree a mí.

El enfermo se sobresalta, como si le hubiesen clavado un aguijón, abre los ojos y, poniendo cara compungida, se reclina sobre el respaldo del asiento.

—¡Dios mío! He tomado otros polvos y no bien acababa de dormirme cuando ese hombre otra vez... ¡otra vez! ¡Se lo suplico, tenga piedad de mí!

—Puede usted hablar con el señor jefe de la estación... ¿Tengo derecho o no a pedir el billete?

—¡Esto es insoportable! ¡Tome usted su billete! ¡Tome! ¡Compraré aún otros cinco billetes, pero déjeme morir en paz! ¿Es posible que usted mismo no haya estado nunca enfermo? ¡Qué gente más insensible!

—¡Bueno, esto es, sencillamente, una burla! —se indigna cierto señor vestido de uniforme militar—. ¡De otro modo, no puedo comprender esta insistencia!

—Déjelo... —dice el jefe de la estación frunciendo el ceño y tirando de la manga a Podtiaguin.

Podtiaguin se encoge de hombros y se va lentamente siguiendo al jefe de la estación.

«¡Arréglatelas para tenerlos contentos! —se dice perplejo—. Sólo para él he llamado al jefe de la estación, para que comprendiera y se tranquilizara, y él... insulta.»

Otra estación. El tren para diez minutos. Antes de la segunda señal, cuando Podtiaguin está en el ambigú y bebe agua de seltz, se le acercan dos señores, uno lleva uniforme de ingeniero y el otro capote militar.

—¡Escuche, revisor en jefe! —se dirige el ingeniero a Podtiaguin—. Su conducta con el viajero enfermo ha indignado a todos los presentes. Yo soy el ingeniero Puzitski, este señor... es un señor coronel. Si no presenta sus excusas al pasajero, elevaremos una queja al jefe del tráfico, conocido de los dos.

—Señores, pero si yo... pero si ustedes... —respondió Podtiaguin estupefacto.

—Nosotros no necesitamos ninguna explicación. Pero le advertimos que si no se disculpa, tomaremos al pasajero bajo nuestra protección.

—Está bien, yo... yo, bueno, me disculparé... Tengan la bondad...

Media hora más tarde, Podtiaguin, después de haber preparado una frase de disculpa que pudiera satisfacer al pasajero sin merma de su dignidad, entra en el vagón.

—¡Señor! —se dirige al enfermo—. ¡Escuche, señor! El enfermo se sobresalta y da un respingo.

—¿Qué?

—Yo, eso... ¿cómo decírselo?... No se ofenda usted...

—¡Oh...!, agua... —se sofoca el enfermo, llevándose las manos al corazón—. ¡He tomado una tercera dosis de morfina, me he adormilado y... otra vez! Señor, ¿cuándo se terminará, por fin, esta tortura?

—Yo, eso... Usted perdone...

—Escuche... Hágame bajar en la próxima estación... No puedo resistir por más tiempo. Yo... yo me muero...

—¡Esto es vil, es innoble! —se indigna el público—. ¡Lárguese de aquí! ¡Le costará cara esta burla! ¡Fuera!

Podtiaguin abre los brazos, suspira y sale del vagón. Se va al vagón de servicio, se sienta, exhausto, a una mesa y se lamenta:

—¡Ah, el público! ¡Procura tenerlo contento! ¡Pro-

cura cumplir tu servicio, trabajar! Aunque no quieras,
te desentiendes de todo y te pones a beber... No haces
nada y se enfadan; empiezas a hacer algo y también se
enfadan... ¡A beber!

Podtiaguin se bebe de un trago media botella y ya no
vuelve a pensar en el trabajo, en el deber y en la honradez.

LA LEZNA EN EL SACO [1]

En una *troika* de alquiler, por caminos vecinales y observando el incógnito más riguroso, se dirigía Piotr Pávlovich Posudin, apresuradamente, hacia la pequeña ciudad de N., cabeza de distrito, adonde lo llamaba una carta anónima que había recibido.

«Sorprenderles... Como caído del cielo... —se decía dando rienda suelta a su imaginación y escondiéndose la cara en el cuello del abrigo—. Han cometido muchas infamias, esos cerdos, y se están frotando las manos de satisfacción, se figuran, sin duda, que han logrado escurrir el bulto... Ja-ja... Me imagino su terror y su sorpresa cuando en pleno regocijo se oiga: "¡Que venga acá Tiapkin-Liapkin!" ¡El susto que se van a llevar! Ja-ja...»

Después de haber fantaseado a placer, Posudin entró en conversación con su cochero. Como hombre sediento de popularidad, lo primero que hizo fue preguntar por sí mismo:

—¿Conoces a Posudin?

—¡Cómo no le voy a conocer! —se sonríe el cochero—. ¡Le conocemos!

—¿De qué te ríes?

—¿Se extraña? ¡Conozco hasta al último de los escribanos y no iba a conocer a Posudin! Por esto le han colocado aquí, para que todo el mundo le conozca.

---

[1] El título *La lezna en el saco (Shilo v meshke)* está tomado de la primera parte del refrán ruso que dice: *shila v meshke ne utaish*, literalmente: «no puedes esconder la lezna en el saco», en el sentido de «todo termina por saberse».

—Eso sí... Bueno, ¿y qué tal? ¿Cómo es, según tu opinión? ¿Es bueno?

—No es malo... —bostezó el cochero—. El señor es bueno, sabe lo que hace... Aún no hace dos años que lo mandaron aquí, y la de cosas que ha hecho ya.

—Pero ¿qué ha hecho de particular?

—Ha hecho muchas cosas buenas, que Dios le dé salud. Ha conseguido el ferrocarril, ha hecho saltar a Jojriukov de nuestro distrito... No se le veía el fin a ese Jojriukov... Era un granuja, un fullero, todos los anteriores le daban la mano, pero vino Posudin y Jojriukov se ha ido al diablo como si no hubiera existido nunca... ¡Eso es, hermano! ¡A Posudin, hermano, no lo compras, no-o! Dale cien, si quieres, dale mil, él no se te carga el alma con un pecado... ¡No-o!

«A Dios gracias, por lo menos en este aspecto me han comprendido —pensó Posudin lleno de júbilo—. Eso es bueno.»

—Es un señor instruido... —prosiguió el cochero—, sin orgullo... Los nuestros le hicieron una visita para quejarse, y él los trató como si fueran señores: a todos les estrechó la mano, «siéntense ustedes...» Es fogoso, rápido... No te dice cuatro palabras seguidas, siempre ¡buf!, ¡buf! Que te ande a paso o despacito, ¡ni por pienso!, siempre quiere hacer las cosas corriendo, corriendo. Los nuestros no habían tenido tiempo de decirle una palabra cuando él ya gritó: «¡Los caballos!», y se vino aquí como una bala... Vino y lo arregló todo... sin tomar ni un *kopek*. ¡Es mil veces mejor que el que había antes! Claro, el anterior también era bueno. De tanta presencia, tan importante... en toda la provincia no había quien gritara más alto que él... A veces iba en el coche y se le oía a diez verstas de distancia; pero tratándose de las cosas de fuera o del interior, el de ahora le da ciento y raya. El de ahora tiene cien veces más seso en la cabeza... Sólo una cosa da pena... Para todos es un buen hombre, pero tiene un defecto: ¡es un borrachín!

«¡Trágate ésta!», pensó Posudin.

—¿De dónde sabes —preguntó— que yo... que él es un borracho?

—Bueno, claro, Vueseñoría; yo mismo no le he visto

borracho, no quiero mentir, pero la gente lo dice. Y la
gente tampoco le ha visto borracho, pero ésta es la fama
que sobre él corre... En público o cuando va de visita
a alguna parte, a un baile o a una reunión, no bebe
nunca. Es en casa donde empina el codo... Se levanta
por la mañana, se frota los ojos y el primer trabajo,
¡vodka! El ayuda de cámara le lleva un vaso, pero él
pide otro... Y así trinca todo el día. Y dime si no es
para maravillarse: ¡bebe y no hay quien lo note! Esto
quiere decir que se sabe dominar. A veces, cuando nuestro Jojriukov se ponía a beber gritaban no ya la gente,
sino hasta los perros. En cambio a Posudin, ¡ay que ver!,
ni la nariz se le pone roja. Él se encierra en su despacho
y a chingar... Para que la gente no se dé cuenta, se ha
mandado poner un cajón especial en su mesa, con un
tubito. En ese cajón siempre tiene vodka... Se inclina
sobre el tubito, chupa un poco y ya está borracho... Tiene otro en el coche, en la cartera...

«¿De dónde lo saben? —piensa aterrorizado Posudin—.
¡Dios mío, incluso esto se sabe! Qué porquería...»

—También por lo que toca a las faldas... ¡Es un granuja! (El cochero se rió y sacudió la cabeza.) ¡Es un
escándalo, no se puede decir otra cosa! Tendrá unas
diez piezas de esas... mariposillas... Dos viven en su propia casa... Una, la Nastasia Ivánovna, está como ama
de llaves, la otra, ésa... ¿cómo diablos se llama?, sí, Liudmila Semiónovna, le hace de escribiente... La más importante de todas es Nastasia. Todo lo que ella quiere
él lo hace... Lo mueve ella como una zorra la cola. Es
mucho poder el que se le ha dado. La gente le teme
menos a él que a ella... Ja-ja... La tercera mariposilla
vive en la calle de Kachálnaia... ¡Es un escándalo!

«Las conoce hasta por el nombre —pensó Posudin
ruborizándose—. ¿Y quién lo sabe? ¡Un *mujik*, un cochero... que ni siquiera ha estado nunca en la ciudad!...
¡Qué porquería... suciedad... vileza!»

—¿De dónde sabes todo esto? —preguntó con voz
irritada.

—La gente lo dice... Yo mismo no lo he visto, pero
lo he oído decir. Además, ¿es que es difícil enterarse?
Al ayuda de cámara o al cochero de la casa no le vas a
cortar la lengua... Y también, supongo que la propia

Nastasia va por todas las callejuelas a darse pisto por su suerte como mujer. De los ojos de la gente no hay modo de esconderse... Ahora ese Posudin ha tomado la costumbre de hacer las inspecciones a la chita callando... El anterior, cuando quería ir a alguna parte, lo hacía saber un mes antes, y cuando iba todo eran ruidos, gritos y campanillas... ¡como si se acercara el Creador! Gente a caballo delante, gente a caballo detrás, gente a caballo a los dos lados. Llegaba al lugar, echaba una buena dormidita, se hartaba de comer, bebía y venga desgañitarse hablando del servicio. Se despepitaba, pataleaba, echaba otra dormidita, y se volvía del mismo modo... Pero el de ahora, cuando se entera de alguna cosa, procura hacer el viaje cautelosamente, aprisa, haciendo lo posible para que nadie le vea y que nadie lo sepa... ¡Es di-ver-ti-do! Parte sin falta de su casa, para que los funcionarios no le vean, y a tomar el tren... Llega a la estación que le conviene y nada de tomar los caballos de posta o alguna cosa mejor, sino que procura alquilar el carro de algún *mujik*. Se envuelve como una mujer, y en todo el camino se hace el ronco, como un viejo perro, para que no le reconozcan la voz. Te partes de risa cuando la gente lo cuenta. Viaja, el bobo, y cree que no pueden reconocerle. Y, para una persona con un poco de pesquis, reconocerle es más fácil, ¡fu!, que echar un escupitajo...

—¿Cómo se lo hacen para reconocerle?

—Pues muy sencillo. Antes, cuando nuestro Jojriukov viajaba a escondidas, le reconocíamos por sus pesadas manos. Si algún viajero te plantaba los dedos en los morros, aquél era Jojriukov, no había duda. Y a Posudin se le puede ver en seguida... Un viajero sencillo se comporta con sencillez, pero Posudin no es hombre para comportarse así. Llega, digamos, a una estación de postas y empieza... Que si huele mal, que si el aire es sofocante, que si hace frío... A él dale pollo, fruta, confituras de todas clases... En las estaciones, así le conocen: si alguien, en invierno, pide pollo y fruta, ya se sabe, es Posudin. Si alguien dice al vigilante «mi queridísimo amigo» y se mete con la gente por cualquier pequeñez, puedes jurar que es Posudin. Además, huele de manera distinta a como huele la otra gente y se acuesta a dormir a su modo… Se tumba en la estación sobre un diván, pulveriza algún perfume en torno suyo y manda que le pongan tres velas cerca de la almohada. Se echa y se pone a leer papeles… Entonces, no ya el vigilante, sino hasta el gato comprende quién es ese hombre…

«Es cierto, es cierto… —pensaba Posudin—. ¡Cómo es posible que no lo haya sabido antes!»

—Pero si a alguien le hace falta, le reconocerá también sin fruta ni pollos. Con el telégrafo se sabe todo… Por más que allí te envuelvas el hocico, por más que te escondas, aquí ya saben que vienes. Lo esperan… Posudin aún no ha salido de su casa y aquí, por favor, ¡ya está todo preparado! Él llega para coger a la gente con las manos en la masa, entregar a alguien a los tribunales o destituirle de su puesto, y los otros ya se ríen de él. Aunque tú, Vuestra Excelencia, dicen, hayas venido a escondidas, mira: ¡todo lo tenemos en regla!… Él dará vueltas y más vueltas, pero se ha de volver como ha llegado… Y encima los alabará, les estrechará la mano a todos, les pedirá perdón por la molestia… ¡Esto es lo que pasa! ¿Y tú qué te creías? ¡Jo-jo, Vueseñoría! Aquí la gente es lista, ¡el que no corre, vuela!… ¡Da gusto ver cómo se las apañan estos diablos! Tomemos aunque sea el caso de hoy… Iba esta mañana de vacío y, en dirección contraria, desde la estación, viene corriendo el judío de la cantina. «¿Adónde vas —pregunto—, Vueseñoría judaica?» Y él me contesta: «Voy a la ciudad de N., llevo vino y entremeses. Allí esperan hoy a Posudin». ¿Hay arte, eh? A lo mejor, Posudin sólo se está preparando para salir o se envuelve la cara para que no le reconozcan. A lo mejor ya está en camino y cree que nadie lo sabe, y ya tienen a punto para él, ¡como si nada!, vino, salmón, queso y un buen surtido de entremeses… ¿Eh? Estará viajando y pensará: «¡Se os acabó lo bueno, muchachos!», pero los muchachos ¡tan tranquilos! ¡Que venga! ¡Hace tiempo que lo tienen todo bien escondido!

—¡Da la vuelta! —gritó Posudin con voz ronca—. ¡Vuelve atrás, anima-a-al!

Y el estupefacto cochero dio la vuelta.

EL EMPRESARIO BAJO EL DIVÁN

HISTORIA DE ENTRE BASTIDORES

Se representaba el *Vaudeville con disfraces*. Klávdiia Matviéievna Dólskaia-Kauchúkova, joven y simpática artista, ardientemente entregada al sagrado arte, se precipitó a su camerino y comenzó a quitarse el vestido de gitana para ponerse, en un abrir y cerrar de ojos, un traje de húsar. Para evitar pliegues inútiles y para que el traje se le adaptara al cuerpo de la manera más lisa y airosa posible, la bien dotada artista decidió desprenderse de todo, hasta el último hilo, y ponerse aquél sobre el vestido de Eva. Y he aquí que, cuando se hubo desnudado y, encogiéndose por un ligero frío, comenzó a ponerse los pantalones de húsar, llegó hasta sus oídos un leve suspiro. Ella abrió grandemente los ojos y se puso a escuchar. De nuevo alguien suspiró y hasta pareció que susurraba:

—Graves son nuestros pecados... O-o-oh...

Perpleja, la artista miró en torno, y al no descubrir en el camerino nada sospechoso, decidió echar un vistazo, por lo que pudiera ser, debajo de su único mueble, debajo del diván. ¿Y cuál no fue su sorpresa? Debajo del diván vio una larga figura humana.

—¿Quién hay aquí? —gritó, y saltó horrorizada, apartándose del mueble a la vez que se cubría con el dormán de húsar.

—Soy yo... yo... —se oyó que decía un tembloroso susurro desde debajo del diván—. No se asuste, soy yo...
¡Chis!

En el gangoso susurro, parecido al chisporroteo de una sartén, no le fue difícil a la artista reconocer la voz del empresario Indiúkov.

—¿Usted? —se indignó ella, roja como una peonía—. ¿Cómo... cómo se ha atrevido? ¿Esto significa que usted, viejo canalla, ha estado todo el tiempo aquí echado? ¡No faltaba más que esto!

—¡Madrecita... paloma mía! —musitó Indiúkov, sacando su cabeza calva por debajo del diván—. ¡No se enfade, tesoro mío! ¡Máteme, pisotéeme como a una víbora, pero no haga ruido! No he visto nada, no veo ni deseo ver. ¡Hasta es inútil que se cubra, palomita, hermosura mía indescriptible! ¡Escuche a un viejo que tiene ya un pie en la sepultura! Si estoy aquí tirado no es más que por salvarme. ¡Estoy perdido! Mire: los cabellos se me han puesto de punta. De Moscú ha llegado el marido de mi Gláshenka, Prindin. Ahora él recorre el teatro buscando mi perdición. ¡Es terrible! ¡Es que a ese verdugo mío, aparte de Gláshenka, le debo cinco mil rublos!

—¿Y a mí qué me importa? Márchese de aquí al instante, si no yo... yo no sé lo que voy a hacer con usted, ¡canalla!

—¡Chis! ¡Alma mía, chis! ¡Se lo suplico de rodillas, me arrastro! Pero ¿dónde puedo esconderme de él, si no es aquí? ¡Me encontrará en todas partes, éste es el único sitio en el que no se atreverá a entrar! ¡Se lo suplico! ¡Se lo ruego! ¡Le vi hará unas dos horas! Estaba yo entre bastidores, durante el primer acto, cuando le vi avanzar por la platea hacia la escena.

—¿Así, pues, también ha estado aquí, echado, durante el drama? —se horrorizó la artista—. Y... ¿y lo ha visto todo?

El empresario se echó a llorar.

—¡Tiemblo! ¡Me estremezco! ¡Madrecita mía, estoy tiritando! ¡Me matará, el maldito! Ya una vez dispararon contra mí, en Nizhni... ¡Salió en los periódicos!

—Ah... ¡esto ya es insoportable! ¡Salga, ya es hora de que me vista y salga a la escena! Márchese, de otro modo yo... gritaré, me pondré a llorar a grito pelado... ¡le tiro la lámpara a la cabeza!

—¡Chisss! ¡Esperanza mía... tabla de mi salvación!

Cincuenta rublos de aumento, ¡pero no me eche! ¡Cincuenta!

La artista se cubrió con un montón de vestidos y se precipitó hacia la puerta para gritar. Indiúkov se arrastró tras ella de rodillas y la agarró por una pierna un poco encima del tobillo.

—¡Setenta y cinco rublos, pero no me eche! —balbuceó sofocándose—. ¡Y aún añadiré medio beneficio!

—¡Miente!

—¡Que Dios me castigue! ¡Lo juro! ¡Que no vea más la luz del sol!... ¡Medio beneficio y un aumento de setenta y cinco rublos!

Dólskaia-Kauchúkova vaciló un instante y se apartó de la puerta.

—Es que usted siempre miente... —dijo con voz compungida.

—¡Que me trague la tierra! ¡Que no vea yo el reino de los cielos! ¿Acaso soy yo un granuja cualquiera, eh?

—Está bien, pero recuérdelo... —accedió la artista—. Bueno, métase bajo el diván.

Indiúkov suspiró pesadamente y, resoplando, se metió bajo el diván, mientras Dólskaia-Kauchúkova empezó a vestirse a toda prisa. Le daba vergüenza y hasta angustia pensar que en su camerino, debajo del diván, se había acurrucado un extraño, pero la conciencia de que hacía una concesión sólo en interés del sagrado arte, la reanimó tanto que, al quitarse, poco después, el uniforme de húsar, ella no sólo dejó de echar injurias, sino que hasta experimentó cierta compasión:

—¡Ahí se va a ensuciar, mi buen Kuzmá Alexiéich! ¡La de cosas que pongo yo debajo del diván!

El *vaudeville* terminó. A la artista la llamaron a la escena once veces y le ofrecieron un ramo de flores con cintas en la que se había escrito: «Quédese con nosotros». Al dirigirse, después de las ovaciones, hacia su camerino, se encontró entre bastidores con Indiúkov. Manchado, arrugado y despeinado, el empresario estaba radiante y se frotaba las manos de satisfacción.

—Ja-ja... ¡Figúrese, palomita mía! —empezó a decir, aproximándosele—. ¡Ríase de un viejo chocho! ¡Figúrese, aquél no era Prindin! Ja-ja... El diablo le lleve, una larga barba pelirroja me hizo perder la cabeza... Prindin también lleva una larga barba pelirroja... ¡Me engañé, vaya carcamal! Ja-ja... Sólo que la he molestado en vano, hermosa...

—Pero cuidado, recuerde lo que me ha prometido —dijo Dólskaia-Kauchúkova.

—Lo recuerdo, lo recuerdo, hija mía, pero... palomita mía, ¡el caso es que aquél no era Prindin! Nos pusimos de acuerdo sólo en cuanto a Prindin, pero ¿por qué he de cumplir mi promesa, si aquél no era Prindin? Si hubiese sido Prindin, entonces, claro, la cosa sería distinta, pero usted misma lo ve, me he equivocado... ¡He tomado por Prindin a no sé qué extravagante!

—¡Qué bajo es todo esto! —se indignó la actriz—. ¡Qué bajo! ¡Qué innoble!

—Si hubiera sido Prindin, desde luego, usted tendría todo el derecho a exigir que yo cumpliera mi promesa, pero el diablo sabe quién era ése. A lo mejor era un zapatero cualquiera o, y usted perdone, un sastre, ¿y he de pagar por él? Yo soy un hombre honrado, madrecita... Comprendo...

Y, alejándose, seguía gesticulando y decía:

—De haber sido Prindin, entonces, claro, yo estaría obligado, pero siendo un desconocido... un hombre pelirrojo cualquiera, el diablo sabe de quién se trata, pero no era de ningún modo Prindin.

EL SIGNO DE ADMIRACIÓN

CUENTO DE NAVIDAD

En la noche de Navidad, Efim Fómich Perekladin, secretario colegiado, se acostó molesto e incluso ofendido.

—¡Déjame en paz, mujer del diablo! —rugió con ira contra su esposa, cuando ésta le preguntó por qué tenía una cara tan fosca.

El caso es que acababa de regresar de una visita donde se habían dicho muchas cosas desagradables y ofensivas para él. Se habló, al principio, de los beneficios de la instrucción en general, pero luego, insensiblemente, pasaron a hablar del grado de instrucción de la cofradía de los empleados, a propósito de lo cual hubo muchas lamentaciones, muchos reproches y hasta burlas con motivo de su bajo nivel. Y entonces, como suele ocurrir cuando se reúnen unos cuantos rusos, de las materias generales pasaron a las personas.

—Tomemos, por ejemplo, aunque sea a usted, Efim Fómich —dijo un joven, dirigiéndose a Perekladin—. Usted ocupa un puesto bastante bueno... ¿y qué instrucción ha recibido?

—Ninguna. A nosotros no se nos exige —respondió suavemente Perekladin—. Basta escribir con corrección, eso es todo...

—Pero ¿dónde ha aprendido usted a escribir con corrección?

—Es cuestión de hábito... En cuarenta años de servicio se te familiariza la mano... Sí, claro, al principio era difícil, hacía faltas, pero luego me acostumbré... y no ha ido mal...

—¿Y los signos de puntuación?

—Tampoco van mal los signos de puntuación... Los pongo como hace falta.

—¡Hum!... —el joven se quedó confuso—. Pero la costumbre es una cosa muy distinta de la instrucción. No basta poner correctamente los signos de puntuación... ¡no basta! ¡Hay que ponerlos a conciencia! Usted pone una coma y ha de tener conciencia de por qué la pone... ¡sí! En cambio, esa ortografía suya, inconsciente..., refleja, no vale ni un ochavo. Es un producto maquinal y nada más.

Perekladin había callado y hasta había sonreído modestamente (el joven era hijo de un consejero de Estado y tenía derecho a un grado de la décima clase), pero al acostarse a dormir, dio rienda suelta a su indignación y a su ira.

«He servido cuarenta años —pensaba— y nadie me había llamado tonto, y ahora, pues sí, ¡vaya críticos que han salido! "¡Inconsciente!... ¡Refleja! Producto maquinal..." ¡Ah, que el diablo se te lleve! ¡Aún es posible que entienda yo más que tú, aun con no haber estado en tus universidades!»

Después de haber volcado sobre el crítico, mentalmente, todas las injurias que conocía y de haberse calentado bajo la manta, Perekladin comenzó a tranquilizarse.

«Yo sé... comprendo... —pensaba adormilándose—. No voy a poner dos puntos donde hace falta una coma, esto quiere decir, pues, que tengo conciencia, que comprendo. Sí... Así es, jovencito... Primero hay que vivir un poco, prestar un poco de servicio, y después juzga de los viejos...»

En los ojos cerrados de Perekladin, que se estaba quedando dormido, a través de montañas de nubes oscuras y sonrientes, voló como un meteoro una coma de fuego. Tras ella, otra, una tercera, y pronto todo el oscuro fondo sin límites que se extendía ante su imaginación se cubrió de muchedumbres de comas volantes...

«Tomemos por ejemplo estas comas... —pensaba Perekladin, notando que sus miembros iban quedando dulcemente entorpecidos por el sueño que avanzaba—. Las comprendo perfectamente... Si quieres, puedo encontrar un sitio para cada una de ellas... y... y conscientemente, no porque sí... Examíname y lo verás... Las comas se

colocan en sitios diferentes, en unos hacen falta, en otros
no. Cuanto más confuso sale un papel, tanto más comas
se necesitan. Se colocan delante de "el cual" y delante
de "que". Si en el papel se enumeran los funcionarios,
a cada uno de ellos hay que separarlo con una coma...
¡Lo sé!»

Las comas doradas se arremolinaron y desaparecieron
volando hacia un lado. A su lugar llegaron volando puntos de fuego...

«Los puntos se colocan al final del papel... Donde es
necesario hacer una pausa larga y mirar al que escucha,
también se coloca un punto. Después de todos los trozos
largos hace falta un punto para que el secretario, cuando lea, no se quede sin saliva. En ningún otro sitio se
coloca el punto...»

De nuevo llegan volando comas... Se mezclan con los
puntos, ruedan, y Perekladin ve una turbamulta de puntos y comas y de dos puntos...

«También conozco éstos... —piensa—. Donde una
coma es poco y un punto mucho, allí hay que poner un
punto y coma. Delante de "pero" y de "en consecuencia", siempre pongo punto y coma... Bueno, ¿y los dos
puntos? Los dos puntos se colocan después de las palabras "se ha acordado", "se ha decidido".»

Los puntos y comas, así como los dos puntos, se apa-
garon. Llegó el turno a los signos de interrogación. Éstos
saltaron de las nubes y se pusieron a bailar el cancán...

«¡Vaya una cosa, el signo de interrogación! Aunque
hubiera mil, a todos les encontraría sitio. Se ponen siempre que se ha de hacer alguna pregunta o, supongamos,
que se pregunta por algún papel: "¿Adónde ha sido
llevado el resto de las sumas del año tal?", o bien: "¿No
encontrará posible, la dirección de policía, transmitir la
presente a Ivánov y demás?..."»

Los signos de interrogación sacudieron sus ganchos en
señal de conformidad y al instante, como a una voz de
mando, se alargaron en signos de admiración...

«¡Hum!... Este signo de puntuación se emplea con
frecuencia en las cartas[1]. "¡Muy señor mío!", o bien

---

[1] En ruso, después de las palabras de saludo de las cartas, en
vez de dos puntos, como en español, se usa el signo de admiración.

"¡Su Excelencia, padre y bienhechor!..." Pero ¿cuándo se pone en los documentos?»

Los signos de admiración aún se alargaron más y se quedaron esperando...

«En los documentos se colocan cuando... esto... eso... ¿cómo es? ¡Hum!... En realidad, ¿cuándo se colocan en los documentos? Espera... Que Dios me dé memoria... ¡Hum!...»

Perekladin abrió los ojos y se volvió sobre el otro costado. Pero ni tiempo había tenido de volver a cerrar los ojos cuando, sobre el fondo oscuro, volvieron a aparecer los signos de admiración.

«Maldita sea... Pero ¿cuándo hace falta usarlos? —pensó, esforzándose por arrojar de su imaginación a los inoportunos huéspedes—. ¿Es posible que lo haya olvidado? O lo he olvidado o bien... no los he puesto nunca...»

Perekladin empezó a hacer memoria del contenido de todos los papeles que había escrito durante los cuarenta años de su servicio; pero por más que pensó, por más que arrugó la frente, en su pasado no encontró ni un signo de admiración.

«¡Ésta sí que es buena! Me he pasado cuarenta años escribiendo y no he puesto ni una sola vez un signo de admiración... ¡Hum!... Pero ¿cuándo se coloca a ese diablo larguirucho?»

Por detrás de la fila de signos de admiración de fuego, apareció riendo maliciosamente el hocico del joven crítico. Los propios signos se sonrieron y se fundieron en un gran signo de admiración.

Perekladin sacudió la cabeza y abrió los ojos.

«El diablo lo entiende... —pensó—. Mañana he de levantarme para ir a los maitines y este satanás no se me va de la cabeza... ¡Fu! Pero... pero ¿cuándo, de todos modos, se usa? ¡Bonita costumbre la tuya! ¡Bonita manera de que la mano se te familiarice! ¡En cuarenta años, ni un signo de admiración! ¿Eh?»

Perekladin se santiguó y cerró los ojos, pero en seguida volvió a abrirlos; sobre un fondo oscuro seguía aún alzándose un gran signo...

«¡Uf! De este modo no te vas a quedar dormido en toda la noche.»

—¡Marfusha! —exclamó, dirigiéndose a su mujer, que se jactaba, a menudo, de haber acabado los estudios en un internado—. ¿No sabes, querida, cuándo se coloca el signo de admiración en los documentos?

—¡Sólo faltaría que no lo supiera! No en vano estudié siete años en un internado. Recuerdo de memoria toda la gramática. Este signo se coloca en las invocaciones, en las exclamaciones y en las expresiones de entusiasmo, de indignación, de alegría, de cólera y de otros sentimientos.

«Eso... —pensó Perekladin—. Entusiasmo, indignación, alegría, cólera y otros sentimientos...»

El secretario colegiado se puso a reflexionar... Llevaba cuarenta años escribiendo papeles, los había escrito a millares, a decenas de millares, pero no recuerda ninguna línea que expresara entusiasmo, indignación o algo por el estilo...

«Y otros sentimientos... —pensó—. Pero ¿es que en los documentos son necesarios los sentimientos? También uno que no sienta los puede escribir...»

El hocico del joven crítico echó de nuevo una ojeada por detrás del signo de fuego y se sonrió maliciosamente. Perekladin se incorporó y se sentó en la cama. Le dolía la cabeza, un frío sudor le brotaba en la frente... En un ángulo, alumbraba débilmente una mariposa; los muebles, limpios, tenían aire de fiesta, en todos se respiraba el calor y la presencia de una mano de mujer, mas el pobre empleadillo tenía frío, experimentaba una sensación de incomodidad, como si hubiera enfermado del tifus. El signo de admiración no se alzaba ya dentro de los ojos cerrados, sino ante él, en la alcoba, junto al tocador de la mujer, y le hacía unos guiños burlones...

«¡Máquina de escribir! ¡Máquina! —susurraba el espectro, lanzando sobre el funcionario un frío seco—. ¡Madero sin sentimiento!»

El funcionario se cubrió con la manta, pero también debajo de la manta vio al espectro; pegó el rostro contra la espalda de la mujer, y por detrás de la espalda apuntaba la misma cosa... Toda la noche se estuvo torturando el pobre Perekladin, pero tampoco de día le dejó en paz el espectro. Perekladin lo veía en todas partes: en las botas que se estaba poniendo, en el platito de té, en la condecoración de San Estanislao...

«Y los otros sentimientos... —pensaba—. Es verdad que no ha habido ningún sentimiento... Iré ahora a casa del superior a poner mi firma... ¿acaso esto se hace con algún sentimiento? Así, por nada... Máquina de felicitación...»

Cuando Perekladin salió a la calle y llamó a un cochero, tuvo la impresión de que, en vez del cochero, se le acercaba un signo de admiración.

Llegado a la antecámara del superior, en vez de portero vio el mismo signo... Y todo esto le hablaba de entusiasmo, de indignación, de ira... El mango de la pluma con la plumita también parecía un signo de admiración. Perekladin lo cogió, mojó la plumita en la tinta y firmó:

«¡¡¡Secretario colegiado Efim Perekladin!!!»

Y al colocar esos tres signos, se entusiasmó, se indignó, se alegró, montó en cólera.

—¡Toma! ¡Toma! —balbuceaba presionando la pluma.

El signo de fuego se quedó satisfecho y desapareció.

EL ESPEJO

Tarde de la vigilia de Año Nuevo. Nelly, joven y agraciada hija de un general terrateniente, que soñaba día y noche con el matrimonio, está sentada en su cuarto y con ojos de fatiga, medio cerrados, mira el espejo. Está pálida, tensa e inmóvil, como el espejo.

La perspectiva, inexistente pero visible, parecida a un pasillo estrecho y sin fin, una serie de innumerables velas, la imagen reflejada de su rostro, de sus manos, del marco del espejo, todo ello hacía ya tiempo que había quedado envuelto por la niebla y se fundía en un mar sin confines, gris. El mar oscila, centellea, alguna vez tiene resplandores de incendio...

Mirando los inmóviles ojos y la boca abierta de Nelly, resulta difícil comprender si duerme o está despierta, pero, de todos modos, ella ve. Al principio, sólo ve una sonrisa y la expresión dulce, llena de encanto de ciertos ojos; luego, poco a poco, en el oscilante fondo gris se van diseñando los perfiles de la cabeza, de la cara, de las cejas, de la barba. Es él, el prometido, el objeto de largos ensueños y esperanzas. El prometido, para Nelly, lo es todo: el sentido de la vida, la felicidad personal, la carrera, el destino. Fuera de él, lo mismo que en el fondo gris, tinieblas, vacío, falta de sentido. No es de extrañar, pues, que al ver ante sí la hermosa cabeza, que sonríe tiernamente, Nelly experimente placer, una pesadilla inexpresablemente dulce, que no se puede comunicar ni de palabra ni por medio del papel. Después, oye la voz de él, se ve viviendo con él bajo un mismo techo, ve cómo su vida, poco a poco, se va fundiendo con la vida de él. Sobre el fondo gris, corren los meses, los años... y Nelly ve nítidamente, con todos los detalles, su futuro.

Sobre el fondo gris, los cuadros van surgiendo uno

tras otro. Nelly se ve, en una fría noche de invierno, llamando a la puerta de Stepán Lukich, médico del distrito. Detrás del portalón, ladra, perezosa y roncamente, un viejo perro. Las ventanas de la casa del doctor están oscuras. En torno, silencio.

—¡Por Dios... por Dios! —balbucea Nelly.

Pero he aquí que, por fin, chirría la portezuela del patio, y Nelly ve ante sí a la cocinera del doctor.

—¿Está en casa el doctor?

—Duerme —susurra la cocinera, cubriéndose la boca con la manga, como si tuviera miedo de despertar a su señor—. Acaba de llegar de la epidemia. Ha dado orden de que no se le despertara.

Pero Nelly no escucha a la cocinera. Apartándola con la mano, entra corriendo, como loca, en la vivienda del doctor. Después de haber recorrido varias estancias oscuras y de aire sofocante, tumbando al paso dos o tres sillas, encuentra, por fin, el dormitorio. Stepán Lukich está echado en la cama vestido, pero sin casaca y después de alargar los labios, se sopla sobre la palma de la mano. Cerca de él alumbra débilmente una lucecita de noche. Nelly, sin decir palabra, se sienta a la silla y comienza a llorar. Llora amargamente, temblando con todo el cuerpo.

—¡Mi ma...rido está enfermo! —articula.

Stepán Lukich calla. Se incorpora lentamente, apoya la cabeza en el puño y mira a la visita con ojos soñolientos, inmóviles.

—¡Mi marido está enfermo! —prosigue Nelly, conteniendo el llanto—. Por el amor de Dios, vámonos... Pronto... ¡lo más pronto posible!

—¿Ah? —muge el doctor, soplándose la palma de la mano.

—¡Vamos! ¡En este mismo instante! De otro modo... de otro modo... es horrible decirlo... ¡Por el amor de Dios!

La pobre y atormentada Nelly, tragándose las lágrimas y jadeando, comienza a describir al doctor la repentina enfermedad del marido y su indescriptible miedo. Sus sufrimientos son capaces de conmover una piedra, pero el doctor la mira, se sopla la palma de la mano y no se mueve.

—Iré mañana... —balbucea.

—¡Es imposible! —se asusta Nelly—. Sé que mi marido tiene... ¡el tifus! ¡Ahora... en este mismo instante, hace usted falta!

—Yo, eso... apenas acabo de llegar... —balbucea el doctor—. He estado tres días recorriendo los lugares de la epidemia. Estoy rendido y también estoy enfermo... ¡No puedo de ningún modo! ¡De ningún modo! Yo... yo mismo me he contagiado... ¡Mire!

Y el doctor pone ante los ojos de Nelly un termómetro a la máxima.

—Casi cuarenta de temperatura... ¡No puedo de ningún modo! Ni... ni siquiera estoy en condiciones de permanecer sentado. Perdone: me echo...

El doctor se echa.

—¡Pero yo se lo ruego, doctor! —gime desesperada Nelly—. ¡Se lo suplico! Ayúdeme, por el amor de Dios. Reúna todas sus fuerzas y vámonos... Le pagaré, doctor.

—Dios mío... ¡pero si ya se lo he dicho! ¡Ah!

Nelly se pone en pie de un salto y se pasea nerviosamente por el dormitorio. Tiene ganas de dar explicaciones al doctor, de hacerle comprender... Le parece a ella que si el doctor supiera cuán entrañable le es el marido y cuán desgraciada es ella, se olvidaría de su fatiga y de su enfermedad. Pero ¿dónde encontrar la elocuencia?

—Vaya a ver al médico provincial... —oye que dice la voz de Stepán Lukich.

—¡Es imposible!... Vive a veinticinco verstas de aquí y el tiempo apremia. Y los caballos no llegarían: de nuestra casa aquí hay cuarenta verstas, de aquí a casa del doctor provincial, casi otras tantas... ¡No, es imposible! ¡Vamos, Stepán Lukich! Yo pido una hazaña. ¡Haga, pues, usted la hazaña! ¡Tenga compasión!

—El diablo sabe qué es esto... Tengo fiebre..., la cabeza como un bombo, y ella no lo comprende. ¡No puedo! Déjeme.

—¡Pero tiene usted la obligación de ir! ¡No puede no ir! ¡Esto es egoísmo! El hombre ha de sacrificar su propia vida para el prójimo, pero usted... ¡usted se niega a ir!... ¡Le denunciaré a los tribunales!

Nelly siente que dice una mentira ofensiva e inmerecida, mas para la salvación de su marido es capaz de

olvidar la lógica, el tacto y la compasión por la gente...
En respuesta a su amenaza, el doctor bebe ávidamente
un vaso de agua fría. Nelly vuelve a suplicar, a invocar
la piedad, como la última de las mendigas... Finalmente el doctor se rinde. Se incorpora lentamente, respira
con dificultad, gime y busca su levita.

—¡Aquí tiene la levita! —dice Nelly, ayudándole—.
Permítame, se la pondré yo... Así. Vamos. Le pagaré...
le estaré agradecida mientras viva...

¡Pero qué tormento! Puesta la levita, el doctor vuelve a acostarse. Nelly le levanta y lo arrastra al vestíbulo... En el vestíbulo, largo y atormentador trajín con
los chanclos, con el abrigo de pieles... Había desaparecido el gorro... Pero he aquí que, por fin, Nelly está
sentada en el coche. A su lado, el doctor. Falta sólo recorrer cuarenta verstas y su marido tendrá ayuda médica. Sobre la tierra penden las tinieblas: no se ve nada...
Sopla un frío viento de invierno. Bajo las ruedas, terrones
helados. El cochero a cada paso se detiene preguntándose
qué camino ha de seguir...

Nelly y el doctor callan durante todo el trayecto. Las
sacudidas del coche son tremendas, pero ellos no sienten
ni el frío ni los sacudimientos.

—¡Arrea! ¡Arrea! —pide Nelly al cochero.

Hacia las cinco de la madrugada, los agotados caballos entran en el patio. Nelly ve el portón conocido, el
pozo con su cigoñal, la larga hilera de cuadras y cober-
tizos... Por fin está en su casa.

—Espere, ahora mismo... —dice a Stepán Lukich,
haciéndole sentar en un diván del comedor—. Descanse
un poco, yo iré a ver cómo está.

Cuando, un minuto después, vuelve de ver al marido,
Nelly encuentra al doctor echado. Está acostado en el
diván balbuceando alguna cosa.

—Tenga la bondad, doctor... ¡Doctor!

—¿Ah? Pregunten a Domna... —balbucea Stepán
Lukich.

—¿Qué?

—En la asamblea decían... Vlásov decía... ¿A quién?
¿Qué?

Y Nelly, horrorizada, ve que el doctor está delirando
como su marido. ¿Qué hacer?

—¡A buscar al médico provincial! —decide.

A esto siguen otra vez las tinieblas, el viento penetrante y frío, los terrones helados. Sufre de alma y cuerpo, y para compensar todos esos sufrimientos, a la falaz naturaleza no le bastan los medios ni las ilusiones...

Ve luego, sobre el fondo gris, cómo su marido, cada primavera, busca dinero con que pagar los intereses al Banco donde tienen hipotecada la finca. No duerme él, no duerme ella, y los dos se estrujan el cerebro pensando de qué manera pueden rehuir la visita del ujier.

Ve ella a sus hijos. Es el miedo eterno a los resfriados, a la escarlatina, a la difteria, al destino de cada uno, a la separación. De cinco o seis pequeñuelos, morirá uno, seguramente.

El fondo gris no está libre de la muerte. Es comprensible. Marido y mujer no pueden morir al mismo tiempo. Uno de los dos ha de sobrevivir, cueste lo que cueste, a los funerales del otro. Y Nelly ve morir a su marido. Esa terrible desgracia se le presenta con todos sus detalles. Nelly ve el ataúd, los cirios, al sacristán y hasta las pisadas que ha dejado el sepulturero en el vestíbulo.

—¿Para qué todo esto? ¿Para qué? —pregunta mirando con inexpresiva mirada el rostro del marido muerto.

Y toda la vida anterior con su marido le parece sólo un prefacio estúpido e innecesario a esta muerte.

Algo se le cae a Nelly de las manos y golpea contra el suelo. Ella se asusta, se pone en pie de un salto y abre desmesuradamente los ojos. Ve que uno de los espejos está a sus pies; el otro sigue, como antes, sobre la mesa. Nelly se mira y ve una cara pálida, llorosa. El fondo gris ya no está.

«Me parece que me he quedado dormida», piensa suspirando levemente.